AVA REED
Deeply

Ava Reed

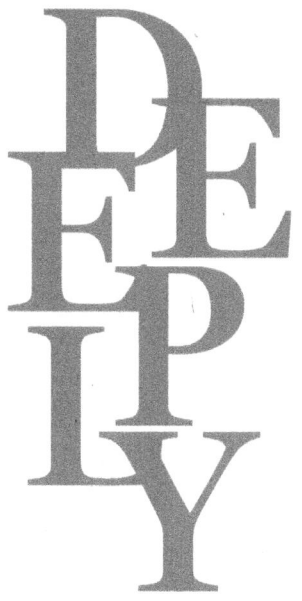

DEEPLY

Roman

LYX in der Bastei Lübbe AG
Dieser Titel ist auch als E-Book und als Hörbuch erschienen.

Die Bastei Lübbe AG verfolgt eine nachhaltige Buchproduktion. Wir
verwenden Papiere aus nachhaltiger Forstwirtschaft und verzichten
darauf, Bücher einzeln in Folie zu verpacken. Wir stellen unsere Bücher
in Deutschland und Europa (EU) her und arbeiten mit den Druckereien
kontinuierlich an einer positiven Ökobilanz.

Originalausgabe:
Copyright © 2021 by Bastei Lübbe AG, Köln
Copyright © 2021 by Ava Reed
Dieses Buch wurde vermittelt von der Literaturagentur erzähl:perspektive,
München (www.erzaehlperspektive.de)

Textredaktion: Jil Aimée – www.jil-aimee.com
Umschlaggestaltung: © Andrea Janas, München
unter Verwendung eines Motivs von © Alberto Seveso
Satz: Greiner & Reichel, Köln
Gesetzt aus der Adobe Caslon
Druck und Verarbeitung: GGP Media GmbH, Pößneck
Printed in Germany
ISBN 978-3-7363-1336-1

5   7   6   4

Sie finden uns im Internet unter lyx-verlag.de
Bitte beachten Sie auch: luebbe.de und lesejury.de

Für jeden, dem das Leben auf die eine oder andere Weise gezeigt hat, dass es nicht fair ist. Und für jeden, der für sich, sein Leben und seine Träume kämpft.

Für Tami und Bianca, ohne die ich dieses Buch nicht hätte zu Ende schreiben können.
Und für Jil, die mir stets den Rücken stärkt.

Vorwort & Triggerwarnung

In *Deeply* werden Themen behandelt, die triggern können.

Dieses Buch wird sich in Bezug auf Zoey mit dem Thema sexuelle Nötigung / Vergewaltigung auseinandersetzen.

(Spoiler) Bei Dylan spielen die Themen Amputation und Prothese eine wichtige Rolle sowie ein Unfalltrauma. Beide Protagonisten befinden sich jedoch in oder jenseits der Heilungsphase.

Wie bereits in *Madly* möchte ich euch auch hier in Erinnerung rufen: Eure Gefühle sind wichtig. Wenn ihr euch unwohl fühlt mit diesen Themen oder beim Lesen, hört auf euch. Gefühle sind dazu da, gefühlt zu werden. Sie gehören zu euch, und niemand sollte sie kleinreden.

Ein kurzer Gedanke vorab: Sollten euch Sätze durch den Kopf gehen wie »Warum hat er / sie nicht sofort etwas gesagt ...«, »Also ich hätte anders gehandelt ...«, »Sie war mir zu schwach ...«, »Damit kommt sie aber gut klar, das ist unrealistisch«, überlegt euch, sie zu überdenken. Jeder Mensch reagiert anders, jede Situation ist anders, und solange ihr nicht drinsteckt, wisst ihr nicht, was ihr tun würdet. Jedenfalls nicht wirklich.

Starke Frauen, schwache Frauen – es gibt nur Frauen. Das gilt ebenso für Männer. Es gibt Entscheidungen. Und das Recht, jede zu treffen, die wir treffen können oder wollen. Mit

Sätzen wie den genannten erschaffen Menschen Schubladen für andere Menschen. Besonders Frauen für Frauen. Solche, aus denen wir ausbrechen wollen und sollten.

Denn was bedeutet es eigentlich, stark zu sein?

Soundtrack Zoey & Dylan

Harry Styles – Falling
Shawn Mendes – Use Somebody (Spotify Studios)
Fink – Looking too closely
Tom Walker – Leave a Light On (acoustic)
Nea – Some say
Kaleo – Way Down We Go (Stripped)
Harry Styles – Girl Crush
Jaymes Young – Stone
WILDES – Bare
Tender – Smoke
Sinéad Harnett – Unconditional (acoustic)
Abi Ocia – Running
Jessie Ware – Say You Love Me
Dan Owen – Stay Awake with Me (acoustic)
Hozier – Almost
Vance Joy – We're Going Home
Isak Danielson – Power
Florence + The Machine – Stand By Me
Maren Morris ft. Hozier – The Bones
Beyoncé – If I Were a Boy
4 Non Blondes – What's Up?
Tina Turner – What's Love Got to Do with It
Imagine Dragons – Birds
Lewis Capaldi – Bruises
Mozart – Klaviersonate Nr. 11

»Sometimes good things fall apart so
better things can fall together.«
Marilyn Monroe

Prolog

Manchmal müssen wir loslassen.

Zoey

Dylan ist eingenickt, kurz nachdem wir die Interstate erreicht haben. Zwar atmet er gleichmäßig und schnarcht dabei leise, aber er sieht sogar im Schlaf noch beunruhigt aus.

Er macht sich Sorgen.

Zum Glück habe ich ihn vorhin gebeten, die Ziel-Adresse ins Navi einzugeben, sonst wäre ich jetzt verloren. Bereits daheim wirkte er so mitgenommen, dass ich mir schon dachte, dass er irgendwann während der Fahrt einschlafen würde. Vielleicht habe ich auch nachgeholfen, der Kaffee war ein Placebo, er war koffeinfrei. Es hätte nichts gebracht, Dylan aufzuputschen, wo er doch ganz eindeutig Ruhe braucht.

Vor einigen Minuten habe ich den Wagen vom Highway gelenkt, Bellingham zog bereits an uns vorbei, jetzt fahre ich auf einer alten, nicht ganz so gut asphaltierten Straße, die von unendlich vielen winterkargen Bäumen gerahmt wird. Überall Wald und Grünflächen, nur vereinzelt Häuser und Farmen – bis wir bei der Adresse ankommen, ich den Wagen vor das Haus mit der Nummer vier lenke und am Straßenrand abstelle. Hier stehen ein paar Häuser mehr, aber das alles wirkt eher wie eine verwunschene Siedlung mitten im Nirgendwo als ein Vorort von Bellingham. Bisher habe ich nur eine Tankstelle ganz am Anfang der Straße und einen unscheinbaren Kiosk gesehen. Ich frage mich, welche kleinen Geschäfte weiter hinten verborgen liegen und was es sonst zu entdecken gibt.

Für einen Moment bleibe ich noch im Wagen sitzen, schaue mich von hier aus etwas um. Dabei erkenne ich einen dunkelroten Briefkasten an der Straße, an dem vorne in teils abgeblätterten Buchstaben der Familienname Anderson steht.

Der Weg zum Haus ist älter, einige Steine sind gebrochen, und das Gras hat seine besten Tage bereits hinter sich, dennoch ist es wirklich schön hier. Abgelegen, aber schön. Das Holzhaus wirkt urig und gemütlich, die Veranda ist ein Traum, obwohl sie nicht viel Platz bietet. Zumindest nicht, soweit ich das von hier aus erkennen kann.

Nach und nach lasse ich alles auf mich wirken, bevor mein Blick wieder zu Dylan wandert, der noch immer tief und fest schläft. Auch wenn ich ihn am liebsten nicht wecken würde, wird es Zeit, genau das zu tun. Sicher möchte er so schnell wie möglich nach dem Rechten sehen.

Ich bin ziemlich erledigt nach der langen Fahrt, aber verdammt froh, dass ich ihn nicht allein habe fahren lassen.

»Dylan?«, frage ich zaghaft und natürlich viel zu leise. Ich will ihn nicht erschrecken, aber irgendwie muss ich ihn wach kriegen, deshalb gebe ich meiner Stimme mehr Kraft. Leider bringt das wenig.

Vorsichtig lege ich meine Hand an seinen Oberarm und stupse ihn an. Erst sanft, dann immer heftiger. »Dylan, wir sind da«, sage ich ein weiteres Mal und rüttle noch einmal an seinem Arm.

Er wird langsam wach, räuspert sich und reibt sich über die Augen, bevor er sie blinzelnd aufschlägt.

»Alles okay?« Seine verschlafene und belegte Stimme bringt mich unwillkürlich zum Lächeln.

»Ja, alles okay. Wir sind bei dir zu Hause. Ich habe gerade geparkt.«

»Habe ich echt gepennt? Die ganze Fahrt über? Mist. Warum hast du mich nicht früher geweckt?« Er richtet sich auf, schaut mich aufmerksam an.

»Weil es nicht nötig war. Ich kam gut zurecht, und du sahst aus, als hättest du diese Pause bitter nötig.«

»Ich habe heute Nacht beschissen geschlafen. Und deshalb zu wenig. Also ... Danke.« Er legt seine Hand auf meine, die noch immer – ohne dass ich es gemerkt habe – auf seinem Oberarm verharrt.

»Gern geschehen«, murmle ich und versinke in seinen Augen, in seinem Blick – und mein verräterisches Herz klopft viel zu laut und viel zu schnell. Der Wagen kommt mir auf einmal zu eng vor.

»Zoey, ich ...«

»Wir sollten aussteigen«, unterbreche ich ihn sofort und ziehe mich zurück, während sich etwas in meiner Brust schmerzhaft zusammenzieht und ich zu ersticken drohe.

Nein!, schreit eine Stimme in meinem Kopf. *Nein, ich kann das jetzt nicht hören. Das ist nicht der richtige Moment, nicht die richtige Zeit.* Dabei ignoriere ich den Gedanken oder auch die Angst, dass es das vielleicht nie sein wird.

Es würde nur wehtun.

1

Auch Menschen, die dich lieben,
können dir wehtun und dir das Leben schwer machen.
Ganz besonders sie.

Zoey

»Bist du sicher, dass du das tun willst?«

Ganz abgesehen davon, dass Montag die Uni beginnt, wäre es ziemlich spät, sich erst jetzt darüber Gedanken zu machen, aber das behalte ich für mich. Meine Mom hat mir diese Frage in den letzten Tagen bereits so oft gestellt, dass ich sie nicht mehr hören kann, und es kostet mich unendlich viel Kraft, nicht frustriert aufzustöhnen oder ganz offensichtlich die Augen zu verdrehen. Natürlich meint sie es nur gut, das tut sie immer, ich weiß das, und ich liebe sie. Aber aus irgendeinem Grund raubt mir diese Fragerei seit Wochen mehr und mehr die Luft zum Atmen.

Statt einer genervten Erwiderung, die ich nur über die Lippen bringen würde, weil ich so nervös bin, und die ich später bereuen würde, setze ich mich auf meinen in die Jahre gekommenen Koffer, puste mir eine verirrte Strähne aus der Stirn und versuche angestrengt, den Reißverschluss zu schließen, ohne dass mir mein ganzes Zeug entgegenfliegt. Das ist der dritte Versuch, zuvor habe ich immer etwas vergessen. Jedes Mal wurde es schwieriger, das Ding wieder zu schließen. Wird es ein vierter, und das gegen neun Uhr morgens, bekomme ich nicht nur einen Nervenzusammenbruch, sondern verpasse auch meinen Zug.

»Ja, Mom. Ich bin sicher. Das bin ich, seit ich beschlossen habe, mich an der Harbor Hill zu bewerben«, betone ich, aber das Gesicht meiner Mom sieht weiterhin sehr leidend aus. Es macht keinen Unterschied. Meine Pläne stehen fest, und ich werde sie nicht ändern, nur weil sie meinen Eltern Bauchschmerzen bereiten.

Angespannt bemühe ich mich um ein Lächeln, und sie tut es mir gleich. »Ich bin nicht aus der Welt, und in den Semesterferien komme ich euch besuchen. Versprochen. Die nächsten sind schon im Frühsommer.«

»Wir schaffen das bestimmt schon vorher, Zoey.«

Dabei bin ich nur für meine Eltern so lange daheimgeblieben, sonst wäre ich bereits vor einigen Tagen nach Seattle aufgebrochen, um genügend Zeit zu haben, richtig anzukommen.

»Bestimmt. Die Zeit wird verfliegen, du wirst sehen.«

»Egal, was ist, vergiss nicht: Du passt bitte immer gut auf dich auf.« Das betont sie sehr nachdrücklich. Wären es Worte auf Papier, hätte meine Mom sie ganz sicher mit Edding und in Großbuchstaben geschrieben, unterstrichen und fett angemalt. Mit Ausrufezeichen dahinter.

»Werde ich.« Ich senke den Kopf ein wenig, damit sie nicht sieht, wie ich angestrengt die Lippen zusammenpresse.

Mir nicht anmerken zu lassen, dass mich dieser eine Satz von ihr auf gewisse Art verletzt, ist schwieriger als gedacht.

Mom sorgt sich um mich und würde alles dafür tun, die Zeit zurückzudrehen. Da ist sie nicht die Einzige. Aber mir so nachdrücklich zu sagen, dass ich auf mich aufpassen soll, und zwar *immer* und *gut*, das klingt, als hätte ich das damals nicht getan oder versucht. Als wäre es meine Schuld und als wäre mir meine Sicherheit egal gewesen. Es hört sich an, als hätte man mir das auf keinen Fall angetan, wäre ich nur vorsichtiger gewesen. Dann hätte man es mir nicht antun *können*. Doch von diesen Gedanken und der Wirkung ihrer Worte ahnt Mom nichts.

»Dass es ausgerechnet Seattle sein muss. Ausgerechnet diese Stadt …«, reißt mich ihre Stimme aus meinen Überlegungen, und jetzt kneife ich die Augen zusammen, bevor ich den Blick wieder hebe und einmal kräftig schlucke. Nicht nur Spucke, sondern erneut eine Erwiderung auf das Gesagte.

Genervt murre ich. Wegen des Koffers, der einfach nicht mit mir zusammenarbeiten will, und ganz besonders wegen Mom.

Ich gehe nach Seattle, weil diese Stadt für mich heute nicht mehr ewige Angst und Reue symbolisiert, sondern nichts weiter als einen Schritt nach vorne. Sie bedeutet für mich Heilung, einen Abschluss und einen Neuanfang. Ich werde nicht länger vor meiner Zukunft oder dieser Stadt davonlaufen. Und ich passe auf mich auf, das habe ich immer getan. Ich bin kein kleines Kind mehr und erst recht nicht die Zoey von früher. Mom will das anscheinend nicht begreifen, egal, wie oft ich es ihr erkläre. Sie kann die Vergangenheit nicht loslassen, dabei ist sie zu schmerzhaft, um sich an ihr festzuhalten. Irgendwann versteht sie das hoffentlich und meine Entscheidung ebenso. Besonders die, mich nicht von ihr aufhalten zu lassen.

Als ich Cooper vor ein paar Monaten besucht habe, bin ich nicht zusammengebrochen. Weder jene Nacht vor einigen Jahren noch die Stadt haben mich gebrochen. Sie haben mich nur verändert.

Ich werde das schaffen.

»Na, wie sieht es bei euch aus? Alles in Ordnung?« Dad stellt sich zu Mom in den Türrahmen meines Zimmers, während ich den Reißverschluss mit einem letzten Ruck zuziehe und mir mit dem Handrücken über die Stirn fahre. Endlich geschafft.

»Natürlich«, antwortet sie. »Ich kann es nur immer noch nicht glauben, dass unsere Tochter auszieht und studiert.«

»Wenigstens zieht sie in ein Mädchenwohnheim.« Mein Dad drückt meine Mom an sich und haucht ihr einen Kuss auf die Schläfe. Er ist fest davon überzeugt, man würde da schon auf mich achtgeben, immerhin gelten dort Regeln, und der Bereich gehört zusätzlich zum Unigelände. Ich glaube, dass er verdrängt, wie das mit Gefahren im echten Leben funktioniert, sonst könnte er mich nicht gehen lassen. Ist vielleicht ganz gut so.

Derweil schießt mir aufgrund seiner Worte die Röte ins Gesicht, und ich bekomme augenblicklich ein schlechtes Gewissen.

Ja, ich habe meine Eltern angelogen. Nachdem ich den Platz an der Harbor Hill bekommen habe und sie mir mein Sparkonto zur freien Verfügung übertrugen, habe ich ihnen gesagt, ich würde ins Wohnheim ziehen. Sie dachten also, das von ihnen und mir ersparte Collegegeld wäre in guten Händen und würde in eine sichere kleine Mädchen-WG mitten auf dem Campus fließen und nicht in eine Mietwohnung, in der zwei Männer wohnen. Einen kennen sie nicht, den anderen mögen sie nicht.

Wenn sie also wüssten, dass ich die neuen Möbel und alles, was ich brauche, zu ihrem ausgestoßenen Sohn und einem weiteren männlichen Mitbewohner liefern lasse, würden sie mich vermutlich nie gehen lassen oder mir den Abschied zur Hölle machen. Es war nicht gerade ein Kinderspiel, sie davon zu überzeugen, mich allein fahren zu lassen, anstatt mich zu bringen, aber nach tagelangem Diskutieren haben sie nachgegeben. Meine Möbel werden direkt geliefert, ich kann den

Rest allein stemmen. Nicht nur wegen meiner Vorsätze, meiner Ziele und Wünsche, sondern auch wegen der Sache mit der Wohnung.

Deshalb bleibe ich still. Es ist noch nicht an der Zeit, das alles anzusprechen. Ich bin zwar kein Feigling, aber blöd bin ich auch nicht.

Das eben war außerdem eindeutig eine Anspielung auf meinen Bruder. Eine von unzähligen in den letzten Jahren, und das, obwohl sie nie von ihm oder über ihn reden wollen. Nicht direkt. Nicht wirklich. Es ist unfassbar, dass sie ihm nicht verzeihen, geschweige denn seinen Namen über die Lippen bringen. Nicht, dass es da überhaupt etwas zu verzeihen gäbe. Nicht für mich. Es sollte für niemanden so sein.

Es ist bald fünf Jahre her. Ob sie es akzeptieren wollen oder nicht: Seattle kann nichts dafür. Cooper hat ebenso wenig Schuld an dem, was an jenem Abend passiert ist, wie ich oder sie.

Trotzdem will ich das nicht immer wieder aufwärmen, mit ihnen streiten und ihnen wehtun, genauso wenig wie Coop. Ich habe alles versucht, habe über die Jahre geredet und geredet, habe sogar Milly hergebeten, doch meine Eltern haben nur abgeblockt, und so langsam weiß ich nicht mehr weiter. Mom und Dad tragen den Schmerz jeden Tag unaufhörlich mit sich, als wäre er festgewachsen und sie nicht bereit, ihn zu vergessen – aber sie müssen lernen, dass ich dazu bereit bin. Dass ich es sein muss. Wenn ich dieser Stadt, die ich mag, weiter aus dem Weg gehe, wird da immer etwas sein, das mich zurückhält. Das mir Angst macht.

Und das kann ich nicht zulassen. Ich gebe mich nicht auf, für nichts und niemanden, und ich werde mich trauen, der Angst ins Gesicht zu schauen, egal, wie groß sie ist. Das hat man mir in jener Nacht nicht nehmen können, selbst wenn ich es nicht sofort erkannt habe. Auch in Zukunft lasse ich mir das nicht nehmen.

Nein, das lasse ich nicht zu …

Ich stehe auf, schaue mich um, und das erste Mal, seit feststeht, dass ich an der Harbor Hill für ein Psychologie-Studium angenommen wurde, wird mir ganz schwer ums Herz. Ich hoffe, das neue Bett wird genauso bequem sein, dennoch wird mir mein altes mit der durchgelegenen Matratze und der darüber angebrachten blauen Himmeltapete samt Wolken fehlen. Ebenso wie der schlichte Holzschreibtisch, auf dessen Unterseite Cooper, Mason und ich unsere Namen eingeritzt und seltsame Comics gezeichnet haben, die keiner von uns mehr versteht. Oder mein flauschiger bunter Rundteppich, der die meisten der Kerben auf dem Parkett verdeckt. Am Ende vermisse ich wahrscheinlich sogar die Hitze, die einen hier an heißen Sommertagen umhüllt und niederdrückt, und die Schräge über meinem Bett, an der ich mir über all die Jahre viel zu oft den Kopf gestoßen habe. Oder Coop, wenn er in meinem Zimmer geschlafen hat, weil Mom und Dad nicht mitbekommen sollten, dass er zu spät zu Hause war. Dann ist er über das riesige Spalier an der Hauswand auf die Garage geklettert und von da aus weiter in mein Zimmer. Seines liegt auf der anderen Seite des Hauses, direkt neben dem unserer Eltern. Da gibt oder gab es für ihn keine Möglichkeit, unbemerkt hinein- oder herauszukommen. Dafür hat er mein Zimmer benutzt. Ständig hat er den Efeu oder anderes Grünzeug auf dem Boden verteilt, wenn er heimkam. Meine Eltern haben Coops Zimmer seit dem Tag, der alles veränderte, nicht mehr betreten …

Mason und Cooper haben unzählige Male mit mir vor dem Fernseher gesessen oder mir ausgedachte Geschichten erzählt. Mase war oft hier. Er ist wie ein zweiter großer Bruder für mich.

Diese alten Erinnerungen branden gegen mich wie Wellen an eine felsige Küste, und ich atme ihren Duft ein, weil er nach Geborgenheit riecht. Weil er mich für einen Moment vergessen lässt, dass es nicht mehr ist wie früher.

Cooper spielt kein Football mehr, sondern steht kurz vor seinem Abschluss in Kunst und Kunstgeschichte und tut endlich das, was er liebt. Dad ist nicht mehr stolz auf ihn, und Mom sorgt dafür, dass ich nicht vergessen kann, was ich gerne vergessen würde. Mason kommt nicht mehr zu Besuch und ich habe hier gewohnt – die ganze Zeit über. Irgendwie allein. Mein Bruder hat mir gefehlt, und ich denke, nicht nur, dass er nicht da war, hat mich diese Einsamkeit fühlen lassen, sondern auch das Wissen, dass es meinen Eltern nicht so geht. Auch in meiner Einsamkeit war ich allein.

»Zoey?« Die Hand meines Dads an meiner Schulter lässt mich aufschrecken. Ich blinzle heftig.

»Entschuldige, ich war in Gedanken versunken. Was hast du gesagt?«

»Wann wir dich zum Bahnhof fahren sollen – und ob mit den Möbeln alles in Ordnung geht? Sie kommen doch morgen an, nicht wahr?« Dad lächelt warm, und mir steigen die Tränen in die Augen. Cooper sieht wie eine jüngere Version von ihm aus, nur mit etwas mehr Haar, Bart und einen Kopf größer. Dunkelbraunes Haar, markante Gesichtszüge, braune Augen, ähnliche Statur. Man sieht Dad an, dass er früher viel Sport getrieben hat. Dass er viel gelacht und dass er gelebt hat. Die tiefen Fältchen um die Augen stehen ihm.

Und jetzt? Am liebsten würde ich Dad anschreien dafür, dass er mich behandelt, als wäre ich der größte Schatz der Welt, und meinen Bruder wie jemanden, der alles nur kaputt macht. Träume, Wünsche, und wenn es nach ihm gehen würde, ebenso mein Leben.

Mein Räuspern erfüllt den Raum, und ich reiße mich zusammen.

»Wenn nichts schiefgeht, ja. Ansonsten kommen sie am Montag, das kriege ich schon hin.«

»Ich bin so froh, dass du so lange hier warst, aber … reichen die wenigen Tage zur Eingewöhnung, mein Schatz?« Mom tritt vor. Heute trägt sie ein stilvolles graues Wollkleid und dazu dunklen Lippenstift. Ich finde schon immer, dass sie wie Grace Kelly aussieht.

»Macht euch nicht so viele Sorgen. Ich komme zurecht. Und falls etwas sein sollte, rufe ich an.« Jetzt bringe ich ein ehrliches, breites Lächeln zustande, und Mom tut es mir gleich. Dad nickt nur und klopft mir auf die Schulter.

»Gut. Das ist gut.«

»Außerdem ist ja …«, rutscht es mir raus, und sofort beiße ich mir auf die Unterlippe.

Es ist still im Raum. Bis ich seufze, tief Luft hole und den Satz zu Ende bringe, den ich nie beginnen wollte. »Lane ist auch noch da. Genau wie Mason. Ich bin nicht allein. Und ich werde neue Freunde finden.«

Moms Ausdruck wird ernst, und ihr Blick wandert zu meinem Vater, der seine Hand zurückzieht und sein Gesicht leicht abwendet. Dads Kiefer mahlen, ich kann es genau erkennen, und die Freundlichkeit und Warmherzigkeit von eben sind aus seinem Gesicht verschwunden. Es wirkt mit einem Mal schmerzverzerrt, und mein ganzer Körper spannt sich an, um sich auf seine nächsten Worte vorzubereiten. Jene, die immer kommen.

Du solltest ihn nicht sehen. Er macht alles nur schlimmer. Er hat schon damals nicht auf dich aufgepasst, er war nicht da, er wird es auch heute nicht sein. Es ist alles seine Schuld! Ich will seinen Namen nicht mehr hören – nie wieder.

Aber ich warte vergebens. Dad greift lediglich stumm nach meinem Koffer, und obwohl er Rollen hat, trägt er ihn.

»Wir sollten gleich los, sonst verpasst Zoey den Zug. Ich warte unten am Auto auf euch.«

Nachdem er mein Zimmer verlassen hat, reibe ich mir über die Arme und stehe unschlüssig meiner Mom gegenüber.

»Dein Dad hat recht, wir sollten gehen.«

»Mom?«

»Ja?«

»Ich wollte es nicht ansprechen. Aber ... er ist doch mein Bruder«, wispere ich, und meine Stimme bricht. *Er ist mein Bruder*, will ich schreien. *Euer Sohn.*

Ihr macht mehr kaputt, als ihr ahnt.

»Ich weiß«, gibt sie sanft zurück, als hätte sie meine unausgesprochenen Gedanken laut und deutlich gehört. »Ich weiß ...« Dann geht auch sie, und ich kann nicht anders. Ich lasse den Tränen freien Lauf.

2

Wir wissen nicht, was die Zukunft bringt.
Egal, wie sehr wir sie planen, egal, wie sehr wir sie
zurechtbiegen wollen: Sie wird stets einen Weg finden,
uns auf gute oder schlechte Weise zu überraschen.
Unsere Vergangenheit ist der beste Beweis dafür ...

Zoey

Mein Pulli ist vollkommen durchgeschwitzt. Es war zu kalt
draußen und zu heiß im Auto, und ich war aufgewühlt von
dem Gespräch mit meinen Eltern und dem Abschied, der daraufhin folgte. Es war bedrückend und zugleich befreiend.

Irgendwie kroch auf dem Weg zum Zug, den ich tatsächlich beinah verpasst hätte, das erste Mal richtige Angst in mir
hoch. Davor, dass meine Eltern recht haben mit dem, was sie
mir seit Wochen ununterbrochen sagen: dass ich noch nicht so
weit bin, dass ich diese Stadt vielleicht wirklich nicht verkrafte oder das Studium. Und am meisten Angst habe ich davor,
dass es zwischen uns nicht so sein wird wie früher, wenn ich
bei Cooper wohne. Dass wir uns entfremdet haben durch diese
Sache, die nie hätte passieren dürfen.

Ich will nicht, dass es meinem Bruder wieder schlechter
geht, nur weil ich ein Zimmer nebendran wohne.

Für einen kurzen Moment überrollen mich diese Sorgen
und das schlechte Gewissen, denn Mase war derjenige, der

Cooper letztlich dazu überredet hat, Ja zu sagen zu meinem Einzug in die Wohnung. Zuerst wollte er mich fernhalten von sich, Seattle und dem Studium. Er hatte sich bereits wenig begeistert gezeigt, als ich ihm letztes Jahr beim Frühstück mit Andie und June beiläufig davon erzählt habe.

Aber schließlich haben sie ihn alle dazu gebracht, seine Meinung zu ändern. Coop kann eben nicht aus seiner Haut. Er sorgt sich um mich, wie meine Eltern, aber das muss er nicht. In der letzten Zeit ist er zumindest etwas lockerer geworden, was ziemlich toll ist.

Ein Lächeln stiehlt sich auf mein Gesicht.

Ich freue mich auf Coop und die anderen. Besonders auf Mase, den ich bei meinem letzten Besuch leider verpasst habe.

Mein Bruder hat mir in der Zwischenzeit sogar Fotos von Dylan geschickt, damit ich weiß, wie er aussieht, bevor ich einziehe. Sie waren oft verwaschen, unklar oder zu klein. Dafür, dass mein Bruder so gut zeichnen kann und ein Auge für schöne Dinge hat, ist die Fotografie definitiv nichts für ihn.

Das Erste, was mir bei den Bildern von Dylan durch den Kopf geschossen ist, war: *Er sieht ihnen nicht ähnlich. Das ist gut.* Zuerst war ich erleichtert, im Anschluss daran bin ich für zwei Tage in ein Loch gefallen. Er sieht ihnen nicht ähnlich – den Gesichtern, die ich nicht nur in jener Nacht vor mir hatte, sondern in unzähligen weiteren in meinen Träumen. Und ich habe mich geschämt, dass ich einen Menschen danach beurteile. Dass es so tief in mir sitzt. So verwurzelt, dass ich es nicht immer unterdrücken oder kontrollieren kann.

Meine Finger fangen an zu zittern, deshalb reibe ich meine Hände fest aneinander und lenke meine Gedanken auf das Bild hinter dem großen Fenster. Die Landschaft zieht schnell an mir vorüber, in Portland hat es vor wenigen Tagen sogar geschneit. Jetzt ist es noch kalt draußen, aber von Eis und Schnee ist auf dem Weg nach Seattle bislang nichts mehr zu erkennen. Dunkle Wolken sammeln sich am Himmel, türmen sich am Horizont wie Berge auf. Aber auch dieser faszinierende Anblick kann mich gerade nicht von meinen Sorgen und Gedanken ablenken oder gar beruhigen.

Ich fange wieder an zu schwitzen.

Es wird Zeit, ich sollte etwas Musik hören, dann geht es mir besser. Musik hilft. Seit dieser Sache halte ich es nur selten lange in vollkommener Stille aus, ohne mit jemandem zu reden, ohne etwas zu tun. Ich bin froh, wenigstens nachts keine mehr zu brauchen. Das ist ein Fortschritt.

Meine Finger finden mein Handy in dem großen Rucksack neben mir, sodass ich es herausziehen kann. Ich drücke den Button an der Seite, damit das Display angeht und …

Akkustand niedrig. Bitte laden.

Mist. Keine drei Prozent mehr. Wie konnte das passieren? Und wo ist mein Ladekabel? Ich greife nochmals in den Rucksack und wühle dieses Mal richtig darin herum. Ein Buch, meine Kopfhörer, ein selbst gemachtes Sandwich von Mom, Wasser, das Ticket … aber wo ist das verfluchte Kabel?

Mein Blick fällt auf den großen Koffer, den ich zwischen dem Sitz neben mir und dem davor eingeklemmt habe. Oh nein. Falls es drin ist, werde ich auf keinen Fall den Versuch wagen, es zu suchen und damit die Tore der Hölle öffnen. Oder die meiner Unterhosen – je nachdem, ob mir zuerst Dämonen oder meine Slips entgegenfliegen, sobald der Koffer explodiert und ich ihn nicht mehr zukriege.

»Guten Tag, Ihre Fahrkarte«, bittet mich der Kontrolleur, und ich komme seiner Anweisung nach. Ein fies klingender Piepton dringt währenddessen an mein Ohr, und ich weiß, was er bedeutet. Und zwar bevor der Schaffner mein Ticket entwertet, ich mich bedanke und einen Blick auf mein Handy werfe.

Akku leer, der Bildschirm ist schwarz.

Murrend packe ich es wieder weg. Nicht nur, dass ich ohne Musik auskommen muss, ich kann auch Cooper nicht schreiben, wann genau ich ankomme. Nicht, dass ich das nicht längst getan hätte, aber sicher ist sicher. Sonst muss ich mir wohl ein Taxi nehmen, was auch okay wäre. Mir wird nichts passieren … mir wird nichts passieren!

Ich schließe die Augen und denke an Millys Worte: »Die Zukunft liegt nur teilweise in deiner Hand, die Vergangenheit gar nicht mehr. Aber das Hier und Jetzt, das kannst du beeinflussen. Atme tief durch. Zähl runter, Zoey. Von irgendeiner beliebigen Zahl unter zehn. Und nach jeder Zahl sagst du dir etwas Positives, etwas Gutes. Denk dir die Sätze, oder sag sie laut, damit dein Körper und deine Seele sie hören, damit eine Verbindung entsteht. Damit du sie begreifst.«

Vier …

Es ist vorbei.

Drei …

Ich habe es überlebt und alles richtig gemacht.

Zwei …

Es war nicht meine Schuld.

Eins …

Ich kann atmen. Ich bin frei.

Keine zehn Atemzüge später merke ich, wie sich dieses Mantra auf meinen Körper legt, wie eine Decke, und mich beruhigt. Es zeigt Wirkung. Es tut gut. Und es ist nichts dabei, sich das immer wieder zu sagen.

Ich bin da! Hallo, Seattle.

Froh darüber, endlich aus diesem Zug ausgestiegen und

am Ziel zu sein, strecke ich mich ausgiebig, bevor ich meinen Rucksack richte und meinen Koffer ins Rollen bringe.

Aus einem Reflex heraus wollte ich schon wieder auf mein Handy schauen, aber Akkus laden sich leider nicht wie von Zauberhand auf, deshalb ist es immer noch gut verstaut im Rucksack und das Display mit Sicherheit weiterhin stockdunkel. Ich kann nur hoffen, dass sich das Ladekabel tatsächlich im Koffer befindet, sonst muss ich mir morgen ein neues besorgen. Egal wie oft ich darüber nachdenke, ich kann mich nicht erinnern, wann ich es wohin gepackt habe. Noch weniger, dass mich ein so winziges Kabel jemals derart in Unruhe versetzt hat.

Während ich das Gleis verlasse, zeigt die große Uhr im Bahnhof vierzehn Uhr zehn an. Der Zug hatte ein wenig Verspätung, und Coop wollte draußen vorm Haupteingang auf mich warten.

Eilig bahne ich mir meinen Weg, schlängle mich zwischen den vielen Reisenden hindurch, bis ich durch die Haupttüren trete und den Bahnhof verlasse. Kalte Stadtluft schlägt mir entgegen, und ich sauge sie tief und willkommen heißend in meine Lungen ein. Beim Ausatmen bilden sich vor meinem Gesicht kleine Wolken, die sofort wieder verblassen. Ein Frösteln durchzieht mich, und ich greife nach meiner Kapuze, ziehe sie über meine Haare bis hinunter in mein Gesicht. Danach schließe ich eilig die Jacke, obwohl mir bis eben noch viel zu warm war, aber hier draußen ist es um einiges kälter als im Zug, und es regnet in Strömen. Das scheint es seit Stunden zu tun, wenn ich mir die Gehwege und Straßen betrachte. Das Wasser fließt nicht mehr richtig ab, Dreck und Schlamm sammeln sich an einigen Stellen in Pfützen, Rinnen und Unebenheiten. Trotzdem gehe ich weiter, trete von dem schützenden Gebäude des Bahnhofs weg, obwohl ich bereits spüre, wie die Wassertropfen sich in meinen Jeans festsetzen und diese ganz klamm werden lassen. Ich halte nach meinem Bruder Ausschau, aber er ist nirgendwo zu sehen. Einen Moment später lasse ich es mir nicht nehmen, einen Blick zurück zu werfen, wie beim letzten Mal. Und zwar nach oben zum Glockenturm der King Street Station, der mit seinen rotbraunen Backsteinen in den verdunkelten grauen Himmel ragt. Unzählige Regentropfen fallen auf mein Gesicht und kitzeln meine Nase. Obwohl Portland mit Sicherheit kein Dorf ist, hat Seattle ein ganz anderes Flair als meine Heimatstadt. Vielleicht fühle ich mich hier mehr daheim als dort. Vielleicht habe ich das schon immer getan, trotz ...

»Schau an, wer da ist.« Ich kenne diese Stimme. Unwillkürlich lächle ich so breit, dass meine Wangen schmerzen, und drehe mich dabei um. »Meine *Sister from another Mister.*« Mase grinst, breitet den Arm aus, mit dem er nicht den großen dunklen Regenschirm festhält, und ich lasse den Koffer stehen, um ihn kräftig zu umarmen.

»Uff, nicht so stürmisch!«, stöhnt Mase, und ich spüre sein Lachen an meiner Wange, während ich mich an ihn drücke.

Ein erstes Gefühl von Zu-Hause-angekommen-Sein überfällt mich.

Vorsichtig löse ich mich von ihm und mustere sein Gesicht.

»Na, Bruderherz?«, scherze ich. »Du siehst gut aus.« Das stimmt. Er sieht nicht nur fantastisch aus wie immer, sondern vor allem happy und sehr zufrieden.

»Mir wird es viel besser gehen, wenn ich meine neuen Schuhe aus diesem Wassertümpel rauskriege und dich nach Hause. Lass uns gehen. Auf, auf, Knirps.«

»Hey! Ich bin schon lange kein Knirps mehr.« Mase hatte mir den Spitznamen gegeben, da waren wir jung und ich tatsächlich klein und schmächtig. Das ist eine halbe Ewigkeit her.

Sichtlich amüsiert schnappt er sich meinen Koffer und hält den Schirm über uns beide. »Du wirst immer mein Knirps bleiben. Tut mir leid.«

»Es tut dir kein Stück leid.«

»Erwischt. Aber da ich dich abhole und zu Coop bringe, musst du da durch.«

»Wo ist er eigentlich?« Ich schaue mich erneut um, bevor ich mich bei Mase einhake und er uns auf die andere Seite des Bahnhofs lotst, an der er seinen Wagen abgestellt hat. Ich kann ihn schon von Weitem erkennen. Den eleganten dunklen Sportwagen, zu dem auch James Bond nicht Nein sagen würde, mit den im Regen glänzenden Chromfelgen.

»Er hat versucht, dich zu erreichen, um dir Bescheid zu geben, dass er es nicht schafft. Ich habe es auf dem Weg hierher auch versucht, aber es ging nur die Mailbox dran. Alles okay mit deinem Handy?«

»Der Akku hat den Geist aufgegeben. Anscheinend habe ich es über Nacht nicht geladen, und das Kabel steckt irgendwo in diesem Monstrum.« Vage deute ich auf das Ungetüm an Masons Seite.

»Verstehe. Wir sind in ein paar Minuten da, dann kannst du alles auspacken.«

»Wie nervös war er deswegen?« Dass mein Bruder mich nicht erreicht hat, war bestimmt nicht beruhigend oder leicht für ihn.

»Auf einer Skala von eins bis zehn?«

»Zwölf?«, rate ich, und Mase verzieht das Gesicht.

»Könnte man sagen. Aber er hat sich wacker gehalten. Äußerlich hätte man ihm nur eine Acht gegeben, aber wir kennen Coop. Glaub mir, er wird es überleben. Unser Riesenbaby.« Damit bringt Mason mich zum Lachen. »So, da sind wir.« Er schließt das Auto auf und geht zum Kofferraum. »Scheiße, ist der schwer.« Er hebt mein Gepäck in den Wagen, während ich den Schirm halte.

»Du brauchst ein größeres Auto, Mase, mit viel größerem Stauraum. Eine Familienkutsche.«

Er schlägt den Kofferraum zu und lacht.

»Weißt du mehr als ich, oder warum sollte ich ein größeres Auto brauchen?«

»Womöglich gibt es bald kleine Junes und Masons. Das wäre doch schön.« Ich dachte, er würde sich ob meiner Worte erschrecken, aber Mase lächelt weiter, und für eine Sekunde sieht es so aus, als würde er den Gedanken an Kinder genießen.

»Ich liebe diesen Wagen, das weißt du. Wenn es irgendwann nötig wird, besorge ich mir einen anderen und stelle den hier in die Garage, bis die Zeit gekommen ist, die Familienkutsche einzumotten.«

»Klingt nach einem Plan.«

Mase zwinkert mir zu und hält mir die Tür auf, ganz der Gentleman, der er seit jeher war. Im Anschluss verstaut er den Schirm, den er kräftig ausgeschüttelt hat, und steigt selbst ein. Ein paar Regentropfen haben sich auf seinem schiefergrauen Mantel gesammelt, ansonsten hat er nichts von dem miesen Wetter abbekommen. Lächelnd reibt er ein paarmal die Hände aneinander, bevor er sich anschnallt und den Schlüssel in der Zündung dreht. Als der Motor aufröhrt, schiebe ich den Rucksack in den Fußraum und die nasse Kapuze endlich von meinem Kopf.

»Aber hallo! Was sehen meine Augen da?«

Nervös fahre ich mir über die Haare. »Was sagst du?«

»Steht dir gut. Haben deine Eltern einen Herzinfarkt erlitten oder einen Schlaganfall?« Ich boxe ihm gegen die Schulter.

»Ein bisschen was von beidem«, gestehe ich, während Mason das Auto in Bewegung setzt und die Scheibenwischer das

Wasser zur Seite drücken. Ich drehe die Heizung etwas höher und lasse mich mit einem wohligen Seufzer in den Sitz sinken.

»Das glaube ich. Ich will dabei sein, wenn Coop es sieht.«

»Es sind nur Haare, Mase. Ich hab nicht mal eine richtige Farbe genommen, es ist nur weißgrau gefärbt.«

»Mir musst du das nicht erklären, aber du kennst deinen Bruder. Für ihn wirst du nie erwachsen sein.«

»Wenn er das mit dem ausgeschalteten Handy verkraftet, dann auch meine Haare. Du hast mir übrigens immer noch nicht verraten, warum er mich nicht selbst abholen konnte. Sind June und Andie eigentlich auch da, wenn wir in der Wohnung ankommen?«

»Das wirst du schon sehen.«

»Ziemlich kryptisch.«

»Du kennst mich, Knirps.« Lachend schüttle ich in gespielter Verzweiflung den Kopf, während Mase weiterspricht. »Und was June und Andie angeht: leider nein. Heute ist Freitag, und die beiden haben einen langen letzten Unitag wegen eines dämlichen intensiven Ferienkurses zum Thema Marketing oder so. Sonst würde June mit Sicherheit bei Andie im Zimmer sitzen und auf dich warten. Ich soll dich aber schon mal von beiden lieb grüßen. Du musst June sagen, dass ich es dir ausgerichtet habe, sie hat gedroht, mir wehzutun, sollte ich es vergessen.«

»Sie tut dir gut, weißt du das?«

Sein Ausdruck wird ganz verträumt. Mase hat es richtig erwischt. »Ich weiß.«

»Trotzdem sehr schade«, erwidere ich enttäuschter als gedacht und lausche dem Regen, der ununterbrochen auf das Auto prasselt.

»Du wirst sie nachher zu Gesicht bekommen oder spätestens am Sonntag, da bin ich sicher. June und ich haben zwar ein paar Termine, und Andie muss arbeiten, aber sie nimmt sich bestimmt Zeit für dich. Vielleicht steht sie Sonntag gar nicht im Plan. Du kannst auch in den Club kommen und sie da besuchen.«

Auf keinen Fall. Dazu bin ich noch nicht bereit – oder? Doch das sage ich nicht.

Stattdessen tue ich es ihm gleich und grinse, während sich unsere Blicke einen Moment begegnen. »Nur, wenn du willst, dass Cooper am Ende wegen mir auch graue Haare bekommt ...«

3

Auf einmal schlägt dein Leben ein neues Kapitel auf –
und du merkst es nicht einmal.

Dylan

»Verfluchter Dreck, Kacke, so ein Mist.« Cooper beißt die
Zähne fest zusammen und schafft es trotzdem, klar und deutlich zu fluchen. Eine Kunst für sich, wie ich finde. Socke sitzt
neben ihm und fängt an zu jaulen, einfach aus Solidarität.

Ich liebe den kleinen Kerl.

»Du hast echt kein Händchen für Kisten und Möbel und
so 'n Zeug, oder? Wie hast du damals Andies Bett aufbauen
können, ohne dass es direkt danach wieder zusammengebrochen ist?«

»Witzig, wirklich witzig«, gibt er brummend zurück, während er sich weiter die Hand reibt, auf die er gerade mit dem
Hammer gehauen hat. Nagel knapp verfehlt, würde ich sagen.

Ich streichle Socke derweil den Kopf. Er hechelt, seine Zunge hängt ihm seitlich aus dem Maul, und er sieht aus, als würde
er sich köstlich über Cooper amüsieren.

Ich grinse und schaue mich im Zimmer um. Der Schreibtisch steht und wenn Coop noch den letzten Nagel in die
Rückwand hämmert, ohne sich was zu brechen, bald auch der
Kleiderschrank. Der Schreibtischstuhl ist noch verpackt, genau wie die Matratze für das große Bett. Das Bettgestell ist als

Nächstes dran. Ich checke noch einmal die Anleitung dafür, um direkt damit weitermachen zu können.

»Du solltest das kühlen«, gebe ich zu bedenken, während ich versuche, die seltsamen Bilder der Instruktion zu verstehen. Diese schlampige Arbeit würde ich nicht mal einem Praktikanten unterstellen. Wenn wir das so zusammenbauen, ähnelt es am Ende mehr einem Werk von Picasso als einem Bett …

»Geht schon.« Mit mehr Schwung als nötig hämmert Coop den letzten Nagel ins Holz, und danach blitzt so etwas wie Genugtuung in seinen Augen auf. »Zoey hat gesagt, der ganze Kram würde erst morgen ankommen. Zum Glück waren wir hier, sonst hätten sie alles vor die Garage in den Regen gestellt, und das wäre eine riesige Sauerei geworden.«

»Hatten die eine Abstellgenehmigung?«

»Frag mich was anderes. Wenn nicht, hätten sie es wieder mitgenommen, und wir hätten das Zeug aus irgendeinem Lager herschaffen müssen. Das ist nicht besser.«

»Andie macht aus dir 'ne richtige Plaudertasche, was?« Schmunzelnd fahre ich mir durch den Bart.

»Bei dir ist es nicht anders. Du kannst mittlerweile sogar richtige Unterhaltungen führen. Ich bin beeindruckt.«

»Und Chili kochen!«

»Es war auch ein harter Weg. Mit Mac'n'Cheese sind das jetzt ganze zwei Gerichte, ohne dass jemand im Anschluss daran stirbt.« Er applaudiert, und ich lache auf. Damit hat er nicht ganz unrecht. Seit Mason ausgezogen ist und sich am Anfang mit June ein wenig zurückgezogen hat, haben Andie und ich alle zwei Wochen sonntags gekocht. Dabei hat sie mir einige neue Gerichte gezeigt und ein paar Dinge beigebracht. Das Chili ihrer Mom ist der Wahnsinn, und mittlerweile kriege ich es hin, ohne dass es zu fad ist, mir etwas anbrennt oder jemand einen Schärfetod stirbt. Einmal war es sogar so schlimm, dass

Coop nach einem großen Löffel davon eine Flasche Milch runtergeschüttet und wie ein Baby geweint hat. Ganz zur Belustigung von Mason, der mit June zu Besuch war und zu seinem Glück noch nicht probiert hatte. June war ganz sie selbst. Sie hat geschimpft, sie seien alle unhöflich und Memmen. Anschließend hat sie ganze drei Löffel geschafft, bevor sie keuchend und tränenüberströmt meinte, dass sie sich gleich die Eingeweide rausreißen müsste, wenn man ihr das Chili nicht operativ entfernen würde.

Andie hat mir die Schulter getätschelt und uns danach Pizza bestellt. Es war einer der besten Tage seit langer Zeit. Außerdem hat es Spaß gemacht, und das, obwohl ich kein geborener Koch bin. Leider ist Andie momentan so eingespannt mit der Uni und der Arbeit, dass wir es nicht mehr schaffen, zusammen zu kochen. Cooper ist ja auch noch da und hätte gern was von seiner Freundin.

»Das Chili wirst du nie vergessen, oder?«

»Ich weiß nicht, wovon du redest. Und jetzt lass uns das Bett fertig machen.«

Amüsiert schüttle ich den Kopf und helfe ihm, den Bettkasten zusammenzubauen. Und zwar ohne diese selten dämliche Anleitung.

Keine halbe Stunde später sind wir fertig und die Möbel stehen. Nur das Bett muss noch an die Seite geschoben werden.

»Bei drei«, sagt Coop und zählt an. Gemeinsam heben wir das Ding hoch und gehen Richtung Wand. An dieselbe Stelle, wo vorher Masons Bett stand.

»Woher willst du wissen, dass sie es dort stehen haben will?«

»Wird schon passen. Sonst stell ich es ihr halt wieder um. Aber wie ich sie kenne, schafft sie das auch allein. Als wir jünger waren, hat sie einmal im Jahr ihr komplettes Zimmer umgeräumt, weil es ihr zu langweilig wurde. Und zwar ohne Hilfe.«

»Klingt spannend.«

»Eher nervtötend. Sie hat das immer abends gemacht, bis in die Nacht hinein und hat jedes Mal das ganze Haus geweckt.«

»Soll ich dir 'ne Tüte Mitleid kaufen?«, scherze ich. In dem Versuch, mir den Mittelfinger zu zeigen und den Rahmen des Bettes nur mit einer Hand zu halten, fängt dieser an zu wackeln, und wir geraten aus dem Takt. Vor allem, weil Coop das mit dem Mittelfinger trotzdem inbrünstig durchzieht.

Mit Schwung und da ich versuche, dagegenzuhalten und das Gewicht auszubalancieren, knallt die scharfe Kante knapp unterhalb meines Knies an mein Bein, und ich beiße die Zähne zusammen, weil sie mir – trotz Liner – nicht nur etwas der empfindlichen Haut zwischen Holz und Carbon einklemmt, sondern direkt einen Nerv trifft. Shit.

Ohne das Gesicht allzu stark zu verziehen, aber mit verkrampfter Körperhaltung stelle ich den Rahmen genau dort ab, wo er hingehört, und hieve mit Coop den Lattenrost sowie die neue Matratze hinein. Mit aller Macht halte ich mich davon ab, mir über das Bein zu reiben, um den Schmerz zu vertreiben.

Als wir endlich alles fertig haben, springt Socke aufs Bett und bleibt glückselig in der Mitte sitzen.

»Du bist keine große Hilfe«, teilt Cooper ihm klar und deutlich mit, was Socke sofort den Kopf neigen lässt. Ganz so, als könne er ihn verstehen.

Ich schnappe mir den kleinen Kerl, nehme ihn auf den Arm und kraule ihn hinter den Ohren.

»Hör nicht auf den Griesgram. Er ist nur neidisch, weil er nicht so niedlich ist wie du.«

Cooper nuschelt irgendwas vor sich hin, und bevor ich richtig kontern kann, nehmen wir das Geklimper von Schlüsseln und leise Stimmen wahr. Die Haustür knallt zu.

Mase und Zoey sind da.

Ich lasse Socke runter, der nun freudig mit dem Schwanz wedelnd aus dem Zimmer rennt, vermutlich direkt zu Mason.

»Hey, mein Kleiner«, höre ich ihn, und Zoey gibt verzückte Laute von sich. Der Hund wickelt wirklich jeden um den Finger. Würde mich nicht wundern, wenn in wenigen Tagen auch in diesem Zimmer ein Bettchen für ihn bereitsteht.

Als ich mich zu Cooper umdrehe und in sein Gesicht schaue, mache ich die unterschiedlichsten Gefühle bei ihm aus. Die, die der Grund dafür waren, weshalb er einerseits alles wollte, nur nicht, dass Zoey hierherzieht, und andererseits jene, weshalb er es wollte und sich freute.

Vor einigen Monaten habe ich Zoeys Besuch verpasst, ich war bei Granny daheim, weil sie etwas Hilfe brauchte. Sie ist nicht mehr die Jüngste, auch wenn sie das weder zugibt noch gerne hört. Zu der Zeit hat Zoey ihrem Bruder wohl auch verkündet, dass sie nach Seattle ziehen will, sobald sie eine Zusage der Harbor Hill bekommt.

Ich glaube, Cooper hat das erst nicht richtig greifen können. Aber spätestens ein paar Tage nach Masons Auszug, als das Zimmer leer war und Andie auf einmal sagte, Zoey könne ja hier einziehen, hat es bei ihm klick gemacht.

Mir sind nicht alle Details bekannt, ich kenne nicht die ganze Geschichte, aber ich bin kein Vollidiot. Ich weiß, was mit ihr passiert ist, warum Coop in Therapie war und auch, dass es hier passierte. In dieser Stadt. Mehr als das muss ich gar nicht wissen …

Und das führt wiederum dazu, dass ich durchaus verstehen kann, warum Cooper durchgedreht ist – zwischen dem Wunsch, seine Schwester bei sich zu haben, und dem Drang, eine meterhohe Mauer um diese Stadt zu ziehen, damit sie nie wieder reinkommen kann.

Die Schritte werden lauter, und in der Sekunde, in der Coopers Mund sich zu einem Grinsen verzieht und ich mich der Tür zuwende, kommt zuerst Socke hineingestürmt, danach tritt Zoey ein, während Mason sich seitlich an den Türrahmen lehnt. Sie fällt ihrem Bruder um den Hals, gibt ihm einen Kuss auf die Wange und begrüßt ihn fröhlich, bevor sie mir zurückhaltend zuwinkt und ein zartes »Hey« herausbringt. Sie hat eine angenehme Stimme.

Ich grüße zurück, richte jedoch meine Aufmerksamkeit sofort auf den Hund, der hechelnd an meiner Seite hochspringt. Also nehme ich ihn wieder auf den Arm, von wo aus er alle gut im Blick hat, und streichle ihn. Der kleine Scheißer ist eindeutig viel zu verwöhnt. Ein Umstand, den ich jedes Mal betone, aber June meint immer bloß, ich sei Teil des Problems. Keine Ahnung, was das heißen soll …

Unhöflich zu sein ist übrigens nicht meine Absicht, aber ich gestehe, dass es mir in diesem Moment schwerer fällt als gedacht, vollkommen unbefangen mit Zoey umzugehen. Einer der Gründe, warum ich meinen Blick eher auf Socke gerichtet halte als auf sie. Innerlich fluche ich und ärgere mich, dass ich eben nicht offener und freundlicher war, aber es ist das erste Mal, dass ich ihr begegne, und ich hatte nicht erwartet, dass … Keine Ahnung, was genau ich erwartet habe. Dass man es ihr ansieht? Anmerkt? Das klingt so bescheuert, dass es wehtut.

»Du bist nicht an dein Handy gegangen, das hat mich mindestens zehn Jahre meines Lebens gekostet, das weißt du, oder?« Ich blicke auf und erkenne, dass Zoey Luft holt, um zu antworten, aber Cooper hat bereits ganz andere Probleme. »Oh mein Gott, was ist mit deinen Haaren passiert?«, fragt er irritiert. Oder auch verstört, und das bringt mich nun doch dazu, sie von der Seite zu mustern. Es ist ein helles Silber- oder

Weißgrau, und die glatten Strähnen fallen ihr in Stufen weich über die Schultern.

»Ich werde alt«, sagt sie lachend, aber Coop hält sich erschrocken die Hand vor den Mund, was sie nur noch mehr zum Lachen bringt. »Du hattest recht, es ist anscheinend sehr schockierend für ihn«, wendet sie sich an Mason, der nickt und sich danach in seinem alten Zimmer umsieht.

»Ich merke schon, es tut euch kein bisschen weh, dass ich ausgezogen bin«, unterbricht er vollkommen entspannt das Haarthema sowie meine wirren Gedanken über Zoeys Vergangenheit, und ich bin dankbar dafür. Ich bin so verkrampft wie lange nicht mehr – und mein Bein schmerzt immer noch. *Danke für nichts, Coop.*

Masons Worte lenken auch Cooper von Zoeys neuer Frisur ab.

»Endlich hab ich mal meine Ruhe.« Dabei wissen wir alle, dass Cooper das nicht so meint und es den beiden nicht leichtgefallen ist in den letzten Wochen. Sie sind wie ein altes Ehepaar, das man auseinandergerissen hat.

»Coop stand am Anfang jeden Tag in deinem Zimmer, und Andie hat ihn getröstet«, bringe ich ein und genieße es, wie Coopers Ausdruck von geschockt zu verärgert wechselt.

»Erzähl keinen Scheiß«, murmelt er, aber Mase ist längst lauthals am Lachen.

»Keine Sorge, dem da ging es ähnlich.« Ich zeige vage auf Mason, der sofort innehält.

»Hat June etwa angerufen? Ich bestreite alles! Ich hatte nur was im Auge …«

Das bringt uns alle endgültig zum Lachen – und *ihres* dringt am lautesten zu mir. Es fesselt mich. Das erste Mal gestatte ich es mir, nicht nur ihre Haare genauer zu betrachten, während sie keine drei Meter von mir entfernt steht.

Sie ist vielleicht eins fünfundsechzig groß und begegnet meinem Blick mit einem unergründlichen, aber zugleich offenen, und hält ihn ohne Scheu fest. Als würde sie wissen, dass ich sie genau in diesem Moment von oben bis unten mustere.

Sie hat wunderschöne Augen, schießt es mir durch den Kopf, und ich muss schwer schlucken, weil dieser Gedanke vollkommen unerwartet kommt. Schöne und besondere Augen. Eines ist braun, wie die von Cooper. Der gleiche Ton, die gleiche Wärme. Aber das andere, das sieht aus, als wäre es ins Meer gefallen und hätte dessen tiefes, kaltes Blau angenommen.

Mir ist bewusst, dass sich Coop und Mase unterhalten und sticheln und Zoey mich noch immer neugierig ansieht, ganz genau so, wie ich sie anstarre. Nur kann ich jetzt im Gegensatz zu eben nicht mehr wegschauen. Ich betrachte ihre schmale Nase, die zart gebräunte Haut und das markante Kinn, das helle Haar, das all das einrahmt. Und am Ende wandert mein Blick zurück zu ihren Augen. Bleibt an ihnen hängen, gleich einer Fliege im Netz einer Spinne. Ich kann mich nicht davon lösen …

Doch in der Sekunde, in der Socke plötzlich direkt an meinem Ohr zu bellen anfängt, zucke ich zusammen und breche den Blickkontakt ab. Dabei verlagere ich unüberlegt das Gewicht und muss mich konzentrieren, mir meinen Schmerz nicht anmerken zu lassen.

Ich räuspere mich. Hätten der Schmerz und der Hund mich nicht zur Besinnung gebracht, wäre ich am Ende vielleicht auch noch rot geworden. Einfach so.

Verdammt, das ist Coops kleine Schwester!, ermahne ich mich.

»Entschuldigt mich, Socke muss mal raus.« Keine Ahnung, ob das stimmt, aber der Kleine hebt auch so das Bein.

Ich nicke allen schnell zu und setze mich in Bewegung.

»Danke für deine Hilfe, das war echt klasse«, sagt Coop.

»Keine Ursache.« Ich verabschiede mich von Mase, der mich durchlässt und mir auf die Schulter klopft, verlasse eilig den Raum und verschwinde samt Hund in meinem Zimmer.

Gleich gehe ich mit ihm Gassi, das war keine Lüge, aber vorher muss ich mich setzen. Ich brauche nur einen Moment.

Socke beobachtet mich und hockt sich brav in sein Bettchen, während ich das irgendwie auch tue. Mit schmerzverzerrtem Gesicht lege ich kurz den Kopf in den Nacken, schließe die Augen und atme kräftig durch, als meine Beine entlastet werden.

Es ist relativ duster hier drin, die zugezogenen dunklen Vorhänge lassen nur wenig Licht rein, und draußen ist es ohnehin nicht besonders hell. Ich höre, wie der Regen gegen die Fensterscheibe prasselt. Monoton, in einem entspannenden Rhythmus. Ich liebe dieses Geräusch, besonders im Winter. Es erdet mich, sorgt dafür, dass ich meine Gedanken besser ordnen oder zur Ruhe kommen kann.

Leider kann es mich nicht genug ablenken oder mir meinen Schmerz nehmen.

Coop hat mich mit der Bettkante ganz schön erwischt. Noch heftiger und unvorteilhafter als zuvor gedacht. Verdammter Dreck. Zum Glück waren wir da fast fertig mit allem, und am Ende darf ich wohl dem Hund neben mir danken, dass ich mir eben keine allzu dumme Ausrede überlegen musste, um abhauen zu können. Auch wenn ich wegen Zoey einen kleinen Moment vergessen habe, dass mein Bein überhaupt wehtut.

Ich schlage die Augen auf, setze mich aufrecht hin und knöpfe meine Jeans auf. Der Reißschluss gibt ein leises Ratschen von sich, als ich ihn öffne und mir meine dunkle Boxershorts entgegenspringt. Ich ziehe erst das rechte Bein aus der Hose, danach wesentlich vorsichtiger das linke.

Die Jeans landet raschelnd auf dem Boden, und ich rolle das Sleeve langsam und konzentriert von meinem Bein runter, schließlich über das Knie und die Prothese, um diese abzulegen. Erleichtert lehne ich sie neben mich an das Bett und streiche über den ziehenden und pochenden Stumpf, der noch immer von dem Liner umschlossen ist. Leise fluchend und mit zusammengepressten Zähnen mache ich weiter, hebe den Strumpf über meiner Haut zuerst etwas an, danach rolle ich ihn auch runter, um besser nachsehen zu können, wie schlimm es ist.

Ich muss mein Knie und meinen Stumpf nicht lange betrachten, um zu wissen, dass das wahrscheinlich einen blauen Fleck geben wird. Zumindest ist die Stelle ziemlich gerötet. Keine Seltenheit bei diesem Bein. Genauso wenig wie die Schmerzen – egal, ob reale oder Phantomschmerzen. Der Unfall und die OP sind zwar lange her, aber das ändert nichts mehr. Die Schmerzen werden bleiben. Zumindest bei mir.

Meine Finger massieren meine Haut und Muskeln, fahren über die Narben und Unebenheiten, bis ich das Gefühl habe, dass es wenigstens etwas besser wird und ich erneut eine Prothese anziehen kann.

Eine Prothese, ja, aber ganz sicher nicht die von eben. Ich habe schon vor Wochen gemerkt, dass sie nicht mehr gut sitzt, dass sie zu viel Luft hat und sich nicht länger bestmöglich an mein Bein schmiegt. Insgesamt hat sie ihre guten Zeiten hinter sich, der Verschleiß macht sich bemerkbar, und nach drei Jahren wird es Zeit für eine neue Alltagsprothese.

Kraftvoll stoße ich mich vom Bett ab und bewege mich – halb gehend, halb hüpfend – um Socke herum auf die große Kiste mir gegenüber zu. Das Zahlenschloss mag auf den ersten Blick albern wirken, gibt mir aber das Gefühl von Sicherheit. Vielleicht auch von Kontrolle, wer weiß. Vor allem aber lässt es mich ruhig schlafen, genau wie der Schlüssel an meiner Zimmertür.

Sie wissen es nicht. Weder Cooper noch Mason und schon gar nicht June oder Andie, die ich erst halb so lange kenne. Natürlich sind sie alle zu Freunden geworden, und ich bin sicher, sie würden es irgendwie verstehen, nicht lachen oder sonst einen Scheiß abziehen, denn jeder von ihnen hat seine eigenen Probleme, aber … Ich schüttle den Kopf. Ich bin dennoch sicher, das hier ist zu groß. Das ist es manchmal noch für mich. Selbst wenn sie es nicht wollen würden, zweifle ich daran, dass sie mich danach weiter so sehen würden wie jetzt.

Ich will kein Mitleid mehr. Ich will nicht mehr diesen Blick, das Getuschel, all diesen ganzen Der-arme-Dylan-Quatsch. Wenn sie einen Bruchteil der Geschichte kennen würden, wenn sie hören würden, dass es ein Unfall war, wäre es unumgänglich. Wenn aus diesem Bruchteil die ganze Geschichte werden würde, wäre es mehr als Mitleid. Es wäre Unverständnis, und das will ich erst recht nicht. Deshalb bin ich fortgezogen und hab Granny alleingelassen, obwohl es mir das Herz gebrochen hat und ich auch in ihrer Nähe einen Platz an einem College gefunden hätte, aber eben nicht für das Fach, was mir seit der Reha etwas bedeutet und das ich studieren wollte. Deshalb bin ich hier.

Wütend hebe ich den Deckel der Kiste an, bis er an der Wand anliegt, und betrachte den Inhalt. Hier verbergen sich keine Erinnerungsstücke, Hanteln oder Footballzeug. Letzteres habe ich längst verbrannt. Hier liegen meine Beine. Klingt erst mal wie ein Witz, aber es ist keiner. Natürlich liegen hier nicht alle meine Beine, aber zumindest ganz unten findet sich meine erste Prothese. Ich werde es wohl nie schaffen, sie wegzuschmeißen. Darüber stapeln sich ein paar ältere Modelle und ganz oben meine aktuellen Prothesen, die mich durch den Alltag bringen oder den Sport mit Elliott. Verschiedene Aufsätze, unterschiedliche Legierungen und Füße. Daneben lagern meine Strümpfe, die Liner, Cremes und so ein Zeug.

Ich ziehe eine PVC-Prothese mit Carbon-Überzug und beweglichem Federfuß heraus und lasse meine Finger über die Legierung gleiten. Diese Prothese ist eine derjenigen, die an meine Beinstärke angepasst wurden, damit man den Unterschied beider Beine nicht bemerkt. Heißt, die Wade ist genauso dick wie meine eigene. Durch den jahrelangen Sport, das Footballspielen und das Fitnessprogramm, das ich auch heute noch so gut wie möglich durchziehe, ist mein rechtes Bein nicht gerade eine Stelze. Und eine Prothese, die einem Streichholz ähnelt, würde garantiert unter der Jeans oder Jogginghose auffallen.

Mit dem neuen Ersatzbein hüpfe ich zurück, setze mich wieder aufs Bett und ziehe zuerst den Liner über den Stumpf, ohne Luft darin einzuschließen. Den Fehler habe ich einmal gemacht und die Blasen und roten Stellen, die ich davongetragen habe, waren die Hölle. Mit der Zeit hat man Übung darin, es geht schneller, und man weiß, wie man ihn ansetzen muss, damit das nicht passiert. Danach folgen die Prothese und der Check, ob alles an seinem Platz ist.

»So, jetzt ist es etwas besser, was Kumpel?«, murmle ich und schaue dabei zu Socke, der sich auf den Rücken gedreht hat und mich mit heraushängender Zunge beobachtet.

Ich stehe wieder auf, bewege mich etwas und schaue, ob die Prothese richtig sitzt und ich mein volles Gewicht darauf verlagern kann.

Cooper hat die dämliche Kante echt an der ungünstigsten Stelle gegen mein Bein gehauen. Ganz abgesehen von dem Phantomschmerz, der mich seit den frühen Morgenstunden begleitet und in Wellen über mich hereinbricht, ist nun auch die Haut am und um den Stumpf empfindlich. Natürlich gibt es Medikamente gegen alles, weil Schmerz eben Schmerz ist und manchmal nicht auszuhalten, aber ich versuche, ohne sie auszukommen. Nein, das ist falsch. Ich bemühe mich, mit so wenig wie möglich auszukommen. Das trifft es eher. Ich will nicht davon abhängig werden, jeden Tag was einwerfen. Und ich will wissen, dass ich es auch ohne aushalten kann. Zumindest die meiste Zeit. Aber manchmal komme auch ich nicht drum herum.

Trotz der kleinen Pause und dem Wechseln der Prothese treibt mir der Gedanke, sie jetzt weiterhin zu tragen, spazieren zu gehen und nachher kurz zu Elliott für einen neuen Trainingsplan zu müssen, den Schweiß auf die Stirn und lässt mich Bauchschmerzen bekommen.

Deshalb schließe ich nicht sofort den Deckel der Kiste und bringe das Schloss erneut an, sondern schnappe mir zuerst die Schmerzmittel, die darin liegen. An der rechten Seite. *So viel zu, ich bemühe mich, ohne auszukommen …*

Ach, verdammte Kacke.

Mit den Tabletten in der Hand fühle ich mich beschissen, fast schuldig. Ich fühle mich schwach. Es ist egal, ich schlucke sie runter und mache die Kiste endlich zu. Lauter und fester als beabsichtigt.

Es ist nicht mehr so, dass ich mich grundsätzlich für mein Bein schäme. Früher ja, ständig. Aber heute? Nein. Dennoch ist der Zug, reinen Tisch zu machen, irgendwie abgefahren. Ich bin nach Seattle gezogen, habe Mason und Cooper kennengelernt und nichts gesagt. Es verging ein Tag, eine Woche, ein Monat. Sie merkten nichts und ich sagte immer noch nichts. Heute, nach mehr als drei Jahren, erscheint es mir unmöglich.

Und ganz ehrlich? Es macht keinen Unterschied.

»Komm, wir gehen Gassi, Kleiner.«

4

Neuanfänge sind berauschend.
Sie sind neu, und sie sind ein Anfang.
Sie sind eine zweite Chance.
Was kann es Schöneres geben?

Zoey

Obwohl Dylan bereits aus dem Zimmer gegangen ist und wir uns von Mase verabschiedet haben, der mittlerweile nach Hause gefahren ist, starrt mein Bruder mich immer noch an, als hätte ich eben einen lebenden Frosch verschluckt.

»Lane! Es ist nicht mal eine Farbe«, wiederhole ich ernst und belustigt zugleich, weil er seit meiner Ankunft nicht darüber hinwegkommt, dass sich meine Haarfarbe das erste Mal in meinem Leben verändert hat.

Er schnaubt. »Du siehst eben anders aus. Und hör damit auf, mich Lane zu nennen, dann denke ich immer, ich hab was ausgefressen.«

»Vielleicht hast du das.« Coops Lippen zucken leicht, während er sich ein Lächeln verkneift. Gut so. Ich weiß nämlich, dass es hier um etwas ganz anderes geht. Niemand außer unseren Eltern und Leute, die ihn nicht gut kennen, nennen ihn Lane. Ich denke, er will nicht daran erinnert werden … er will nicht an meine Eltern denken. Deshalb rede ich einfach weiter und versuche mich an einem weiteren schlechten Scherz. »Ob du es glaubst oder nicht, das mit dem Anders-Aussehen passiert, wenn man sich die Haare färbt.«

Tatsächlich war ich nie der Typ, der sich die Haare ewig stylt oder das Bedürfnis verspürt, aus glatten Strähnen Locken zu zaubern oder meinen warmen Braunton in einen anderen zu verwandeln. Doch vor ungefähr drei Wochen, an meinem Geburtstag am ersten Januar, habe ich es für notwendig erachtet. Wenn man so kurz nach Weihnachten und Silvester geboren wird wie ich, hat man ohnehin keinen richtigen Geburtstag. Das hier war mein Geschenk an mich selbst. Der Startschuss für den Neuanfang. Für das neue Kapitel. Ich wollte nicht wie die alte Zoey aussehen und nicht als die alte Zoey hierherkommen. Ich wollte keinen zu großen Teil von ihr dorthin mitnehmen, wo sie verletzt worden war, sondern anfangen, einen neuen Teil zu formen. Und der sollte auch so aussehen.

Daher das helle, etwas kürzere Haar und all die neuen Klamotten in meinem Koffer, der weiterhin am Eingang der Wohnung steht. Nicht, dass ich mein altes Ich verlieren oder von mir schieben will. Es gehört zu mir, aber es ist nicht mehr ganz das, was ich heute bin und sein möchte.

»Was du nicht sagst. Danke, dass du mir erklärst, was es bedeutet.« Coopers Lippen zucken verräterisch, bis er seine nächsten Worte ausspricht. »Warum konnten wir dich vorhin nicht erreichen? Ich habe mir Sorgen gemacht.«

Die Frage hat er mir bei meiner Ankunft längst gestellt, aber irgendwie ist das Thema untergegangen. Jetzt erwähnt er es noch mal. Fast beiläufig, aber wir wissen beide, dass es das nicht ist.

»Mein Akku ist leer, entschuldige. Ich habe das dämliche Ladekabel entweder vergessen, oder es ist irgendwo im Koffer. Den konnte ich allerdings schlecht im Zug öffnen, er wäre explodiert.« Er nickt nur knapp und wirkt gedankenverloren, deshalb plappere ich weiter. »Mason hat mich sofort gefunden, es war alles okay.«

Mir ist klar, dass ich ihn nicht beruhigen müsste, aber ich tue es. Das mit dem Akku ist absolut keine große Sache, und über das andere sind wir beide hinweg, auch wenn es ein langer Weg war.

Darüber hinweg sein bedeutet aber nicht, dass es nicht trotzdem immer wie ein Echo da sein wird. In den hintersten Ecken unseres Lebens.

»Danke«, bringe ich deshalb ein weiteres Mal hervor, weil Coop noch still ist und ich nicht glaube, dass ich es schon oft genug gesagt habe.

Danke dafür, dass du meine Möbel entgegengenommen und aufgebaut hast, obwohl sie viel zu früh da waren. Danke für deine Mühe. Danke, dass ich hier sein darf. Dass du dir Sorgen machst und es mit Mom und Dad aushältst. Wegen mir.

Danke – und es tut mir leid.

All das sage ich, indem ich nur »Danke« ausspreche, während sich unsere Blicke aneinander festhalten. Und mein Bruder weiß das.

In meinen Augen sammeln sich Tränen, ich schließe die Lücke zwischen uns und nehme ihn wieder in den Arm. Einfach, weil es sich verdammt gut anfühlt und weil wir das in den letzten Jahren viel zu selten tun konnten.

Weil uns die Welt wehgetan hat.

Ich spüre, wie seine Arme sich um mich legen, mich fest an sich drücken und ich in ihnen versinke – mit dem Kopf an seiner Brust und geschlossenen Augen. Mit einem Kloß im Hals. Coop streicht mir über die Haare, haucht einen Kuss auf meinen Scheitel und räuspert sich.

»Kein Problem.« Seine Stimme ist kratzig und leise. Trotz

Andie wird er wohl nie ganz aus seiner Haut können, der alte Brummbär. Ich kenne und liebe ihn nicht anders.

Sein Lächeln, mit dem er versucht, das meine zu spiegeln, ist eher eine Grimasse, und nun lache ich laut auf. Es wirkt befreiend.

»Ich meine es ernst«, betone ich erneut. »Es ist wundervoll. Aber ganz ehrlich, das Bett müssen wir verschieben. Da passt es nicht hin.« Er boxt mir gegen die Schulter. »Aua! Alter Grobian. Was? Nein! Ahhh!« Ich schreie auf, weil er mich packt und mit einem Ruck über die Schulter wirft. Ich lache weiter und verschlucke mich deshalb, huste ein paarmal, während mein Arsch direkt neben dem Gesicht meines Bruders baumelt und die Kapuze meines Pullis samt meiner Haarpracht in mein Gesicht hängt. Ich trommle auf seinen Rücken, aber er scheint das überhaupt nicht zu merken.

»Komm, wir holen dein Gepäck, Knirps.«

»Nicht du auch noch«, stöhne ich auf. Natürlich war Mason früher nicht der Einzige, der mich so genannt hat, um mich in den Wahnsinn zu treiben. Ich fühle mich in unsere Kindheit zurückversetzt, in der alles so leicht und schön war. Ein gutes Gefühl, das ich zu oft vermisse.

»Ich bin gerade einundzwanzig geworden. Etwas mehr Respekt vor Erwachsenen würde dir guttun!« Meine Stimme wackelt mit den Bewegungen von Cooper, der mich aus dem Zimmer trägt.

»Hey«, grüßt er jemanden, und auf einmal sehe ich Dylan aus seinem Zimmer kommen. Oh nein! Nein, nein, nein!

Ich bringe meinen Bruder um. Eben hing mein Hintern also auch fast im Gesicht meines neuen Mitbewohners. Frustriert lasse ich den Kopf ganz hängen und ergebe mich meinem Schicksal, bis Cooper mich schwungvoll runterlässt und ich nicht gerade galant und anmutig vor ihm auf dem Boden lande.

»Du bist unmöglich!«, schimpfe ich, und Coopers tiefes Lachen dringt zu mir. Ich möchte wirklich ernst sein, aber ich kichere heftig, obwohl meine Finger auf dem Kopf einen Knoten nach dem anderen ertasten. Ich kriege meine Haare einfach nicht auseinandergeknotet, sie haben sich mit dem Band der Kapuze verheddert, und ich wette, es sieht verdammt komisch aus. Kein Wunder, dass ich ausgelacht werde.

Irgendwann schiebe ich sie nur zur Seite, um etwas sehen zu können, und greife nach der Hand, die mein Bruder mir entgegenhält.

»Du solltest mehr essen, Knirpsilein. Damit du groß und stark wirst und ich dich irgendwann nicht mehr so leicht über die Schulter werfen kann.«

»Sei ruhig, du Blödmann.« Ich lasse mich nach oben ziehen, aber ... das ist nicht die Hand meines Bruders. Der hat sich nämlich längst mein Gepäck geschnappt und grinst mich dämlich von der Seite an.

Schadenfreude führt zum Erstickungstod, würde ich ihm am liebsten ins Gesicht schleudern, aber meine Aufmerksamkeit liegt gerade ganz woanders, und zwar auf den Schlappohren und den süßen Knopfaugen, in die ich genau mir gegenüber blicke. Socke. Auf dem Arm von – mein Blick gleitet über seine Muskeln und seine breite Brust nach oben, über die Tattoos, die an seinem Hals aufblitzen – Dylan.

Er ist ein wenig größer als mein Bruder und definitiv breiter gebaut. Im Gegensatz zu Cooper mit seinem momentanen Fünftagebart hat er sich seinen länger wachsen lassen. Sein blondes Haar ist kürzer, seine blauen Augen heller als auf den Fotos, fällt mir auf. Die Bilder, die ich bekommen habe, scheinen nicht nur älter gewesen zu sein, sondern wie angenommen absolut stümperhaft geschossen. Jetzt wo ich direkt vor ihm stehe, mit dem Kopf im Nacken, sieht er aus wie ein Wikinger aus vergangenen Tagen. Oder ein Typ aus einer Biker-Gang.

Er riecht nach frischer Wäsche, das kommt wahrscheinlich von dem Pulli, den er trägt, und nach etwas Herberem, das ich nicht sofort erkennen und zuordnen kann. *Ich mag den Duft,* schießt es mir durch den Kopf, und sofort erschrecke ich mich wegen dieses Gedankens.

Natürlich habe ich ihn bei meiner Ankunft schon begrüßt und gesehen, aber das hindert mich nicht daran, ihn noch einmal zu betrachten und richtig zu mustern. So wie vorhin und doch anders, denn jetzt steht er direkt vor mir, ich kann ihn nicht nur sehen, sondern auch riechen und ... *spüren.* Egal, wie verrückt das klingt. Er ist präsenter, und da ist dieser Blick, mit dem er mich bereits bedacht hat. Aufmerksam, geheimnisvoll und wachsam.

Irgendwann wird mir bewusst, dass ich regelrecht starre und der Moment voller Stille bereits viel zu lange andauert, deshalb bedanke ich mich schnell und löse mich von ihm.

»Dylan wollte bestimmt nur vorbei. Du hast deinen Hintern quasi vor der Haustür geparkt.« Cooper geht mit meinem Gepäck in Richtung Zimmer. Aber nicht, ohne meinen wütenden Blick im Rücken.

»Red keinen Scheiß, Coop!«, ruft dieser ihm hinterher.

»Danke fürs Aufhelfen«, sage ich danach an Dylan gerichtet und trete einen Schritt zurück. »Und danke für deine Hilfe bei den Möbeln. Das hättest du nicht tun müssen.«

»Schon okay.« Ein Grübchen bildet sich in seiner Wange, als er die Lippen zu einem leichten Lächeln verzieht. »Aber Coop hat recht. Du stehst vor der Tür. Normalerweise wäre das kein Problem, aber ich befürchte, Socke pinkelt mich gleich an, wenn ich nicht wie versprochen mit ihm rausgehe. Er kennt da keine Gnade.«

»Oh. Na klar, sorry.« Etwas durch den Wind und ein wenig verlegen trete ich zur Seite und schiebe mir immer wieder einzelne Strähnen meines Haares aus dem Gesicht.

Dylan schnappt sich die Leine, und kurz darauf schließt sich die Tür hinter ihm.

Okay. Das war vielleicht nicht der beste Start, aber auch nicht der schlimmste. Oder?

Ich gehe ins Bad, werfe einen Blick in den Spiegel und stöhne frustriert auf. »Scheiße«, sage ich wohl etwas zu laut, denn sofort dringt dumpf Coopers Gelächter zu mir. Der hat eindeutig zu viel Spaß an der Sache.

Ich sehe aus wie eine Vogelscheuche. Zum Glück klappt das Entwirren der Haare mit Spiegel wesentlich besser als eben im Flur. Danach binde ich sie mir vorsichtshalber zu einem Zopf. Ist ohnehin praktischer.

Es kann mir egal sein, dass Dylan mich so gesehen hat. Mason und Cooper haben mich schon oft in diesem Aufzug gesehen oder verschlafen, sogar mit Schlaffalte im Gesicht, erkältet und brechend über dem Klo. Dylan ist nur mein neuer Mitbewohner … nichts weiter.

»Kommst du endlich, oder soll ich dein Zeug in den Kleiderschrank räumen?«

»Wag es ja nicht!« Ich hechte rüber, denn eins ist klar: Bruder hin oder her, meine Unterwäsche geht ihn nichts an. Dass er mir, als ich vierzehn war, meine ersten BHs aus der Schublade geklaut hat, um sie an das Treppengeländer zu hängen, reicht mir für dieses Leben.

Meine aufkommende Panik ist jedoch vollkommen unbegründet, weil er sich auf mein Bett gesetzt hat und nachdenklich das Zimmer betrachtet, bevor er hinausschaut. Keine Unterwäsche in Sicht. Zum Glück. Ich trete ganz in mein neues Zimmer und werfe einen Blick aus dem Fenster. Es hat inzwischen beinahe aufgehört zu regnen, wie ich feststelle. Ein paar zarte Sonnenstrahlen fallen durch die große Scheibe gegenüber der Zimmertür und lassen die Wassertropfen am Glas wunderschön glitzern, bevor die Wolkendecke sich erneut zuzieht.

Ich knie mich neben meinem Koffer auf das Parkett und beginne vorsichtig damit, nach meinem Ladekabel zu suchen, um nicht alles komplett zu zerknittern. Cooper schweigt weiterhin.

»Gott sei Dank«, stoße ich nach wenigen Minuten aus, um das Schweigen zu unterbrechen und weil ich wirklich zutiefst erleichtert bin. Ich ziehe das Kabel aus den untersten Winkeln des Koffers hervor, danach greife ich in meinen Rucksack, nehme mein Handy und stecke es endlich an die Steckdose.

Es lädt. Großartiges Gefühl. Irgendwie befreiend.

Normalerweise passiert mir so was nicht. Ich kann mich nicht erinnern, wann mein Akku das letzte Mal down war und ich somit nicht erreichbar. Wann ich das letzte Mal nicht in der Lage war, jemanden anrufen oder Musik hören zu können.

Erst jetzt merke ich, wie sehr mich das belastet hat und wie durch dieses winzige Kabel und das Zeichen auf dem Display, das mir signalisiert, dass mein Akku Energie tankt, etwas Druck von mir abfällt.

»Wann kommt der Rest?«, ertönt Coops ruhige Stimme, und ich stelle mich neben ihn an mein neues Kingsize-Bett.

»Du meinst Teppich, Vorhänge, vielleicht ein Spiegel und Bettwäsche?«, frage ich, und er nickt, während er sich mit der Hand durch sein strubbeliges dunkelbraunes Haar fährt. »Hoffentlich morgen. Also zumindest die Bettwäsche. Der Teppich sollte mit dem Bett, der Kommode, dem Schrank und anderen Kleinigkeiten ankommen. Ein paar meiner Bücher wollten Mom und Dad nachschicken, aber … da muss ich erst mal mit June und Mason reden«, gestehe ich.

»Sonst wüssten sie, dass du bei mir wohnst.« Er sagt das so leise und gelassen, dass ich beinahe nicht bemerke, wie geknickt er in diesem Moment ist.

Wir schweigen wieder, weil keiner von uns beiden richtig weiß, was er sagen soll. Ich dachte immer, das mit Coop und unseren Eltern, das würde wieder werden. Auf keinen Fall werde ich vor ihm zugeben, dass selbst ich mich mittlerweile frage, ob das je so sein wird. Ich werde ihm nicht auch noch meine Hoffnung nehmen, wenn er seine, dass alles wieder gut werden kann, längst verloren hat.

»Musst du noch arbeiten?«, frage ich in dem Versuch, uns beide von diesem Thema abzulenken. Wir sollten heute keine Trübsal blasen.

»Nein, aber morgen hab ich 'ne Doppelschicht. Heute habe ich mir extra freigenommen, weil meine kleine Schwester unbedingt bei mir einziehen wollte. Verrückt, oder?« Ich verdrehe die Augen bei seinen Worten.

»Und Andie?«

»Die hat heute eine Schicht und morgen auch eine doppelte. Sorry. Ich wollte das ganze Wochenende Zeit für dich haben.« Er wirkt geknickt, aber ich winke nur ab.

»Quatsch! Ich habe hier genug zu tun. Ich kann gemütlich meine Klamotten einräumen, schauen, was ich von zu Hause noch alles brauche, und außerdem wollte einmal in die Stadt, in ein Schreibwarengeschäft für Blöcke, Stifte und Ordner für die Uni.«

»Erzähl das bloß nicht Andie, das ist für sie wie ein Ausflug nach Disneyland.« Wir amüsieren uns beide darüber, weil wir wissen, dass es wahr ist. Andie und ihre Ordnung. Dabei hat sie laut Cooper schon die größten Ticks ablegen können. Sie wird immer besser darin, Chaos zu stiften oder Dinge ruhen zu lassen – wenigstens für ein Weilchen.

»Ich schau mal. Vielleicht wäre das keine schlechte Idee, Andie weiß, worauf es ankommt, und ich wäre schneller fertig.« Coop grummelt. »Oder nehme ich dir zu viel Kuschelzeit mit ihr weg?« Ich wackle übertrieben mit den Augenbrauen. Wird mein Bruder etwa rot? Dass ich das noch erleben darf.

»Blödsinn. Ich kann mich gut allein beschäftigen.«

»Bah! Coop, das ist ekelhaft. Ich bin deine Schwester.«

Sein Gesichtsausdruck ist unbezahlbar. Man kann richtig sehen, wie er schockiert zu ergründen versucht, was er gerade Schlimmes gesagt haben soll. Bis es klick macht. Das folgende Staunen ist noch besser.

»Echt jetzt?«

Ich zucke mit den Schultern. »Du musst aufhören, mir gute Vorlagen zu liefern.«

»Du wohnst jetzt hier, richtig?«

»Richtig!«

»Scheiße.«

Amüsiert klopfe ich ihm auf die Schulter, während er den Kopf in gespielter Verzweiflung nach vorn fallen lässt.

»Auf, großer Bruder. Ich mach uns einen Kaffee. Mit Milchschaumhaube.« Meine Füße tragen mich bereits Richtung Tür, als er aufblickt.

»Wie wäre es mit grünem Tee? Der von Andie schmeckt echt gut.«

»Auf keinen Fall. Ich habe ein Tee-Trauma. Weißt du nicht mehr, dass Mom uns immer ihren Erkältungstee aufgezwungen hat? Der, von dem man dachte, wenn man nicht schon krank wäre, würde man es spätestens danach werden. Seitdem kann ich Tee nur schwer ertragen. Aber ich kann dir eine heiße Schokolade mit Sahne machen.«

»Schon gut, ich nehme den Kaffee.«

5

Manchmal kann man sich gar nicht vorstellen,
dass es einmal nicht gut gewesen ist –
besonders, wenn es doch gerade jetzt so perfekt ist.

Zoey

Coop versteht es, das zu verstecken, aber es macht ihm zu schaffen, dass ich hier bin. Ich kenne ihn zu lange und zu gut, um das zu übersehen. Es sind die kleinen Gesten, die Blicke, von denen er denkt, ich würde sie nicht bemerken, dieser Unterton, der sich manchmal in seine Stimme schleicht.

Ich mache das nicht mit Absicht. Ihn an unser Zuhause, an Mom und Dad erinnern, an die guten Tage in unserem Leben. Das ist eben ein Teil von uns, und es fällt mir schwer, den zur Seite zu schieben. Dennoch sollte ich ihm zuliebe aufpassen und etwas weniger darüber reden. Weil es manchmal wehtut. Weil es *ihm* wehtut. Und ich bin einer der Gründe dafür. Das macht es wahrscheinlich umso schlimmer.

»Wo sind die Tassen?«

»Im Schrank über der Kaffeemaschine. Nimm nur nicht die weiße Tasse mit der Ananas und dem Donut drauf, die gehört June, bitte auch nicht die mit dem Popcorn und der Aufschrift *Cool, Cool, Cool, Cool*, das ist Andies. Die zwei haben sich die Tassen zu Weihnachten geschenkt und extra personalisiert bedrucken lassen. Es erinnert sie an irgendwas oder so. Dylan hat was von ›Beste Serie der Welt‹ gefaselt und wollte danach auch so eine Tasse. Und Mason …«

»Ah, die Ananas. Ich erinnere mich.« Andie hat davon erzählt, und ich wäre damals so gern dabei gewesen. Ich greife nach zwei schlichten schwarzen Tassen. »Weißt du zufällig, welche Serie gemeint ist?«

»Sie haben es mir bestimmt gesagt, aber ich hab es wieder vergessen, sorry. Wenn ich ehrlich bin, haben Dylan und Andie so viele Serien zusammen geguckt, dass ich den Überblick verloren habe.«

»Verstehe. Ich bin jetzt neugierig, ich frag sie, sobald ich sie sehe.« Nicht, dass ich ein großer Serienjunkie wäre, aber ab und zu schaue ich sie doch ganz gerne. Besonders richtig gute. Ich bleibe trotzdem eher der Film-Typ.

Während ich darauf warte, dass der Kaffee durchläuft und die Milch aufgeschäumt wird, erzähle ich Coop von meinen Plänen für das Zimmer und für das Studium. Er hört aufmerksam zu, stellt die richtigen Fragen, und ich merke, wie sehr er mir in meinem Leben gefehlt hat.

Als der Kaffee fertig ist, bewundere ich den perfekten Milchschaum in den Tassen. Die Maschine ist der Wahnsinn und dank all ihrer Funktionen kein Vergleich zu unserer alten, von der Dad sich partout nicht trennen will. Gott, das duftet einfach himmlisch.

Ich trage die gefüllten Tassen zum Tisch rüber und schiebe eine vor Coop.

»Danke.« Er nimmt einen kräftigen Schluck, und ich setze mich gemütlich hin.

»Hast du in letzter Zeit was Gutes geschaut?«

»Serien?«

Ich nicke nur.

»Einige, aber alle nur wegen Andie und Dylan.«

»Das heißt, du kannst mir da was empfehlen?« Ich trinke den ersten Schluck und seufze genüsslich.

»Warum fragst du nicht gleich Dylan?«

»Was soll sie mich fragen?«

Ich habe die Tasse gerade noch mal unter die Nase gehalten, da ertönt Dylans tiefe Stimme von der Küchentür aus und lässt mich zusammenfahren. Beinahe hätte ich vor Schreck den Milchschaum wie Sauerstoff in die Lunge gesogen. Socke tapst zuerst freudig zu mir, danach rennt er schnurstracks auf Cooper zu, und ohne Vorwarnung schüttelt der Kleine sein nasses Fell. Direkt neben meinem Bruder. Ich ahne, was gleich kommt. Schließlich schaut Coop den Hund so entsetzt an, als hätte er gerade versucht, ihn zu besteigen.

»Heilige ... Was soll das?«, fragt er gespielt empört, aber er liebt ihn genauso sehr wie die anderen. Eben auf seine Art. Und Socke bellt zweimal zur Antwort. Wüsste ich es nicht besser, würde ich vermuten, er grinst uns an. Können Hunde so was überhaupt?

»Hast du ihn nicht trocken gerieben? Ich hab extra diese flauschigen Handtücher gekauft, in die er so gut passt und die ihm nicht zwischen den Zehen wehtun.«

Ich pruste los. »Du hast flauschige Handtücher für den Hund gekauft? Das ist so süß. Wirklich!«

»Das hat nur einen praktischen Nutzen«, grummelt er und nimmt einen weiteren Schluck Kaffee.

Klar. Besonders jenen, dass er sich gemerkt hat, dass der Hund empfindliche Pfoten hat ... Ach, Bruderherz, da wird mir ganz warm ums Herz.

Ich lächle, und mein Blick fliegt zu Dylan, der Socke folgt, die Tür hinter sich lässt und somit in die Küche schlendert. Er setzt sich zu uns an den Tisch und denkt seinem Gesichtsausdruck nach das Gleiche über Cooper wie ich. Es liegt genug Abstand zwischen uns, trotzdem … Die Art, wie er sich bewegt, wie er mich ansieht, so fragend und studierend, ohne aufdringlich zu sein, seine Mimik und Gestik. Jetzt weiß ich es, jetzt fällt es mir auf: Ich kenne das. Als wäre man ständig auf der Hut – oder angespannt. Vielleicht stimmt das nicht. Vielleicht merkt er es auch nicht. Oder es ist einfach seine Art, aber es bleibt dabei: – es macht mich neugierig. *Er* macht mich neugierig. Trotz seiner Größe und meiner Angst um den Stuhl, von dem ich glaube, er könnte unter der Masse an Muskeln jeden Moment zusammenbrechen, schüchtert er mich nicht ein. Da ist nicht diese eine Frage in meinem Kopf, die seitdem bei jedem Mann auftaucht, den ich auch nur annähernd mag oder attraktiv finde, so wie ihn.

Könnte er so werden wie die anderen in jener Nacht?

Die Frage macht mir keine Angst mehr, sie wird nie ganz verschwinden, das weiß ich. Das dachte ich … aber gerade ist genau das passiert.

»Alles ist matschig und nass draußen, es regnet wieder, und Socke ist aufgeregt, weil wir Besuch haben – wie immer. Mit dem einen Unterschied, dass er noch nicht weiß, dass dieser Besuch bleiben wird. Sei froh, dass du nicht mit ihm rausmusstest, du Miesepeter.«

»Miesepeter?« Verwirrt schaut Cooper in die Runde. »Entschuldigung, dass ich versuche, den Hund meiner Freundin *und* meine Freundin glücklich zu machen. Den Hund, indem er trocken ist, und meine Freundin, indem sie weniger oft seinen Dreck wegmachen muss.« Mein Bruder ist dieses Mal so ehrlich empört, dass Dylan nicht anders kann, als richtig laut zu lachen, wobei seine Augen ganz klein werden und sein Oberkörper anfängt zu beben. Mir geht es ähnlich. Weil uns vollkommen klar ist, dass Andie vieles nicht mag, aber Putzen?

Ich schüttle den Kopf. Ich wohne zwar erst seit heute hier, aber ich kenne Andie mittlerweile durch all die Nachrichten und Telefonate zu gut. Trotzdem ist es schön, meinen Bruder so zu sehen – so verliebt.

Da fällt mir ein …

»Möchtest du auch Kaffee?«, frage ich Dylan, weil meiner fast leer ist und mir auffällt, wie unhöflich wir bisher waren. Dylan beruhigt sich langsam wieder, und Cooper leert seine Tasse, bevor er aufsteht.

»Idiot«, murmelt mein Bruder und verkneift sich selbst ein Grinsen. »Ich bin in meinem Zimmer, falls wer nach mir sucht.«

Nachdem Cooper weg ist, verändert sich die Atmosphäre im Raum. Sie wird nicht unangenehm, nur anders. Womöglich angespannter. Ich bin nicht sonderlich gut darin, neue Kontakte zu knüpfen. Nicht mehr. Aber ich gebe mir Mühe. Manchmal klappt es besser, wie bei Andie, und manchmal weiß ich, dass es schwieriger wird. Ganz besonders, wenn mein Gegenüber ähnliche Probleme mit Small Talk hat wie ich selbst. Und das scheint bei Dylan der Fall zu sein.

»Also, wir wohnen jetzt zusammen, was?«, bricht es irgendwann nervös aus mir heraus, und ich verdrehe über mich beinahe selbst die Augen.

Zoey, einundzwanzig Jahre, will Psychologie studieren, ist aber eine Idiotin.

»Sieht ganz so aus.« Er schiebt den Stuhl nach hinten, erhebt sich und bleibt unschlüssig stehen. »Danke für das Kaffee-Angebot, aber ich muss gleich los zu einem Termin.«

Er ist nicht harsch, wie es Cooper manchmal sein kann, ohne es zu wollen. Eher einfach nur distanziert. Es ist schade, dass er gehen muss. Trotz meiner Small-Talk-Probleme hätte ich das mit dem Gespräch gerne versucht.

»Oh, okay, kein Problem. Ich bin ohnehin fertig.« Ich sollte aufhören zu reden … »Bevor ich es vergesse: Aus welcher Serie stammt das Zitat auf Andies Tasse?«

»Brooklyn Nine-Nine.«

»Davon habe ich schon mal gehört. Ich nehme an, ich sollte sie mir ansehen?«

»Solltest du definitiv.«

Kein Lächeln, keine weitere Reaktion.

Distanziert, nicht unfreundlich, sage ich mir im Stillen.

Vielleicht ist es, weil wir uns noch nicht gut kennen. Oder er mag mich einfach nicht. Wäre auch eine Möglichkeit. Hat er kein Interesse daran, den Menschen, mit dem er zusammenwohnen wird, wenigstens ein bisschen kennenzulernen?

Doch Dylan nickt nur und verlässt danach den Raum, hat aber vergessen, Socke mitzunehmen. Oder der Kleine wollte nicht mit, denn er starrt mich vom Boden aus mit geneigtem Kopf an. »Jetzt sind alle verschwunden.« Socke stellt die Ohren leicht auf. »Und was machen wir zwei?« Erst mal das Geschirr, beschließe ich und schnappe mir die Tassen, wobei Socke mich neugierig beobachtet.

Nachdem ich alles in die Spülmaschine geräumt habe, tapst er hinter mir her.

Statt in mein Zimmer tragen mich meine Füße zu meinem Bruder, dessen Tür nur angelehnt ist und an die ich jetzt klopfe. Dylans hingegen ist ganz zu, wie es scheint.

Ein Grummeln ertönt, also schiebe ich die Tür auf und schaue hinein. Cooper sitzt im Schneidersitz auf dem Boden, vor ihm sein Skizzenblock, ein Bleistift liegt locker in der Hand, ein anderer ist zwischen den Zähnen eingeklemmt. Daher der seltsame Ton. Socke hüpft zwischen seine Beine und legt sich hin. Dabei gähnt er ausgiebig und wird sofort von meinem Bruder hinter den Ohren gekrault, während ich mich zu ihm auf den Teppich setze.

Cooper nimmt den Stift aus dem Mund, legt sein Zeichenzeug zur Seite und wartet ab. Nicht nur ich kenne ihn gut …

»Hast du zu Dylan etwas gesagt?«

Unsere Blicke treffen sich, seine Augenbrauen ziehen sich zusammen und eine kleine Falte entsteht zwischen ihnen.

»Was meinst du?«

Ich schlucke schwer, um den Kloß, der sich in meinem Hals bildet, zu vertreiben. »Er weiß es, oder?« Mein Bruder schweigt. »Sie wissen es alle«, wispere ich und halte seinem Blick stand.

»Dylan ist nicht so redselig. Du solltest dir da keine Gedanken machen.«

»Was genau wissen sie, Lane?« Ich übergehe seinen Einwurf und benutze mit Absicht seinen Vornamen. »Wie viel von allem? Bei Mason, June und Andie kann ich es mir denken beziehungsweise weiß ich es, aber da ist es okay. Ich meine, Mason war dabei und die anderen behandeln mich – normal. Dylan jedoch …« Weil ich keine Ahnung habe, wie ich den Satz beenden soll, kneife ich die Lippen zusammen.

»Dylan«, beginnt mein Bruder, »ist einfach Dylan.«

»So beschreibt dich Mason auch immer«, gebe ich so leise zurück, dass er es nicht hört, bevor ich lauter frage: »Du hast also nichts Bestimmtes erzählt?«

»Er hat genug mitbekommen, Zoey«, gibt mein Bruder seufzend zu und fährt sich dabei über das Kinn und seinen Bart. »Die grundlegenden Dinge weiß er, schließlich ist auch Dylan über die Jahre zu einem Freund geworden. Aber ich bin nicht zu ihm hin und hab ihm brühwarm alles erzählt, falls du darauf hinauswillst. Das ist nicht meine Aufgabe und steht mir nicht zu. Auch wenn ich es bei Andie musste.« Coop sieht verletzt aus. Aber das mit Andie damals war okay, es ist auch irgendwie seine Geschichte. Zumindest ein Teil davon.

»Ich meine nur … hast du so was angedeutet, dass er mich erst mal in Ruhe lassen oder vorsichtig mit mir umgehen soll?« Ich druckse herum und nestle mit den Fingern am Saum meines Pullovers. Nachdem ich es ausgesprochen habe, klingt es absolut dämlich. »Sorry, vergiss es«, wiegle ich ab, aber ich bekomme längst meine Antwort.

»Nein, ich bin nicht zu Dylan und habe ihm ein Regelwerk in die Hand gedrückt, das deinen Namen trägt, okay?«

Ich nicke, traue mich kaum, ihm wieder ins Gesicht zu sehen. Dylans Verhalten kam mir seltsam vor. Dabei hätte ich mir denken können, dass Cooper so was nicht tut. Auch nicht, wenn er sich Sorgen macht.

»Ich bin nur etwas müde.«

»Ich kann nicht fassen, dass ich das sage, nachdem ich wirklich lange versucht habe, dir diese Stadt auszureden, um dich zu beschützen, aber: Es wird schon gut gehen. Alles. Du schaffst das. Gib dem Ganzen etwas mehr Zeit.«

Ich beuge mich vor, umarme meinen großen Bruder und danke ihm erneut.

»Am besten gehe ich mal rüber, packe meine Sachen aus und schreibe Mom und Dad, damit sie nicht durchdrehen und im Wohnheim anrufen oder so. Hätte ich längst tun müssen.«

»Mach das.« Coop grinst. »Soll ich danach mit dir in die Stadt fahren, um den Unikram zu kaufen?«

»Hast du dir in den letzten Monaten ein Auto zugelegt?«

»Mein Motorrad fährt wunderbar, danke.«

»Da ist es so kalt drauf«, jammere ich gespielt, und er lacht mich aus.

»Du kannst Andies Motorradanzug haben und ihren Helm. Sie ist eine genauso große Frostbeule. Glaub mir, du wirst nicht frieren.«

»Was muss ich zahlen, damit wir den Bus oder ein Taxi nehmen?« Mein Bruder verschränkt die Arme vor der Brust und sieht mich wortlos an. »Fein! Dann eben nicht. Ich komme rüber, wenn ich fertig bin.«

»Ich leg dir das Zeug raus.« Er klingt viel zu fröhlich, als ich das Zimmer verlasse und in meines gehe. Bevor ich mich meinem Koffer widme, bücke ich mich nach meinem Handy, das noch an der Ladestation hängt. Der Akku ist noch nicht voll, aber ich kann es wenigstens anschalten und nach Nachrichten schauen. Hoffentlich haben Mom und Dad nicht versucht, bei mir oder – schlimmer! – an der Uni anzurufen.

Die Bilanz: Zehn Anrufe in Abwesenheit, davon drei von Cooper und einer von Mason, der Rest stammt von meinen Eltern. Na toll … Vier Mailboxnachrichten. Mit Sicherheit auch von meinen Eltern. Cooper hasst es, auf die Dinger zu sprechen, und Mason hat keine Geduld für so was.

Die Nachrichten ploppen auf. Mase schreibt, dass er mich abholt und vor dem Haupteingang wartet, wie mit Coop abgesprochen. Coop schreibt, dass er nicht glauben kann, dass er mich nicht erreicht, und ich mich melden soll – und außerdem sind da noch die von Mom und Dad.

Hallo Schatz, bist du schon im Zug? Hat alles geklappt? Auch mit dem Koffer?

Zehn Minuten später: *Wir haben bei der Spedition angerufen, damit auch alles gut geht, leider wollten sie uns keine Auskunft geben zu deinen Möbeln.*

O Mann. Sie meinen es gut, sie lieben mich und machen sich Sorgen. Aber bei Gott, seit jenem verhängnisvollen Tag, oben im Zimmer eines fremden Hauses, und das während einer Party, sind sie schlimmer als je zuvor, was ihre Fürsorge angeht. Ich werde erdrückt. Sie rauben mir die Luft zum Atmen. Und dadurch, dass sie immer wieder so sind, sind sie ein Teil meines Problems geworden. Sie lassen mich das nicht vergessen. Sie lassen es nicht hinter sich, was wiederum dazu führt, dass es mir auch allgegenwärtig bleibt.

Verdammt, ja, sie meinen es nur gut – aber sie machen es nicht besser.

Die Nachrichten danach sind ähnlich, ich solle anrufen, mich melden, sie würden nur wissen wollen, ob alles okay sei.

Ich ziehe das Handy vom Kabel, setze mich aufs Bett und rufe an. Irgendwann muss ich es hinter mich bringen.

Es tutet, keine zweimal.

»Hallo? Zoey, bist du das?«

»Hey Mom.«

»So schön, von dir zu hören. Bist du in Ordnung? Bist du gut angekommen?«

»Mom, ich …« Ich kann es nicht mehr hören.

Bitte, hör auf, mich das zu fragen. Damit meine ich nicht für immer oder einmal die Woche. Damit meine ich jede Stunde an jedem einzelnen verfluchten Tag. Doch all das sage ich nicht. Natürlich nicht.

»Ja. Ja, alles ist okay. Mit dem Zug hat alles wunderbar geklappt.«

»Das freut uns. Dein Dad ist noch mal zur Arbeit, er ruft bestimmt später an.«

»Nein, nein! Ich meine, das muss er nicht. Sag ihm am besten, dass alles in Ordnung ist. Ich hab noch einiges zu tun und muss mich erst mal orientieren.«

»Das mache ich, Schatz. Wie ist das Wohnheim denn?«

»Das Wohnheim?« Ich verziehe das Gesicht, schaue mich in meinem Zimmer um – das alles ist, aber sicher kein Wohnheim – und überlege fieberhaft, wie ich lügen soll, ohne zu lügen. Schließlich beschreibe ich das Wohnheim, erinnere mich an die Bilder und Angaben im Internet sowie die Erzählungen von June, die dort einige Zeit verbracht hat.

»Das klingt toll. Gemütlich. Passen auch wirklich alle Möbel in das Zimmer?« Meine Mom klingt skeptisch.

»Klar, das passt. Die ersten Möbel sind bereits da, und ich baue sie bald auf.« Nur eine halbe Lüge.

»Oh! Das sind ja tolle Neuigkeiten. Schick uns unbedingt ein Foto, wenn alles steht. Ich habe deinem Dad bereits auf dem Heimweg gesagt, dass wir dich vor der Summer Break besuchen kommen sollten.«

Bitte was? Nein!

»Äh … ja, also … lass uns das ein anderes Mal besprechen. Ich will in den Semesterferien heimkommen und mich hier auch erst einleben, und nächste Woche startet die Orientierungsphase. Momentan weiß ich nicht, welche Kurse ich tatsächlich belege und wie hoch das Pensum sein wird.« Wieder gelogen. Ich habe längst einen Plan, aber ich kann nicht zulassen, dass meine Eltern mir nichts, dir nichts hier auftauchen.

»Du hast recht. Wir reden die Tage mal in Ruhe darüber.«

»Mom, ich meine das ernst. Keine Überraschungsbesuche.« Ich betone das ausdrücklich. Nicht nur, weil mir das wichtig ist und mich dieses Telefonat unruhig werden lässt, sondern auch, weil es mich wütend macht. Sie haben Coop nie besucht. Hatten es nie vor. Sie schaffen es ja nicht einmal mehr, überhaupt zuzugeben, dass sie einen Sohn haben. Manchmal würde ich meine Eltern gern so lange anschreien und schütteln, bis sie verstehen, dass ihre Bedürfnisse nicht die meinen sind.

»Zoey!« Ihr Tonfall ist verwundert, sie hört sich beinahe empört an. »Was ist daran so schlimm, wenn wir Zeit mit dir verbringen und nach dir sehen wollen? Wir wollen nur sichergehen, dass es dir gut geht, nichts weiter.« Ich kann nicht in Worte fassen, wie sehr ich mir auf die Zunge beißen muss, um nichts zu erwidern, was ich danach bereuen würde.

»Ich weiß. Aber gebt mir doch vorher ein bisschen Zeit hier.«

»Das werden wir … Ich meine … Das ist kein Problem.« Sofort fühle ich mich schlecht, weil ich merke, wie traurig Mom wird.

»Okay. Danke«, antworte ich wesentlich ruhiger. »Gib Dad einen Kuss von mir.«

»Das werde ich. Wir lieben dich.«

»Ich euch auch«, flüstere ich mit belegter Stimme. »Bis bald.« Ich lege auf.

Das Handy plumpst neben mir auf die Matratze, mein Kopf sackt nach vorne in meine Hände und ich schließe für einen Moment die Augen, um mich zu sammeln. Ich war naiv, anfangs geglaubt zu haben, dass sie es gut verkraften würden, wenn ich wegziehe. Oder dass sie mehr als vier Jahre danach endlich loslassen könnten. Es war so unglaublich dumm, überhaupt zu hoffen, dass sich etwas ändern würde.

Kopfschmerzen bahnen sich an, und ich massiere mir ein, zwei Minuten lang die Schläfen, bevor ich mich aufraffe, mein Handy erneut an den Strom anschließe und mich meinem Rucksack widme.

Wenn ich mich hier so umschaue, muss ich feststellen, dass die Jungs das toll gemacht haben. Aber das Bett hätte ich wirklich gern auf der anderen Seite, direkt an der linken Wand. Ich mag es nicht, wenn man die Tür eines Zimmers aufmachen und quasi ins Bett fallen kann. Nicht mehr. Ich schlafe besser, wenn es in einer Ecke steht, am besten so weit weg von der Tür wie irgend möglich. Es fühlt sich geschützter an, gemütlicher.

Die Kommode kann daneben stehen bleiben, ebenso der Kleiderschrank in der Ecke neben dem Schreibtisch. Er muss nur noch etwas näher an die Wand und leicht schräg gestellt werden. Da, wo jetzt das Bett ist, würden sich nicht zu hohe, aber lange offene Regale gut machen. Ja, ich denke, das könnte schön aussehen. Pflanzen. Die fehlen hier eindeutig auch. Meine konnte ich nicht mitnehmen, ich hatte bisher eh nie genug Platz für viele, aber hier? Hier passen mindestens vier allein auf die Fensterbank. Neben den Kleiderschrank würde sogar ein großer Ficus passen. Oder etwas Ähnliches.

Allein die Vorstellung, wie bald alles aussehen könnte, macht mich unheimlich happy und vertreibt die bedrückte Laune von eben. Vielleicht stelle ich Coop heimlich eine kleine Pflanze ins Zimmer. Früher hat er alles, was grün ist, zum Sterben gebracht, aber was ist ein Zimmer ohne Pflanzen? Womöglich könnte ein kleiner Elefantenbaum bei ihm überleben oder nur ein Kaktus? Ich werde mir etwas überlegen.

Mit dem Rucksack in der Hand gehe ich zu meinem neuen Schreibtisch, der eine wundervolle dunkle Echtholzplatte besitzt. Er wird genau hier, links neben dem Fenster bleiben. Dort ist es hell, und ich kann die Wand trotzdem für eine Pinnwand aus Kork oder so benutzen.

Nachdem mein Rucksack leer ist, damit ich ihn gleich mit in die Stadt nehmen kann, um meine Schreibwaren zu verstauen, und weil mein Bruder immer noch diese angsteinflößende Maschine fährt, geht es an den Koffer.

Um das Ladekabel zu suchen, habe ich bereits alles durcheinandergebracht, was noch irgendeine Form von Ordnung aufweisen konnte.

Musik. Ich brauche endlich Musik. Also mache ich auf meinem Handy Spotify an, setze meine geliebten Bluetooth-Kopfhörer auf und schiebe mit aller Kraft den Kleiderschrank dahin, wo er hinsoll. Danach brauche ich eine Pause, weil ich mich sogar durch die Kopfhörer schnauben höre und mein Brustkorb sich hebt und senkt, als wäre ich einen Marathon gelaufen. Als sich mein Atem beruhigt, lege ich meine Klamotten zu *What's Up?* von den 4 Non Blondes zusammen und in den Schrank hinein.

Fröhlich tanze ich im Zimmer umher, summe mit und merke, wie sich all die Sorgen und die Anspannung in mir endlich lösen.

Ich bin hier.

In Seattle.

Und es macht mir keine Angst mehr.

6

All die Was-wäre-gewesen-wenn-Fragen *haben keinen Sinn. Sie machen nichts besser, sie machen keinen Unterschied. Das Einzige, was sie erschaffen, sind Wunschvorstellungen, die nie in Erfüllung gegangen sind, weil wir die richtige Abzweigung dafür verpasst haben. Und nun müssen wir damit leben ...*

Dylan

Ich muss los. Elliott hasst es, auf mich zu warten, und ich hasse es, zu spät zu kommen. Trotzdem bewege ich mich nicht, bleibe auf meinem Bett liegen und kann mich nicht dazu aufraffen, die Lider zu heben oder die Arme hinter dem Kopf zu lösen.

Die Schmerzmittel wirken. Ich bin vor Erleichterung kurz davor gewesen einzuschlafen. So wie jedes Mal. Weil die Angst, dass auch die irgendwann nicht mehr helfen, ständig präsent ist. Genauso wie das Wissen, dass es Phantomschmerzen sind. Für mich sind sie echt. Sie sind da, in meinem Kopf – und es tut verdammt weh. Aber das Bein, das gibt es nicht mehr. Verrückt.

Seufzend atme ich tief durch, zähle innerlich bis drei und setze mich auf. Ich mustere mein linkes Bein, von dem ich, direkt nachdem ich das Zimmer betreten habe, wieder die Prothese abgenommen habe. Deshalb habe ich die Tür hinter mir verschlossen. Falls jemand es in all den Jahren mitbekommen hat, dass ich das ab und an tagsüber, aber vor allem jede Nacht tue, hat niemand etwas gesagt oder danach gefragt.

Während ich die Prothese erneut anlege und dieser Routine nachgehe, ohne groß darüber zu grübeln, schweifen meine Gedanken zu Zoey. Ich wollte nicht unhöflich sein, vorhin in der Küche. Deshalb bin ich kurz rein, hab Hallo gesagt und mich gesetzt, obwohl mein Stumpf gezogen hat wie die Hölle.

Ich hätte gern einen Kaffee getrunken, aber ich musste raus, musste mich hinlegen und an einen Ort, an dem ich dem Ganzen nachgeben kann. Es passiert nicht mehr ganz so oft, meist habe ich ein paar Wochen Ruhe, zumindest vor den Phantomschmerzen. Die Schmerzen am Stumpf sind wieder etwas ganz anderes. Aber wenn sie kommen, gleichen sie einer Lawine, die mich unter sich begraben will.

Die Medikamente helfen bereits, mich etwas besser zu fühlen, noch besser wird es jedoch erst, wenn ich bei Elliott war. Das weiß ich, denn so war es bisher immer.

Die Prothese sitzt, ich schließe die Tür auf und … Singt da etwa jemand? Ich bleibe stehen und lausche. Zum Glück ist es Zoey und nicht Cooper, der könnte die Töne nicht mal halten, wenn sein Leben davon abhinge. Der Gesang ist nicht laut, aber ich höre genug, um festzustellen, dass sie es kann. Dass es sich schön anhört. Das Lied bringt mich zum Schmunzeln. Ein Song aus den Neunzigern. Ich erwische mich dabei, warten zu wollen, bis es endet, aber ich muss los. An der Garderobe schnappe ich mir meine Jacke und die Autoschlüssel aus der Schale, dann gehts runter.

Vor der Tür steht ein gebrauchter dunkelgrüner Land Rover, eines der kleineren Modelle, daher nicht ganz so protzig. Ich habe lange mit mir gehadert, ob ich etwas Geld in die Hand nehmen soll, um mir endlich eines zu holen. Erst vor wenigen

Wochen, kurz vor Weihnachten, habe ich mich dazu durchgerungen und es einfach getan. Ich bin seit dem Unfall nicht mehr Auto gefahren, erst mit dem Kauf des Rovers hat sich das geändert. Er war recht günstig und ist gut in Schuss. Die Automatik lässt mich bei manchen Fahrten vergessen, dass ich nur ein unversehrtes Bein habe, da ich ausschließlich das rechte Bein zur Betätigung benötige. Wahrscheinlich würde es auch mit Gangschaltung irgendwie funktionieren, trotzdem bin ich dankbar, dass es mir nicht so schwer gemacht wird, mobiler zu sein. Das Auto war nötig, auch wenn ich die ersten Fahrten nur mit Schweißausbrüchen hinter mich gebracht habe. Heute bin ich noch nicht vollkommen tiefenentspannt, aber es wird immer besser. Es war vor allem für Granny wichtig. Nicht, dass sie das verlangt hätte, aber ich sehe, dass ihr mit zunehmendem Alter alles schwerer fällt. Auch wenn sie das gut zu verstecken weiß, kann sie mir nichts vormachen. Ihre Arthrose macht ihr zu schaffen, der Rücken und die Gelenke. Die Frau ist Ende siebzig, aber ansonsten fit wie manch Sechzigjähriger – nur ist sie eben nicht mehr so jung und braucht für alles etwas länger.

Der Großteil der Strecke ist mit dem Zug zu schaffen, aber vom Bahnhof bis raus zu ihr aufs Land ist es noch ein Stück. Ich muss immer öfter zu ihr, ich möchte das, und ganz ehrlich, das Auto nimmt mir Arbeit ab, lässt mich flexibler werden. Vor Ort kann ich Granny auch mal ohne Probleme – und ohne mir den Wagen von ihrem Nachbarn Frank leihen zu müssen – zum Arzt oder zum Einkaufen fahren. Ihr beim Tragen helfen.

Ich starte den Motor, der am Anfang immer etwas knattert, und fahre los. Heute wird es das erste Mal sein, dass ich zu spät komme. Und das nur, weil ich Coopers Schwester beim Singen zugehört habe. Weil ich es genossen habe. Shit. Was ist nur los mit mir?

Dank des beschissenen Verkehrs komme ich erst eine halbe Stunde später bei Elliotts Studio an, und bevor er was sagen kann, entschuldige ich mich bereits. »Es tut mir so leid, Mann. Auf den Straßen ist die Hölle los und …«

»Schon gut«, wiegelt er ab, und wir schütteln uns die Hand. »Ich habe mir Sorgen gemacht, weil du nicht der Typ bist, der anderer Leute Zeit verschwendet.«

»Den Seitenhieb habe ich bei fünfzehn Minuten Verspätung wohl verdient.« Er grinst.

»Was macht dein Bein?«

»Ist weg«, gebe ich den schlechtesten Witz aller Zeiten von mir.

»Gott, Anderson. Der war noch mieser als all deine Witze zuvor.« Elliott nennt mich gern bei meinem Nachnamen, weil er der Meinung ist, Matrix sei ein geiler Film und ich solle mir ein Beispiel an Neo nehmen und meine innere Kraft channeln oder so. Klingt esoterisch und seltsam, aber er hatte bisher immer recht. Tatsächlich ist Matrix verdammt gut, zumindest Teil eins. »Wenn du solche Witze reißt, ist es kein guter Tag, nehme ich an.« Seine Miene wird ernst, er verschränkt die Arme vor der Brust und mustert mich.

Elliott ist gute fünfzehn Jahre älter als ich, und wir kennen uns, seit ich nach dem Unfall in der Reha war. Er war mein Physiotherapeut und hat mir – wie sagt man – auf die Beine geholfen. Immer noch ein witziger Satz für mich. Aber es ist wahr. Ohne ihn hätte ich es nicht geschafft – ohne ihn und Granny. Wegen seiner Hartnäckigkeit und des Umstands, dass er mich nicht mit Samthandschuhen angefasst und nicht verurteilt hat, und wegen all der Gespräche, bin ich einigermaßen heil aus der Sache rausgekommen. Weniger gebrochen als erwartet. Er erinnert mich immer an Mr Miyagi aus Karate Kid und gleichzeitig an einen der guten, alten Filmbösewichte. Außerdem war er der Grund, warum ich mit einem Studium beginnen wollte und mir wieder Gedanken um die Zukunft gemacht habe. Wegen ihm studiere ich, was ich studiere. Auch wenn er nach dem Orthobionikstudium lieber in die Physiotherapie ging und sich darin ausbilden ließ.

Er war wie ein cooler Onkel für mich, ein Mentor und guter Freund. Wahrscheinlich ist er es geblieben. Seine Meinung ist mir wichtig, sonst würde ich nicht weiterhin jede Woche herkommen. Heute brauche ich keine Physio mehr, nicht wirklich, aber Elliott trainiert mit mir weiter, und das tut mir gut. Er kennt meine Verletzung, er kennt mich und weiß, wo meine Grenzen liegen. So wie meine Granny, die keinen Termin mit Elliott verpasst hat, die immer da war und mich aufgefangen hat.

Wenn die anderen denken, dass ich zum Sport ins Fitnessstudio gehe, bin ich in Wahrheit auf dem Weg zu Elliott.

»Kein guter Tag«, bestätige ich knapp. Mit seiner rechten Hand fährt er sich über die Stoppeln auf seinem Kopf.

»Medikamente?«, fragt er nur, und ich nicke. »Verdammt, was tust du dann hier? Ich hoffe, die Antwort ist nicht dein Training, falls doch schmeiße ich dich nämlich hochkant raus. Du wirkst total angespannt.«

Leise und verzweifelt steigt ein Lachen in mir hoch. Ich weiß, wie ernst Elliott das meint. Aber tatsächlich bin ich deswegen nicht hier.

»Ich brauche den neuen Trainingsplan und etwas Ablenkung. Und vielleicht hast du Lust auf eine Runde Meditation.« Das hilft mir oft mehr als alles andere. Abschalten, fokussieren, zur Ruhe kommen. Auch das habe ich von ihm gelernt.

»Ich hatte gehofft, dass du vernünftig bist. Hol schon mal die Matten, du weißt ja, wo sie sind. Bin gleich bei dir.«

7

Wenn man erwachsen wird, sucht man die Monster,
die einem Angst machen, nicht mehr im Schrank
oder unter dem Bett. Man sucht und findet
sie in sich selbst.

Zoey

»Ich bin vorsichtig gefahren! Noch langsamer, und die Oma mit ihrem Rollator hätte uns überholt.«

Ein Schauer zieht durch mich hindurch, und ich bin froh, dass ich die Motorradkluft, die tatsächlich erstaunlich bequem war und mich warm gehalten hat, ablegen kann. Und froh darüber, diese Shoppingtour hinter mich gebracht zu haben. Ich hätte auf Andie warten sollen oder auf June, mit ihnen hätte es mehr Spaß gemacht. Aber es war trotzdem nett von meinem Bruder, mich extra in die Stadt und wieder zurückzufahren, auch wenn es mit diesem Zweirad aus der Hölle passieren musste. Ich kann diesen Dingern leider nichts abgewinnen. Klar, sie sind schön anzusehen, aber gleichzeitig auch so ungeschützt. So nackt. Jeder Unfall, jede falsche Bewegung kann dich sofort schwer verletzen oder gar umbringen. Dieses Risiko brauche ich nicht.

»Ich weiß«, erwidere ich seufzend und mit gedämpfter Stimme, während ich das Thermoshirt über den Kopf ziehe.

Coop legt gerade unsere Helme ab, und ich höre die Schlüssel klimpernd in die Schale fallen.

»Die Oma, Zoey!« Er muss es noch einmal betonen, bevor er den Kopf schüttelt, und ich ziehe prompt eine Schnute.

»Ich fahre lieber Auto. Da ist es warm, und man hat einen Gurt, einen Airbag, ein richtiges Lenkrad«, zähle ich an den Fingern auf.

»Eigentlich ist es auch gut, dass du keinen Drang besitzt, schnelle Autos zu fahren oder bei heißen Typen aufs Motorrad zu steigen.«

Meine Hand sinkt nach unten, ich grinse schelmisch und wackle mit den Augenbrauen. »Du meinst, wie Andie? Die bei dir aufgestiegen ist.«

»Das ist was anderes«, brummt er und geht in Richtung Couch. »Außerdem glaube ich, dass sie mein Bike am Anfang auch nicht besonders vertrauenerweckend fand.« Ein Lächeln umspielt seine Lippen, und er scheint in Gedanken versunken, als ich mich samt Rucksack auf dem Sessel schräg neben ihm niederlasse.

»Das ist es ja auch nicht«, sage ich. Wäre ich Mason, würde mein Bruder mir vermutlich den Mittelfinger zeigen. Stattdessen wirft er mir einen grantigen Blick zu und zieht sein Handy hervor.

»Wow, schon so spät. Andie und June müssten …« Schritte, Stimmen, ein Schlüssel im Schloss und danach eine strahlende June, die die Arme in die Höhe streckt.

»Wir sind da!«, jubelt sie, während Andie an ihr vorbeigeht und meinem Bruder einen Kuss aufdrückt. Ich freue mich so, die beiden zu sehen. Augenblicklich springe ich auf, umarme Andie und danach June und kann nicht damit aufhören, bis über beide Ohren zu strahlen. Aber irgendetwas ist anders …
June benutzt kein Make-up mehr, fällt mir auf. Erstaunt be-

wundere ich ihre neue Erscheinung. Sie trägt ihr Feuermal mit Stolz, und obwohl Andie mir bereits davon berichtet hat, ist es etwas anderes, es im realen Leben zu sehen.

Ich ziehe sie noch mal an mich und bin so erleichtert, dass June einen Weg gefunden hat, glücklich zu sein. Vor allem mit sich selbst. Dass sie und Mason endlich zusammengefunden haben.

»Es ist so großartig, euch zu sehen«, bringe ich hervor.

Als wir die Tür schließen wollen, drückt etwas dagegen.

»Hey, was ist denn hier los?« Dylan. Für einen Moment stockt mein Atem, und ich habe das Gefühl, all meine Sinne richten sich nach ihm aus. Das ist verrückt. Dieses Gefühl. Es ist angenehm, nicht beängstigend. Und doch so unerwartet. Es ist etwas, das ich glaubte, vergessen oder verloren zu haben.

»Uni ist vorbei für diese Woche, wir haben das Blockseminar des Grauens hinter uns gebracht, bei Cruella de Vil.«

»So nennt June die Dozentin, und ich gebe ihr bei der Namensauswahl vollkommen recht«, fügt Andie an und verzieht das Gesicht.

»Wenn man dieses Seminar geschafft hat, schafft man alles. Ich glaube fest daran«, sagt June euphorisch, bevor sie zum Wohnzimmertisch geht und wir ihr folgen. »Ich hab übrigens was zu essen mitgebracht.«

»Also Zucker«, stellt Cooper fest, während Andie lächelnd nickt und sich zu ihm setzt.

»Donuts für alle. Weil das Seminar endlich durch ist, für das wir eine ganze Woche der Ferien geopfert haben. Sogar die letzte, Gott steh uns bei, und weil Zoey jetzt hier lebt. Unsere Gang wächst.«

Ich pruste los. »Gang? Muss ich einen Eid schwören? Gibt es ein Aufnahmeritual?«

»Werd nicht frech, junge Dame!«, sagt sie und zieht einen Smiley-Donut aus der Packung, den sie mir reicht. »Hier, Ihre Eintrittskarte.« Danach schnappt sie sich selbst einen und beißt herzhaft hinein. Als sie Dylans fragenden Blick über die Schulter bemerkt, greift sie nach der anderen Tüte. »Ach ja, für dich war ich extra bei Sally's.«

Dylan zieht ein betörend duftendes Stück gedeckten Apfelkuchen samt Streuseln heraus und gibt ihr einen Kuss auf die Wange. Er wirkt entspannter als heute Mittag, ruhiger.

»Danke, du bist ein Schatz.«

»Ich weiß«, nuschelt sie mit vollem Mund, während Dylan schon dabei ist, sich aus der Küche einen Teller zu holen und einen Kaffee zu machen. Der Duft dringt bis zu uns ins Wohnzimmer.

Währenddessen beiße ich in den Donut und bekomme fast augenblicklich einen Zuckerschock. Alle Augen sind auf mich gerichtet, und ich ringe mir ein Lächeln ab. Dabei klebt mein ganzer Mund. Zuckerguss war noch nie mein Ding.

»Hm, köstlich.« Mein Bruder bricht prompt in schallendes Gelächter aus. Ich glaube, er weint sogar vor Lachen. Verräter.

»Sie hasst es«, murmelt er und lacht weiter. Selbst Andie verkneift es sich und beobachtet wie ich gespannt June, die in diesem Moment die Lippen kräuselt.

»Kein Smiley-Freund also. Na fein.«

Mit Mühe schlucke ich das Stück runter. »Ich bin mehr der Puderzuckertyp, also ganz normal, nicht in dieser Form«, versuche ich, mich zu erklären, aber auch June stimmt bereits in das Gelächter ein, und ich spüre, wie mir die Hitze in die Wangen steigt.

»Hauptsache, ihr habt Spaß«, entgegne ich, und June nimmt mir den Donut ab.

»Keine Panik, du gehörst trotzdem zur Gang, ob du willst

oder nicht. Schön, dass du da bist, Zoey«, fügt sie so ehrlich an, dass mich ein ganz warmes Gefühl durchströmt.

»Finde ich auch.«

»Ich freu mich wirklich. Endlich bist du hier«, kommt es aus Andies Mund, der gerade vom Gähnen so weit aufgerissen ist, dass man kaum eines ihrer Worte versteht. Ihre Brille bewegt sich auf der Nase wie ein Betrunkener auf der Tanzfläche. »Sorry, diese Woche hat mich echt fertiggemacht. June ist nur high von dem ganzen Zucker, die wird gleich auch müde, glaub mir«, erklärt Andie, nachdem sie meinen fragenden Blick bemerkt hat, der zwischen June und ihr hin und her wanderte. »Okay, ich muss mich hinlegen. Nur eine Stunde, dann muss ich mich ohnehin zurechtmachen für die Arbeit.« Andie stützt sich ab und steht von der Couch auf.

»Ich komme mit.« Mein Bruder tut es ihr gleich. Im Vorbeigehen drückt Andie mich noch einmal. »Willkommen, Zoey.«

»Schlaf schön, Andie«, flüstere ich glücklich zurück und sehe ihr Schmunzeln – und das zweite große Gähnen, das sich gerade anbahnt. Sie winkt uns noch, während sie mit Cooper in seinem Zimmer verschwindet. Vermutlich legt er sich zu ihr oder zeichnet ein wenig.

June beißt ein letztes Mal herzhaft in ihren Donut, bevor sie die Packung schließt, und Dylan kommt mit Kaffee und Kuchen aus der Küche, was er beides auf dem Tisch abstellt.

»Wie lange war ich weg?«

»Lange genug, dass Andie fast vor Müdigkeit ins Koma gefallen ist. Sie hat sich hingelegt, sie hat die Spätschicht heute. Coop ist bei ihr.«

»Verstehe.«

»Ich fahre jetzt auch, ich will mir noch das Seminar abduschen und ein wenig entspannen, bevor es nachher wieder laut wird. Es sei denn, ich kann dir noch irgendwie helfen, Zoey?« Ich schüttle nur den Kopf. »Wenn doch, sag bitte Bescheid. Sonst sehen wir uns heute Abend im Club«, trällert sie fröhlich und geht in Richtung Wohnungstür. Vollkommen verwirrt schauen Dylan und ich uns an, nur um gleichzeitig June hinterherzusehen.

»Warte, warte, warte«, sagt er.

»Ja, warte bitte, June!«

»Ach, Leute! Tut mir das nicht an. Es ist Zoeys erster Abend. An Andies erstem Abend war ich auch mit ihr im Club.« Sie schaut uns an wie ein süßes Baby, dem man keinen Wunsch abschlagen kann. Oder wie ein Welpe, was es nicht gerade besser macht.

Ich gehe nicht in Clubs. Nie.

Nein, das stimmt so nicht, es ist nur so, dass ich das sehr lange nicht getan habe. Ich war mit ein paar Freunden in Bars, aber in einem großen Club? In mir baut sich keine Angst auf, aber da ist Unsicherheit. Und manchmal auch das absurde Gefühl, dass sich mein Leben nicht normal anfühlen darf. Dass ich nicht feiern darf, nicht ausgelassen sein darf. Nur wegen jenes Abends. Dabei war ich nicht schuld. Ich habe damals nichts falsch gemacht.

Milly hat mir während der ganzen Therapie oft genug erklärt, dass solch eine Reaktion nicht untypisch ist und Schuldgefühle und Scham sich vermischen. Opfer suchen den Fehler bei sich. Einen, den sie nie finden werden, weil es ihn nicht gibt. Man fühlt sich schuldig, und man schämt sich, weil man es nicht verhindern konnte. Weil es passiert ist und man es zulassen musste, glaubt man, dass man das Glücklichsein nicht verdient hätte. Zumindest ging es mir so. Das ist so absurd. So grauenvoll. Und doch Teil meines Lebens.

Da sitzt dieses Monster in mir, das mir ständig zuflüstert, ich solle Angst haben.

Ich habe es bekämpft.

Ich habe es akzeptiert.

Heute bin ich mir dessen bewusst, kann es verstehen und reflektieren. Trotzdem kommen die Gedanken immer mal wieder, und das erschreckt mich zutiefst, weil ich sie nicht haben möchte. Weil ich nicht schuld bin und es verdient habe, mich frei und unbeschwert zu fühlen, anstatt hinter jeder Ecke einen Vergewaltiger zu vermuten. Hinter jedem Mann und jeder seiner Bewegungen.

Weil wir still bleiben, zeigt June auf Dylan. »Du hast den Club noch nie von innen gesehen, da bin ich sicher. Das ist traurig.«

»Tanzen ist nicht so mein Ding.«

»Das musst du auch nicht. Setz dich an die Bar. Andie mixt fantastische Cocktails.« Gerade als Dylan etwas erwidern will, unterbricht June ihn. »Ohne Alkohol.« Das nimmt ihm anscheinend den Wind aus den Segeln, denn er schließt seinen Mund wieder. »Wir können einfach nur zusammen sein, Musik hören, lachen, Andie Gesellschaft leisten. Bitte!«

»Okay«, höre ich mich sagen und kann es selbst kaum glauben. »Der Tag war zwar lang, aber ein, zwei Stunden sind bestimmt kein Problem. Ich war auch noch nie in Masons Club, und ich weiß, wie stolz er darauf ist.« Mein Blick findet den von Dylan. Während er mich ansieht, gibt er klein bei.

»Ich komme mit, aber nur auf ein Wasser.« Als er sich June zuwendet, atme ich tief durch. Die Art, wie er einen ansieht … es ist, als würde er nach Antworten suchen. »Und nur, weil du mir Apfelkuchen mitgebracht hast.«

»Ah! Das ist so großartig. Bis später, Leute.« June macht einen Freudensprung, verabschiedet sich, und als hinter ihr die Tür ins Schloss fällt, ist es so still, dass ich mein Blut in den Ohren rauschen hören kann. Ich gehe heute Abend in Masons Club. Ich gehe aus.

84

Neben meinem pochenden Herzen bemerke ich leider auch meinen knurrenden Magen. Es gab heute bisher nur ein schnelles Frühstück – und den einen Bissen des widerlichen Donuts.

Reflexartig legen sich meine Hände darauf. Wow, das war laut. Ich drehe mich zu Dylan, der wieder in der Küche verschwindet und kurz darauf mit einer weiteren Gabel zurückkommt. Er setzt sich ans linke Ende der Couch, hebt den Teller und – hält mir die Gabel hin.

»Dein Magen war kaum zu überhören. Das macht es mir leider unmöglich, den Kuchen allein zu verdrücken.«

»Das ist nett.« Dankbar lächelnd greife ich nach dem Besteck. Ich setze mich zu ihm, darauf bedacht, ihm nicht allzu nahe zu kommen. Sein Körper ist wie ein Berg, neben dem ich mir winzig vorkomme. Er strahlt eine Hitze aus wie ein Vulkan, der kurz davor ist auszubrechen. Seine Oberarme haben bald dasselbe Ziel, was sein Sweatshirt angeht, da bin ich sicher. Dass sie es noch nicht gesprengt haben, gleicht einem Wunder.

Ich habe nicht vor, ihn so anzustarren, aber jede seiner Bewegungen mit der Hand überträgt sich auf seinen Arm und seinen Oberkörper. Jeder Muskel macht mit. Es ist faszinierend – dieses Zusammenspiel.

Als Dylan den Teller etwas mehr in meine Richtung hält, habe ich ganz kurz ein schlechtes Gewissen, weil der Kuchen nicht besonders groß ist. Doch als er sich das erste Stück in den Mund schiebt und genüsslich seufzt, tue ich es ihm nach. Und ganz ehrlich? Mein schlechtes Gewissen verpufft augenblicklich. Der Kuchen schmeckt wie ein Himmel aus warmem Apfel mit Zimt.

»Der ist unglaublich. Du hast ihn noch mal warm gemacht, oder?«, nuschle ich mit vollem Mund.

»Nur kurz, damit die Streusel nicht matschig werden. Sally macht den besten Apfelkuchen der Welt. Kein klassischer Apple Pie oder die mit Zuckerguss, sondern eben das hier. June hat ihn für mich entdeckt, Sallys Laden liegt nur eine Straße entfernt von ihrer neuen Wohnung mit Mason. Sallys Großmutter kommt wohl aus Deutschland, und daher stammt das Rezept.«

»Ich wünschte, ich hätte es … das Rezept.« Dylan nickt zustimmend. »Der Laden ist nicht allzu weit von hier entfernt, oder?«

»Ein Stück, aber keine Weltreise. Vor allem ist es nicht weit vom Campus. Die Bäckerei liegt etwas versteckt in einer kleinen Gasse, aber da ist immer was los.«

»Ich verspreche, ich besorge uns neuen Kuchen. Danke noch mal fürs Teilen.«

Dylan nickt nur, weil sein Mund bereits wieder voll ist und er nicht reden kann.

Was studiert er noch mal? Ist er auf demselben Campus wie die anderen? Ich kann mich erinnern, dass Andie, Mason und June sich oft sehen, nicht nur wegen ein paar gemeinsamer Seminare in Wirtschaft oder Finanzen, sondern weil die Studienfächer in denselben Gebäuden unterrichtet werden. Mein Bruder studiert mit Kunstgeschichte und Kunst zwei Gebäudekomplexe weiter, und ich werde bei den Medizinern sein. Ich habe mir den Campus so oft online angesehen und mir dazu etwas erzählen lassen, dass ich glaube, ihn bereits auswendig zu kennen. Dabei ist das Unigelände der Harbor Hill gigantisch.

Als Dylan das letzte Stück aufspießt, überwiegt meine Neugierde und ich stelle all die Fragen, die mir auf der Seele brennen.

»Du studierst auch, richtig? Welches Hauptfach? Triffst du die anderen häufig?«

Dylan räuspert sich. »Nein, die Studiengänge der anderen sind eher zentral gelagert, mein Bereich ist am Rand des Campus. Bei den Medizinern.«

Überrascht blicke ich auf. »Du studierst Medizin?« Daran würde ich mich erinnern, oder? Ich krame in meinem Gedächtnis. Hätten mir Andie oder Cooper gesagt, dass ihr Mitbewohner Medizin studiert, hätte ich das auf keinen Fall vergessen.

»Nicht ganz. Es ist eher Medizintechnik, eigentlich Gesundheitstechnik.« Er wirkt auf einmal angespannt, zieht seine Schultern leicht hoch und presst die Lippen zusammen.

»Entschuldige, ich wollte nicht aufdringlich sein, ich war nur überrascht, und ehrlich gesagt wäre es schön gewesen, wenn ich jemanden in dem Bereich schon gekannt hätte«, gebe ich zu und drehe die Gabel zwischen meinen Fingern. Fragend liegt Dylans Blick auf mir. »Oh, ich fange mit Psychologie an. Die meisten behaupten, Psychologen seien keine Ärzte, aber – die haben keine Ahnung. Nicht nur der Körper kann krank werden.« Die letzten Worte bringe ich nur leise über die Lippen, weil diese Erkenntnis noch immer schmerzt. Doch von Dylan kommt kein dummer Spruch, er wird nicht besserwisserisch oder sagt sonst was Dämliches. Nein. Er überrascht mich.

»Ich weiß.«

Er versteht es, schießt es mir durch den Kopf – und es ist Frage und Aussage zugleich. In dem Moment springt Socke vom Boden auf die Couchlehne. Es ist eher ein schlechter Versuch als ein rechter. Das Problem ist nicht der kleine Hund, der sich nicht halten kann und gerade abrutscht, sondern Dylan, der nach ihm greift. Der Teller wackelt dabei gefährlich, und Dylan hält ihn nicht richtig, balanciert ihn nur auf der Hand. Aus purem Reflex heraus wende ich mich ganz dem Mann neben mir zu und will danach greifen, aber weil Dylan sich unerwartet bewegt und ich diese dämliche Gabel noch in der Hand habe, geht das gewaltig schief.

Keiner von uns hat mehr Kontrolle über das weiße Porzellan, das nun durch die Luft fliegt und vor der Bruchlandung seine Krümel verteilt, als wären sie nichts als Konfetti. So ein Mist.

Wenigstens Socke sieht zufrieden aus, wie er da auf der Lehne sitzt. Dylan hingegen lehnt sich langsam zurück und ist sprachlos. Genau wie ich.

Der Teller ist neben meiner Gabel auf dem Boden gelandet und durch den weichen Teppich glücklicherweise intakt geblieben, aber heiliges Kanonenrohr, die Krümel überall!

Ein paar hängen in Dylans Bart. Wir schauen uns verdutzt an. Doch dann passiert etwas, das die Grenzen meiner Selbstbeherrschung sprengt.

Socke legt eine Pfote auf seinen Oberkörper und leckt ihm gerade den größten Krümel aus dem Bart. Nun ja, er versucht es, seine Zunge findet mehr Barthaar als Essen. Der Hund und dazu Dylans verdutzter Blick, das ergibt ein unschlagbar witziges Bild. Ich lache plötzlich so sehr, dass mein ganzer Körper bebt und sich Tränen in meinen Augenwinkeln sammeln. Dabei krümme ich mich, beuge mich nach vorn – und merke auf einmal, worauf ich mich abstütze.

Einem Oberschenkel.

Dylans rechtem Oberschenkel, um genau zu sein.

Und weitaus schlimmer ist die Tatsache, dass mein Gesicht nicht mehr allzu weit entfernt ist von seinem besten Stück. Auf das ich gerade starre wie eine Irre, als ich das denke. Oh mein Gott!

Ich springe von der Couch auf, stolpere dabei beinahe über meine eigenen Füße und den Tisch. Dylan sieht aus, als hätte er einen Schlaganfall, während ich glühe wie ein soeben gezündeter Neujahrsfeuerwerkskörper. Ich kann es spüren. Mein Gesicht verbrennt gleich.

»Es tut mir so leid«, bringe ich hervor. »Das mit den Krümeln und ... also ...«, stottere ich und hebe schnell Teller und Gabel auf. »Ich staubsauge gleich. Bitte, lass mich das machen und ... wo ist der Staubsauger?« Er deutet auf den Garderobenschrank. »Okay. Vorher, also ... ähm, ja vorher gehe ich in mein Zimmer und – tue Dinge.« Sehr eloquent. Aber meine Worte sind in meiner Verlegenheit geschmolzen. »Danke für den Kuchen. Wir sehen uns später.« Bevor er etwas antworten kann, greife ich nach meinem Rucksack neben dem Sessel und eile in Richtung Zimmer. Nichts wie weg von hier.

Gleich ist es geschafft.

»Zoey?« An der Tür bleibe ich ruckartig stehen, drehe mich ein weiteres Mal um. »Soll ich dich mitnehmen? Ich meine ... zum Club? Also, wenn du willst ...« Ich bin irgendwie erleichtert, dass seine Aussprache genauso holprig klingt wie meine eben.

»Gerne?«

Dylan lächelt. »Ist das eine Frage?«

»Nein, ich meine, das wäre schön. Mein Bruder hat nur sein Motorrad, und ich mag das Ding nicht. Zum Glück passt auch nur einer hinten drauf.«

»Das stimmt. Also ... bis später.« Er zupft sich die restlichen Krümel aus dem Bart, und ich schlüpfe endlich in mein neues Zimmer, lehne mich von innen an die Tür und atme tief durch. Mir wird nach dieser Aktion bewusst, dass ich noch keinen Tag hier bin und Dylan erst vorhin richtig kennengelernt habe. Na ja, ein bisschen zumindest. Plötzlich fühle ich mich sechs Jahre zurückversetzt, zu meinem früheren Ich, als es auf einmal den ersten und einzigen festen Freund halb nackt sah. Damals war es eine Mischung aus totaler Überforderung und unbändiger Neugierde, die mich erfüllte.

Ich schüttle den Kopf. Ich bin kein Teenie mehr. Ein Mann wird mich nicht mehr so schnell aus dem Konzept bringen. Erst recht nicht mein Mitbewohner.

Den Rucksack pfeffere ich auf den Schreibtisch. Gerade werde ich unendlich müde und habe keine Lust, weiter auszupacken. Ohnehin kann ich mich erst in den nächsten Wochen, sobald die noch fehlenden Wohnaccessoires angekommen sind, um den Rest des Zimmers kümmern und alles ordentlich dekorieren, ihm den letzten Schliff verpassen. Also schnappe ich mir nur mein Handy und meine Kopfhörer, stelle mir einen Wecker vorsichtshalber auf zwanzig Uhr, damit ich noch duschen kann, bevor mich irgendjemand aus der Tür schleift, und lege mich aufs Bett. Ich denke nicht, dass wir vor neun in den Club fahren. Höchstens Cooper, wenn Andies Schicht früher beginnt, aber darum mache ich mir jetzt keine Gedanken. Das ist seine Sache.

Hoffentlich kommt meine Bettwäsche morgen samt Bezug, alles andere kann warten. Ich muss unbedingt daran denken, nachher bei Andie oder meinem Bruder um eine Decke zu bitten und mir auch ein Kissen zu borgen.

Das Handydisplay leuchtet auf, ich halte es direkt über mein Gesicht und scrolle durch meine Spotify-Liste. Dort habe ich all meine Lieblingslieder aufgelistet und in die verschiedensten Playlisten sortiert. Jede ist für eine andere Stimmung gedacht, für einen anderen Moment. Jede hilft mir auf ihre Weise, zur Ruhe zu kommen oder mich glücklich zu machen. Mich abzulenken. Manchmal auch, mich nicht unterkriegen zu lassen.

Ich drücke auf die mit den nachdenklichen Songs, und als die Klänge von *Looking too closely* ertönen, schlucke ich schwer.

Dieses Lied – es bedeutet mir so viel. Ich habe das Gefühl, es würde mich verstehen, falls das einen Sinn ergibt.

Meine Augen wollen sich schließen und sich der Stimme von Fink hingeben, da ploppt eine Nachricht bei WhatsApp auf. Eine neue Gruppe? Verwirrt drücke ich kurz auf *Pause*, damit ich das Lied gleich voll genieße und mich darauf konzentrieren kann, danach öffne ich die Nachricht.

Zoey ist da! Endlich auch ein Teil des Seattle-Squads. Gang ist out, Squad ist in. Wohoo! Dahinter sind ein Dutzend Smileys und ein Donut zu sehen.

June ist so verrückt, denke ich und lache kurz auf.

Wann treffen wir uns nachher?

Andie schläft noch, June. Die Nachricht ist von Cooper.

Beantwortet meine Frage nicht. Ich meinte auch Dylan und Zoey.

Was?, will mein Bruder jetzt wissen.

Wir feiern Zoeys Einzug, kommt prompt Junes Antwort.

Cooper schreibt …

Nach fünf Minuten glaube ich, dass er es aufgegeben hat. Ich bin mir sicher, dass er sich damit nicht ganz wohlfühlt. Er muss sich alle Mühe geben, sich einen Kommentar zu verkneifen. Aber damit müssen wir beide klarkommen. Irgendwie.

Ich nehme Zoey mit, kommt es plötzlich von Dylan. *Gegen neun oder zehn?*

Hey! Ja, um neun losfahren passt, antworte ich.

Supi. Ich freu mich. Das wird klasse. Ihr werdet sehen, es wird Spaß machen.

Coop, lass mal Socke rein, der wollte zu euch. Dylan.

Zwei Minuten später wird von meinem Bruder ein Foto in die Gruppe gesendet mit dem Untertitel: *Was zur Hölle ist das?*

Ich klicke drauf und pruste los. Socke schaut mit zur Seite geneigtem Kopf treudoof in die Kamera und hat ein paar gut sichtbare Apfelkuchenkrümel direkt über seinem linken Auge als Braue kleben.

Mein Bruder, Andie, June, Mason, Dylan, Socke – und ich. Ich bin ein Teil davon. Das fühlt sich verdammt gut an.

Mein Daumen drückt wieder auf *Play*, das Handy landet auf meinem Bauch, meine Arme verschränke ich hinter dem Kopf und schließe endlich die Augen.

8

Die großen Dinge im Leben beginnen oft
unscheinbar und unbemerkt.

Dylan

Der letzte Krümel ist mir eben aus dem Bart auf die Tastatur gefallen, und jetzt kriege ich ihn da nicht mehr raus. Obwohl ich fluche, während ich wie ein Irrer die Tastatur schüttle, zupft ein Lächeln an meinen Lippen. Zoeys Gesicht sah vollkommen entsetzt aus, und ich dachte schon, irgendwas richtig Schlimmes sei passiert. Bis ich verstanden habe, was los war, saß ich da wie ein versteinerter Idiot – und danach auch. Wenn man es genau nimmt, war es keine große Sache, aber ihre Reaktion und ... ich weiß auch nicht, dass sie Coops Schwester ist, haben es seltsam werden lassen. Noch seltsamer als die Tatsache, dass ich es eben nicht seltsam fand. Ach, so eine Scheiße, ergibt das überhaupt Sinn? Ist ja auch egal. Ich denke, ich muss mich noch daran gewöhnen, dass sie jetzt hier wohnt. Nicht, dass ich sie nicht mögen würde – oh Gott, nein! –, sie war mir wie Andie gleich sympathisch, und ich hatte kein Problem damit, dass sie einzieht. Mit dem einen Unterschied, dass es sich bei Andie angefühlt hat, als würde meine Schwester einziehen und keine schöne, kluge und überaus interessante Frau, die eindeutig nicht meine Schwester ist.

Aber die deines Freundes, der zwei Zimmer weiter wohnt. Ihr umrahmt sie wie ein Sandwich, höhnt eine Stimme in meinem Kopf, und ich klatsche die Tastatur fluchend auf den Schreibtisch.

Ich gebe es auf. Der Krümel wohnt jetzt da, ich kann es nicht ändern. Vielleicht gebe ich ihm einfach einen Namen. Crumb. Nicht originell, aber was solls.

Ich hoffe nur, er fängt nicht irgendwann damit an, seltsam zu riechen. Oder Schlimmeres.

Mein PC fährt hoch, und die drei Bildschirme schalten sich synchron an. Ich dachte, ich schaue noch mal über den Uniplan und die Anforderungen der neuen Seminare, obwohl ich sie längst kenne. Als Ablenkung und um etwas zu tun zu haben. Aufs Lesen kann ich mich momentan nicht konzentrieren, und den Fernseher im Wohnzimmer will ich nicht anschalten, um Andie nicht zu stören. Obwohl das Blödsinn ist, die Frau schläft wie ein Stein. Sie stellt zu Unizeiten jeden Morgen mindestens zehn verschiedene Wecker, und die werden alle eine halbe Stunde gesnoozt. Jeder ist danach hellwach, nur Andie nicht.

Ich logge mich in das System ein, die Übersicht ploppt auf, und ich gehe meine Seminare durch. Die meisten davon starten erst übernächste Woche, nicht parallel zu den Einführungsveranstaltungen. Davon sind drei praktischer Natur und finden direkt im Universitätsklinikum statt, der Rest beläuft sich auf Theorie an der Harbor Hill. Eines davon ist ein Seminar, das ich von Beginn an vor mir herschiebe: Psychologie. Irgendein Klugscheißer meint anscheinend, dass man, wenn man Orthobionik studiert, auch gewisse Kenntnisse in Psychologie haben sollte, aufgrund von Patientenkontakten oder so. Könnte nicht verkehrt sein, muss aber nicht heißen, dass ich mich darum reiße.

Die anderen wissen nicht, was ich ganz genau studiere. Zoey habe ich gerade eben erst angelogen – zumindest mehr oder weniger.

Wenn ich Medizin- oder Gesundheitstechnik sage, klingt das vertraut und macht lange nicht so neugierig wie die Realität. Ich habe nicht absichtlich angefangen, die halbe Wahrheit zu erzählen. Es ist einfach passiert. Und ich bereue es nicht. Es ist gut so. Weniger Neugierde bedeutet weniger Fragen.

Bei Medizintechnik kommt nämlich nach der Frage, was man damit so macht, nicht noch die, wieso ich das studiere. Aber Orthobionik? Das klingt viel abgefahrener und besonderer, dabei ist es beinahe dasselbe.

Nach dieser Offenbarung geht es erst richtig los: Was fasziniert dich daran? Prothesen? Das ist ja spannend, kennst du jemanden mit einer Prothese? Wie bist du zu diesem Studium gekommen?

Es wäre ein ganzer Rattenschwanz an Fragen und noch einer an Lügen und ausweichenden Antworten. Den Fehler habe ich einmal gemacht, den mache ich nie wieder. Ich habe mich zu schnell jemandem anvertrauen wollen, obwohl es sich falsch angefühlt hat, und habe mich dabei verzettelt und verrechnet. Es hat zu nichts geführt. Ich war noch nicht bereit – die wenigen Frauen noch weniger.

Auf gewisse Art ruhelos schließe ich die Seite und entscheide mich, eine Runde zu zocken. Ich setze mein Headset auf, starte *Mass Effect*. Alle Teile sind längst durchgespielt, und ich finde sie richtig gut, deshalb habe ich Lust, noch mal von vorne zu beginnen, also tue ich es.

Heute werde ich das erste Mal seit Jahren in einen Club gehen und dann auch noch ins MASON's. Davon muss ich mich ablenken. Denn ganz ehrlich, sosehr ich meine Freunde auch mag und schätze, so wenig wissen sie von mir. Und ich muss aufpassen, dass dieser Schritt heute Abend nicht der erste ist von etwas, das ich später vielleicht nicht mehr aufhalten kann.

9

Ich hatte vergessen, was das mit mir macht.

Zoey

Es ist ziemlich ruhig. Zu ruhig.

Verschlafen gähne ich, kann mich aber weiterhin nicht dazu aufraffen, die Augen zu öffnen.

Es ist etwas frisch hier. Ich greife nach einer Decke, ertaste aber nur die blanke Matratze um mich herum, merke, dass da nichts ist – und langsam werde ich richtig wach.

»Wo bin ich?«, murmle ich und schiele durch halb geöffnete Lider ins Zimmer.

Mein neues Bett. Meine neuen Möbel. Eine andere Aussicht.

Ich bin nicht länger in Portland, sondern in Seattle.

Blinzelnd richte ich mich auf. Die Kopfhörer sind mir von den Ohren gerutscht, und die Musik ist vermutlich aus, weil ich vergessen habe, auf *Repeat* zu drücken. Es ist verdammt dunkel draußen, der Himmel ist bewölkt. Ein Blick auf mein Handy zeigt mir, dass es kurz vor acht ist. Bald hätte mein Wecker ohnehin geklingelt.

Eine Sekunde lausche ich, aber ich kann nichts hören. Trotzdem quäle ich mich aus dem Bett und schlurfe in den Flur. Coopers Tür steht offen, aber niemand ist da. Nur Socke, der in seinem Bettchen schläft. Wenn Andie heute arbeiten muss, hat mein Bruder sie sicher längst in den Club gefahren und bleibt gleich da, bis wir nachher eintrudeln.

Meine Füße tragen mich direkt in die Küche, und ich bin erstaunt, dass ich sie finde, ohne mir irgendwo was zu stoßen – so klein, wie meine Augen gerade sind. Ich fühle mich richtig erschlagen von dem heutigen Tag und würde am liebsten wieder ins Bett gehen, aber ich möchte June nicht enttäuschen. Wenn ich ehrlich bin, freue ich mich trotz der Müdigkeit sehr auf nachher.

Sobald ich geduscht habe, sieht die Welt mit Sicherheit wieder ganz anders aus. Und sobald ich einen Kaffee getrunken habe. Das hat jetzt oberste Priorität, sonst kippe ich nachher um.

Entschlossen marschiere ich zur Kaffeemaschine, schalte sie ein, und keine Minute später verteilt sich bereits ein wunderbarer Duft in der Küche, den ich tief und genüsslich einatme. Kaffee riecht einfach himmlisch.

Mit einer randvollen Tasse Glück setze ich mich an den Küchentisch und mache den Fehler, meinen Kopf abzustützen und die Augen wieder zu schließen.

Ich bin derart müde, dass ich nicht mal erschrecke, als ich Schritte höre und eine Stimme ganz nah bei mir vernehme.

»Wow, bist du sicher, dass du heute noch in einen Club willst?«

»Total«, nuschle ich und höre Dylan leise lachen. Es belebt mich, fährt mir über die Haut wie ein Windhauch und durch den Körper wie ein gutes Lied, was mich besser aufweckt als das Koffein.

»Du solltest den Kaffee auch trinken, sonst wirkt er nicht.«

»Ich dachte, mein Bruder wäre der Klugscheißer hier«, brabble ich weiter, aber das scheint Dylan nur noch mehr zu amüsieren.

Kurze Zeit später öffne ich ein Auge einen Spaltbreit und erkenne, wie er sich zu mir setzt, ebenfalls mit einer Tasse in der Hand, aus der Dampf aufsteigt.

»Sehe ich so schlimm aus, wie ich mich fühle?«

Er legt den Kopf schief und mustert mich. »Kommt drauf an, wie schlimm du dich fühlst, nehme ich an. Wenn es hilft: Du siehst aus wie vorhin, nur mit vier verschiedenen Schlaffalten quer über deiner rechten Wange und Schläfe.«

»Oh, verdammt.« Leise stöhnend blinzle ich, hebe den Kopf und den Kaffee zu den Lippen, wobei ich die Tasse mit beiden Händen fest umklammere, weil sie so schön warm ist und meine Finger ganz kalt. Ich nehme einen großen Schluck, danach schaue ich zu Dylan.

»Wann wollen wir noch mal los? Gegen neun?«

»Wenn das okay ist?« Ich mag seine Art. Und seine Stimme. Keine Ahnung, warum mir das gerade durch den Kopf geht. Dylan ist so angenehm unaufgeregt. Das ist schön. Er wirkt dabei nicht gelangweilt oder langweilig. Seine tiefe Stimme hat etwas Beruhigendes, seine Ausstrahlung irgendwie genauso. Obwohl mir seine Statur durchaus einen gewissen Respekt abverlangt, ist da keine Vorsicht, keine mahnende oder Fragen stellende Stimme in mir, und das ist so ungewohnt, dass ich es bisher nicht ganz glauben kann.

»Ist es. Ich trinke nur aus, damit ich nicht gleich wieder einschlafe, und gehe duschen. Dann können wir fahren.« Nachdenklich presse ich die Lippen zusammen und rümpfe die Nase. »Vielleicht ist es unpassend, das zu fragen, aber … was zieht man denn so an? Also, ich meine, in Masons Club.«

Seine Augenbrauen wandern in die Höhe, und er sieht vollkommen überrascht aus, bis er lacht und sein Bart anfängt zu beben. Mein Blick wird von einer tiefen Unebenheit auf seiner

Wange abgelenkt, die ich bisher nicht bemerkt habe. Ist das eine Narbe? Wo kommt sie her?

»Das fragst du mich? Ganz ehrlich, mal abgesehen davon, dass ich nicht mal einem anderen Mann Tipps geben könnte, und das wäre einfacher als einer Frau, gehe ich nicht allzu oft abends feiern. In Clubs eigentlich nie. Und wie du, so war auch ich noch nie im MASON's. Ein Grund mehr, warum es wohl heute sein muss. Sonst nimmt er es mir irgendwann noch übel, und ich mag ihn zu sehr, um das zu riskieren.«

Ich schmunzle über so viel Ehrlichkeit. »Nein, das würde Mase nie tun. Du müsstest nur auf June achtgeben«, erkläre ich, und sein zustimmendes Nicken zeigt mir, dass er das wohl auch befürchtet.

Der Kaffee ist leer, ich stelle die Tasse ab. »Ich geh mal duschen. Oh nein, warte. Vorher staubsauge ich. Sorry noch mal wegen der … Krümel.« Vage deute ich auf sein Gesicht und füge in Gedanken hinzu: *Und dass ich beinahe auf deinen Penis gefallen bin.*

Es sollte mir nicht gefallen. Ich sollte es nicht mal denken! Wenigstens ist es mir unangenehm.

»Ist ja nichts passiert. Und ich hab schon gestaubsaugt, keine Sorge.«

»Ich fühle mich jetzt echt mies. Aber danke. Und … ähm … bis gleich. Soll ich bei dir anklopfen …?«

»Ich warte im Wohnzimmer. Socke muss vorher noch mal raus, und ich war schon unter der Dusche.«

Wir sind noch nicht gut genug miteinander bekannt, damit ich mir das vorstellen darf. Oder?

Fertig geduscht, mit einem Handtuch auf dem Kopf und eines um meinen Körper stehe ich vor meinem Kleiderschrank – und kurz vor einem Kollaps. Ich hatte noch nie besonders viele Klamotten, und wie man sieht, hat das meiste davon in diesen gigantischen Koffer gepasst, der jetzt im Schrank steht. Sogar die neu gekauften Sachen. Kurzum, die Kleidung, die ich mit in mein neues Leben genommen habe, füllt gerade so die Hälfte dieses nicht außergewöhnlich großen Schrankes. Nicht dass ich meine Sachen nicht mag, es ist nur so, dass ich unsicher bin, was ich tragen soll. Was ich tragen *möchte*. Worin ich mich gut fühle, während ich einen Club betrete, in dem ich noch nie war. Letztlich ist es egal, ob ich in einem zu kurzen Rock oder komplett zugeknöpft da auftauche, weil weder bei dem einen noch bei dem anderen irgendjemand das Recht hat, mich gegen meinen Willen anzufassen und zu bedrängen. Weil es keine Rolle spielt, wie viel Haut man zeigt. Die Menge an freigelegter Haut ist nicht das Äquivalent zu der Menge an Rechten, die sich ein Mensch bei einem anderen herausnehmen kann. Nackte Haut ist kein Ja und kein Freifahrtschein.

Ich.

Weiß.

Das.

Trotzdem hat jener Abend seine Spuren hinterlassen, seine Narben und egal, wie gut Milly und ihre Therapie waren, egal, wie lange es her ist und wie gut ich mittlerweile darin bin, das alles zu verstehen: Ich kann es mit dem Kopf, aber noch lange nicht mit dem Herzen.

Es wird dauern, bis es so weit ist. Falls es je so weit sein wird. Trotzdem habe ich mich nicht für immer verschanzt, ich habe durchaus ins Leben zurückgefunden, war aus – aber richtig auf einer Party? In einem Club? Nein. Das damals war das letzte Mal. Das erste und das letzte Mal …

Das möchte ich heute ändern. Heute, während ich von Freunden und Familie umgeben sein werde.

Irgendwann geht mir die Geduld aus, und ich krame meine geliebten schwarzen Doc Martens hervor, eine verwaschene Skinny Jeans und ein schlichtes schwarzes Top – samt passender Unterwäsche. Dazu die kleine Wildledertasche, die ich schon seit Ewigkeiten habe und in der nicht mehr als mein Handy und etwas Kleinkram ihren Platz finden. Zufrieden mit meiner Wahl ziehe ich mich an und rubble summend meine Haare trocken. Im Bad schnappe ich mir den Föhn aus dem Regal. Andie hat bestimmt nichts dagegen. Zumindest hoffe ich das.

Keine zehn Minuten später fallen meine Haare in langen glatten Strähnen über meine Schultern und bilden einen schönen Kontrast zu dem Oberteil und meinen Augen. Ich ziehe eine perfekte Linie mit dem Eyeliner, trage noch etwas Mascara auf und Lippenbalsam, das wars. Make-up auf der Haut trage ich so gut wie nie. Bloß dann, wenn meine Periode mein Gesicht in ein Schlachtfeld verwandelt und ich aussehe, als hätte ich plötzlich Windpocken. Dinge, die dir niemand verrät: Einmal im Monat hast du die schlimmste Woche deines Lebens, und wenn du Pech hast, ist es hauttechnisch und emotional immer wieder eine zweite Pubertät. Das Beste: Alle reden es schön oder gar nicht darüber.

Zum Glück bleibt mir das diese Woche erspart ...

Nicht mehr müde, aber noch etwas schlapp trete ich in den Flur. Ich bin aufgeregt und nervös, aber auf eine gute Art. Meine Kleiderauswahl ist perfekt. Vielleicht nicht für diesen Abend oder dieses Event, aber für mich. Das ist alles, was zählt.

Als ich im Wohnzimmer ankomme und Dylan mich bemerkt, erhebt er sich vom Sofa und nimmt mit seiner Anwesenheit den ganzen Raum ein. Er trägt geschnürte Boots, eine dunkelblaue Jeans und ein dunkelgraues Langarmshirt mit V-Ausschnitt, das sich wie eine zweite Haut um seine Muskeln legt. Seine Tattoos sind nun klarer zu erkennen, ich entdecke die ersten filigranen Linien, die sich wie Ranken über seine Haut legen, und den Kopf einer Schlange, deren Körper unter dem Shirt verschwindet. Es ist ein Kunstwerk. Dazu ein einfacher, schlichter Look. Das mag ich, es steht ihm.

»Hey«, grüße ich ihn und danach Socke, der sich gerade aufgeregt vor mir im Kreis dreht und gestreichelt werden will. Ich gehe in die Knie und tue ihm den Gefallen, was ihn sofort dazu bringt, alle viere von sich zu strecken und mir seinen Bauch hinzuhalten.

»Vorsicht, der ist bestimmt noch nass. Wir waren draußen, und er zeigte sich mal wieder nicht kooperativ, was das Handtuch anging.« Dylan verengt die Augen zu Schlitzen und fixiert missmutig den kleinen Hund zu meinen Füßen.

Der Bauch ist nur ein wenig feucht, es ist nicht schlimm.

Ich stehe auf, schaue meine Hände an und ... »Oh«, entfährt es mir, bevor mein Blick zu Dylan huscht, der mich ansieht frei nach dem Motto: *Ich habs dir ja gesagt.*

»Fein, du hattest recht«, gebe ich zu und verziehe das Gesicht, weil ich noch mal schnell ins Bad muss, um mir die Hände zu waschen. Nicht nur nass, sondern dreckig. Das war es trotzdem wert. Socke ist wundervoll. Flauschig und süß.

»Jetzt bin ich aber wirklich fertig«, erkläre ich lächelnd, als ich ein zweites Mal ins Wohnzimmer komme, und Dylan lächelt zurück. Etwas zaghaft, aber ich kann es erkennen. Socke scheint mittlerweile wieder sauber zu sein.

»Du siehst gut aus.« Ich freue mich darüber. Besonders, weil ich das Gefühl habe, dass er das nicht aussprechen wollte. Etwas überrascht halte ich inne.

»Danke schön. Du auch«, gebe ich leise zurück, weil es stimmt.

Er nickt, räuspert sich und deutet in Richtung Ausgang. Seine ganze Gesichtsmuskulatur scheint sich anzuspannen. Als wäre er verlegen. Wenn ich mir Dylan so ansehe, kann ich auf den ersten Blick kaum glauben, dass ein Koloss wie er je verlegen sein könnte.

»Mein Auto steht vor der Tür. Hast du alles?«, reißt er mich aus meinen Überlegungen, und ich schaue schnell in meine Tasche. Schlüssel, Lippenbalsam, Handy, Ausweis, Geld. Alles da. Nicht dass ich bereits ein Dutzend Mal nachgesehen hätte, aber immer, wenn jemand so etwas fragt, verspüre ich den Drang, es noch mal zu überprüfen.

»Jepp. Du auch?«

»Bin startklar.«

An der Haustür schnappt sich Dylan meine Jacke und hält sie mir so hin, dass ich direkt hineinschlüpfen kann. Zuerst zögere ich, weil ich mich umdrehen und ihm den Rücken zukehren muss – etwas, was ich nur ungern tue –, und selbst wenn er es merkt, sagt er nichts dazu. Er wartet, hält die Jacke hoch, als wüsste er, dass es hier etwas gibt, das ich mit mir selbst ausmachen muss. Ich könnte ihm die Jacke abnehmen, mich bedanken und sie selbst anziehen – oder ich drehe mich jetzt einfach um, mache mir klar, dass das bloß Dylan ist. Jemand, den ich zwar noch nicht gut kenne, aber dem sowohl Mase als auch mein Bruder vertrauen. Dylan fühlt sich nicht fremd an – und er ist niemand, der mich plötzlich niederdrückt und festhält und …

Ich atme tief ein, lege die Tasche auf die Ablage und wende mich im selben Augenblick um, in dem ich leicht zitternd ausatme. Mein Herzschlag tobt in meiner Brust. Meine Angst will sich erheben, aber ich lasse es nicht zu. Ich bin mehr als dieses eine Ich, ich bin mehr als diese eine Perspektive.

Das haben mich Milly und die Therapie gelehrt.

Dylan tritt an mich heran, dabei kommt er mir fast so nah wie vorhin. Egal, wie nah, das hier kommt mir intimer vor. Seine Wärme springt auf mich über, und während er mir den linken Ärmel überzieht und danach den rechten, streifen seine Fingerspitzen am Kragen der Jacke meine Schultern und am Ende meinen Nacken. Eine Gänsehaut folgt seiner Berührung, obwohl mir so heiß ist, dass ich die Jacke am liebsten wieder von mir reißen würde, nachdem er sie losgelassen hat.

Keiner von uns bewegt sich. Ich fühle mich wie ein Reh im Scheinwerferlicht. Dabei war es nicht hell, es herrschte gedimmtes Licht und ich atmete muffige Luft. Ich atmete Bierdunst ein und Schweiß und den Geruch von altem Teppich. Ich atmete meine Angst … und schmeckte mein Blut und meine Tränen.

Ich presse die Augen zusammen, schlucke schwer und erinnere mich an Millys Worte. An das Mantra, an die Therapie.

Ich bin hier, ich bin jetzt, und es ist vorbei.

Die Zoey von heute hat überlebt, hat die Therapie geschafft und kann ohne sie frei sein. Die Zoey von heute steht hier, aufrecht, kann lachen und leben – und sie wird nicht einknicken.

Schwungvoll hebe ich mein Haar aus der Jacke. Dann drehe ich mich zu Dylan um, der sich noch immer nicht gerührt hat.

»Danke«, flüstere ich und versuche, meine Lippen zu einem Lächeln zu bewegen, sehe ihm dabei fest in die Augen. Weiche nicht zurück, obwohl ich den Kopf in den Nacken legen muss. Und ich warte. Vermutlich auf eine Frage – die nicht kommt.

»Kein Problem.«

Das ist der Moment, in dem ich das Bedürfnis verspüre, es ihm zu erklären. Von ganz allein, weil ich es will und nicht, weil er gefragt hat, aber ich denke, so weit sind wir noch nicht. Ich kenne den Mann vor mir keine zehn Stunden, auch wenn es sich irgendwie anders anfühlt. Länger, intensiver. Doch ich muss dem hier Zeit geben.

Schweigend greife ich mir meine Tasche, und er zieht sich in einer flüssigen Bewegung seine Jacke an, bevor er sich den Schlüssel schnappt und wir nach unten zu seinem Auto gehen.

Leichter Nieselregen fällt auf uns herab, bis wir im Wagen sitzen und Dylan den Motor startet. Im Gegensatz zu eben ist es hier verdammt kühl.

»Bitte, sag mir, dass du eine Sitzheizung hast«, flehe ich, während Dylan den Wagen die Straße hinunterlenkt.

»Ich hab eine Sitzheizung«, erwidert er trocken und mit festem Blick nach vorn.

»Wirklich?« Freudig schaue ich zuerst zu ihm, danach auf das Armaturenbrett.

»Nein, aber du hast mich gebeten, es zu sagen.« Frech grinst er mich an, und ich lasse den Kopf gegen den Sitz sinken.

»Das ist fies.«

»Ja, stimmt. Mich um so eine schamlose Lüge zu bitten.«

Ich lache und betrachte ihn von der Seite. Er wirkt entspannt, sitzt locker, aber konzentriert da. Ich mag die Geräusche während des Autofahrens. Besonders bei Nacht oder im Regen.

»Wenn dir kalt ist, liegt auf dem Rücksitz eine Decke, aber die Heizung wird bereits warm«, fügt er an und deutet nach hinten.

»Es geht schon. Ich bin nur noch dabei, die Sache mit der Sitzheizung zu verkraften.« Ich seufze laut und sehe seinen belustigten Gesichtsausdruck.

»Du musst nachher nicht auf mich warten, falls du früher gehen möchtest. Also, ich meine, du musst dich nicht nach mir richten oder so. Du kannst fahren, wann immer du willst und …«

»Zoey«, unterbricht mich Dylan, und ich stoppe meinen Redeschwall. »Wir beide kriegen das schon hin. Wir fahren da zusammen hin, also fahren wir genauso zusammen heim. Okay?«

»Okay.«

Wir beide kriegen das schon hin. Es ist das erste Mal, dass ich mir zutiefst wünsche, er hätte recht. Das erste Mal, dass mir ein Wir weniger Angst macht als befürchtet.

Es ist das erste Mal, dass ich über ein Wir nachdenke. Welches das auch sein mag …

10

*Man kann über etwas hinweg sein und
es dennoch für immer mit sich tragen.*

Zoey

Es ist, als würde sich der Bass wie ein lebendiges Tier durch
den Club bewegen und ihn zum Beben bringen. Die Musik hat
eine angenehme Lautstärke, die Räume sind klimatisiert und
man hat nicht das Gefühl, keine Luft zu bekommen.

Von außen wirkte das MASON's erst etwas unscheinbar auf
mich, aber bereits im Eingangsbereich wurde mir klar, dass dieser Club alles ist, nur nicht unscheinbar. Er ist ganz Mason.
Hätte mich auch gewundert, hätte Mase sich hierbei mit weniger als etwas für ihn Perfektes zufriedengegeben. Es hat Stil,
es hat Charme und Klasse. Trotzdem wirkt es nicht bieder oder
arrogant, sofern man das von einem Ort behaupten kann.

Die Atmosphäre ist wundervoll aufgeladen, einnehmend,
aber keinesfalls erdrückend. Mit jedem Schritt, den ich mit
Dylan an meiner Seite weiter hineingehe, werde ich euphori-
scher. Es ist noch nicht allzu voll, die Leute haben sich überall
verteilt, und wir kommen bisher entspannt durch. Unsere Ja-
cken haben wir vorne abgegeben, und dank Mason wusste der
Mitarbeiter dort, dass wir kommen, und wir mussten keinen
Eintritt zahlen.

Ich halte Ausschau nach June und Andie.

»Da vorn sind sie.« Dylan zeigt auf die große Bar.

»Ich folge dir. Ich bin zu klein und sehe sie noch nicht.«

Er schlängelt sich an mir vorbei und übernimmt die Führung. Hier wird es voller, und ich remple unbeabsichtigt den ein oder anderen an, während ich Dylan folge. Ich spanne mich unwillkürlich an, und meine Bewegungen werden hektischer in dem Versuch, allen soweit wie möglich auszuweichen. Irgendwann merkt er das und schnappt sich meine Hand. Unauffällig halte ich kurz die Luft an. Dylan hält meine Hand, und ich horche in mich hinein. Es ist okay. Sie ist riesig und warm, hat ein paar raue, aber nicht unangenehme Stellen, und ich erwidere den Druck seiner Finger, die sich nach Sicherheit und Halt anfühlen. Nach Orientierung. Es ist nicht schlimm, es ist gut. Das gibt mir Hoffnung, dass sie irgendwann vielleicht ganz verschwinden wird – diese Angst, dieses Misstrauen und die, nach der Therapie, lediglich noch vereinzelten Momente, in denen ich Berührungen nur schwer ertragen kann.

Keine Minute später kann ich Andie hinter der Bar ausmachen, und ich höre Junes Stimme, sehe sie aber noch nicht.

»Ihr seid echt gekommen!«, jubelt sie, und nachdem sie Dylan um den Hals gefallen ist, der meine Hand deswegen loslassen muss, stürmt sie zu mir. »Ich freu mich so!« Sie umarmt mich innig, und ihre Freude ist unglaublich ansteckend. Sie reißt mich einfach mit.

»Wir haben doch gesagt, dass wir herkommen.«

»Ja, aber weder du noch Dylan wart schon mal hier, und wenn ich ehrlich bin, dachte ich, ihr würdet einen Rückzieher machen«, gibt sie etwas beschämt zu. »Aber das habt ihr nicht. Das ist so toll. Ist alles okay? Habt ihr gut hergefunden? Ich hoffe, er hat gut auf dich aufgepasst?« Sie deutet auf Dylan.

»Ich kann dich hören, June. Und natürlich hab ich das. Sie ist Coopers kleine Schwester.«

Der Satz ist wie ein Eimer kaltes Wasser, den man mir überschüttet. Er meint es nett, er sagt es nett, aber ... nett und kleine Schwester. Ich hatte vielleicht keine richtige Beziehung in den letzten Jahren, nur zwei Dates, um mir zu beweisen, dass ich mich meinen Ängsten stellen kann und um erste Erfolge zu erkennen, und beide waren mies. Und ja, ich kann an einer Hand abzählen, wie oft und wie viele Männer ich aus demselben Grund geküsst habe, aber ich bin trotzdem nicht von gestern. Ich weiß, was das bedeutet, und es versetzt mir einen Stich, auch wenn ich keine Ahnung habe, warum das so ist.

Ich bin nichts weiter als die kleine Schwester von Lane Cooper ...

»Okay«, sagt June gedehnt, vermutlich, weil sie gemerkt hat, dass ich bei Dylans Worten zusammengezuckt bin. »Coop ist am Ende der Bar, bei Mason. Wir kommen gleich nach.« Dylan bahnt sich seinen Weg zu den anderen, während June mich direkt an Ort und Stelle an den Tresen schiebt, zwischen ein paar andere Gäste. Andie kommt zu uns und greift nach meiner Hand.

»Ich freu mich so, euch zu sehen. Jetzt sind endlich mal alle hier. Entschuldige, dass ich mich vorhin nicht verabschiedet hab, ich hab etwas verschlafen.« Sie richtet ihre Brille und verzieht das Gesicht. »Zum Glück war ich noch pünktlich.«

Ich höre nur halb zu.

»Alles in Ordnung, Zoey?«

»Sie wurde gerade heftig *gefriendzoned*«, erklärt June.

»Was? Von wem?« Andie sieht sich um und zieht die Nase kraus.

»Dylan.«

»Ich wurde nicht *gefriendzoned*«, werfe ich halbherzig ein, aber June glaubt mir kein Wort.

»Dylan?«, ruft Andie.

»Pst. Willst du, dass Cooper das hört?«, zischt June, und Andie schlägt sich die Hände vor den Mund. Dabei bin ich mir sehr sicher, dass die Musik zu laut ist und wir zu weit weg sind, als dass er auch nur irgendwas von dem verstehen könnte, was wir hier reden.

»Sie braucht jetzt einen Drink. Etwas Saures. Sauer macht lustig.«

»Wird erledigt.« Andie nickt und macht sich energisch ans Werk, während mein Blick zu meinem Bruder, Mason und Dylan wandert, die ich von hier aus ganz gut sehen kann.

»Er hat es bestimmt nicht so gemeint«, sagt June, und ich lächle schwach.

»Keine Ahnung, wovon du redest.«

»Zoey. Komm schon. Du sahst aus, als hätte man dir einen Donut ins Gesicht geschmissen. Glaub mir, ich weiß, wie Menschen gucken, wenn so etwas passiert.«

Irritiert und ungläubig reiße ich die Augen auf. »Du hast mal jemandem einen Donut ins Gesicht geworfen? Warum?«

»Du kennst die Story also nicht …«, stellt sie fest und pustet sich eine Strähne ihres Haars aus dem Gesicht. »So würde ich das nicht bezeichnen. Es war mehr ein Unfall. Aber glaub mir, der Ausdruck bleibt. Und du hattest gerade ein eindeutiges *Donut-im-Gesicht-Ding* am Laufen.«

»Das kann nicht sein. Ich war nur … Ich weiß es doch auch nicht.« Wieder ein Blick zu Dylan. »Wir haben uns erst heute Mittag kennengelernt. So ist es wirklich nicht, nur ich …«

»Mit seinem blöden Spruch hat er irgendwie alle *Was-wäre-Wenns* zerstört, richtig?«

Ist das so? Ich grüble intensiver darüber nach, als gut für mich ist.

»Ich hab mir darüber bisher keine Gedanken gemacht.

Nicht richtig. Ich mag ihn, aber wir sind uns doch gerade erst begegnet.«

»Verstehe. Kompliziert. Damit kenne ich mich auch aus. So oder so solltest du dir das von eben nicht allzu sehr zu Herzen nehmen oder es zerdenken. Ich glaube nicht, dass er sich darüber bewusst war, wie es klingen könnte. Nämlich so, als wärst du ein Stück Gepäck, das man einem auflädt.«

»Autsch«, murmle ich, versuche mich aber an einem Grinsen.

»Hey, du weißt, was ich meine! Du wirst für uns alle immer die kleine Schwester von Coop sein. Das heißt aber nicht, dass du nicht auch eine Freundin bist. Oder die eine Freundin sein kannst.« Sie strahlt mich an und wackelt mit den Augenbrauen, was in mir diesen lächerlichen Knoten der Anspannung löst, der sich in den letzten Minuten gebildet hat.

»June hat recht«, sagt Andie, die uns in dieser Sekunde die Cocktails vor die Nase schiebt. »Deiner ist alkoholfrei, Zoey.«

»Danke.« Andie weiß, dass ich nichts trinke, und fragt daher nicht mehr.

June und ich stoßen an, und ich nehme einen großen Schluck. »Wow, der ist fantastisch, Andie. Was ist da drin?«

Sie winkt ab, aber sieht dabei ganz stolz aus. »Eine eigene geheime Kreation, nur für euch, mit ein paar exotischeren Fruchtmischungen. Genießt die Drinks. In meiner Pause komme ich zu euch.«

»Und auch dir danke, June.«

»Wofür?«

»Deine weisen Worte.«

»Gott, bitte sag das noch mal, wenn wir bei Mase sind. Das muss er hören.«

»Ich meine es ernst.«

»Ich auch!« Wir fangen beide an zu lachen. »Nein, wirklich. Dylan ist ein richtig netter und aufrichtiger Kerl, fast schon sensibel, aber das würde er nie zugeben. Wenn er sagt, er würde auf dich achtgeben, tut er das auch. Und wenn er sagt, er mache das, weil du Coops kleine Schwester bist, dann sicher nicht nur wegen Coop. Sind wir ehrlich, dein Bruder ist gut trainiert, aber gegen Dylan geht er unter.« June zeigt nach hinten.

»Die *Friendzone* ist nichts Schlimmes«, erwidere ich schwach.

»Nur, wenn man selbst nicht mehr möchte.« Sie hebt ihr Glas und prostet mir zu. »Komm, wir gehen rüber zu den anderen.« Nachdenklich folge ich ihr ganz ans Ende der großen Bar, an der mein Bruder, Mase und Dylan auf Barhockern sitzen und entspannt etwas trinken.

»Da seid ihr ja.« Coop steht auf und umarmt mich, bevor er mich mehr oder weniger auf seinen Barhocker schiebt, damit ich mich setzen kann. Seine Umarmungen waren nie ein Problem, die von Mase oder meinen Eltern auch nicht. Warum also alle anderen? Wo ist die Grenze? Milly meinte immer, dass Traumata und Emotionen keinen Regeln folgen. Man fühlt, was man fühlt …

Ich finde mich direkt neben Dylan wieder. Coop steht jetzt wie eine Wand neben mir.

»Du musst da nicht so verkrampft rumstehen. Alles ist okay.« Meine Hand legt sich auf seinen Arm, und ich spüre, wie er sich entspannt.

Das sind unsere Freunde. Unsere Familie, flüstere ich in Gedanken.

»Alte Gewohnheit«, sagt er gerade so laut, dass ich es noch höre, und ich weiß, wie schwer es ihm fallen muss, etwas von mir abzurücken. Ich bin ihm sehr dankbar dafür.

Währenddessen fällt June in Masons Arme und drückt ihm einen Kuss auf. Einer, der gar nicht mehr endet.

»Ist das normal? Können sie noch atmen?«, frage ich und lege anerkennend den Kopf schief.

»Bisher haben sie sich nicht verschluckt oder sind vom Küssen ohnmächtig geworden«, bemerkt Cooper.

»Wir warten drauf«, fügt Dylan an und trinkt einen Schluck seines Wassers. Ich frage mich, ob er grundsätzlich keinen Alkohol trinkt, wie ich, oder es nur heute so ist, weil er fahren muss.

In dem Moment tritt Andie zu uns, reicht meinem Bruder ein neues Glas Limonade – weil er ja mit dem Motorrad hier ist – und gibt ihm einen Kuss, der unscheinbar beginnt und so endet, dass mir die Hitze in die Wangen schießt. Ich sollte da nicht hinsehen, Gott, das ist mein Bruder. Aber es freut mich, dass er mit Andie so glücklich ist.

»Die sind ja auch so«, murmle ich, und als ich Dylan glucksen höre, drehe ich mich zu ihm. »Was denn?«

»Das klingt, als wärst du nie verliebt gewesen.«

»Keine Ahnung, ob ich es je war«, gebe ich nachdenklich und ehrlich zurück. »Was ist mit dir?«

Unsere Knie berühren sich, und ich habe nicht den Drang, mein Bein wegzunehmen. Seltsam, neu und schön zugleich.

»Einmal, glaube ich. Aber das ist lange her. Irgendwann vergisst man, wie das ist. Dann fragt man sich so dämliche Sachen, wie: Kriegen sie überhaupt noch Luft?« Amüsiert schüttelt er den Kopf.

»Ich muss wieder hinter die Bar, mein Boss steht gleich da vorne«, sagt Andie und verschwindet mit hochrotem Kopf, während June sich lächelnd über die Lippen fährt und Mase – oh Gott, Mase!

»Alter, meine Schwester sitzt hier«, fährt Cooper ihn an.

»Was soll ich denn bitte machen, wenn auf einmal kein Platz mehr ist? Willst du, dass er leidet?« Er deutet auf sein bestes

Stück, das er gerade richten musste, weil der Kuss ihn offensichtlich sehr erregt hat.

»Halt es aus!«

»Deine Show war nicht besser, Coop«, bringt Dylan ein, und der Blick meines Bruders huscht von ihm zu mir.

Ich zucke mit den Schultern. »Er hat recht. Du solltest es machen wie Mason. Sonst tut es nachher nur weh. Da bin ich mir sicher.«

June und Mason lachen, Dylan grinst mich anerkennend an, und mein Bruder schaut vollkommen erschrocken zu mir. Sein Mund klappt auf, klappt wieder zu – bis er sich wegdreht, damit wir wenigstens nicht sehen, wie er alles in eine neue Position bringt.

»Ich mag unsere Schwester.«

»Halt die Klappe, Mase.«

»Na, na, na, so redet man aber nicht vor seiner Schwester.« Ich sehe Cooper an, wie sehr er an dieser Situation verzweifelt, dabei ziehen wir ihn nur ein wenig auf. Das hat schon immer Spaß gemacht.

»Macht euch nur über mich lustig.«

Mase klopft ihm auf die Schulter, und ab da kann selbst Cooper sein Schmunzeln nicht mehr verstecken.

Zwei Stunden später sitzen wir noch immer an der Bar und amüsieren uns ziemlich gut. Die alkoholfreien Cocktails von Andie sind der Hammer, aber auch der eine, den Jack mir gemacht hat, war richtig gut. Jack arbeitet hier und hat sich eben vorgestellt.

Die Musik wird immer besser, zumindest für meinen Geschmack. Mehr Melodie und Text, weniger Beat. Trotzdem noch ideal zum Tanzen. Was auch June erkennt, denn sie schnappt sich Mason und zieht ihn auf die Tanzfläche. Er hat gerade noch Zeit, seinen Whiskey zu leeren und das Glas Dylan in die Hand zu drücken.

»Ich bin auch gleich wieder da.« Cooper stellt sein Glas neben mir auf dem Tresen ab.

»Wo willst du hin?«, frage ich neugierig.

»Das willst du nicht wissen.«

»Also aufs Klo«, sagt Dylan, und Cooper murrt irgendwas vor sich hin, während er in Richtung Toilette verschwindet.

»Seit wann ziert er sich denn so?«

»Keine Ahnung. Vielleicht will er ein gutes Vorbild sein.«

Nicht dass Cooper und ich als Geschwister nicht längst jede Grenze überschritten hätten. Wir haben als Kinder nackt zusammen gebadet, und während er auf der Toilette war, saß ich nebendran auf dem Töpfchen, jetzt kann er nicht mal vor mir sagen, dass er aufs Klo muss. Ich kichere leise. Es existieren sogar Fotos von uns in all diesen Momenten. Aber nichts davon sage ich laut, stattdessen nippe ich an meinem Drink, um mir nichts anmerken zu lassen.

Cooper ist weg, und endlich habe ich neben mir mehr Platz, als ich mich auf dem Hocker ganz vom Tresen weg in Richtung Dylan drehe. Zumindest so lange, bis sich die nächsten Leute näher an die Bar drängen. Aber das ist okay. Sie kommen mir nur seitlich etwas zu nah, das kann ich verkraften. Der Abend ist schön, er macht Spaß, und ich bin glücklich darüber, mir das nicht selbst verwehrt zu haben. Wir haben geredet und gelacht, und ich fühle mich leicht und unbeschwert. Es tut gut, hier zu sein. Ich zu sein.

Bis ich schließlich doch etwas in meinem Rücken spüre. Erst ist es nur ein leichtes Streifen, danach ein Druck, und ich fange an, nervös auf dem Hocker hin und her zu rutschen.

Mehr als einmal schaue ich über die Schulter und versuche, dem Kerl hinter mir dadurch auf höfliche Art zu verstehen zu geben, dass mir das zu viel ist. Zu nah und zu eng.

Natürlich nützt es nichts. Er redet mit einem Kumpel, wartet auf seine Drinks und beachtet mich nicht.

Noch näher zu Dylan kann ich aber auch nicht, dann müsste ich ihn bitten, sein Bein zur Seite zu nehmen, und ich würde ihm fürchterlich auf die Pelle rücken.

Dylan fragt mich irgendwas, seine Stimme dringt dumpf zu mir, aber kann den Schleier, der sich in meinem Kopf gebildet hat, nicht ganz durchdringen. Meine Atmung beschleunigt sich, und ich muss das Glas abstellen, weil meine Hand zu zittern beginnt. Ich weiß, was das ist, ich kenne es nur zu gut. Eine nahende Panikattacke.

Nein. Nicht jetzt, nicht so. Nicht heute Abend.

Konzentriert und so unauffällig wie möglich reibe ich mit den Fingern über meine Haut – links zwischen Brust und Schlüsselbein –, lasse sie vorsichtig mit etwas Druck kreisen und wiederhole in Gedanken: *Du bist nicht deine Angst. Die Angst ist ein Teil von dir, aber du bist mehr als das. Du bist Hoffnung, du schaust nach vorn. Alles ist in Ordnung.* Dabei bewege ich meine Lippen mit.

Milly hat mir das damals beigebracht. Die Worte und der Kontakt zu meinem Körper sollen in Kombination dazu führen, dass ich verstehe, dass mir gerade nichts passiert. Damit die Angst mich nicht verschlingt und mir vorgaukelt, ich würde nur noch aus ihr bestehen. Es ist ein Anker im Hier und Jetzt.

Wir Menschen besitzen tief in uns drin verschiedene Perspektiven und die Gabe, uns in diese hineinzuversetzen. Ob bei Filmen, Fantasiewelten, Büchern – wir fiebern mit, wir lieben, haben Angst, verspüren Glück. Problematisch wird es nur, wenn wir uns in einer dieser Perspektiven verlieren und uns mit ihr verwechseln, wenn wir nicht mehr umschalten können. So ging es mir damals. Ich war die Angst. Ich bestand nur noch aus ihr und Panik, und ohne Milly hätte ich das wohl nie verstanden. Es nie da rausgeschafft.

Einatmen. Ausatmen.

Es wird besser.

»Zoey? Ist alles okay?« Auf Dylans Stirn bildet sich eine tiefe Falte, während er mich aufmerksam mustert.

»Ja.« Ich schlucke schwer. »Ja, alles in Ordnung. Was hast du eben gesagt?«

»Ich hab dich gefragt, ob du noch etwas trinken möchtest. Dann würde ich bei Andie was bestellen.«

Mein Blick landet auf meinem Getränk, das tatsächlich leer ist.

»Oh. Also, ein Wasser wäre …« Ich spreche den Satz nicht zu Ende. Wie gelähmt verharre ich auf dem Hocker und spüre, wie mich die Panik, die ich eben erfolgreich neutralisieren konnte, nun doch wie eine Welle überrollt. Der Druck auf meinen Rücken, im unteren Bereich nahe des Pos, dieser Geruch nach Bier, der von hinten zu mir dringt, der Bass, der dumpfer wird, nicht lauter, und die Musik, die verstummt.

»Ich muss hier raus«, stammele ich fast tonlos. Mir wird kalt, dabei rinnt mir der Schweiß den Nacken hinab und in einer schnellen Bewegung springe ich vom Hocker, auf Dylan zu und drehe mich halb zu dem Typen, der hinter mir stand und sich immer weiter an mich drängte. Mit einem Rums lande ich in Dylans Armen, kollidiere mit seiner Brust, und es ist mir egal. Ich musste da weg.

Der Kerl schaut mich eine Sekunde überrascht an, wendet sich jedoch schnell wieder seinem Freund zu. Sie beachten mich nicht weiter. Er hat mich nicht absichtlich berührt oder bedrängt. Es ist nur voll hier. Es ist …

Das ist nicht Keith.

Nicht Keith, nicht Eric und auch nicht Peter ...

Das hier ist nicht das Haus mit der schönen Veranda und den dicken Türen. Das hier ist nicht das Zimmer mit dem grauen Teppichboden und den schweren Gardinen.

Mein Kopf weiß das, aber erst jetzt, da ich es sehe, sickert es richtig in meinen Verstand und überträgt sich auf meinen Körper, der noch immer mit den Auswirkungen der Angst zu kämpfen hat. Mit denen meiner Vergangenheit. Die Reaktion meines Körpers beruht auf einem Erfahrungswert. Auf einem einzigen, der so stark und prägend war, dass kaum Platz ist für andere. Für bessere.

Nicht wirklich.

Die wenigen nicht nennenswerten Dates oder Küsse, diese kleinen Auszüge waren bewusst gewählt, waren eine bewusste Konfrontation.

Ich habe nie andere gemacht.

Und das war okay für mich.

Bis jetzt.

Scheiße.

»Zoey«, dringt Dylans angestrengte Stimme in mein Ohr. Sein Atem fährt über meine erhitzte Haut, und seine linke Hand greift nach meiner. Als seine andere über meinen Rücken fährt, zucke ich zusammen – und er zieht sie sofort weg.

Ich drehe meinen Kopf, hebe den Blick und schaue ihm noch immer schwer atmend in die Augen.

Er sieht mich so ernst an, so besorgt, dass ich weinen möchte. Ich bin keine schwache Frau. Ich will keine sein.

Aber was ist schon Schwäche?, höre ich eine leise Stimme in meinem Kopf.

Meine Schulter rutscht über sein Shirt und seine Brust zur Seite, bis ich ihm ganz zugewendet bin. Ich halte mich wie eine

Ertrinkende an seinen Unterarmen fest, und wie von selbst legen sich seine großen, warmen Hände an meine Hüften. Halten mich, schützen mich, während seine Beine an meinen Oberschenkeln anliegen. Ich stehe genau dazwischen.

Tief einatmend schließe ich zwei, drei Sekunden lang die Augen, bevor ich wieder in die von Dylan blicke.

»Können wir nach Hause fahren?«, frage ich nur und schäme mich dafür. Für die Frage, für meine leisen Worte, dafür, dass er mich halten muss und ich dem heute nicht standhalten kann – das erste Mal nach so langer Zeit. Ich wusste, es würde Rückschläge geben. Ich wusste nur nicht mehr, wie weh sie tun.

Dylan presst die Lippen zusammen, seine rechte Hand legt sich auf einmal an meine Wange, und ich sehe ihm an, dass er etwas sagen, dass er all die Fragen stellen möchte, die er gerade hat, aber er tut es nicht. Und das erleichtert mich so sehr, dass ich schon wieder weinen will. Ich rechne es ihm hoch an, denn ich würde das jetzt nicht schaffen.

»Komm mit. Wir müssen deinem Bruder Bescheid geben.« Eine Gänsehaut überzieht meine Wange, als seine Hand sie verlässt und seine Finger sich mit meinen verflechten. »Er steht dort hinten, siehst du? Bei dem Typen hinter der Bar. Die schauen sich bestimmt kurz was wegen der Arbeit an.«

»Nein, bitte.« Ich schüttle den Kopf. »Er macht sich nur Sorgen. Ich will nicht … Ich kann nicht …« Meine Kehle schnürt sich zu. Ich kann nicht zulassen, dass es wieder anfängt. Dass Lane das wieder durchmacht.

»Sag ihm nur, dass wir heimfahren. Dass du müde bist oder ich. Nur das. Bitte.«

Ich drücke seine Hand und setze in Gedanken noch unendlich oft *bitte* hinzu. Es dauert eine gefühlte Ewigkeit, bis er nickt und ich befreit ausatmen kann.

Wir bahnen uns den Weg zu meinem Bruder. Mason und June sehe ich nicht mehr, die tanzende Menge hat sie längst verschluckt. Ähnlich wie Andie, die hinter der Bar in Arbeit versinkt.

Als wir bei Coop ankommen, spüre ich genau, wie Dylans Griff sich lockert, aber ich trete ganz dicht zu ihm und halte ihn fest, als wäre er der Letzte, der mich vor dem Ertrinken retten könnte. Sofort wird sein Druck um meine Hand wieder stärker, und als mein Bruder mich mustert, versuche ich, ihn tapfer anzulächeln. Keine Ahnung, ob es mir gelingt.

Dylan beugt sich über den Tresen, redet mit ihm, und er nickt ein-, zweimal, antwortet schließlich leise. Ich verstehe seine Worte nicht, aber vertraue darauf, dass Dylan nichts verrät. Wahrscheinlich wüsste er gar nicht genau, was er sagen soll – oder was mit mir los ist.

»Ruh dich aus, okay? Ich komme mit Andie, wird nachher spät!«, ruft Cooper über den Lärm hinweg, und ich lächle weiter und weiter, und es beginnt wehzutun, weil mein Körper sich dagegen wehrt.

Wir gehen, und ich bekomme den Weg bis zur Garderobe kaum mit. Auch nicht, dass Dylan mir die Jacke anzieht und wir rausgehen.

Erst als mir ein Schwall kalte und frische Nachtluft entgegenweht, ist das wie ein Schlag ins Gesicht. Ich atme, als hätte ich das vorher nie getan – als würde ich es im nächsten Moment nie wieder tun können.

Ich hatte es geschafft, verdammt. Es ging mir gut ... Doch jetzt?

Ich bin ein Narr, das geglaubt zu haben.

11

Die meisten Dinge sind nicht, wie sie scheinen.
Deshalb ist das Leben so beschissen überraschend.

Dylan

Mein Herz rast, als wäre ich einen Marathon gelaufen oder hätte das erste Mal seit sieben Jahren wieder Football gespielt.

Nicht wegen mir, sondern wegen Zoey. Mit blassem Gesicht und gläsernen Augen steht sie mit mir vor dem Eingang zum MASON's und atmet heftig, während sie ihre Arme um sich selbst schlingt. Sie meidet meinen Blick, sie bewegt sich nicht, und ich traue mich nicht, sie anzusprechen. Es ist, als könnte sie zerbrechen. Als würde sie noch einen Moment brauchen, weil sie ganz eindeutig etwas mit sich selbst ausmachen muss. Ich kenne das … Oh Gott, und wie ich das kenne. Und trotzdem ist es bei ihr anders. Ist es bei jedem.

»Danke«, sagt sie irgendwann mit brüchiger Stimme und schaut mir das erste Mal, seit wir draußen sind, bewusst in die Augen.

»Schon okay.« Ich habe kein Problem damit, jetzt heimzufahren. Wäre es nach mir gegangen, würde ich im Schlafzeug mit Socke auf der Couch sitzen, etwas essen und mir eine Doku ansehen oder irgendeine Serie auf Netflix. Weil Wochenende ist und das nächste Semester vor der Tür steht. »Soll ich den Wagen holen?« Er steht nur zwei Straßen weiter, aber

Zoey scheint mir nicht in der Verfassung, bis dahin mitzukommen. Auch wenn mir der Gedanke, sie hier allein warten zu lassen, genauso wenig behagt. Daher bin ich fast erleichtert, als sie den Kopf schüttelt, ein weiteres Mal tief durchatmet und die Schultern strafft.

»Nein, das geht schon. Ein kleiner Spaziergang wird mir guttun.«

»Dann los.« Ich schließe meinen Kragen etwas mehr, weil der Wind in die Jacke zieht. Wenigstens regnet es gerade nicht.

Zoey setzt einen Fuß vor den anderen. Seite an Seite schlendern wir die Straße hinunter, und mir wirbeln dabei so viele Fragen im Kopf herum, dass mir beinahe ganz schwindelig davon wird.

Hin und wieder betrachte ich sie von der Seite, schaue nach ihr, aber sie hat schon wieder mehr Farbe im Gesicht, und ihre Haltung hat sich verändert, ist nicht länger angespannt und gebückt. Mit jedem Schritt, den wir uns Richtung Auto bewegen, wirkt sie losgelöster und mehr wie die Frau, die ich heute Mittag kennenlernen durfte. Sie wirkte fröhlicher, mit weniger Sorgen, als würde sie jede Minute ihres Lebens genießen. Sie strahlte richtig.

Das eben, ich gestehe es, hat mir eine Scheißangst gemacht. Weil ich ihre Panik genau gesehen habe. Ich kann nur nicht ausmachen, was eigentlich passiert ist, ganz egal, wie oft ich es in Gedanken Revue passieren lasse. Was der Auslöser war. Hat es etwas mit ihrer Vergangenheit zu tun? Mit dem, was ihr zugestoßen ist? Etwas, das ich mir kaum vorstellen kann …

Hat es etwas mit mir zu tun? Bin ich ihr zu nahe getreten, ohne es zu merken? Aber sie wäre nicht bei mir geblieben und würde mich nicht bitten, sie heimzufahren, wäre dem so gewesen, oder?

Ich fahre mir ungelenk durch die Haare. Scheiße. So etwas sollte niemand durchmachen müssen. Nie. Hätte ich eine Schwester und wäre ihr das passiert – keine Ahnung, wie ich reagiert hätte. Keine Ahnung, wie ich das an Coopers Stelle überlebt hätte. Oder an ihrer …

Trotzdem passen das, was ich mitbekommen habe, und ihre Reaktion eben für mich nicht ganz zusammen. Ich sehe die Verbindung nicht … Ich …

»Es geht mir gut«, meint sie plötzlich und sieht mich offen an. Wie schafft sie das nur? Ihre Augen strahlen wieder und faszinieren mich mehr denn je. Dieses Blau, dieses Braun.

»Ich habe gar nichts gesagt.«

»Du hast geseufzt. Mehrmals.«

Verwundert schaue ich sie an. »Kann nicht sein.«

»Doch, glaub mir. Du seufzt, fährst dir durch die Haare, beobachtest mich aus dem Augenwinkel heraus, und deine Kiefermuskulatur arbeitet ohne Ende. Ich kenne das von Cooper.«

Ich brumme leise, und sie fängt an zu lachen.

»Das kenne ich auch.«

»Ich bestreite das alles«, erwidere ich jetzt grinsend. Vor allem bin ich froh, dass es ihr besser zu gehen scheint.

»Nein, im Ernst, ich … danke dir. Für alles heute.«

»Und ich habe es ernst gemeint, als ich sagte, dass es kein Problem ist.«

Wir kommen am Auto an, ich schließe es auf und öffne Zoey die Tür, damit sie einsteigen kann.

»Was hat mein Bruder zu dir gesagt?«

»Dass wir vorsichtig fahren sollen und ich auf dich aufpassen soll. Was große Brüder eben sagen, wenn sie ihre kleine Schwester jemand anderem anvertrauen«, antworte ich wahrheitsgemäß und schmunzle über Coopers Worte.

Zoey macht es sich gemütlich und schaut zu mir hoch. »Ich soll mir brav die Zähne putzen vorm Schlafengehen, richtig?«

»Das waren nicht ganz seine Worte.«

»Er hat dir doch nicht ernsthaft gedroht?«

»Nur ein wenig mit Nachdruck erklärt, wie wütend er wird, wenn dir was passiert. Aber das ist okay. Ich würde es mit meiner Schwester nicht anders machen, hätte ich eine.«

Zoey verzieht das Gesicht so niedlich, dass mein Grinsen immer breiter wird.

Ich schlage die Tür zu, gehe auf die andere Seite und steige selbst ein.

Als ich den Motor starten will, bemerke ich, dass sie an ihrer Jacke herumnestelt und meinen Blick meidet. Ich hebe meine Hand, ziehe sie aber noch rechtzeitig zurück. Verdammt, was war das denn? Wollte ich gerade ihr Gesicht berühren und sie bitten, mich anzusehen?

Reicht schon, dass mir das im Eifer des Gefechts im Club passiert ist, als sie gegen meine Brust gestolpert ist und ihre zarten Finger sich an mir festgehalten haben. Das hat mich vollkommen überrumpelt und aus der Bahn geworfen.

Mein Räuspern zerreißt die Stille, kurz bevor es das laute Dröhnen des Motors tut.

»Weißt du«, beginnt Zoey langsam, und ich warte mit dem Ausparken, »du kannst mir deine Fragen stellen. Wenn du möchtest. Ich bin sicher, du hast genug.«

»Und du kannst mir deine Antworten geben, wenn du möchtest. Wann immer du willst. Auch dann, wenn ich nicht danach frage.«

12

Oft verstecken wir uns an dunklen Orten,
um uns zu schützen, obwohl wir uns nach
nichts mehr sehnen als nach einem Ort,
an dem ein Licht für uns brennt.

Zoey

Gestern war ein verrückter Tag. Ich spüre noch die Nachwehen des Abends, die der Panikattacke, aber mir geht es trotzdem gut. Nachdem Dylan mich nach Hause gebracht hat, bin ich unter die Dusche gesprungen, habe mich fertig gemacht und mir aus Coopers Schrank eine Decke samt Kissen geholt. Es hat keine Minute gedauert, bis ich eingeschlafen bin.

Keine Ahnung, wann die anderen heimkamen, ich hab geschlafen wie ein Baby und bin eben erst aufgewacht. Es ist zehn Uhr. Keine Albträume, kein unruhiger Schlaf. Das ist gut. Wenigstens die hart erkämpfte Nachtruhe ist mir geblieben und nicht altbekannten Mustern gewichen.

Am liebsten würde ich mich noch mal umdrehen und ein wenig weiterdösen. Weil Samstag ist und meine neue Matratze verdammt gemütlich, aber dann klingelt es, und dieses Geräusch sickert ganz langsam in mein Bewusstsein.

Ruckartig springe ich auf.

Die Post. Heilige Scheiße. Heute kommt die restliche Lieferung.

Ohne zu zögern, reiße ich die Tür auf, sprinte barfuß auf die Wohnungstür zu und öffne sie. Die Haustür unten ist meist schon aufgeschlossen, spätestens wenn jemand morgens mit Socke draußen war.

»Hallo«, begrüße ich die UPS-Menschen überschwänglich, die alles bereits hochgebracht haben, und lasse sie mein Zeug im Wohnungsflur absetzen. Ich habe keine Ahnung, wie ich aussehe, und will es auch gar nicht wissen. Es ist mir egal, die Lieferung war wichtig, und diese Leute sehe ich mit hoher Wahrscheinlichkeit eh nie wieder.

Ein ansehnlicher Berg türmt sich vor mir, als ich wieder allein bin und die Tür hinter mir schließe. Ich frage mich ernsthaft, was ich alles bestellt habe. Manche der Bestellungen sind schon Wochen her, und ich habe nur mit Maßen und Fotos von Cooper gearbeitet. Vielleicht war ich etwas zu euphorisch …

Egal, solange meine Bettwäsche da irgendwo dabei ist, bin ich glücklich.

Ich trage die ersten Kisten in mein Zimmer, sie sind nicht allzu schwer, bis auf eine, bei der ich ins Schwitzen gerate. Die letzten Meter schiebe ich sie einfach vor mir her und seufze laut. Bleibt nur der Teppich.

Ich ziehe daran. »Komm schon«, zische ich, weil er kein bisschen kooperativ ist. Er ist beschissen schwer und unhandlich. Ich schaffe es nicht mal bis zu Dylans Zimmertür, ohne zu keuchen, und während ich mich abmühe, schwingt seine Tür auf. Wenn man vom Teufel spricht oder so.

Sofort lasse ich den Teppich los und stemme die Hände in die Hüften. Mein Dutt hängt auf dem Kopf bestimmt auf halbmast, meine Wangen glühen, und ich klinge wie ein Kettenraucher, dessen Lungen gerade versagen. Ich bin mir durchaus bewusst, dass Dylan mich mustert. Neugierig, die Lage abschätzend, nicht aufdringlich. Er trägt eine legere dunkle Jogginghose und ein schwarzes Shirt. Auf meinem ist eine grinsende Mango abgebildet, und ich weiß immer noch nicht, warum ich dieses scheußliche Ding gekauft und behalten habe.

»Kann man dir helfen?«

»Alles bestens.« Ich winke ab.

Dylan zuckt nur die Schultern. Aber eines ist klar: Sobald er wieder in seinem Zimmer verschwindet, lasse ich mich einfach auf den Boden fallen und bleibe liegen. Vielleicht für immer.

»Dann helfe ich dir besser«, bestimmt er amüsiert, »wäre ungünstig, wenn du hier auf dem Boden im Weg rumliegen würdest.«

Erschrocken starre ich ihn an, bevor ich mir mit zwei Fingern in die Nasenwurzel kneife. »Bitte sag mir, dass ich das eben nicht laut ausgesprochen habe.«

»Du hast es mir nicht laut ins Gesicht geschrien, falls du das meinst.«

»Möge sich die Erde unter mir auftun.«

Dylan schnappt sich den Teppich, er kann ihn anscheinend ohne Mühe heben, dabei war ich kaum dazu in der Lage, ihn über das Parkett zu ziehen.

»Das hast du auch laut gesagt, falls du dir unsicher sein solltest.« Er zwinkert mir zu und marschiert in mein Zimmer. Ich folge ihm und bedanke mich, als er das Ungetüm zu dem anderen Kram legt.

»Gern geschehen. Das nächste Mal ruf mich gleich, das ist keine große Sache.«

»Ich wollte niemanden wecken oder stören.« Aber das war nicht der einzige Grund. Abgesehen davon, dass ich es allein schaffen wollte, kam es mir irgendwie unpassend vor. Dylan ist mein Mitbewohner und kein guter Freund. Noch nicht. Cooper liegt bestimmt mit Andie im Bett und …

»Ich bin seit einer ganzen Weile wach.« Er deutet auf Socke, der gerade ins Zimmer getapst kommt und auf mein Bett hüpft. Er braucht dafür zwei Anläufe, weil er so kurze Beinchen hat. »Wenn Andie die lange Schicht hat, geh ich morgens mit ihm eine Runde. Der Spaziergang tut mir gut, und sie kann liegen bleiben und Schlaf nachholen.«

»Das ist nett von dir.«

»Reiner Überlebensinstinkt. Du hast Andie noch nicht erlebt, wenn sie zu wenig Schlaf bekommt und vor sieben aufstehen muss.«

»Ah, ich verstehe. Erlebt nicht, aber mein Bruder hat es mal erwähnt. Selbst Andie hat mal gesagt, dass man morgens nichts mit ihr anfangen kann.«

»Dann hat sie es … sehr unverfänglich formuliert.«

»Es kann unmöglich so schlimm sein.«

»Kleine Kinder würden schreiend weglaufen vor ihr.«

»Du übertreibst doch.«

»Socke hat Angst vor ihr, ehrlich.«

Jetzt fange ich an zu lachen. Nicht nur wegen dem, was er sagt, sondern vor allem, weil er es mit einer Ernsthaftigkeit tut, die ihresgleichen sucht. Ich lache, bis es in ein Gähnen übergeht und ich mir die Hand vor den Mund halten muss, um nicht unhöflich zu sein.

»Entschuldige. Die Post hat mich so unsanft aus dem Bett geholt …«

Oh heilige Scheiße.

Ich trage immer noch die zu weiten, aber auch zu kurzen Boxershorts und dieses dämliche Mangoshirt samt Mangofrisur. Ich bin mir sicher, dass es eine ist …

Aus Reflex schaue ich an mir hinab, und als ich meinen Blick hebe, erkenne ich, dass Dylan genau das Gleiche tut. Eine Gänsehaut breitet sich auf meinem Körper aus, und zwar überall. Die feinen Härchen auf meinen Oberschenkeln stellen sich auf, die auf den Armen ebenfalls, im Nacken und – oh nein.

Bitte nicht!

Meine Nippel machen mit und ziehen sich zusammen.

Verdammt, verdammt, verdammt.

Möglichst unauffällig verschränke ich die Arme vor der Brust und hoffe, dass er nicht erkennt, dass die Mango gerade vier Augen hat statt zwei. Und damit noch beschissener aussieht.

Unsere Blicke treffen sich, und ich bleibe reglos stehen, versinke darin, lasse es zu, und für diese paar Sekunden, die mir ewig vorkommen, ist da nichts in meinem Kopf. Keine Gedanken, keine Sorgen, keine Wenns, Abers oder Vielleichts. Da ist nur dieses Gefühl, das dieser Moment in mir auslöst. Die Art, wie er meinen Blick erwidert, wie dieser sich in meinen brennt und Dylan den seinen nicht senkt und …

Ich zucke ruckartig zusammen, weil Socke auf einmal laut bellt. Mit der Zunge fahre ich über meine Lippen, und jetzt wendet Dylan sich ab.

»Ich sollte gehen. Wir sehen uns bestimmt später.« Diese Stimme. Die Art, wie er redet. Freundlich. Roh. Mit diesem leicht rauen Unterton in den tiefen Lagen. Ein bisschen wie Lewis Capaldi, wenn er den Refrain zu *Bruises* singt. Nur besser. Intensiver. Unter die Haut gehender.

Dylan kommt auf mich zu, und ich trete zur Seite, damit er durch die Tür kann. Sein Duft weht zu mir, und jetzt erkenne ich, was es ist. Er riecht wie Sandel- oder Zedernholz – und noch immer nach frisch gewaschener Wäsche.

Ich kann nicht anders, ich atme tief ein – und bereue es sofort. Dylan hat es gemerkt, da bin ich mir sicher. Deshalb halte ich die Luft an, als er vor mir innehält und seinen Kopf leicht zu mir dreht, sich etwas runterbeugt und ich zu ihm aufschaue. Diese Spannung, ich halte das nicht aus.

»Sag Bescheid, wenn du Hilfe brauchst. Okay?«

Ich bringe nicht mehr als ein jämmerliches Nicken zustande.

Er geht, geht, geht. Und ich kann wieder atmen. Auch wenn es sich seltsam anfühlt. Der Raum wirkt plötzlich so übermächtig und leer ohne Dylan darin. So kalt. So falsch.

»Blödsinn«, flüstere ich. Socke beobachtet mich dabei mit zur Seite geneigtem Kopf. »Sei froh, dass du ein Hund bist.« Sein Kopf schwenkt von links nach rechts, als könnte er verstehen, was ich sage, und würde nun darüber nachdenken.

Seufzend schiebe ich mir ein paar Haare aus der Stirn, die sich gelöst haben und mich kitzeln, und fahre dabei immer weiter bis zu meinem Dutt. Gott, das fühlt sich an, als hätte sich ein Geier ein Nest darin gebaut. Ich muss mich anziehen und frisch machen, bevor ich noch jemanden erschrecke – und weil ich besser arbeiten kann, wenn ich mich zurechtgemacht habe. Erst dann beginnt der Tag so richtig für mich. Außerdem sollte ich duschen, ich bin verschwitzt. Aber zuerst muss ich etwas anderes tun.

Entschlossen schnappe ich mir mein Handy, lasse mich auf mein Bett plumpsen und wähle Millys Nummer. Ich sollte ihr Bescheid geben, dass alles gut ist. Wir haben die letzten Wochen wenig Zeit füreinander gehabt, und ich habe das Bedürfnis, mit ihr zu sprechen. Während meiner Therapie war sie nur meine behandelnde Ärztin, nicht mehr. Wir hatten eine professionelle Basis, weil Milly ihren Job sehr ernst nimmt und ihn fantastisch macht. Trotzdem waren wir uns sympathisch, und danach blieben wir in Kontakt, wurden Freunde. Richtig gute Freunde. Das mag selten vorkommen, vielleicht ist es sogar seltsam, aber es funktioniert für uns.

»Hey Zoey. Es ist so schön, dass du anrufst.«

»Hey Milly.« Bis eben ging es mir gut. Jetzt ihre Stimme zu hören, sorgt jedoch dafür, dass ich mir darüber klar werde, dass ich nicht nur angerufen habe, um ihr Bescheid zu geben, sondern weil mich die Sache von gestern mehr beschäftigt, als mir lieb ist.

»Was ist los? Ist etwas passiert?«

»Wie kannst du so was nur immer wissen? Ich habe dich nur begrüßt.« Schwer schluckend fahre ich mir durch das Gesicht und schließe drei Atemzüge lang die Augen.

»Und manchmal sagt so etwas schon sehr viel. Es war die Art, wie du es gesagt hast, deine Stimme und die lange Pause dahinter. Nach all den Jahren Therapie und Freundschaft würde es mich mehr erschrecken, wäre es mir nicht aufgefallen.«

»Geht es dir denn gut?« Jetzt höre selbst ich, wie meine Stimme sich verändert, wie sie leiser wird, zerbrechlicher.

»Zoey.« Millys Stimme hingegen bleibt fest und weich, bleibt ruhig und unaufgeregt. Ich habe sie immer gern reden gehört.

»Ich bin gut in Seattle angekommen. Meine Möbel sind fast alle da, es ist schön, wieder in Coops Nähe zu sein. Ihm geht es fantastisch.« Ich atme tief durch, und Milly wartet geduldig darauf, dass ich weitererzähle. »Gestern Abend war ich in Masons Club, mit den anderen. Alles lief toll, ich hatte Spaß, habe mich wohlgefühlt, bis ... bis da dieser Mann war, der mir in meinem Rücken zu nahe kam. Es war voll im Club, viel Gedränge, er hatte nicht die Absicht, mich zu berühren, aber ... nun ja. Die Panikattacke kam ziemlich schnell, und auch wenn ich die erste wegatmen konnte, überrollte mich die zweite regelrecht. Ich musste raus, habe Dylan gebeten, mich heimzubringen.«

»Dylan ist Coopers Mitbewohner, richtig?«

»Ja.«

»Wieso hast du ihn gebeten, dich zu fahren, Zoey?« Überrascht hebe ich die Augenbrauen und denke nach. »Ich hatte eine Panikattacke. Nach so langer Zeit war ich in einem Club mit vielen Menschen und hatte wieder Panik. Das ist nicht gut, das ist ein Rückschritt. Und du fragst nach Dylan?« Es ist kein Vorwurf, es soll keiner sein, auch wenn ich meine Gefühle nur schwer unterdrücken kann.

»Du weißt, dass das nicht wahr ist. Es ist kein Rückschritt, es gehört zum Prozess, und es macht dich nicht schwächer. Ich bin sehr erleichtert darüber, dass sie erst jetzt kam. Denk nur daran, wie lange die letzte her ist, denk nur daran, was du alles bis heute erreicht hast. Du hast gesagt, die erste Welle konntest du besänftigen, erst die zweite hat dich übermannt. Zoey, ganz ehrlich, das ist gut. Ich bin verdammt stolz auf dich.« Ein Kloß bildet sich bei ihren Worten in meinem Hals. »Und du weißt, ich bin immer da, wenn du mich brauchst. Als Freundin, aber auch als Therapeutin, wenn du das Gefühl hast, du müsstest einen Schritt zurücktreten, um wieder vorwärtszukommen. Eine zweite Therapie ist nichts Schlimmes, auch nicht eine dritte oder vierte. Es dauert so lange, wie es dauert.«

»Ich weiß«, wispere ich.

»Dass ich mich nach Dylan erkundigt habe, liegt daran, dass ich nicht verstehe, warum du nicht deinen Bruder gefragt hast. Warum du dich stattdessen an einen Mann gewandt hast, den du nur flüchtig kennst, und das kurz nach zwei Panikattacken.«

»Dylan hat mich hingefahren. Als ich meinte, dass er fahren könne, wann immer er möchte, hat er geantwortet, dass wir zusammen hinfahren, also auch zusammen heim.« Keine Ahnung, ob das Sinn macht oder warum ich gerade das als Begründung anführe.

»Er hat dir ein Gefühl von Sicherheit gegeben. Und Cooper? Ich nehme an, du wolltest ihn einfach nicht beunruhigen, richtig?«

»Er macht sich zu viele Sorgen.«

»Es ist schön, dass du Dylan vertraust. Dass du dich in deiner neuen Umgebung so wohlfühlst. Und es tut mir leid, dass dir dieser Abend das Gefühl gegeben hat, du würdest Rückschritte machen. Wenn du genauer hinsiehst, hast du das nicht. Du hast es selbst gesagt: Es war schön, und du hattest Spaß.«

Ein Lächeln bildet sich auf meinen Lippen. »Danke, Milly.«

»Ich habe nur ausgesprochen, was du längst wusstest. Manchmal ist es nur schwer, es sich einzugestehen – nicht nur die Momente, die nicht optimal verlaufen, sondern auch jene, die wir gut gemeistert haben. Beide können uns Angst machen.«

»Dylan ist nett, und es hat mir nichts ausgemacht, dass er mich berührt. Nicht wirklich.« Ich kneife die Lippen zusammen, weil mir das rausgerutscht ist.

»Das ist das, was dich eigentlich beschäftigt, oder?«

»Sollte es mir nichts ausmachen? Sollte es mich nicht wundern? Genauso sehr wie meine Panikattacke nach all der Zeit?«

»Natürlich, Zoey. Aber versuch bitte, keine Probleme oder Fehler zu sehen, wo vielleicht keine sind. Wenn Dylan nett ist und du es zulassen kannst und möchtest, lass es zu. Aber hinterfrage nicht, warum du es wieder zulassen kannst.«

Dieses Thema hatten wir oft in der Therapie. Die Frage danach, ob ich meinen Instinkten noch glauben kann, ob es mir abermals passieren wird, wenn ich wieder mehr vertraue.

»Okay?«, hängt Milly hinterher.

»Ja. Nur … Was, wenn die Panik zurückkommt? Was, wenn mich irgendwas daran erinnert?«

»Das kann passieren. Es ist sogar sehr wahrscheinlich, aber das sollte und wird dich nicht aufhalten, richtig zu leben – dich lebendig zu fühlen. Falls du merkst, dass es immer schlimmer wird, dass es wieder anfängt, dich zu lähmen, ruf mich an. Denk dran, Zoey, die Angst und diese Erfahrung sind ein

Teil von dir. Hörst du? Ein Teil. Nicht mehr, nicht weniger. Er wird immer da sein. So schwer es ist, du kannst ihn nicht bekämpfen. Nur umarmen. Und dich daran erinnern, dass er nicht der Teil ist, der dich zu dem Menschen macht, der du heute bist.«

Tränen sammeln sich in meinen Augen »Ich danke dir.«

»Gern geschehen. Es war wundervoll, von dir zu hören. Meld dich gern wieder, ja? Jederzeit.«

»Das werde ich.«

»Ich bin leider verabredet und muss los. Es tut mir so leid, ich ...«

»Kein Problem, wirklich nicht. Bis bald!«

Nachdenklich und dennoch erleichtert lege ich auf und lasse das Handy neben mich auf das Bett fallen. Sie hat recht, wie immer, auch damit, dass ich all das irgendwie längst wusste. Aber es tat verdammt gut, es von ihr zu hören.

Kurze Zeit, nachdem ich mit Milly gesprochen habe, bin ich ins Bad und habe ausgiebig geduscht. Als ich in die Küche kam, packten Cooper und Andie gerade ein paar Tüten aus und deckten den Tisch. Die zwei haben was vom Bäcker geholt, damit wir zusammen frühstücken konnten. Ein spätes, aber wundervolles Frühstück.

Jetzt sind wir gerade dabei, mein Bett umzustellen. Ich will nicht sofort den schönen Holzboden zerkratzen, weil ich zu stolz bin, meinen Bruder zu bitten, mir zu helfen. Und ich bin ehrlich, das neue Bett ist schwerer als meines daheim.

Andie und ich schaffen es, die eine Seite zu heben, Coop hat die andere und sieht mich den ganzen Weg über strafend an. Bis wir laut stöhnend und ächzend alles wieder am anderen Ende des Raumes abstellen.

»Wehe, das geht hier so los wie früher.«

»Was war früher?« Andie rückt die Brille zurecht und atmet tief durch, während ich die Hände in die Hüften stemme.

»Nichts Schlimmes, ich hab ab und zu gern umdekoriert.«

»Umdekoriert? Du hast dein ganzes Zimmer auseinandergenommen.«

»Jetzt übertreibst du aber. Er übertreibt, Andie.«

»Du hast dein Bett alle zwei Monate umgestellt, nur um zu merken, dass du es doch wieder am alten Platz haben willst. Und das mitten in der Nacht.«

»Wirklich?«, fragt Andie amüsiert. »Gab das nicht totales Chaos?«

»Ja!«, »Nein!«, rufen Coop und ich unisono.

»Es war nicht alle zwei Monate. Vielleicht einmal im Jahr.« Coops eine Augenbraue wandert nach oben. Nur leicht. »Okay, vielleicht öfter.« Ich kichere. »Aber hier wird das bestimmt nicht passieren.«

»Zwing mich nicht, die Möbel an den Boden zu kleben oder festzuschrauben.«

»Sag Bescheid, wenn du Hilfe beim Umräumen oder so brauchst«, sagt Andie nur und ignoriert meinen Bruder, der das kaum glauben kann.

»Ich bin raus. Euch viel Spaß beim Neuordnen all der Dinge hier.« Er gibt Andie einen flüchtigen Kuss, dann hebt er die Hand und verschwindet. Keine Ahnung, ob mein Bruder den Freiraum braucht, weil mit mir andauernd alte Erinnerungen hochkommen, oder ob er mir welchen geben möchte, um Zeit mit Andie zu verbringen, die ab jetzt genauso meine Mitbewohnerin ist wie er. Ich schaue ihm nach, finde es schade, dass er geht, aber ich weiß, er tut es nicht ohne Grund. Und genau deshalb sage ich nichts.

Andie blickt sich um, reibt die Hände aneinander, und ihr Gesicht beginnt förmlich vor Vorfreude zu strahlen.

»Was stellen wir noch um? Was können wir schon dekorieren und einräumen?«

»Du liebst so was, aber es erstaunt mich immer wieder, wie sehr«, sage ich, bevor ich ihr meine Pläne erkläre und wir loslegen.

Inzwischen ist es Nachmittag, und wir sitzen auf meinem nagelneuen waldgrünen Teppich, der perfekt zu dem schönen Parkett und den hellen Möbeln passt. Wir haben ihn bestimmt zehnmal verschoben und anders hingelegt, bis er den perfekten Platz gefunden hat. Das Bett haben wir mit Coops Hilfe doch noch zweimal gedreht, am Ende jedoch ganz in die Ecke und an die Wand geschoben. Andie meinte, ich würde auf diese Art wenigstens an einer Seite nicht aus dem Bett fallen. Ein gutes Argument, und ich mag es so auch am liebsten. Zum Schluss haben wir zu zweit die zarten Vorhänge angebracht, die dem Raum direkt viel mehr Wärme geben.

»Das sieht schon so gemütlich aus, Zoey«, sagt Andie, während ihre Finger über den Teppich fahren.

»Danke. Das finde ich auch. Jetzt fehlen nur noch ein paar Bilder und ganz viele Pflanzen, die ich noch bestellen muss. Das Bettzeug war zum Glück heute dabei.«

»Eine Lampe für den Schreibtisch fehlt noch, oder?«

Ich nicke. »Die bestelle ich auch bald. Genauso wie ein paar Kisten zum Stapeln für den Kleiderschrank und ein, zwei andere Ordnungssysteme. An die Wand sollen offene Regale, für Bücher und Ordner, aber ich konnte mich noch nicht entscheiden, welche ich nehmen soll.«

»Mit der Zeit wird sich das alles fügen. Mein Zimmer sieht heute auch ganz anders aus als zu Beginn. Es wurde ein Zuhause für mich. Und ein richtiges Zuhause braucht Zeit.« Sie lächelt mich warm an. Wenn ich mir je eine Schwester gewünscht habe, dann eine wie Andie. Ich bin froh, dass sie Cooper gefunden hat.

Ich lächle zurück, bevor ich mich zum hundertsten Mal umsehe. Das Bett steht jetzt, wenn man reinkommt, links in der Ecke und ist mit weißer Bettwäsche bezogen. Es liegen erst zwei Kissen drauf, aber bald werden es mindestens sechs sein. Kleine und große. Ich liebe richtig viele Kissen, in denen man versinken kann – selbst wenn sie nachts fast alle runterfallen oder mich unter sich begraben. Daneben kommt ein kleiner Beistelltisch. Weiter rechts stehen der antik anmutende Kleiderschrank und mein Schreibtisch, vor dem endlich auch ein zusammengebauter Stuhl steht. Das Tageslicht aus dem großen Fenster trifft genau auf die Arbeitsfläche, und wenn die Sonne durch die Wolken bricht, schaffen die Strahlen es bis auf mein Bett und zaubern schöne Muster darauf.

»Ich bin unglaublich froh, dass ich hier bei euch wohnen darf.«

»Aber das ist doch klar.«

»Sicher? Cooper war zunächst nicht ganz so begeistert wie ihr.«

Sie rückt ihre Brille zurecht. »Wann ist er das schon mal?«, fragt sie, und wir lächeln uns an. »Nein, im Ernst, er freut sich auch. Er hat nur etwas länger gebraucht, um die Nachricht zu verdauen. Du, Seattle, hier bei ihm. Da existieren für ihn zu viele Parallelen, wenn ich das sagen darf. Ehrlich gesagt – ich glaube, er hat am meisten Angst davor, dass so etwas wieder passieren könnte. Dass du wieder bei ihm bist, in derselben Stadt, und dir etwas zustößt und …«

»… er nichts tun kann.«

Andie nickt. »Genau.«

»Ich verstehe das. Ich hoffe, er sieht, dass es für mich ein Neuanfang ist, ein Überschreiben von alten, schlechten Dingen und ein Speichern von neuen, viel besseren. Das ist ein wichtiger Schritt für mich.«

»Das wird er. Du kennst deinen Bruder, er braucht einfach ein klein wenig mehr Zeit für alles. Aber wenn es so weit ist, wird es gut sein. Ganz bestimmt.«

»Er ist schon jetzt relativ entspannt. Hätte ich nicht gedacht.«

»Glaub mir, das ist er nicht«, sagt Andie mit großen Augen und leisem Lachen. »Sobald du nicht mehr da bist oder ihn hören kannst, geht es los: ›Meinst du, ihr geht es gut?‹, ›Ist alles okay? Kommt sie allein klar? Sollen wir was sagen?‹ – und viele andere Sätze, die ich alle schon wieder vergessen habe.«

»Seit ich hier bin, ist er so nervös?«

»Jepp.«

Ich schnaube. »Dabei meinte er noch, alles sei gut und ich würde das schon hinkriegen.«

»Oh, das glaubt er auch. Aber trotzdem macht er sich zu große Sorgen und zu viele Gedanken und schafft es nicht, das abzustellen. Du bist erst seit gestern Mittag hier, mit der Zeit wird er lernen, das alles loszulassen.«

»Mein Bruder ist ein kleiner, sensibler Kerl.«

»Wir erzählen ihm nicht, dass wir das wissen, okay?«

»Besser nicht.«

»So, ich habe heute leider meine Doppelschicht«, beginnt Andie und drückt sich vom Boden ab, bevor sie sich ausgiebig streckt. Ich stehe mit ihr auf. »Deshalb muss ich früher los. Cooper fängt eigentlich erst später an, aber er hat sich mit eintragen lassen, damit wir zusammen fahren können. Ich konnte sie leider nicht umlegen, und Coop auch nicht, tut uns leid. Es sind momentan ziemlich viele krank.«

»Du musst mir das nicht erklären und dich erst recht nicht entschuldigen. Ich komme gut allein klar.«

»Das habe ich Cooper auch gesagt«, flüstert sie verschwörerisch.

»Was macht June heute?«

»Oh, sie ist mit Mason auf einer Spendengala. Ihre gemeinnützige Organisation läuft super, und June macht neben der Uni so viel, wie sie nur kann, um die Projekte am Laufen zu halten. Sie hat jetzt sogar einen Job in Masons Firma in dem Bereich und kümmert sich auch um die Veranstaltungen für Masons Vater.«

»Das klingt wundervoll. Hast du mal überlegt, mit bei ihnen einzusteigen?«

Andie strahlt. »Absolut. Aber ich liebe auch den Job in der Bar und die Zeit mit den Leuten da. Ich dachte mir, dieses Jahr bleibe ich noch im Club und zum nächsten überlege ich mir, ob ich nicht wechsle und mein Barkeeperleben gegen etwas Marketing und Event eintausche. Momentan hänge ich weiterhin ein Semester hinter June und muss das erst mal aufholen.«

»Das klingt nach einem Plan.«

»Einem, mit dem ich gut leben kann. Außerdem arbeiten June und ich nach dem Studium mehr und länger zusammen als je zuvor. Wir haben dann genug Zeit für uns und unseren Traum. Und ich freue mich schon darauf. Das wird großartig.«

»Bleibst du auch wegen Coop?«

»Ich würde lügen, wenn ich Nein sage. So verbringen wir auch auf der Arbeit Zeit zusammen, und das ist schön. Ich denke, dass ich das noch nicht aufgeben will.«

»Schöne Dinge sollte man nie aufgeben.«

»Wahre Worte, Zoey.« Sie zwinkert mir fröhlich zu, ehe sie geht, um sich für die Arbeit fertig zu machen.

Ein paar Stunden später ist es ruhig in der Wohnung. Aus meinem Handy dringt leise und entspannende Pianomusik im

Wechsel mit melancholischen Indiesongs. Andie und Coop sind im Club, und Dylan ist in seinem Zimmer. Er kam vorhin nur einmal raus, als Andie mit Socke Gassi gegangen ist, um sich einen Kaffee zu machen.

Mittlerweile trage ich eine bequeme Yogahose und einen weiten Pullover. Mein Laptop steht auf dem Schreibtisch, der Standspiegel ist ausgepackt und aufgebaut und hat seinen Platz beim Kleiderschrank gefunden. Ich habe mir eine Lichterkette, zwei Lampen und noch einen Beistelltisch bestellt sowie die ersten Pflanzen. Da gab es einen Pflanzenladen mit super Bewertungen, der auch liefert. Noch dazu mit Terminangabe. Das ist perfekt für mich, weil es weniger Stress bedeutet.

Alles ist soweit verstaut, und ich fühle mich verdammt wohl.

Mein Magen knurrt laut. Andie und Cooper haben sich heute Sushi bestellt, aber ich hatte nach dem ausgiebigen Frühstück keinen Hunger. Das bereue ich jetzt. Ich muss gleich in die Küche und schauen, was ich mir machen kann. Ansonsten muss ich noch mal los und einkaufen.

Zuallererst sollte ich aber meinen Eltern endlich ein, zwei Fotos schicken. Sonst ruft Mom wieder an.

Hm. Es wird schwieriger als gedacht, dieses große, helle und vor allem wunderschöne Zimmer wie ein einfaches Wohnheimzimmer wirken zu lassen. Ich darf immer nur Ausschnitte zeigen. Nichts Verräterisches.

Mit gezücktem Handy schieße ich schnell ein paar Bilder. Einmal vom Bett, danach vom Schreibtisch samt Fenster aus verschiedenen Perspektiven. Es ist bereits so dunkel, dass man draußen ohnehin nicht viel erkennen kann.

Das sollte genügen. Ich überprüfe die Fotos, dann schicke ich sie ab und füge hinzu: *Alles ist da, und mir geht es gut. Macht euch keine Sorgen.*

Freudig lächelnd marschiere ich Richtung Küche, um den Inhalt des Kühlschranks zu inspizieren. Ziemlich magere Ausbeute und nichts, worauf ich gerade Lust hätte. Ich verziehe die Lippen.

Ich checke schnell, welche Läden in der Nähe sind, und entscheide mich für einen kleinen Bioladen, den ich zu Fuß gut erreichen kann. Alles andere wäre mir heute Abend zu weit – bloß, weil ich Heißhunger auf ein paar gute, leckere Sandwiches habe.

Also, auf zum Einkaufen.

13

Käse macht einfach alles besser.

Dylan

Hätte nicht gedacht, dass es mir mal so schwerfallen würde, mich in meinem Zimmer aufzuhalten. Wenn ich nicht gerade in der Uni bin, bei Elliott zum Training, in einem Café, um in Ruhe zu lernen, oder bei Granny, bin ich hier. In diesem Zimmer. Oft auch im Wohnzimmer, um Zeit mit Andie und Cooper zu verbringen, oder mit Socke draußen, aber ... ich bin sehr oft in diesen vier Wänden gewesen in den letzten Jahren, habe gelesen, gelernt und mich weitergebildet, Computer gespielt oder meinen Schmerz weggeatmet. Das liegt auch daran, dass ich zu Hause gern die Prothese ausziehe oder ab und an wechsle. Dafür sperre ich mich hier ein, um mich sicher zu fühlen.

Es war nie ein Problem. Bis gestern.

Seitdem bin ich irgendwie unruhig. Auf einmal ist es seltsam, die Tür abzuschließen und sich hier allein aufzuhalten. Jetzt wohnt Zoey nebenan. Hinter dieser Wand neben mir befindet sich jetzt ihr Zimmer. Vorher war da nur Mase, und an den habe ich, wenn ich hier saß, wirklich nicht gedacht. Aber aus Mase wurde Coopers Schwester, und nun tue ich es. Ich denke an sie. Ich denke über sie nach. Pausenlos. Und ich hab keine Ahnung, was davon das größere Problem ist.

Shit.

Socke schläft seelenruhig. Ausnahmsweise auf meinem Bett statt in seinem. Währenddessen starre ich seit einer Stunde auf meine Bildschirme – mit geöffneten Dokumenten vor mir, allesamt aktuelle Berichte zu verschiedensten Prothesen und ihrer Qualität beziehungsweise Einsatzmöglichkeit. Obwohl sich die Technik und die Medizin in dieser Hinsicht stark weiterentwickelt haben, bringt es mir bisher nicht viel. Die Nervenbahnen durchziehen meinen gesamten Stumpf, liegen dicht unter der Haut und sogar einzelne Stränge des Narbengewebes sind davon betroffen, sind nicht schmerzfrei.

Die Operation soll lange gedauert haben und kompliziert gewesen sein. Sie waren froh, mein Knie retten zu können. Da war jedoch so viel aufgerissene Haut und zerquetschte Muskeln, dass der Stumpf nicht gerade optimal vernäht werden konnte.

Ich habe den genauen Wortlaut vergessen, den der Arzt damals benutzte, aber ich werde nie vergessen, was seine Worte bedeuteten.

Besser ein Krüppel und eine beschissene OP-Naht als tot. Ich stand so unter Schock, dass seine Worte erst viel später zu mir durchsickerten. Verstanden habe ich sie erst bei Elliott während der Reha, als er mir sagte, dass wir das schon hinkriegen würden. Und zwar kurz nachdem er fluchte und meinte, mein Bein sei ganz schön im Arsch.

Er wollte sicher nicht, dass ich das höre.

Aber das tat ich, und am Ende war das gut so. Ich wollte es irgendwann erst recht schaffen, gerade weil ich so kaputt war. Ich wollte mir selbst und Granny zeigen, dass ich stark sein kann. Mir beweisen, dass ich mehr war und mehr bin als das.

Ich schaue nach unten auf mein Bein, auf die nach oben gekrempelte Hose und weiß: Ich habe es geschafft. Das mit dem

Starksein. Die Schmerzen habe ich nie besiegen können. Nicht die in meinem Bein und nicht die in meinem Kopf.

»Das wird heute nichts mehr«, murmle ich genervt und schalte den PC aus. Ich kann mich nicht konzentrieren. Vielleicht sollte ich ein Bad nehmen oder etwas Musik hören. Montag beginnt für die Ersten wieder die Uni, und eines meiner Seminare startet schon am Donnerstag, statt die Woche drauf. Das Semester wird anstrengend genug, da sind einige Prüfungen dabei, die erheblichen Einfluss auf die Endnoten haben können, deshalb sollte ich damit anfangen, mich zu entspannen, und mich, statt auf zu viele Dinge gleichzeitig, auf die wesentlichen fokussieren. Nicht auf die Frau nebenan …

Es klopft dreimal an der Tür.

»Dylan?«, dringt Zoeys zarte Stimme dumpf durch das Holz. Besagte Frau, an die ich viel zu oft denke.

Ich greife schnell nach meiner Prothese, ziehe Strumpf und den Rest mit geübten Bewegungen über. »Bist du da?«, hakt sie nochmals nach, weil ich still geblieben bin. So langsam muss ich mich entscheiden: So tun, als würde ich so tief schlafen wie der Hund, oder ihr antworten.

Ach, so eine Scheiße. Mit dem panischen Anziehen der Prothese habe ich meine Wahl doch längst getroffen.

»Ja. Bin da. Kleinen Moment.«

»Ich wollte mich nur noch mal bedanken, und ich hab hier was für dich.« Ein letzter Griff und die Prothese samt Socke über dem Fuß sitzen wieder an Ort und Stelle. Ich stehe auf, ziehe die Hose darüber und gehe zur Tür, während Zoey immer noch mit mir redet. »Ich möchte wirklich nicht stören oder nerven. Wenn du keine Zeit hast, dann … dann …« Ich schließe die Tür auf, und Zoey hält mitten im Satz inne, als ich sie öffne. »Oh, hey.«

»Hey.« Mit ihrem verdutzten Blick und den leicht geröteten Wangen schaut sie zu mir auf und hält dabei einen großen Teller in der Hand, auf dem sich das Essen nur so stapelt. Ein köstlicher Duft steigt mir in die Nase.

»Also, ich habe Sandwiches gemacht. Ziemlich viele. Sogar Grilled Cheese, weil ich diesen genialen Sandwichmaker unten im Schrank gefunden habe. Und ich dachte, du möchtest vielleicht mitessen?« Bei den letzten Worten wird sie immer leiser, und ein Grinsen zupft an meinen Lippen.

»Grilled Cheese hast du gesagt?«

»Oh ja. Sehr viel Käse. Ich war eben extra einkaufen. Käse macht einfach alles …« Sie sucht fieberhaft nach einem Wort, bis wir beide eines finden und es gleichzeitig aussprechen.

»Besser.«

»Genau. Nur mehr Käse ist genug Käse«, sagt sie und spiegelt mein Lächeln.

»Du bist sicher, dass du das mit mir teilen willst?«

»Hast du den Berg hier nicht gesehen? Ich könnte morgen noch davon essen, und vermutlich wäre mir zwei Tage lang schlecht, weil es zu viel war.«

»Das kann ich nicht verantworten.«

»Das wollte ich hören! Komm.«

Ich folge Zoey zur Couch, dort stellt sie den Teller mit all den Sandwiches zwischen zwei kleineren ab, die wohl für uns zwei gedacht sind. Eine Flasche Wasser samt Gläsern steht ebenfalls bereit, und auf dem Fernseher flackert das Netflix-Kaminfeuer.

Scheint, als hätte sie ohnehin nicht mit einem Nein gerechnet. Sie macht es sich auf dem Sofa bequem, und ich setze mich mit genug Abstand neben sie.

»Möchtest du lieber etwas gucken? Ich hab das nur angemacht, weil es gemütlicher ist.«

»Nein, das ist gut so. Danke.« Ich betrachte Zoey, wie sie mit einem Finger am Kinn nachdenklich das Essen ansieht und vermutlich gerade überlegt, womit sie anfängt. »Montag beginnt die erste Uniwoche für dich. Bist du nervös?« Sie sieht mich an und verzieht die Lippen.

»Ein wenig. Aber weniger als gedacht. Vermutlich kommt die große Aufregung erst Montag früh, wenn ich im Bus sitze oder auf dem Campus stehe.«

»Ich weiß noch, wie das ist. Aber du schaffst das, da bin ich sicher.«

»Das erste Semester vergisst man nicht so schnell, oder?«

Ich lache kurz auf. »Nein. Aber es ist, trotz all der Arbeit, schneller vorbei, als man gucken kann. Also genieße es.«

»Du meinst, weil danach der Ernst des Lebens auf einen wartet?« Obwohl Zoey sich bemüht, es locker klingen zu lassen, höre ich den ernsten und leicht spöttischen Unterton in ihrer Stimme. Ich verstehe sie. »Los, greif zu, bevor sie kalt sind.« Sie schnappt sich ein dickes Sandwich und beißt genüsslich davon ab, wahrscheinlich will sie nicht weiter darüber reden, und das akzeptiere ich. Außerdem lasse ich mir das mit dem Essen nicht zweimal sagen. Also greife ich nach einem Grilled Cheese, und oh mein Gott, ist das gut.

»Wow.« Es ist noch heiß, der Käse zerläuft in meinem Mund, und ein leichter Geschmack von Chili und Zwiebeln mischt sich dazu. »Ich dachte, das wäre einfach nur Käse.«

»Oh, es gibt auch nur Käse, du hast das Chili-Cheese erwischt. Du kannst es liegen lassen, wenn du das nicht magst.«

»Das war ein Kompliment, Zoey.« Sofort entspannt sie sich wieder, und ich beiße ein weiteres Mal ab. Liegen lassen, von wegen. Noch ein Bissen, und es ist weg, dann schnappe ich mir das nächste Sandwich. Ich habe gar nicht gemerkt, dass ich Hunger habe und es schon so spät ist. Aber das hier ist nahezu perfekt.

»Danke. Ich liebe Sandwiches. Essen generell, wenn ich

ehrlich bin, aber das Zubereiten macht mir fast am meisten Spaß.«

»Du kochst gerne?«

»Ja und nein. Wenn ich mehr als drei Töpfe oder Pfannen benutzen muss, werde ich wahnsinnig. Aber ich liebe es, Dinge auszuprobieren. One-Pot-Gerichte, Nudeln in allen Variationen, Aufläufe, Salate, Sandwiches, Fingerfood und all so was.«

»Verstehe.« Drei Töpfe. Das Chaos bricht bei mir schon bei zwei Töpfen aus – und alles ist vorbei.

Erst zögere ich, mustere sie, wie sie herzhaft abbeißt und ihre Wangen dabei weiterhin leicht gerötet sind, aber danach platzt es einfach aus mir raus. »Ich koche auch gern.«

Überrascht heben sich ihre Augenbrauen, und sie hält beim Kauen einen Moment inne. »Echt?«

»Aber ich bin verdammt schlecht.«

»Das kann ich mir nicht vorstellen.«

»Doch. Frag deinen Bruder.«

»Der ist kein Maßstab für gutes Essen. Er schmiert sich Butter unter die Schokonusscreme und findet Käsetoast zu käsig.« Sie verzieht verständnislos das Gesicht. »Außerdem kann man alles lernen und darin besser werden.«

»Stimmt. Andie hat mir schon einiges gezeigt. Leider hatte sie die letzten Wochen kaum Zeit, und jetzt zu Semesterbeginn wird sich das wohl nicht ändern.« Ich betrachte die restlichen Sandwiches und zeige auf eines. »Was ist in dem?«

»Das ist auch Grilled Cheese, aber mit in Balsamico karamellisierten Zwiebeln und etwas Salat.« Das klingt richtig gut, das nehme ich mir.

»Das ist ja noch besser als das davor. Du solltest einen Sandwichladen aufmachen.«

»Bring mich nicht auf dumme Gedanken, Dylan.«

»Wahnsinn«, nuschle ich. Und das ist ernst gemeint. Das sind die besten Käsetoasts, die ich je gegessen habe. Und ich habe schon viel Käse gegessen in meinem Leben.

»Freut mich sehr, dass es dir schmeckt. Das war das Mindeste, was ich tun konnte, nachdem du meine Möbel aufgebaut und meinen Chauffeur gespielt hast.«

»Das war echt kein Problem, aber das Danke nehme ich trotzdem. Vor allem, wenn es in Form dieser Sandwiches kommt.«

»Ich ... also ... wir könnten auch mal zusammen kochen, wenn du magst. Zu Hause habe ich fast jeden Tag gekocht. Keine Ahnung, ob ich das hier während des Studiums noch schaffe, aber an den Wochenenden auf jeden Fall.«

Zoey will mit mir kochen?

»Du musst nicht Ja sagen«, wehrt sie ab, weil ich noch zu perplex bin, um sofort zu antworten. »Ich dachte nur, wenn Andie keine Zeit hat, könnte ich für sie einspringen. Samstags oder sonntags. Ich meine, ich koche sowieso und ... ich bin recht gut«, plappert sie weiter, und meine Lippen verziehen sich zu einem breiten Grinsen. Sie ist süß, wenn sie nervös wird. Es gefällt mir.

Kochen mit Coopers Schwester. Es gibt zwei Möglichkeiten, diesen Satz zu lesen. Eine davon ist harmlos – die andere hat einen seltsamen Unterton, der Schwierigkeiten bedeutet, weil in dem Satz die Worte *Cooper* und *Schwester* vorkommen und *Kochen* auf einmal in meinem Kopf nicht mehr viel mit dem zu tun hat, was Andie und ich machen, wenn wir in der Küche sind ...

Beinahe hätte ich erstickt aufgelacht. Die erste Frau, die mich nach all der Zeit richtig zu interessieren scheint, ist die Schwester eines Kumpels. Und beide haben eine Scheißzeit hinter sich. Das darf ich nicht, oder?

Womöglich sollte ich mir nicht so viele Gedanken machen. Ich glaube, am Ende könnten wir einfach nur richtig gute Freunde werden. Wie Andie und ich. Und ehrlich gesagt wäre es schön, mal wieder ein paar Abende mit Kochen zu verbringen und jemanden dabeizuhaben. Freundschaft ist gut. Freundschaft ist ungefährlich. Freundschaft ist einfach … oder?

Aber auch besser?

Mit Andie habe ich sonntags gekocht, aber manchmal war das einen Tag vor einer neuen Uniwoche stressig.

»Samstags wäre gut«, antworte ich daher, ohne weiter darüber nachzudenken.

14

Man sollte nie das Vertrauen verlieren.
Nicht in die Menschen, nicht in das Leben und die Welt,
aber am wenigsten in sich selbst.

Zoey

Habe ich das gerade tatsächlich gefragt? Und hat er eben Ja gesagt? Vollkommen verblüfft schaue ich ihn an. Mir steht sogar der Mund offen.

Er hat Ja gesagt ... und es freut mich so sehr, dass ich es kaum glauben kann. Weder, dass Dylan mit mir zusammen einmal die Woche kochen möchte noch, dass er das Kochen genauso toll findet wie ich. Damit habe ich nicht gerechnet. Vor allem nicht damit, dass er anscheinend an den Wochenenden nichts Besseres zu tun hat, als mit mir in der Küche zu stehen.

»Die Samstage wären fantastisch«, erwidere ich und strahle dabei übers ganze Gesicht. Meine Mom kocht zwar jeden Tag, aber nicht besonders gerne. Dad und Cooper darf man nicht an den Herd lassen, das wäre pure Fahrlässigkeit, und der Rest meiner Freunde oder, besser gesagt, der Freunde, die ich hatte, bevor ich mich ganz zurückgezogen habe – nun ja, sie hatten eher andere Hobbys. Und das ist okay. Manche von ihnen vertraten sogar die Meinung, eine Frau am Herd sei ein total veraltetes Rollenbild, mit dem sie brechen müssten. Dabei haben sie nicht verstanden, dass es dabei nicht um die Frau am Herd geht, sondern darum, dass diese sich frei dafür entscheiden darf, ob sie dort stehen möchte oder nicht. Und ich möchte das. In der Küche habe ich richtig Spaß. Neue Gerichte zu kreieren, begeistert mich – darin gehe ich auf. Genau so, wie gute Musik zu hören oder ein gutes Buch zu lesen. Ballett gehörte auch einmal dazu. Ich hatte keine großen Ambitionen, ich habe nur für mich getanzt, weil es mich erfreut hat. Ich habe damit nur aufgehört, weil ich mich erst mal wieder selbst finden und irgendwie reparieren musste. Vielleicht mache ich das irgendwann wieder, aber für heute bin ich leidenschaftliche Hobbyköchin und voller Vorfreude darauf, einmal die Woche einen richtigen Kochabend in Gesellschaft verbringen zu können.

»Wir könnten direkt nächste Woche anfangen, abends kochen und essen, ganz ohne Stress. Was sagst du?«

»Sehe ich auch so. Besonders, weil Andie und Cooper samstags oft ihre Schichten im Club haben.«

Ein kleiner Jubelschrei entfährt mir, weil ich das so cool finde, und Dylan prostet mir mit einem Sandwich zu. Fühlt sich mit ihm gar nicht seltsam an.

»Suchst du diese Woche was aus oder soll ich mir was überlegen? Letzten Monat wollte Andie mir zeigen, wie man Lasagne zubereitet, aber das haben wir leider verschieben müssen und bis heute nicht geschafft.«

»Hm, Lasagne.« Mit dem Finger am Kinn denke ich darüber nach. Ich kenne nur ein Lasagnerezept, und das habe ich ewig nicht gemacht. »Klingt nicht schlecht. Die würde ich gerne mal wieder kochen. Allerdings habe ich da kein Rezept mit Béchamelsoße, sondern was mit Mozzarella. Sie schmeckt trotzdem richtig lecker.«

»Klingt perfekt. Mach mir 'ne Liste, dann hole ich nächste Woche alles, was wir brauchen, mit dem Auto.«

»Bist du Vegetarier?«

»Nein, nicht ganz. Aber ich esse nicht oft oder viel Fleisch. Und wenn, fahre ich ein Stück aus der Stadt raus zu einem Metzger, der noch selbst schlachtet und viel Wert auf Qualität und Tierwohl legt.«

»Das finde ich gut.«

»Ist aber ziemlich teuer.«

»Das ist okay. Das sollte so sein. Ich esse es auch nicht oft, aber wenn, dann muss es gut sein. Meine Mom hat lange das billige Fleisch aus dem Supermarkt gekauft, das habe ich ihr abgewöhnt. Das Fleisch ist nicht hochwertig, und die Tiere werden schlecht gehalten. Außerdem gibt es auch viele vegetarische Gerichte, die wir irgendwann ausprobieren können. Natürlich mit Käse«, füge ich an.

»Apropos – ich hab gerade zu viel davon gegessen. Hätte nie gedacht, dass ich das mal über Käse sage.«

»Du hast bestimmt fünf Sandwiches verdrückt.«

»Sie waren auch verdammt gut.«

»An irgendeinem Samstag machen wir sie mal zusammen.«

»Deal.« Zufrieden lehnt er sich zurück und legt den Arm auf die Lehne der Couch.

Ich mache es mir ebenfalls bequem, ziehe die Beine an und schließe kurz die Augen. Das Knistern des falschen Netflix-Kaminfeuers dringt zu mir. Müde bin ich kein Stück, aber ebenso zufrieden wie er und pappsatt.

»Und? Bist du schon richtig angekommen?« Dylans Stimme klingt unaufgeregt. Nicht zum ersten Mal stelle ich fest, dass ich das mag.

»Ja. Auch wenn sich das vielleicht komisch anhört: Ich hab mich bereits hier wohlgefühlt, als ich letztes Jahr zu Besuch war. Zuhause fühle ich mich, seit wir gestern zusammen mit Mase und Coop in meinem Zimmer standen.«

»Hört sich nicht komisch an, sondern schön. Wäre schade, wenn es anders wäre.«

»Wie war es bei dir?« Neugierig blicke ich zu Dylan, der seinen Kopf nun zu mir dreht. Uns trennen nur wenige Zentimeter, und ich würde am liebsten noch ein Stück näher an ihn heranrutschen. Verrückter Gedanke …

»Du meinst, als ich damals hier eingezogen bin?« Ich nicke. »Ich brauchte eine Zeit, um mich einzugewöhnen. Zum einen waren Mase und Coop bereits gut befreundet, und zum anderen bin ich nicht der geselligste Typ gewesen. Es wurde besser, aber wie du vielleicht schon gemerkt hast, bin ich immer noch gern für mich. Obwohl ich anfangs schwierig und verschlossen war, haben die zwei es mir leicht gemacht, sie zu mögen. Sie haben mir meinen Freiraum gegeben, und irgendwann hat es gut funktioniert mit uns. Als Andie und June mit an Bord kamen, ist alles noch besser geworden. Zuerst kompliziert, aber dann besser.«

»Das klingt schön.«

»Jetzt bist du hier.«

»Ich hoffe, ich gehöre nicht in die Kategorie *erst kompliziert und dann besser.*« Es sollte ein Witz sein. Ein schlechter, aber ein Witz. Doch Dylan lacht nicht, er schaut mich einfach nur an, sein Blick gleitet über mein Gesicht, und ich spüre, wie sich da etwas verändert. In mir. Zwischen uns. Es ist wie ein Sog, wie ein zartes, unsichtbar gewobenes Band, das sich fester um uns zieht. Wie ein Echo, das in mir widerhallt. Und es macht mich nervös – obwohl es sich gut anfühlt.

»Kompliziert ist nicht immer schlecht, weißt du? Es ist eben nur …«

»… kompliziert«, murmle ich, und er presst zustimmend die Lippen zusammen. Ich weiß genau, was er meint. Gott, so sehr.

»Ja.«

»Ich … ich gehe mal rüber und räume das weg.«

Ich weiß nicht, ob ich bereit bin für *kompliziert*. Ob ich *kompliziert* standhalten kann. Verflucht, ich weiß ja nicht mal, was das hier ist oder werden könnte und ob *kompliziert* überhaupt ein Teil davon wäre.

Warum habe ich das eben überhaupt gesagt?

»Soll ich dir helfen?«

»Nein, nein. Das schaffe ich.«

»Okay.«

»Gute Nacht, Dylan.« Ich sehe ihm an, wie irritiert er ist, aber er hat sich schnell wieder im Griff und blickt mich nun verständnisvoll an.

»Schlaf gut, Zoey.«

Vollkommen aus der Bahn geworfen, stehe ich auf, sammle das Geschirr ein und versuche, für mich zu ergründen, was sich da auf einmal verändert hat. Aber ich kriege es einfach nicht zu fassen. Vielleicht bilde ich es mir ein … Vielleicht sollte ich wirklich schlafen gehen. Die letzten Tage waren anstrengend und lang. Ich bin wahrscheinlich nur erschöpft.

Montag früh, halb acht in Seattle. Ich gähne herzhaft und lausche der Musik, die aus meinen Kopfhörern dringt, während ich das Unigelände der Harbor Hill betrete. Mein Magen rumort, mir ist etwas übel und die Busfahrt hierher war schlimm. Ich war so nervös, dass ich mich beinahe übergeben habe. Doch sobald ich den ersten Atemzug der kühlen Morgenluft eingesogen habe, wurde es besser.

Es ist wunderschön hier, beinahe idyllisch in der Dämmerung. Besonders im Frühling und Sommer muss das hier einer Oase gleichen, rund um die gigantischen Gebäude auf dem ganzen Campus. Die Bäume, die die breite Treppe zum Hauptgebäude rahmen, sind gerade kahl, und ihre Äste schwanken im Wind und Nieselregen dieses frischen Wintermorgens. Ich erkenne es dort, wo die Laternen, die die einzelnen Wege säumen, sie anleuchten. Die Nebelstreifen über der großen Wiese verflüchtigen sich nur langsam, und ein Eichhörnchen bahnt sich direkt neben mir den Weg einen Baum hinauf, während ich den meinen in Richtung des Mediziner-Campus fortsetze.

In der linken Hand halte ich meinen Seminar- und dahinter den Gebäudeplan, in der rechten meinen Kaffee in einem schlichten To-go-Becher, den ich durch Zufall vorhin im Schrank bei den Tassen gefunden habe. Zum Glück.

Ich habe nämlich untypischerweise verschlafen – am ersten Tag! – und laufe jetzt mit leicht geschwollenen Augen und gut sichtbaren Augenringen durch die Gegend. Das Koffein hilft gegen die Müdigkeit, wenigstens fürs Erste.

Ich wusste, dass ich nervös sein würde, aber nicht, dass mich die Aufregung und Vorfreude bis in die Nacht wach halten würden. Immer wieder habe ich mich im Bett herumgewälzt und im Dunkeln an die Decke gestarrt. Das letzte Mal, als ich auf die Uhr sah, war es kurz vor drei. Keine Ahnung, wann ich eingeschlafen bin, aber die kurze Nacht hat sich gerächt. Vier der fünf gestellten Wecker habe ich einfach überhört oder im Schlaf ausgeschaltet. Nach einer Katzenwäsche habe ich vorhin nur mit Müh und Not den Bus erwischt.

»Oje«, nuschle ich, weil ich schon wieder gähnen muss. Ein weiterer Schluck Kaffee. Hm, das tut gut. Okay, wo muss ich jetzt hin? Der Plan sagt, um acht Uhr gäbe es eine kleine Ansprache in einem der großen Vorlesungssäle für die Bachelor-Studierenden im Bereich Psychologie, danach hängen Listen mit Namen aus für das Einführungsseminar. Da können offengebliebene Fragen zum Studium oder Ähnliches besprochen werden. Die Seminare für die Studienanfänger beginnen alle diese Woche. Meist wird noch nicht viel Inhaltliches gemacht, meinten Andie und mein Bruder vorgestern, sondern Literaturlisten ausgeteilt und Anforderungen besprochen.

Um neun beginnt mein Tag mit drei Seminaren im Bereich *Cognitive and Brain Sciences* sowie einer Einführung in neuronale Netzwerke. Danach belege ich einen Spanischkurs, weil Sprachkurse für das Studium erforderlich sind. Spanisch klingt interessant und ist später mit Sicherheit sehr hilfreich. Der Rest der Woche füllt sich unter anderem mit den Seminaren zu *Psychology of Interpersonal Relationships* und *History and Systems of Psychology*. Am meisten freue ich mich auf das Einführungsseminar zur allgemeinen Psychologie am Donnerstag, in dem bereits Themen angeschnitten werden, die erst in späteren Semestern vertieft werden.

Ärgerlich, dass das erst zum Ende der Woche und nach den spezifischeren Seminaren angedacht ist. Zum Anfang der Woche hätte ich es für sinnvoller befunden. Sie werden sich schon was dabei gedacht haben.

Na ja, da kann man nichts machen. Grundsätzlich bin ich superhappy mit den einzelnen Themen und dem Plan. An keinem Tag, außer montags, habe ich länger als bis sechzehn Uhr Uni, den Mittwoch habe ich mir für Bibliotheksarbeiten und Forschungsmöglichkeiten oder zum Lernen geblockt, daher sind die Montage und Dienstage relativ voll geworden.

Mein Handy vibriert in meiner Jackentasche. Verdammt. Ich sollte es unbedingt ausmachen oder auf *lautlos* stellen. Den Kaffee wechsle ich in die andere Hand zu den Papieren, die dabei etwas zerknittern, damit ich das Handy rausziehen kann.

Neue Nachrichten in der Seattle-Squad-Gruppe.

Andie: *Einen wundervollen ersten Unitag, Zoey!*

Cooper schreibt …

Mason: *Mach uns stolz, Knirps!*

June: *Andie ist wach, omg.*

Cooper: *Sie schläft schon wieder. Hat sich nur den Wecker gestellt, um Zoey das zu schreiben.*

Mein Grinsen wird beim Lesen der Nachrichten immer breiter. Meine Freunde sind toll.

Dylan: *Go, Zoey!*

June: *Hört auf mit dem Quatsch. Wir wissen alle, dass die erste Woche kacke und anstrengend ist. Erst die zweite wird richtig gut.*

Cooper: *Du alter Motivator.*

June: *Sorry, Zoey. Ich wünsche dir nur, dass du die Woche schnell hinter dich bringen kannst.*

Zoey: *Danke euch! Es wird bestimmt toll.*

Ich stelle das Handy auf *lautlos*, bevor ich es wegstecke und meine Zettel vom Gewicht des To-go-Bechers befreie. Nach den Nachrichten der anderen geht es mir bereits viel besser. Es ist, als hätte ich Rückendeckung oder wenigstens Rückenwind. Das ist schön.

Der Campus wird immer voller und lebendiger mit jedem Schritt, den ich gehe. Als ich um die Ecke biege, mache ich eine große Traube Menschen vor einem üppigen Sandsteingebäude aus. Das muss das Hauptgebäude der medizinischen

Fakultät sein. Ich prüfe das auf meinem Plan – und jepp, das ist es.

Ein Strahlen breitet sich auf meinem Gesicht aus, und ich werde endlich richtig wach. Die Vorfreude und die Energie von gestern sind zurück, und ich kann es kaum erwarten, mit dem Studium zu beginnen.

Kurze Zeit später habe ich mich ins Innere durchgekämpft und den Raum gefunden, in dem gleich die Ansprache für die Erstsemester starten soll.

Verdammt, ist das voll.

Mein Blick gleitet über all die Studierenden, die sich bereits in dem Hörsaal versammelt haben. Die meisten Plätze sind besetzt, soweit ich das beurteilen kann, die Ersten haben sich schon an die Seite auf die Treppe gesetzt oder stehen ganz hinten an der Wand.

Mist, ich hätte früher da sein müssen.

Vorne ist ein kleines Podest samt Mikro aufgebaut, nichts Besonderes. Ich nehme an, die fünf Personen, die sich darum verteilt haben, sind ein paar der Dozenten und Professoren des Fachbereichs für Psychologie.

Ich stelle die Musik aus, ziehe die Kopfhörer ab und verstaue sie in meinem Rucksack. Danach schlängle ich mich vorsichtig durch die erste Menschentraube ganz in den Raum hinein, gehe die ersten Treppenstufen nach oben und erkenne, dass hier und da doch noch ein einzelner Platz frei ist. Vermutlich hatte bisher keiner Lust, sich da irgendwo reinzuquetschen, besonders da für diese Veranstaltung nur eine halbe Stunde angedacht ist. Aber ich würde mich wirklich gerne setzen, also halte ich vor Reihe fünf an, bitte die ersten vier Menschen, mich durchzulassen, und entschuldige mich bei jedem noch mal, weil sie dafür aufstehen und die Tische hochklappen müssen.

Am Platz angekommen atme ich befreit auf und ziehe den Rucksack von meinem Rücken auf die Beine. Dabei fliegt mir der Stundenplan aus der Hand und landet halb unter dem Sitz meiner linken Sitznachbarin, die sich sofort danach bückt und ihn mir lächelnd überreicht.

»Hier.«

»Danke. Ich hätte vermutlich nur meinen Kaffee über dich geschüttet, hätte ich versucht, ihn aufzuheben.«

»Keine Ursache. Ich bin übrigens Mel.«

»Ich bin Zoey, freut mich.« Sie hat einen freundlichen, offenen Blick, einen kurzen geraden Pony und lange rotbraune Haare, die ihre grünen Augen und die Stupsnase einrahmen. Eben blitzte ein Piercing zwischen ihren Vorderzähnen hervor.

»Ich weiß, ich hab dir den Zettel gerade erst wiedergegeben, aber das ist dein Stundenplan für dieses Semester, richtig?«

»Ja, genau.«

»Darf ich vielleicht einen Blick darauf werfen?« Nickend halte ich den Zettel zwischen uns, damit wir beide draufschauen können. »Du hast auch Spanisch heute Nachmittag, das ist toll. Und die Einführung in Psychologie am Donnerstag.« Sie strahlt jetzt richtig, und ihre gute Laune ist ansteckend. Ich habe einen netten Menschen getroffen, den ich sympathisch finde und bei dem mir nicht sofort mulmig zumute wird. Egal, ob es an ihr liegt oder an den Fortschritten, die ich gemacht habe, ich freue mich darüber, zufällig neben Mel gelandet zu sein.

»Das heißt, wir sehen uns ab jetzt öfter.«

»Finde ich richtig cool. Wohnst du auch im Wohnheim hier am Campus?«

»Ich wohne mit meinem Bruder und Freunden in einer WG, nicht weit von hier.«

»Ah, okay. Da ist es auf alle Fälle etwas ruhiger. Ich wohne mit zwei anderen Mädels zusammen und bin erst letzte Woche aus Chicago hergezogen. Ich bin da aufgewachsen und brauchte mal einen Tapetenwechsel. Und du?«

»Chicago, nicht schlecht. Da kann ich nicht mithalten, ich komme aus Portland, Oregon. Aber da ist es auch nicht übel.«

Die Unruhe im Saal beginnt sich zu legen, und eine unbekannte Stimme dringt durch die Lautsprecher zu uns. Mel und ich wenden uns nach vorne um und unterbrechen unser Kennenlerngespräch. Sie wirkt total sympathisch, und ich freue mich, bereits jemanden gefunden zu haben, der mich teilweise durch dieses Semester begleitet. Das macht alles etwas einfacher.

»Verehrte Studierende. Willkommen an der medizinischen Fakultät mit dem Schwerpunk Psychologie an der Harbor Hill!«, hallt die Stimme des Mannes zu mir, der uns als Professor Dr. Simon Wood zum Unistart gratuliert. Er ist unser Dekan. Neben der Begrüßung und einigen Worten über den guten Ruf dieser Universität stellt er unter anderem Dr. Ian Davis vor, Dozent eines der Informationsseminare in dieser Woche.

Ich höre aufmerksam zu, besonders dann, als er die Anforderungen und nötigen Aufgaben dieses Studiums zusammenfasst. Natürlich kenne ich die längst auswendig, aber sie nochmals zu hören und in Gedanken abzuhaken, beruhigt mich und gibt mir das Gefühl, nichts Wichtiges übersehen zu haben.

»Neben Ihrem intensiven theoretischen Studium, das alle Bereiche der Psychologie umfasst, werden Sie in verschiedenen Sprachen ausgebildet und in der Praxis geschult. Nur ein perfektes Zusammenspiel dieser Komponenten ermöglicht Ihnen das bestmögliche Studium. Am Ende werden Sie nicht nur Fachwissen in wissenschaftlichen Bereichen erlangt haben, sondern genauso in gesellschaftlichen. Vielleicht lernen Sie sich sogar selbst besser kennen als jemals zuvor.« Als der Dekan zum Ende kommt, klatschen wir und schieben uns nacheinander aus dem Raum, in dem die Luft mittlerweile warm und stickig geworden ist. Jetzt beginnt mein erster Tag als Studentin endlich richtig und so ganz offiziell. Ich kann es kaum erwarten.

Kurz vor vier habe ich meine Seminare für heute geschafft, bin danach noch mit Mel zum Spanischkurs gegangen und war im Anschluss so hungrig und erschlagen von all den Eindrücken, dass ich mit knurrendem Magen im Bus saß und auf dem Heimweg beinahe eingeschlafen wäre. Ich hab es aber noch geschafft, in die Gruppe zu schreiben: *Hab den Tag überlebt. June hatte nicht unrecht. Ich hoffe, die Seminare leeren sich in der nächsten Woche etwas.*

Andies prompte Antwort lautete: *Werden sie, da springen einige ab oder gehen in andere Kurse.* Das zu lesen, hat mich sehr glücklich gemacht und ungemein erleichtert.

Inzwischen bin ich zu Hause und greife nach der großen Schüssel, in der sich ein Rest Pasta mit Tomatensoße befindet, die wir gestern Mittag schnell gemacht haben. Leider ist kein Baguette mehr da, aber die Nudeln schmecken auch ohne ganz hervorragend. Ich kippe eine Portion auf einen Teller, streue etwas Käse drüber und schiebe alles in die Mikrowelle.

»Sind noch Nudeln da?«

Ich zucke zusammen und rufe viel zu laut: »Ich bin wach!«

Andie fängt an zu kichern und hebt die Hände. »Entschuldige, ich wollte dich nicht erschrecken.«

»Hast du nicht. Und ja klar, es sind noch Nudeln im Kühlschrank. Für dich und Coop, nehme ich an?«

»Genau. Ich würde sie nur ungern wegschmeißen.« Andie stellt sich neben mich und macht zwei Teller fertig, bevor sie sich mir zuwendet und mich auf ihre typische Art mustert. »Heftiger Tag, oder? Keine Panik, das Studium wird nicht immer so sein. Die ersten Wochen sind berauschend und kräftezehrend zugleich, weil alles noch so neu ist und die Seminare zudem prall gefüllt. Ich kenne das und weiß, wie du dich fühlst. Nach und nach legt sich das, und man kommt an.«

»Ich hoffe es«, sage ich und erwidere Andies aufmunterndes Lächeln.

15

Zu viele Geheimnisse. Zu viele Gedanken.

Zoey

Der Montag hat mich fertiggemacht. Körperlich und geistig. So viele fremde Menschen, so viele Eindrücke und ungewohnte Gegebenheiten. Da war unendlich viel Neues, das mich erschlagen und zugleich begeistert hat.

Ich freue mich aber – wie es prophezeit wurde – mehr auf die nächsten Wochen, wenn alles ruhiger wird und sich langsam einpendelt. Gestern wurde es schon besser, ich kannte bereits einige Wege, habe mit Mel in der Mensa gegessen und mich dabei gefühlt, als würde ich dort hingehören und nirgendwo sonst.

Wir haben unsere ersten Literaturlisten erhalten, deshalb war ich heute früh in der Bibliothek und habe mir die ersten Bücher ausgeliehen. Die liegen jetzt in zwei mittelgroßen Stapeln auf meinem Schreibtisch und warten darauf, gelesen zu werden. Apropos Bücher. Ich zücke mein Handy.

Hallo Mom. Die ersten Tage waren toll, ich lebe mich hier ein und mir geht es gut. Euch auch? Könntest du mir einen Gefallen tun und mir die Kisten neben dem Schreibtisch zuschicken? Pass auf, sie sind schwer.

Mom hat bereits drei Nachrichten geschickt, die ich bisher unbeantwortet gelassen habe, weil ich dachte, sie würde geduldiger werden. Aber das hat nicht funktioniert ...
Ich sollte auch unbedingt Mason schreiben.

Hi, Mase alias zweiter großer Bruder! Darf ich dich und June um was bitten? Darf ich zwei Pakete zu euch liefern lassen?

Ich muss nicht lange auf Antworten warten. Die von meiner Mom ploppt direkt eine Minute später auf.

Hallo, mein Schatz, ich freue mich so sehr für dich. Dir geht es wirklich gut? Sind die Dozenten nett?
Natürlich schicke ich dir die Kisten. Ich glaube, wir haben deine genaue Adresse vom Wohnheim verlegt. Gibst du sie mir durch, dann gehe ich noch heute zur Post.

Reflexartig verziehe ich das Gesicht. Verlegt hat sie die Adresse nicht, sie hatte sie nie. Nur die generelle Anschrift des Wohnheims, aber keinen Block, keine Zimmernummer. Die gibt es ja auch nicht. Deshalb die Bitte an Mason. Weder meine Eltern noch ich sind bereit, die Sache mit der Wohnung und Cooper zu klären. Das muss warten. Während ich so darüber nachdenke, vibriert mein Handy erneut. Es ist Mase.

Hey Knirps. Klar doch. Deine Mom? Er kennt mich eben zu gut.

Danke. Und ja. Meine Mom. Lasse mir meine Bücher schicken.

Zum Glück gibt es einen Aufzug ... Allerdings, da muss ich ihm recht geben. Er hat was gut bei mir.

Bringst du sie mir, wenn sie da sind? Du musst dir vorstellen, wie süß ich dich gerade ansehe.

Was bietest du noch? War klar, dass er was rauskitzeln will. Damit habe ich gerechnet.

Ich sage nette Sachen über dich bei June. Viele nette und wundervolle Sachen.

Er schickt mir einen Sticker mit einem kleinen Hund, der mithilfe eines Strohhalms aus einem Getränkepäckchen trinkt. Drauf steht: *Saft der Skepsis.*

Ich lache viel zu laut und zu heftig, sodass ich mich augenblicklich verschlucke.

Versprochen!, tippe ich schnell.

Hmpf. Na gut. Ich sehe ihn vor mir, wie er bei dieser Nachricht guckt. Aber ich wusste es, auf Mase ist eben Verlass.

Danke, Mase.

Das wäre geschafft. Ein Problem weniger. Ich wechsle den Chat und will meiner Mom gerade die Adresse von June und Mason schicken, als mich ein ungutes Gefühl beschleicht. Und zwar, dass das eigentlich eine blöde Idee ist. Die Adresse ist nicht auf oder direkt am Campus, und meine Mom ist vieles, aber nicht dumm. Sie wird verwundert sein, Fragen stellen und nicht einfach so meine Sachen an eine seltsame Adresse schicken. Mist.

Ich reibe mir über die Stirn und denke nach.

Mel! Hat sie nicht gesagt, sie würde auf dem Campus wohnen? Aber sie zu fragen, ob sie meine Pakete annimmt, wäre ziemlich dreist. Wir kennen uns gar nicht, haben erst zwei Unitage miteinander verbracht und – dennoch ist sie meine beste Option. Also warte ich, bis ich meiner Mom schreibe, und nehme mir vor, Mel zu fragen und über meinen Schatten zu springen. Mehr als Nein sagen, kann sie nicht. Im Notfall bleibt immer noch Mase ...

Ich gestehe, das verschafft mir einen kleinen Dämpfer, aber der Gedanke daran, meine Bücher bald bei mir zu haben, egal wie, und auch meine Bluetooth-Lautsprecher, lässt mich das verdrängen und zufrieden vor mich hin summen.

Vielleicht wäre das ein guter Zeitpunkt, weitere Regale zu bestellen, damit ich die Bücher auch verstauen kann.

Mit meinem Laptop setze ich mich im Schneidersitz aufs Bett und durchforste verschiedene Seiten nach etwas Passendem, das mir gefällt und das nicht allzu kostspielig ist. Die Rechnungen werden längst hierhergeschickt, und alles geht von meiner privaten Kreditkarte ab, die ich mit dem Geld aus dem Sparkonto decke, damit meine Eltern nicht aus Versehen über die Adresse stolpern. *Ich wünschte, ich hätte weniger Geheimnisse vor ihnen ...*

Währenddessen landen nebenbei so einige Dekoelemente in meinem Warenkorb, die ich nicht vorhatte, überhaupt zu kaufen – aber die so gut aussehen würden in diesem Zimmer.

Neben der Blumenerde, die ich für meine Pflanzen noch zum Umtopfen brauche, und größeren Töpfen, wandern Handschuhe und Dünger in den Warenkorb.

Zwei Stunden später bin ich fertig und habe den Überblick über meine Bestellungen verloren. Zuerst bekomme ich ein schlechtes Gewissen, doch dann denke ich an all die Jahre, die es mich gekostet hat, dieses Geld anzusparen und dass es genau hierfür gedacht ist. Für die Uni. Für meine erste eigene Wohnung oder das erste eigene Zimmer. All die Ferienjobs, der Verzicht – das war hierfür.

Natürlich wird das nicht auf ewig reichen. Irgendwann, vermutlich im dritten Semester, werde auch ich mir einen Nebenjob suchen müssen, aber wenigstens das erste wollte ich ohne Sorgen bestreiten können.

Und ich bin dankbar, dass meine Eltern mich in Sachen Studiengebühren unterstützen. Zum Glück verlangt Mase quasi nichts an Miete. Ja, ich bin dankbar ...

Ich klappe den Laptop zu und schiebe ihn zur Seite, als mein Handy anfängt zu klingeln.

»Hallo?«

»Hey, Zoey, hier ist Mel.«

»Oh, hi!« Ich hab ganz vergessen, Mel einzuspeichern. »Bist du zufällig am Campus?«

»Nein, sorry. Ich bin daheim. Mittwochs ist mein freier Unitag.«

»Verflixt. Ich hab jetzt 'ne Stunde frei zwischen den Seminaren und dachte, wir essen noch mal was zusammen.«

»Tut mir total leid. Wir können das morgen machen? Nach dem Einführungsseminar gegen zwölf?« Da werde ich sie fragen, ob ich ihre Adresse für die Post von meinen Eltern angeben darf, egal, wie unangenehm mir das wird.

»Klingt perfekt.«

»Fühlt es sich für dich auch so ... hektisch an?«

»Ein wenig. Aber das pendelt sich ein, da bin ich sicher. Ich hab momentan auch drei Kurse zu viel drin, weil ich mich nicht entscheiden konnte. Die kicke ich vermutlich nächste Woche wieder. Sind auch keine Einführungen mehr, aber ich war neugierig. Sorry, Zoey, ich muss auflegen, sonst sind keine Cupcakes mehr da. Bis morgen.«

»Bis morgen«, sage ich, aber Mel hört mich schon nicht mehr. Sie erinnert mich ein wenig an June. Nur in der Light-Version.

Tief durchatmend überlege ich, wie ich den Tag heute am sinnvollsten nutzen kann, und gleichzeitig flüstert eine gemeine Stimme in mir, dass ich das nicht tun muss. Dass ich mich auch entspannen könnte, weil es der dritte Tag des ersten Semesters ist.

»Ja, ich denke, ich mache heute frei.«

»Gute Idee«, dringt Dylans Stimme von der Tür zu mir. »Ich wollte nicht einfach so reinkommen, die Tür war offen und ich … Ich hätte klopfen sollen.« Seine Hand fährt durch sein kurzes Haar, und sein Mund verzieht sich entschuldigend.

»Schon okay.«

»Ich wollte nur fragen, ob du auch was zu essen bestellen willst. Andie hat gesehen, dass ein neuer Laden aufgemacht hat, nur vier Straßen weiter, und sie würde den heute gern ausprobieren. Ist mexikanisch. Ich nehme die Quesadillas.«

»Ich hatte ewig kein gutes mexikanisches Essen. Habt ihr eine Karte?«

»Warte kurz.« Dylan geht raus, und ich höre seine Schritte vom Parkett widerhallen. Wenige Sekunden später ist er wieder da und hält mir eine knallrote Papierkarte vor die Nase. »Hat Andie ausgedruckt.«

»Und nicht laminiert? Ich bin enttäuscht«, scherze ich, und Dylan grinst schief. Er steht direkt neben mir am Bett und wirkt dadurch, dass ich sitze, noch riesiger. Ich schnappe mir die Karte, doch mit ihm so dicht an meiner Seite ist es nicht leicht, sich auf verschiedene Sorten von Tacos und Enchiladas zu konzentrieren. Hm, vegetarisch oder nicht? Vielleicht eine Mischung? Und auf jeden Fall eine extra Portion Guacamole.

Sein Duft weht zu mir, als er sich bewegt. »Das hier probieren Coop und Andie.« Sein Finger deutet auf ein Gericht, aber ich merke nur, wie sein Oberarm meine Schulter und beinahe meine Wange streift. Dylan hat sich zu mir runtergebeugt, und als ich meinen Kopf ein Stück nach links drehe, ist sein Gesicht fast neben meinem.

Die Tattoos stehen ihm, schießt es mir durch den Kopf. Ein paar erkenne ich an seinem Hals, die meisten finden sich aber auf seinen Armen und ziehen sich von seinen Handgelenken bis zu den hochgekrempelten Ärmeln – vermutlich noch viel weiter. Es sind gute, ja filigrane Arbeiten, keine protzigen, schlechten Tattoos. Ich frage mich, ob sein ganzer Oberkörper mit ihnen bedeckt ist und …

Himmel, wieso schaue ich ihn an und nicht die dämliche Karte?

Mein Mund wird ganz trocken, das Blut rauscht in meinen Ohren, zieht in meine Wangen und Hitze kriecht in mir hoch. Sein Blick liegt auf mir wie meiner auf ihm, und ich wünschte, ich wäre stark genug, mich dem zu entziehen. Aber dieses Gefühl ist so fremd, wie es vertraut ist. Ich habe es vermisst, merke ich in diesem Moment. Ja, ich vermisse die Nähe, diese ehrliche Nähe.

Ich kann mich nur dunkel daran erinnern, es ist zu lange her, dass ich … einen Mann küssen wollte. Es wirklich mit jeder Faser meines Körpers wollte. Ohne darüber nachzudenken. Ohne Bedenken. Ohne …

Als hätte er meine Gedanken gelesen, wandert sein Blick zu meinen Lippen, nur einen Atemzug lang, bevor er mir wieder in die Augen sieht.

Zitternd atme ich ein und …

»Habt ihr euch schon entschieden?«

Als die Stimme meines Bruders ertönt, fahren Dylan und

ich auseinander und zucken zusammen, als hätte man uns geschlagen. Dabei verliere ich das Gleichgewicht und kippe fast um, kann mich aber durch wildes Wedeln mit der rechten Hand, in der ich immer noch die dämliche Karte halte, retten. Besonders davor, gegen Dylan zu knallen.

Cooper steht im Zimmer. Er sieht mich an, dann Dylan, wieder mich. Seine Augenbrauen ziehen sich zusammen. »Was ist los? Wir haben Hunger.«

Dylan räuspert sich leise. »Ich hab Zoey gerade erst die Karte gegeben.« Gott, diese Stimme. Hätte ich das vorher gewusst, hätte ich mir von meinem Bruder eine Tonaufnahme schicken lassen, keine Fotos.

»Ja, ich war noch nicht fertig. Was nehmt ihr noch mal?«

»Oben, die Nummer elf oder so. Das für zwei Personen.«

Ich schaue nach und – jepp, da ist es. Mexikanisch für zwei, von allem ein bisschen, gemischte Platte eben mit verschiedenen Soßen. Klingt richtig gut. Allerdings schaffe ich das allein nicht. Ich will es nicht tun, aber meine Augen verselbstständigen sich … Ich schiele zu Dylan und zeige auf die Nummer.

Aber der meidet meinen Blick.

»Also, ich nehme …« Puh. Ich möchte so viel probieren. Die Platte wäre perfekt. Ach egal, ich brauche keine Plus-eins, um mir eine große mexikanische Platte zu bestellen. Selbstsicher hebe ich das Kinn. »Ich nehme dasselbe.«

Jetzt spüre ich Dylans Blick auf mir ruhen, und mein Bruder lacht. »Zoey, das ist viel zu viel für dich.«

»Im Notfall esse ich einfach morgen weiter. Ich will die Platte und alles probieren.«

»Okay, dann die größte Platte für den kleinsten Menschen. Kommt sofort.« Coop schnappt sich die Karte und geht zu Andie, die eindeutig kleiner ist als ich, aber das spreche ich nicht aus. Zurück bleiben Dylan und ich.

»Danke, dass du mich gefragt und mir die Karte gebracht hast.«

»Keine Ursache. Cooper oder Andie hätten es sonst gemacht.«

»Richtig«, murmle ich und beobachte ihn dabei. Seine Arme sind vor der Brust verschränkt, sein Ausdruck unergründlich. Ich denke hingegen immerzu an das, woran ich eben gedacht habe. Mir wird schon wieder ganz heiß.

Eine kleine Schwärmerei hat noch niemandem geschadet, oder? Ich mag Dylan, er ist nett, höflich, bodenständig, aufmerksam, sieht fantastisch aus, hat Humor und kocht gerne. Es ist ein Schritt nach vorne, einen Mann gut zu finden, anziehend und nicht abschreckend. Es ist gut, dass mir der Gedanke keine Angst macht, dass da bei ihm nicht diese dunkle Sorge lauert. Es ist ein Schritt nach vorne – mehr ist das nicht …

»Ist alles in Ordnung?«, frage ich irgendwann, weil er noch immer stumm dasteht.

»Ja. Entschuldige. Ich … Das nächste Mal klopfe ich«, ist alles, was er sagt, bevor er geht und mich auf dem Bett sitzen lässt.

16

Bald haben wir ganz andere Probleme.

Dylan

In meinem Zimmer angekommen atme ich tief durch, bevor ich lautlos fluche. Was zum Teufel war das eben? Bin ich noch ganz dicht? Auch nur zu denken, ich würde Zoey anziehend finden, ist bescheuert. Jeder hier kennt sie, für alle ist sie wie eine Schwester, und bei einem von uns trifft es definitiv zu. Ich kann unmöglich derjenige sein, der aus der Reihe tanzt …

Aber wenn ich ehrlich bin, sehe ich in Zoey, seit sie hier ist, viel, aber mit Sicherheit nicht meine kleine Schwester.

Ich kann ihr aber ebenso wenig andauernd aus dem Weg gehen oder sechsmal am Tag mit Socke raus, irgendwann wird das selbst Coop stutzig machen. Deshalb bin ich definitiv froh, dass es bisher niemandem aufgefallen ist. Weder wie oft ich mittlerweile zu Elliott fahre noch wie oft ich den Hund nötige, pinkeln zu gehen. Alles nur, weil ich in der Wohnung zunehmend unruhiger werde, mit Zoey direkt nebenan. Ich höre sie reden, ich höre sie singen, tanzen, ich stelle mir ihr Lächeln vor. Gott, ich bin wirklich nicht mehr ganz dicht. Ich komme mir vor wie ein Irrer.

Dabei ist es nicht nur, dass sie die kleine Schwester von Cooper ist, sondern auch ihre Vergangenheit. Sie schreckt mich nicht ab, aber ich weiß, was schlimme Ereignisse mit jemandem anrichten können. Ich will nichts falsch machen. Zoey braucht Transparenz, sie ist kein One-Night-Stand und wird es niemals sein. Vermutlich braucht sie mehr, als ich bisher geben konnte ... Und ich hab keine Ahnung, ob ich dazu bereit bin. Ich müsste meine Geschichte erzählen, die in den letzten Jahren zu einem Geheimnis mutierte, das ich heute gut zu verbergen weiß. Vielleicht aus Selbstschutz. Vielleicht aus Feigheit. Und vielleicht, weil ich oft keine Kraft habe, daran erinnert zu werden – oder mich selbst daran zu erinnern.

Ich sollte aufhören, mir darüber den Kopf zu zerbrechen. Das führt zu nichts.

Andie bestellt in dieser Sekunde das Essen, und ich bleibe am besten hier drin, bis es geliefert wird.

Zoey hat sich für die Platte für zwei entschieden. Sie wirkte beinahe stur, als sie Coop ihre Bestellung mitgeteilt hat – und ich war zu feige, sie zu fragen, ob wir uns die Platte teilen sollen, dabei hatte ich davor auch schon daran gedacht.

Seufzend lasse ich mich aufs Bett plumpsen und starre das Poster von Clint Eastwood aus einem alten Western an, das mittlerweile über der großen Kiste hängt. Zuerst wollte ich es wegschmeißen, weil es mir albern vorkam, aber dann habe ich mich dagegen entschieden. Das ist einer von Grannys Lieblingsfilmen, und ich habe ihn mit ihr schon als Kind gerne geguckt. Das Poster ist eine Erinnerung an die Momente, in denen ich die schlechten vergessen konnte. Als ich bei Granny auf der Couch lag, alles um mich herum verfluchte, weil ich diese Trauer und diese Wut in mir hatte, nachdem meine Eltern gestorben waren, und mich schließlich ein Western abgelenkt und aus diesem Loch gezogen hat. Wenn auch nur wenige Stunden.

Mit geschlossenen Augen lasse ich mich nach hinten fallen und verschränke die Hände hinter dem Kopf.

Meinem Bein geht es heute besser als die letzten Tage. Ich musste am Wochenende noch eine Tablette nehmen, danach ging es ohne. Vor allem dank Elliotts Hilfe. Dank der Massage, der Meditation und weil ich mich bei ihm immer ausheulen kann. Die neue Prothese ist beauftragt, ich war Montag unterwegs und habe eine angefordert, die besser passen sollte. Die Untersuchung und die Abmessung meines Beines samt Stumpf haben den halben Tag gedauert, jetzt muss ich nur noch auf die fertige Alltagsprothese warten. Ganz in Schwarz dieses Mal, wieder mit Carbon und individueller Wade, aber mit zusätzlicher Polsterung im Stumpfbereich und anpassungsfähigerem Material. Mal sehen, was das gute Stück so kann.

Meine Gedanken wollen immer wieder zurück zu Zoey und diesem Moment eben – von dem ich nicht einmal weiß, ob das überhaupt ein Moment war, aber … Ich konnte mich nicht von ihr wegbewegen. Ich wollte es nicht. Keine Ahnung, was davon schlimmer ist. Es nicht können oder nicht wollen.

Seit dem Unfall hatte ich keine richtige Beziehung. Demnach habe ich seitdem keine Frau mit nach Hause gebracht. Auch hier nicht. Weil es nie etwas Ernstes war.

Ich habe schnell gemerkt, dass Frauen nicht darauf stehen, wenn man seine Hose anbehalten will, um sein Bein nicht zu zeigen. Von fünf Versuchen fanden zwei die Prothese *heiß*, zumindest für den Moment, die anderen waren eher *abgetörnt*.

So oder so hat mich das schnell ermüdet, und seitdem komme ich ganz gut klar. Ich bin kein Typ für One-Night-Stands. Das ist mir alles viel zu anstrengend und gezwungen, auch wenn manche es eher als das genaue Gegenteil betrachten.

Würde Zoey mich noch so anschauen, wie sie es eben getan hat, wenn sie das Bein sehen würde? Würde es für sie einen Unterschied machen?

Verflucht, worüber denke ich da gerade eigentlich nach?

Mit beiden Händen reibe ich mir übers Gesicht und reiße mich irgendwie zusammen, bevor es an der Tür klingelt und Andie nach uns ruft. Das Essen ist da.

Komm schon, sage ich mir im Stillen, *du kannst das. Aufstehen, nett sein und nicht andauernd an so einen Schwachsinn denken. Das funktioniert. Du musst dir nur Mühe geben.*

Mit Schwung hieve ich mich hoch, gehe in die Küche und frage Andie, ob ich ihr helfen kann. Cooper holt die Teller aus dem Schrank und geht damit ins Wohnzimmer, während Andie die Bestellung checkt und auf große Platten und verschiedene kleinere Teller verteilt. Sie isst nicht gerne aus den Verpackungen des Lieferdienstes, und ich kann es ihr nicht verübeln. Macht das Essen schlechter, als es ist.

»Quatsch, ich schaff das. Kannst du Zoey noch mal rufen?«, fragt sie mit konzentriertem Blick und gekräuselter Nase, ohne mich anzusehen.

Nein.

»Klar«, kommt es mir jedoch über die Lippen. Langsamer als nötig verlasse ich die Küche, in die Cooper gerade wieder rein ist, um das Besteck und die Servietten zu holen.

Kurz darauf wird mir klar, dass ich Zoey nicht mehr rufen muss. Sie ist schon da.

An meiner Brust. In meinen Armen.

Zoey ist eben voll in mich reingelaufen, weil wir beide gleichzeitig um die Ecke biegen wollten und uns dabei in der Mitte getroffen haben.

Wieso macht es einem das Leben immer so beschissen schwer? Ganz ehrlich, würde mich die Frau nicht interessieren, würden wir uns sicher nur halb so oft über den Weg laufen. Das ist irgendein dummes Lebensgesetz oder so.

Ein überraschter Laut entweicht ihr, als in dieser Sekunde ihre zarten Finger auf meinen Unterarmen landen und mir einen Schauer über den Rücken jagen. Ihre Wange rutscht halb an meinem Pulli entlang, sie dreht den Kopf zu mir und schaut nach oben.

»Besser du als die Wand, nehme ich an? Auch wenn du ähnlich hart bist.« Ich muss mir ziemlich angestrengt das Lachen verkneifen. Vor allem, weil anscheinend nicht nur ich die Doppeldeutigkeit ihrer Aussage herausgehört habe, sondern Zoeys Gesichtsausdruck nach auch sie. »Also ... ähm ... nicht dieses Hart. Ich meine nicht, dass was hart ist, das ist nicht ...« Sie schnaubt und seufzt irgendwie gleichzeitig und wird rot. Bevor ich etwas erwidern kann, ruft Cooper nach uns.

»Leute, Essen ist fertig. Was macht ihr da?« Bei Coopers Aufforderung springt Zoey quasi aus meiner Reichweite. Gut so. Ich hätte es nicht geschafft.

»Sind schon da.«

Ich muss mich einen Moment sammeln und meine Gedanken von Zoey weglenken. Von Dingen, die zu schwierig und komplex werden können.

Wir treffen uns alle im Wohnzimmer, setzen uns um den Tisch, auf dem das Essen steht und herrlich duftet.

Andie klatscht in die Hände und strahlt. »Guten Appetit.« Sie klingt, als hätte sie es selbst gekocht und nicht nur angerichtet. Sie ist richtig stolz, und wir greifen beherzt zu.

Die beiden Menüs der anderen sehen fantastisch aus. Meine Quesadillas auch, aber sie kommen nicht an die Auswahl und die Gerichte der Platte heran.

»Shit, ist das heiß«, jammere ich.

»Du isst zu schnell! Wie oft willst du dir noch die Zunge verbrennen? Spürst du da eigentlich noch was?«

»Mehr als du denkst.« Dabei fällt Zoey plötzlich ein Stück ihrer Enchilada runter, ich kann es aus dem Augenwinkel genau erkennen. Das war für die Anspielung eben ...

»Das ist superlecker«, nuschelt Cooper zwischen zwei Bissen, und ich kann ihm nur recht geben. Es ist fantastisch. Mein Blick fällt immer wieder auf die ganze Auswahl auf dem Tisch. Bis Zoey irgendwann einen Teller von ihrer Bestellung direkt zu mir schiebt und mich anlächelt.

»Hier, die solltest du probieren, da ist viel Käse drin. Nimm am besten auch ganz viel von der Guacamole. Dort hinten die Salsa ist ebenfalls übertrieben gut.«

»Danke.« Ich freue mich ehrlich über das Angebot und folge ihrem Ratschlag.

»Wow. Die Salsa und der Käse«, bringe ich erstaunt hervor, und Zoey nickt aufgeregt. Ihre Augen funkeln richtig, wenn sie übers Essen reden kann.

»Ja, oder? Die Mischung ist großartig. Die Salsa hat genau die richtige Süße und Schärfe, dazu der herzhafte Käse. Wir sollten das irgendwann mal selbst versuchen.«

»Klingt gut«, erwidere ich und schiebe mir die nächste volle Gabel in den Mund.

»Oh, wollt ihr zusammen kochen?«

»Wenn das für dich okay ist?« Aus irgendeinem Grund hatte ich das Bedürfnis, das zu sagen. Vorher war das Andies und mein Ding, ich will nicht, dass sie sich ausgeschlossen fühlt oder sonst was.

»Aber natürlich. Ich freue mich. Sobald ich wieder mehr Zeit habe, mache ich mit. Aber im Moment … Die Blockseminare in den Ferien waren schlimm, die letzten Arbeiten und der Job. Jetzt hat schon das neue Semester begonnen, und ich hatte nicht das Gefühl, irgendwann mal richtig entspannt zu haben«, gibt sie geknickt zu.

Mir ging es vorletztes Semester ähnlich. Ich verstehe sie.

»Das wird bald wieder«, tröstet Cooper sie und gibt ihr einen Kuss auf die Wange.

»Igitt, hast du mir gerade einen feuchten Kuss verpasst?«

»Mit extraviel mexikanischer Soße.« Er grinst fies, und Andie wischt sich mit einem Tuch über ihre Wange.

»Danke für all deine Liebe«, sagt sie lachend. »Also, noch mal zu euch. Wann gehts los mit dem Kochen?«

»Samstag«, antwortet Zoey. »Wir machen Lasagne.«

»Lasst uns was übrig, wir kommen spät und hungrig heim.«

»War das je anders?« Fragend mustere ich Coop, der noch darüber nachdenkt. »Wir versuchen es. Hoffentlich gelingt sie.«

»Die Lasagne von Tante Iris?« Er macht große Augen, und Zoey nickt. »An die kann ich mich gar nicht mehr richtig erinnern.«

»Mom hat sie vor drei Jahren oder so mal gemacht. Ich noch nie allein. Deshalb probieren wir es jetzt aus.«

»Du musst kochen und gleichzeitig auf den da aufpassen. Bist du sicher, dass das klappt?« Cooper deutet auf mich.

»Hey, was soll das heißen?«, empöre ich mich.

»Das soll heißen, dass ich Angst habe, dass meine Freundin oder meine Schwester mit dir in der Küche von Töpfen erschlagen werden. Au!« Andie hat ihm in den Arm gekniffen. Richtig so.

»Sei nicht so frech zu Dylan. Du kannst auch nicht kochen, er versucht es wenigstens.«

Murrend isst Cooper weiter und brummelt eine Entschuldigung, die uns alle zum Lachen bringt.

Wenn er wüsste, dass das seine kleinste Sorge in Bezug auf mich sein sollte …

Ich muss einen Weg finden, Zoey für mich uninteressant werden zu lassen, sonst haben wir alle bald ganz andere Probleme als meine schlechten Kochkünste.

17

Ich habe mich geirrt. Begraben bedeutet nicht vergessen,
und vorbei ist kein allumfassendes Ende.

Zoey

Ich finde mein Handy nicht. Das kann einfach nicht wahr sein. Und wenn ich es nicht gleich habe, verpasse ich den Bus und schaffe es nicht pünktlich zur Uni.

Laut und wild fluchend durchwühle ich alles, auch die dreckige Wäsche. Ich habe heute nur drei Seminare, das vor dem Mittagessen mit Mel und zwei danach.

Mir ist klar, dass man durchaus auch mal einen Tag ohne diese Technik auskommen sollte, aber ich kann das nicht. Kein Handy bedeutet keine Musik, wenn ich sie brauche – und das macht mich nervös. Fast so nervös wie der Gedanke, zu spät zur Uni zu kommen. Wenn das so weitergeht, muss ich noch mal duschen, weil mein dünner Pullover dann schweißnass ist.

»Komm schon. Wo bist du? Das kann doch nicht sein.« Ich hatte es vor einer Stunde noch. Was habe ich vor einer Stunde getan? Konzentriert halte ich inne und stemme die Hände in die Hüften.

»Zoey?« Es klopft an der Tür.

»Herein!«, sage ich erschöpft und mit einem Hauch Verzweiflung in der Stimme.

»Alles in Ordnung? Ich wollte gerade los und hab dich fluchen hören.« Dylan linst in mein Zimmer.

»Ich finde mein Handy nicht. Und ich muss zur Uni.«

»Soll ich dich mitnehmen?«

»Aber du hast erst nächste Woche die ersten Seminare«, gebe ich überrascht zurück.

»Schön wärs. Das eine startet schon heute.«

»Du klingst ja begeistert.«

»Nicht wahr? Wir suchen dein Handy?«

»Ja. Ich habe hier schon alles durch. Vielleicht ist es im Bad.« Ich eile an Dylan vorbei und schaue dort nach, aber Fehlanzeige. Derweil ruft mich Dylan aus dem Flur.

»Hier! Es lag auf dem Sofa!«

»Oh mein Gott. Danke.« Glücklich nehme ich es entgegen. Stimmt. Ich habe vorhin auf der Couch gesessen und mit Socke gespielt, dabei muss es mir wohl aus der Hosentasche gerutscht sein. Warum habe ich daran nicht gedacht?

»Und?«, fragt er. Irritiert schaue ich ihn an. »Möchtest du mitfahren?« Das wäre wirklich nicht schlecht. Ich müsste mich nicht weiter abhetzen und zum Bus rennen.

»Das wäre nett, danke. Hast du noch zwei Minuten? Ich ziehe mir nur schnell einen anderen Pulli an.« Aus dem hier muss ich eindeutig raus.

»Klar. Ich warte unten am Auto.«

Noch auf dem Weg ins Zimmer rufe ich ihm ein weiteres »Danke!« zu und ziehe mich schnell um. Dann schnappe ich mir mein Unizeug und treffe Dylan an seinem Wagen.

Wir fahren los, schweigen die meiste Zeit, aber ich empfinde es als angenehm und entspannend. Besonders die ruhige Musik aus dem Radio, die in Richtung Country und Pop geht, gefällt mir.

Am Campus angekommen hat sich mein Nervenkostüm

wieder endgültig beruhigt. Dylan parkt den Wagen hinter dem Campus der Mediziner, und wir schlendern zusammen Richtung Hauptgebäude.

»In welches Gebäude musst du?« Er zeigt auf das, in dem am Montag meine Einführungsveranstaltung stattgefunden hat.

»Da muss ich auch hin.«

»Wie gefallen dir die ersten Kurse?«, fragt er, und ich zucke mit den Schultern.

»Bisher ist alles okay, aber wir besprechen oft nur Leistungsanforderungen, Literaturlisten und am Ende werden Fragen beantwortet. Allerdings ist der Ausblick auf die Themen, die im Verlauf des Semesters spezifisch behandelt werden, immer superspannend.«

»Das sind gute Voraussetzungen.«

»Ja, das denke ich auch. Ich bin einfach gespannt, wie das alles wird und wie es sich entwickelt. Ob es in echt auch das ist, was ich machen möchte, oder ob es am Ende doch was ganz anderes wird.«

Dylan hält mir die Tür zum Gebäude auf, und ich öffne sofort meine Jacke, weil es hier drinnen viel zu warm ist. Da meint es jemand gut mit der Heizung.

»Wo musst du hin?«

»In den Zehner-Gang, gleich dort hinten.« Ich deute auf einen Flur am Ende links, der die Seminarräume zehn bis neunzehn umfasst. Mittlerweile habe ich bei diesem Gebäude den Durchblick.

»Ich bring dich kurz, danach muss ich noch mal schauen, wo ich genau hinmuss.«

»Bist du sicher? Es ist ja nicht weit. Nicht dass du extra wegen mir einen Umweg machst und selbst zu spät kommst.«

»Du meinst die dreißig Schritte?« Er grinst schief. »Das verkrafte ich.«

»Na«, flachse ich und grinse zurück, »wenn das so ist, würde ich mich freuen.«

»Übrigens, schickst du mir noch die Liste für die Zutaten? Dann kann ich das nachher direkt erledigen.«

Zutaten? Oh verdammt, das hatte ich ganz vergessen.

»Klar. Das mache ich direkt nach der Uni. Entschuldige, ich war mit meinen Gedanken die ganze Zeit woanders.«

Bei der Uni, den Lügen, die ich meinen Eltern auftische, deinen Tattoos, die mir gefallen und ... Stopp, ermahne ich mich, ich darf da jetzt nicht drüber nachdenken.

»Es eilt ja nicht.«

»So, hier ist Seminarraum 14 b.« Ich schaue rein und kann Mel bereits an einem der Tische entdecken, die in Kreisform aufgestellt sind. Der Raum ist überschaubar und eher klein.

Währenddessen kramt Dylan einen Zettel aus seiner Hosentasche. »Geh ruhig schon, ich finde meinen Raum bestimmt auch noch«, murmelt er und schenkt mir ein ermutigendes Lächeln. Es ist ein schönes Lächeln.

»Danke fürs Herfahren und Begleiten.« Ich hebe zum Abschied die Hand und trete ein. Mel winkt mir bereits zu. Sie hat sich relativ mittig an dem Tischkreis positioniert, und ich setze mich zu ihrer Linken, mit dem Rücken zum Fenster. Ich sitze ungern in den Raum hinein oder Richtung Tür, sodass ich nicht sehen kann, was hinter mir passiert. Schon verrückt, was manche Ereignisse mit einem machen. Dinge, die für andere kein Problem sind, werden für dich plötzlich zu einem großen. Auch wenn dir klar ist, dass eigentlich nichts passieren kann, vermeidest du es, denn eine Möglichkeit bleibt. Eine Wahrscheinlichkeit, egal wie klein. Und die reicht aus, um dieser Angst nachzugeben.

Niemand wird während dieses Seminars kommen, mich von hinten umarmen oder packen, mich festhalten und zu Boden drücken. Aber sie könnten es … sie könnten es … Und allein das reicht.

»Guten Morgen, Mel.«

»Sagt man das kurz vor elf noch?«

»Ich schon. Wie klingt denn bitte: Guten Vormittag?«

»Da hast du auch wieder recht.« Sie zuckt mit den Schultern, und ich krame meine Stifte und meinen Collegeblock aus dem Rucksack, um beides auf dem Tisch zu platzieren.

»Wie war es gestern noch? Hast du wen zum Mittagessen gefunden?«

»Leider nein. Und man hat mir den letzten Cupcake vor der Nase weggeschnappt. Es war so ein verlogener, arroganter Kerl – verdammt, er sah aus wie Chuck Bass.«

Ich lache auf. »Also war er heiß.«

»Ja! Das macht es nicht besser. Heiß und arrogant. Er hat sich das Törtchen geschnappt und bereits vor der Kasse davon abgebissen und genießerische Töne von sich gegeben. Ich stand direkt hinter ihm. Es war eine Katastrophe.«

Jetzt halte ich mir die Hand vor den Mund, um nicht wieder zu lachen. Mel sieht so wütend aus, dass es fast schon süß ist. Der Typ muss sie unglaublich gereizt haben.

»Warst du in der Hauptmensa?«

»Ne, hier in der kleinen.«

»Das heißt, es ist wahrscheinlich, dass er Medizin studiert?«

Mel schnaubt. »Wenn man den auf die Menschheit loslässt, haben wir schon verloren. Ich meine, wer nicht teilen kann und sich an so was erfreut, rettet keine Leben, oder?«

»Aber echt. Wer raubt einer armen, hilflosen und halb verhungerten Mel den letzten Cupcake? Das gehört sich nicht.« Wenn ich nicht aufpasse, pruste ich gleich laut los.

»Er war mit Schokomousse«, jammert sie weiter, und ich tätschle ihr tröstend die Schulter. »Und Schokostreuseln.«

»Sie werden wiederkommen. Versprochen.«

Immer mehr Studierende betreten den Raum, doch im Gegensatz zu den vorherigen Seminaren und Vorlesungen bleibt es übersichtlich. Hier kommen anscheinend wirklich nur die, die offiziell für den Kurs eingetragen sind und bestätigt wurden. Nur fünf Stühle von vierzehn sind bislang unbelegt. Der Stuhl zu meiner linken sowie drei weitere vorne, nahe dem, den vermutlich Professor Haven für sich beanspruchen wird.

Ich denke an das, was ich Mel fragen wollte, und rutsche nervös hin und her. Jetzt oder später?

Es wird keinen guten Zeitpunkt geben, beschließe ich und frage sofort.

»Mel? Ich muss dich was fragen.«

Gleich beginnt das Seminar, daher kramt Mel auch in ihrem Rucksack. »Hm?«

»Ich weiß, du kennst mich nicht, aber … dürfte ich zwei, drei große Pakete von meinen Eltern an deine Wohnheimanschrift liefern lassen?« Mel schaut auf und mustert mich.

»Verrätst du mir das Geheimnis, das dahintersteckt, dann auch?« In ihren Augen funkelt es, ich sehe ihre Belustigung. Ich seufze.

»Meine Eltern denken, ich würde im Wohnheim und nicht in der WG meines Bruders leben, mit dem sie sich zerstritten haben. Und ich möchte auch nicht, dass sie das herausfinden, aber ich brauche dringend meine Bücher. Das ist die Kurzversion davon«, erwidere ich leicht geknickt und definitiv verzweifelt.

»Verstehe. Ist kein Problem.« Sie zuckt mit den Schultern. »Du schuldest mir ein Mittagessen.«

»Deal! Und ich besorge dir einen Schokocupcake.«

»Ich mag dich, Zoey«, sagt sie und legt dramatisch ihre Hand auf ihre Brust.

»Danke, Mel. Damit rettest du mich.«

»Kein Ding. Ich schreib dir, wenn sie da sind, damit du sie abholen kannst.« Sie holt die letzten Bücher aus dem Rucksack und legt alles auf den Tisch vor sich.

Ihr Block ist vollgemalt mit allerlei Letterings und Zeichnungen. Sie sehen fantastisch aus.

»Wow. Hast du die gemacht?« Ehrfürchtig wandert mein Blick über ihre kleinen Kunstwerke. Coop wäre begeistert. So unbegabt er bei der Fotografie ist, so unbegabt bin ich in solchen Sachen.

»Ach, das sind nur Kritzeleien.«

»Die sind toll, Mel. Du würdest dich mit meinem Bruder gut verstehen.«

»Mag er Kunst?«

»So sehr, dass er es studiert.«

»Nicht schlecht. Ich hatte den Gedanken zuerst auch, aber ...« Sie seufzt und kräuselt die Lippen. »Ich denke, ich wollte meine Leidenschaft für mich behalten. Es sollte mein Rückzugsort und Hobby bleiben und nicht irgendwann in Arbeit und Stress enden. Ich hatte wohl Angst, das, was ich liebe, irgendwann nicht mehr lieben zu können. Das klingt bescheuert, oder?«

Ich schüttle den Kopf. »Nein, überhaupt nicht. Meinem Bruder ging es erst auch so, aber für ihn hat es dann einfach gepasst. Für ihn gab und gibt es nur das. Aber ich glaube, manchmal hat er auch insgeheim Angst davor.«

»Tut gut, mal zu hören, dass man nicht die Einzige ist.«

»Wie bist du zu Psychologie gekommen?«

»Das ist meine zweite Leidenschaft«, gesteht sie fröhlich. »Leute zu analysieren, den menschlichen Verstand zu ergründen, die Psyche und die Entscheidungen, die wir treffen. Das ist alles so spannend. Und bei dir?«

»Ist es so ähnlich. Ich möchte wohl in allererster Linie verstehen, wie eine Persönlichkeit funktioniert, wie sie sich entwickelt und ihre Entscheidungen trifft, ihre Handlungen bestimmt. Wo Ängste herkommen und wie sie uns schützen oder lähmen. Wie … Böses entsteht.« Meine letzten Worte sind beinahe ein Flüstern. Ich habe das noch nie jemandem außer Milly erzählt.

»Das klingt tiefgründig. Und es ist reizvoll.«

»Ist es. Zumindest während des Studiums, danach möchte ich vor allem anderen helfen.«

»Und da wir anderen nicht voller Schadenfreude die Cupcakes vor der Nase wegklauen, werden wir das bestimmt hervorragend hinkriegen.« Sie zwinkert mir zu.

Als Mel einen Scherz macht und keine Frage mehr stellt, bin ich erleichtert und beginne mich wieder zu entspannen.

Wie Böses entsteht, hallt es dennoch in meinen Gedanken nach. Ich möchte irgendwann verstehen können, warum wir uns gegenseitig wehtun, verletzen – warum manche es gern tun und warum andere den Unterschied zwischen richtig und falsch nicht sehen können. Warum es einigen egal ist.

Irgendwann will ich verstehen, warum mich drei Jungs in ein Zimmer gelockt, mich ausgelacht, mich bedrängt und festgehalten haben. Warum sie mich vergewaltigt haben. Warum sie es getan oder zugelassen haben. Drogen hin oder her. Alkohol hin oder her. Manche Grenzen dürfen nicht überschritten werden. Manche Grenzen verschwinden auch dann nicht – vorausgesetzt, sie waren je da.

»Zoey?«

»Hm?« Ich schaue sie verwundert an.

»Du warst grad irgendwie woanders mit deinen Gedanken und – du bist etwas blass geworden. Musst du an die frische Luft? Sollen wir das Fenster mal öffnen?«

»Nein. Nein, alles gut«, wiegele ich ab und merke selbst, wie dünn meine Stimme dabei klingt.

»Sicher?« Mel schaut mich besorgt an.

»Ja, danke. Ich …« Stockend halte ich inne, weil sich eine große Gestalt am Rande meines Sichtfelds bewegt, und sofort drehe ich mich nach rechts.

»Dylan?«

Mel dreht sich mit um.

»Hey.« Seine Lippen sind zusammengepresst.

»Oh, hallo.« Mel sagt es freundlich, aber irgendwie nervt es mich. Dabei mag ich Mel. Ich bin froh, sie am ersten Tag kennengelernt zu haben, denn sie ist großartig und hilfsbereit. Dass sie Dylan gerade betrachtet, als würde sie Ware begutachten, geht mir trotzdem gewaltig gegen den Strich. Ich bekomme das Bedürfnis, ihn zu umarmen und – ach, das ist doch Schwachsinn.

»Habe ich was vergessen, ist alles okay?«

»Nein, alles bestens, Zoey. Es ist nur … Ich habe meinen Seminarraum gefunden.«

»Und warum bist du hier, ich meine … Oh!« Mir geht ein Licht auf. »Du belegst ein Einführungsseminar in Psychologie?«

Sein Gesichtsausdruck zeigt, dass er darüber nicht gerade begeistert ist.

»Jepp. Anscheinend sind wir im selben Kurs. Ist der Platz noch frei?« Er zeigt auf den Sitz neben mir.

»Klar.« Ich ziehe meinen Rucksack auf den Boden, damit Dylan sich setzen kann. Seine Anwesenheit ist so spürbar wie ein Heizofen, neben dem man steht. Derweil formen Mels Lippen stumm ein: *Omg, du kennst ihn?* Ich nicke ihr nur knapp zu.

Dylan ist in meinem Seminar. Er sitzt neben mir. Cool. Das ist richtig … cool. Gott, das ist eine Katastrophe. Wie soll ich mich denn auf die Inhalte konzentrieren, wenn ich fast Schulter an Schulter mit ihm sitze? Wie?

Ich muss mich davon abhalten, verzweifelt die Hände über dem Kopf zusammenzuschlagen und laut aufzustöhnen.

In dem Moment schiebt Mel mir einen winzigen Zettel zu.

Du bist rot. Du bist verwirrt. Willst du drüber reden?;), steht darauf geschrieben.

Ich fixiere sie mit wütendem Blick, aber sie kichert nur leise. Dann stecke ich den Zettel in meine Tasche und tue so, als würde er nicht existieren. Hoffentlich hat Dylan ihn nicht bemerkt.

»Mel, das ist übrigens Dylan.« Wäre unhöflich, die beiden einander nicht vorzustellen, oder? »Mein …« Shit. Mein was? Wieso fange ich den Satz mit *mein* an? Mein Freund ganz sicher nicht. Mein Mitbewohner? Das stimmt, doch es will mir nicht über die Lippen kommen. Warum eigentlich nicht?

Es ist echt heiß hier drin. Ich kremple die Ärmel des Pullis hoch und bin mir darüber im Klaren, dass beide mich beobachten. Ich muss es jetzt durchziehen.

»Mein Mitbewohner – und ein Freund.« Ich hoffe, das war nicht zu viel, sondern unverfänglich. »Dylan, das ist Mel. Seit dem ersten Unitag eine verlässliche Begleiterin.« Ich lächle sie an.

»Und hoffentlich auch eine Freundin«, fügt sie hinzu. »Hey, Dylan. Schön, dich kennenzulernen.«

»Freut mich.«

»Also … ihr wohnt zusammen?« Mels Frage ist so zuckersüß, dass selbst Dylan den Unterton raushören müsste. Ich trete nach ihr, aber sie zieht ihr Bein schnell genug weg, als hätte sie geahnt, was ich vorhabe.

»Ja. Zusammen mit meinem Bruder und seiner Freundin.«

»Verstehe.« Ihr Blick sagt eindeutig: *Darüber reden wir aber noch, oder?* Und ich ergebe mich meinem Schicksal.

Dabei gibt es nicht viel zu reden. Dylan und ich kennen uns seit circa einer Woche. Wir verstehen uns gut, und ich … ja, ich mag es, in seiner Nähe zu sein.

Ich habe keine Zeit, weiter darüber nachzudenken, denn in diesem Moment betritt unser Professor den Raum und schließt die Tür hinter sich. Sofort verstummen die Gespräche.

Mittelgroßer Mann, helles Haar, gerade Nase, Jeans, Hemd, Sakko und Ledertasche. Ich verfolge seine Bewegungen. Als er in die Runde schaut, ich diese Augen sehe und seinen Blick … Seine Stimme höre …

»Willkommen im Einführungsseminar der Psychologie.« Ich beginne, schwerer zu atmen. Meine Sicht verschwimmt, das Gesicht des Dozenten verzerrt sich zu einer Fratze, wird zu einem anderen, und auf einmal will ich weglaufen. Einfach weg. Von hier, von allem.

Meine Lippen teilen sich, ich atme heftig durch den Mund und kann seine Worte nicht mehr verstehen. Meine Finger krallen sich in meine Hose, und ich spüre, wie verschwitzt sie sind und dass meine Beine anfangen zu zittern. Meine Wahrnehmung ist eingeschränkt, meine Sinne überreizt und mein Herz pocht so verzweifelt in meiner Brust, dass ich es am liebsten umarmen würde.

Und in meinem Kopf schreie ich *Nein*.

Nein, ich will das nicht!

Weder diese Attacke noch die Erinnerung. Das hier ist mein Professor, ich bin an der Uni. Das ist nicht Keith. Aber dieses Wissen dringt nicht bis zu meinem Angst-Ich durch. Er sieht ihm zu ähnlich. Wie eine ältere Version von dem jungen Mann, der mir viel mehr genommen hat als eine Wahl.

Ich glaube, mir wird schlecht.

Dann spüre ich eine warme Hand auf meiner. Dylan rutscht unauffällig näher zu mir, so nah, wie es die Stuhlbeine zulassen, und aus irgendeinem Grund hilft es. Es ist wie ein Schild und ein Schutz, es erdet mich. Ich nehme seine Hand in meine, drücke sie fest, und es ist mir egal, dass meine kalt und klamm ist. Sein Daumen reibt beruhigend über meine Fingerknöchel, und ich merke, wie ich langsam wieder lockerer und ruhiger werde.

Das Gesicht meines Professors ist nicht länger das von Keith, und die Panik weicht zurück in das dunkle Loch, aus dem sie gekrochen kam.

Ich erinnere mich an das Gespräch mit Milly. An die Fragen, die ich gestellt habe.

Was, wenn die Panik zurückkommt. Was, wenn mich irgendwas daran erinnert? Und ich höre ihre Worte in meinem Kopf: *Die Angst und diese Erfahrung sind ein Teil von dir. Hörst du? Ein Teil. Nicht mehr, nicht weniger. Er wird immer da sein. So schwer es ist, du kannst ihn nicht bekämpfen. Nur umarmen. Und dich daran erinnern, dass er nicht der Teil ist, der dich zu dem Menschen macht, der du heute bist.*

Dieser Gedanke tröstet mich.

Vier ...

Es ist vorbei.

Drei ...

Ich habe es überlebt und alles richtig gemacht.

Zwei ...

Es war nicht meine Schuld.

Eins ...

Ich kann atmen. Ich bin frei.

Und das tue ich. Ich atme tief durch. So lange, bis ich wieder dem Seminar folgen und der Stimme von Professor Haven lauschen kann.

Keine Ahnung, wie ich Dylan danken soll, ohne dass es jemand hört. Alle sind so still und konzentriert. Ich muss nachher unbedingt Mel fragen, was ich alles verpasst habe.

Die schaut mich gerade besorgt an, und ich forme mit den Lippen ein stummes *Später*, um sie zu beruhigen, ohne zu wissen, was und ob ich ihr von der Wahrheit erzählen kann.

Danach wandert mein Blick zu Dylan, der nach vorne sieht und weiter meine Hand hält, weiter mit seinen Fingern meine wärmt und mit jeder Bewegung Stromstöße durch mich hindurchsendet. Vorsichtig versuche ich, meine Hand zu lösen. Nicht, weil ich es nicht genieße oder seine nicht mehr halten will, sondern lediglich, weil er das nicht mehr tun muss. Doch Dylan presst nur die Lippen zusammen und hält mich fest. Gerade so viel, dass ich weiß: Es ist okay. Er ist da.

So leise wie möglich räuspere ich mich und schlucke den Kloß in meinem Hals runter, erwidere den Druck. Lasse das gute Gefühl zu und die Nähe. Den Trost. Den Halt.

Nach der Sache im Club hat Dylan keine Fragen gestellt. Er meinte, ich solle ihm Antworten geben, wenn ich dazu bereit sei. Heute wird es nicht anders sein, da bin ich sicher, und dafür bin ich ihm unendlich dankbar.

Dylan hat mir in einer knappen Woche gezeigt, dass ich bei ihm einfach *ich* sein kann. Ohne Wenn und Aber. Neben seinem Humor, seiner Stimme und der Ruhe, die er ausstrahlt, ist das eines der Dinge, die dafür sorgen, dass ich öfter an ihn denke, als mir lieb ist. Ich fühle mich zu ihm hingezogen.

Am liebsten würde ich die Augen schließen und meinen Kopf an seine Schulter lehnen. Stattdessen greife ich nach einem Stift und fange endlich an, mitzuschreiben und aufmerksam zuzuhören. Wenn Dylan meine Hand hält, kann er sich keine Notizen machen. Er wird später meine bekommen.

Ich hoffe, dass er ahnt, wie dankbar ich ihm bin.

18

Unbekannte Wendungen führen meist
auf unbekannte Wege.

Dylan

Ich höre nur mit halbem Ohr zu und bin froh, dass das Seminar gleich zu Ende ist. Abgesehen davon, dass mich dieser Kurs recht wenig interessiert und er für mich nur ein Pflichtfach ist, ein Mittel zum Zweck, ist Zoey hier. Direkt neben mir, im selben Raum wie ich.

Wir werden das ganze Semester an jedem Donnerstag zusammen in diesem Seminar sitzen und uns Vorträge über Psychologie anhören.

Als ich sie vorhin bis vor die Tür gebracht und nach meiner Raumnummer gesucht habe, konnte ich meinen Augen nicht trauen. Ich stand geschlagene fünf Minuten im Flur, obwohl ich längst wusste, dass ich da auch reinmuss.

Der Vortrag war für mich so langweilig wie erwartet, der Rest nicht. Ich habe nicht damit gerechnet, die ganze Zeit Zoeys Hand zu halten und ihr über die Finger zu streichen. Ich hatte keine Ahnung, dass es sich so großartig anfühlen würde. Dass ich es genieße, bereitet mir ein schlechtes Gewissen, denn der Auslöser für unsere Nähe war kein guter.

Wenige Sekunden nachdem unser Dozent den Raum betrat, hat sich Zoeys Haltung verändert, sie begann schneller und unkontrollierter zu atmen und verkrampfte sich. Es war klar, dass sie es zu verstecken versucht hat, aber es gilt: Wer einmal eine Panikattacke hatte, erkennt sie bei anderen wieder. Egal, ob sie ähnliche Symptome zeigen oder abweichende.

Ich wollte ihr helfen und wusste doch nicht, wie, ohne sie in Verlegenheit zu bringen und direkt in der ersten Stunde aufzufallen. Wäre es zu schlimm geworden, hätte ich kein Problem gehabt, einfach aufzustehen und sie aus dem Raum zu schaffen, aber das war nicht meine erste Wahl.

Deshalb tat ich das Einzige, was mir sonst noch eingefallen ist: Ich nahm ihre Hand.

Ich hielt sie fest und bin näher zu ihr gerutscht. Zuerst dachte ich, ich könnte sie dadurch vielleicht noch mehr in die Enge treiben, aber mein Gedanke war ein anderer. Weil ich links von ihr sitze, etwas näher zum Platz unseres Dozenten, wollte ich sie abschirmen. Keine Ahnung, ob es überhaupt was mit ihm zu tun hatte, aber es erschien naheliegend, schließlich begann der Scheiß erst, als er reingekommen ist und sie ihn gesehen hat.

Kennt sie ihn? Hat das was mit Missbrauch zu tun? Gott, ich kann das kaum denken, ohne durchzudrehen. Ich würde ihr gern so viele Fragen stellen, auch zu dem Abend im Club. Da war es ähnlich, aber es gab einen anderen Auslöser.

So viele Fragen ... aber ich werde keine einzige davon stellen. Ich habe ihr gesagt, sie könne mir ihre Antworten geben, wann immer sie das möchte – und dazu stehe ich. Ich habe kein Recht, sie danach zu fragen.

Die Stunde ist zu Ende, alle packen ihr Zeug zusammen, der Geräuschpegel steigt, und es wird lauter. Zoey bleibt sitzen, und ich tue es auch. Sie drückt sanft meine Hand, ich traue mich, ihr ins Gesicht zu schauen, und bin froh, dass sie lächelt. Auch wenn es wackelig aussieht, wirkt es echt und ehrlich. Ihr

Mund öffnet und schließt sich, als wolle sie etwas sagen, aber die Wörter würden nicht den Weg hinausfinden.

Unsere Finger lösen sich voneinander, und ich hasse es.

Wir packen unser Zeug ein, ich höre, wie Mel fragt, ob es ihr besser gehen würde, und Zoey mit einem leisen »Wird schon« antwortet. Ich hoffe, dass das stimmt.

Wir stehen fast gleichzeitig auf, und Zoey dreht sich dabei in meine, nicht in Mels Richtung. Plötzlich stehen wir so dicht beieinander, dass mir der Atem stockt. Dass Zoey mir eine Hand auf die Brust legt und unter langen Wimpern zu mir aufsieht, macht es nicht besser. Aus einem Reflex heraus lege ich meine Hand über ihre. Keine Ahnung, warum ich das tue und wieso sich Atmen immer noch anfühlt, als hätte ich es verlernt, aber ich tue es. Und es fühlt sich richtig an.

Richtig, gut, berauschend.

»Danke dir«, flüstert sie.

»Gern geschehen, Knirps.« Dieses Mal lächelt sie noch breiter, und es erreicht ihre Augen. Cooper und Mase haben sie so genannt, und irgendwie wollte ich sie damit aufheitern. Mein Daumen fährt über ihre zarte Haut, ihre Hand ist bereits viel wärmer.

»Wir sehen uns daheim. Bis später.«

Nickend lasse ich meine Hand sinken, auch wenn es mir verdammt schwerfällt. Mit Mel verlässt Zoey den Raum, und als ich das erste Mal wieder richtig tief durchatme, erkenne ich, dass niemand außer mir noch hier ist.

Die Stelle, an der Zoey mich berührt hat, brennt wie Feuer.

Sie ist eine tolle Frau. Und ich befürchte, früher oder später nicht mehr widerstehen zu können.

19

Gute Freunde sind unbezahlbar.

Zoey

»Was war da eben los? Für einen Moment dachte ich, du würdest mir vom Stuhl kippen. Ich habe mir echt Sorgen gemacht, Zoey.« Mel lässt ihrer Fassungslosigkeit freien Lauf, sobald wir aus dem Raum sind und in Richtung Mensa laufen.

»Nichts, es war …«

»Wenn du noch mal *nichts* sagst, schreie ich. Ich kann verstehen, wenn du nicht drüber reden willst, wir kennen uns erst ein paar Tage, aber anlügen musst du mich nicht. Das beleidigt meine Intelligenz.«

»Entschuldige. Du hast recht.«

»Also, möchtest du über dieses Nichts reden? Oder lieber über diesen heißen Typen, der mit uns im Seminar sitzt?«

»Da saßen einige Kerle, welchen genau meinst du?« Keine Ahnung, ob das stimmt, ich habe auf keinen von ihnen geachtet. Nur auf ihn.

Mel prustet los. »Ach, komm schon. Ich habe nur einen gesehen, und der hat mit dir Händchen gehalten. Das ganze verdammte Seminar lang.«

»Händchen gehalten?« Jetzt grinse ich sie an. Wärme schießt in meine Wangen.

»Ja, total süß und unschuldig. Weil es dir nicht so gut ging.

Und ihr seid sicher nur Mitbewohner?« Dabei zeichnet sie sehr nachdrücklich Anführungszeichen in die Luft.

»Ich bin ihm bei meinem Einzug das erste Mal begegnet.«

»Du stehst auf ihn.«

»Was? Nein.« Vielleicht …

»Du weißt es noch nicht, aber du stehst auf ihn. Und ich glaube, er mag dich auch.«

»Denkst du?«, frage ich skeptisch. Der größte Fehler, den ich machen konnte. Mel fängt sofort an zu lachen. So laut, dass sich einige Studenten vor uns umdrehen.

»O Mann, ich wusste es.«

»Er ist ein Kumpel meines großen Bruders.«

»Verstehe. Du hast das Kleine-Schwester-Problem.«

»Das ist kein Problem, es ist nur … Ich weiß nicht, wie sehr ich Dylan mag.«

»Aber du magst ihn. Das ist ein guter Anfang. Lass es einfach auf dich zukommen.«

»Ich versuche es. Wir wollen Samstag zusammen kochen.« Nachdem wir einmal mit dem Thema angefangen haben, beginnen bei mir alle Dämme zu brechen. Mit Mel kann ich über Dylan reden, weil sie die anderen nicht kennt. Andie hat Junes Bemerkung im Club bestimmt nicht ernst genommen und mit Sicherheit längst vergessen, Mase und June haben genug zu tun, und Coop ist wirklich der Allerletzte, mit dem ich darüber reden möchte. Wenn ich Andie ins Vertrauen ziehe, bringe ich sie am Ende noch in eine doofe Situation, und das will ich nicht. Erst recht nicht, solange ich keine Ahnung habe, was das zwischen Dylan und mir ist – ob da etwas ist. Sein könnte.

Wir kommen in der Mensa an, schnappen uns beide ein Tablett und studieren die aktuellen Menüs über den Ausgabezeilen. Danach entscheiden wir uns für einen großen bunten

Salat und als Nachtisch für Tiramisu. Wir stellen uns in die Schlange und warten.

»Ihr kocht zusammen? Kann er das denn?«

»Er macht es gerne und möchte es lernen.«

»Ihr zwei? Ich bin gespannt.«

»Ich auch«, gebe ich zu, und bevor Mel mich weiter ausquetschen kann, sind wir mit dem Bestellen an der Reihe.

Keine fünf Minuten später haben wir alles beisammen, bezahlt und setzen uns in die immer voller werdende Mensa. Die Holztische sind schlicht, aber schön, genau wie die Stühle. Man hat ausreichend Platz, und die Aussicht ist fantastisch. Die große Fensterwand bietet einen Blick auf den kleinen Park hinter dem Mediziner-Campus.

Schweigend, aber zufrieden essen wir, und als mein Teller nur noch halb voll ist, schiebe ich den Salat darauf hin und her – und beginne damit, Mel die Wahrheit zu sagen. Zumindest einen Teil davon.

»Es war eine Panikattacke.« Mel hält inne und schaut mich an. »Das eben im Seminar. Das war eine Panikattacke«, wiederhole ich und seufze leise. »Es gibt verschiedene Auslöser. Manche erkenne ich, andere nicht. Unser Dozent hat mich an jemanden erinnert, und es sind keine guten Erinnerungen.«

»Verstehe. Denke ich.«

»Oft ist es eine Mischung aus Angst und Flashback, manchmal nur eines von beidem. Es ist lange her, und ich habe es verarbeitet, aber vergessen kann ich es wohl nie.« Es überrascht mich, dass ich so viel davon preisgeben kann. Aber bei Mel ist es so einfach. Ich fühle mich wohl bei ihr, ich habe das Gefühl, sie schon lange zu kennen.

»Danke, dass du es mir erzählt hast«, meint sie ernst, und ich nicke ihr zu, lächle, weil ich nicht möchte, dass mir dieses Thema auch nur eine Minute länger als nötig meine Zeit, meine gute Laune oder mein Leben stiehlt.

»Wenn das noch mal passiert und du reden willst oder ich was tun kann, sag Bescheid, ja?«

»Mache ich. Versprochen.«

»Weiß Dylan es? Dass du … Dass es da was gibt?«

»Ist es so offensichtlich, wovon ich rede?«

»Es war das Erste, was mir durch den Kopf ging – und auch das Schlimmste. Ehrlich gesagt, ich hatte gehofft, ich würde unrecht haben.«

»Dylan weiß es. Keine Ahnung, wie viel davon, aber ja, er weiß es.«

»Ich hoffe, euer Samstag wird ganz wundervoll. Wenn was ist …«

»… rufe ich dich an.« Das hat gutgetan. Das Reden mit Mel und auch ihre Reaktion. Da war nur Ehrlichkeit, Menschlichkeit und kein Mitleid.

Mel strahlt, und dabei kann ich jetzt nicht nur die Grübchen in ihren Wangen, sondern auch ihr Piercing gut erkennen. »Das wollte ich hören.«

Die Sonne scheint hell in mein Zimmer. Es sind kaum Wolken am Himmel, kein Regen, was nach all den dunklen Tagen in letzter Zeit ganz ungewohnt ist. Fast erfrischend. Wie spät ist es?

Ich greife nach meinem Handy, das neben mir im Bett liegt, und schiele mit einem offenen Auge darauf. Zehn Uhr dreißig. Wow. So lange habe ich ewig nicht am Stück geschlafen.

Gähnend strecke ich mich, kuschle mich noch fünf Minuten ein, bevor ich mich aufrapple und mit frischen Sachen ins Bad marschiere, um zu duschen. Im Vorbeigehen höre ich aus Coopers Zimmer Andies Lachen dringen, ansonsten ist es ruhig in der Wohnung. Dylans Tür ist zu. Wie immer, wie mir scheint.

Heute steht unser gemeinsames Essen an, und ich bin nervös. Die Sache von vorgestern hat es nur schlimmer gemacht. Mel hat recht, Dylan hat meine Hand gehalten, und ich habe keine Ahnung, welches Pferd mich da geritten hat, als ich meine Hand zum Abschied auf seine Brust gelegt habe. Einfach so.

Dass er die Geste annahm, war schön.

Er hat mich Knirps genannt. Ein Lächeln stiehlt sich bei dem Gedanken daran auf mein Gesicht. Wenn Mase oder mein Bruder das sagen, ist es immer, als wäre ich wieder die kleine unbeholfene Zoey. Das Kind. Es weckt zwar schöne Erinnerungen an eine wundervolle Zeit, aber die ist vergangen, und ich bin nicht mehr das Mädchen mit den langen Zöpfen und der Zahnlücke.

Wenn Dylan es sagt, ist es anders. Dann fühlt es sich besser an. Ich mag es, wenn er mich so nennt. Noch schöner als das ist aber, wenn er mich beim Namen nennt. Wenn sein dunkler und überraschend warmer, weicher Bariton die Buchstaben meines Namens formt.

Zoey.

Die Liste mit den Zutaten für die Lasagne habe ich ihm gestern geschickt. Er wollte sie für uns besorgen. Das Rezept habe ich im Kopf, aber weil es so lange her ist, musste ich extrem lange über den Zutaten brüten. Am Ende sind mir alle eingefallen, und ich kann nur hoffen, dass ich wirklich nichts vergessen habe. Sonst heißt es wohl improvisieren.

Das Handy vibriert auf der Ablage. Eine Nachricht von meiner Mutter.

Guten Morgen, mein Schatz. Denkst du daran, mir deine Adresse zu schicken?

Stimmt. Ich hatte total vergessen, Mels Adresse weiterzuleiten, die sie mir per WhatsApp geschickt hatte, und hole das sofort nach. Stumm danke ich meiner neuen Freundin dafür, dass sie so ohne Weiteres zugestimmt hat, und hoffe, dass meine Pakete schnell ankommen. Außerdem schreibe ich Mase, dass er sie nicht annehmen muss und danke für das Angebot. Seine Antwort kommt prompt.

Heißt das, du sagst keine netten Dinge mehr über mich bei June?

Ich schüttle amüsiert den Kopf.

Wenn du darauf bestehst, werde ich das trotzdem tun, auch wenn ich der Meinung bin, dass du das gar nicht nötig hast.

Schmeichlerin. Aber du hast ja keine Ahnung …

Voller Vorfreude und guter Laune schlendere ich nach dem Zähneputzen und Anziehen ins Wohnzimmer, wo mich Socke bereits erwartet. Er hat auf dem Sofa geschlafen. Keine Ahnung, ob er das darf, aber das scheint den kleinen Kerl ohnehin wenig zu interessieren.

»Hallo«, flüstere ich mit zu hoher Stimme und kraule ihn hinter den Ohren. »Heute wird gekocht. Für dich fällt bestimmt auch was ab, da bin ich sicher.«

»Hey Schwesterherz.« Mein Kopf ruckt hoch, und ich drehe mich um. »Endlich wach?« Mein Bruder steht in lockeren Jeans und Shirt in seiner Tür. Seine Haare sind ganz verwuschelt.

»Schon eine Weile.«

»Andie und ich fahren gleich in die Stadt, bevor es nachher in den Club geht, brauchst du etwas? Möchtest du mitkommen?«

»Zu dritt auf deinem Bike? Ich denke nicht.«

»Sei nicht albern. Dann würden wir ein Taxi nehmen oder so.«

»Nein, ich möchte euch nicht stören und …«

»Du störst nicht!«, ruft Andie fröhlich aus dem Zimmer.

»Das ist lieb, aber die Woche war anstrengend.« Anstrengend, verwirrend, chaotisch. »Außerdem wollte ich Mom nachher noch mal anrufen, damit sie sich keine Sorgen macht und nicht auf die Idee kommt, herzukommen.«

»Verstehe.« Coopers Miene verdüstert sich nur für wenige Sekunden, aber dass sie es überhaupt tut, ist einfach nicht richtig. Wenn ich nur wüsste, was ich noch tun kann, um die Sache zwischen ihm und unseren Eltern zu kitten.

»Ja. Und wenn ich Glück habe, kommen vielleicht auch noch Pakete mit Dekozeug und Pflanzen an, da warte ich drauf und wäre gern daheim.«

»Verstehe.«

»Pflanzen?« Andie steckt den Kopf aus der Tür.

»Ziemlich viele sogar.«

»Ich wollte mir auch noch welche besorgen, aber ich vergesse es immer wieder. Bei mir steht nur eine kleine auf dem Schreibtisch. Die braucht unbedingt Gesellschaft.« Sie rückt ihre Brille zurecht, die eben ganz schief saß.

»Wir können gerne weitere für dich bestellen. Und falls bei mir eine übrig bleibt, denke ich an dich.« Wäre nicht unwahrscheinlich, ich habe es bei der Bestellung total übertrieben, aber sich bei der großartigen Auswahl zu entscheiden, war einfach nicht möglich.

»Danke.« Andie strahlt mich an, bevor sie wieder im Zimmer verschwindet.

»Euch ganz viel Spaß in der Stadt. Ich werde ein bisschen fernsehen – oder meine Notizen von dieser Woche durchgehen und aufarbeiten.«

Cooper nickt. »Alles klar. Wenn was ist, wir haben unsere Handys dabei. Wir fahren von der Stadt aus direkt zum Club. Also nach dem Mittagessen, der Buchladentour, die Andie machen will, und dem Spaziergang am Pier.«

»Das klingt doch richtig gut, das möchte ich bald auch machen. Also verzieh nicht so das Gesicht.«

»Hey!« Andie hat mich gehört. »Verziehst du etwa wirklich das Gesicht?«

»Nein, Schatz.« Er visiert mich grimmig an, und ich kichere, während er wieder im Zimmer verschwindet.

Mit einer heißen Schokolade – auf die hatte ich heute mehr Lust als auf Kaffee – und einem warmen Toast mit Marmelade sitze ich wenig später auf der Couch und schaue mir die erste Folge der Serie *24 – Twenty Four* an, die mir auf Netflix empfohlen wurde.

Jack Bauer, Mitglied einer Anti-Terror-Einheit, muss ein Attentat auf den US-Senator Palmer verhindern, während seine Tochter vermisst wird. Die Serie ist schon alt, aber ich kenne sie nicht – und verdammt, ich finde die ersten Minuten schon total spannend. Deshalb winke ich Andie und meinem Bruder nur schnell zu, als sie die Wohnung verlassen, und widme mich sofort wieder Staffel eins.

Wow. Ich glaube, das mit der Uni und dem Aufarbeiten wird heute leider nichts. Ich werde einfach alle vierundzwanzig Folgen der ersten Staffel gucken.

In dem Moment, in dem der Vorspann von Folge zwei beginnt, dreht sich ein Schlüssel im Schloss und die Wohnungstür springt auf.

Haben Andie und Coop was vergessen?

Irritiert blicke ich über die Schulter Richtung des offenen Flurs.

Dylan kommt rein und ist mit zwei Einkaufstüten beladen.

»Hey«, sagt er nur und schubst die Tür mit dem Fuß wieder zu. Socke springt von der Couch, rennt freudig bellend zu ihm und schlängelt sich um seine Beine.

»Hey. Ich dachte die ganze Zeit, du wärst in deinem Zimmer.« Deshalb habe ich den Fernseher nicht zu laut gestellt, weil ich ihn nicht stören wollte.

»Ich war einkaufen, hab es gestern nicht mehr geschafft. Wäre doch schade, wenn wir heute Abend nichts zu kochen hätten.« Wir grinsen uns an.

»Das stimmt. Soll ich dir helfen?«

»Nein, das geht.« Er sieht echt nicht aus, als bräuchte er Hilfe. Er trägt die beiden großen Papiertüten auf den Armen, als wären sie nichts weiter als zwei Luftballons. »Was schaust du dir an?« Neugierig tritt er neben mich.

»*24*. Hab eben die erste Folge gesehen. Es ist verdammt gut.«

»Ich hab es auf meiner Watchlist.«

»Du kennst es auch noch nicht?«

»Nein. Vielleicht schauen wir nachher zusammen weiter? Beim Essen?«

»Oh mein Gott, tu mir das nicht an.«

Er fängt an zu lachen. »So spannend?«

»Du hast ja keine Ahnung. Ich bin sehr anfällig für diese Art von Serien und für miese Cliffhanger.«

»Hm. Okay. Wie wäre es damit: Ich räume schnell alles weg, und dann schauen wir ein, zwei Folgen zusammen? Den Rest nachher?«

»Aber du hast die erste Folge verpasst.«

»Erzähl mir, was passiert ist.«

»Nein. Das würde dem nicht gerecht werden.« Ich stehe auf und stemme die Hände in die Hüften. »Auf in die Küche! Ich räume alles ein, und du schaust dir die erste Folge an. Danach machen wir weiter.«

»Alles klar.«

Wenn ich noch breiter grinse, kriege ich einen Krampf im Gesicht, aber es geht nicht anders. Verdammt! Mir wird warm, mein Magen zieht sich zusammen und – es fühlt sich nicht schlecht an. Nur ungewohnt.

Dylan setzt die Tüten auf der Arbeitsplatte ab und betrachtet mich danach nachdenklich.

»Bist du sicher? Ich meine, das ist nett von dir, aber …« Seufzend macht er eine Pause und fährt sich über seinen Bart. »Ist irgendwie seltsam, dich das hier einräumen zu lassen, während ich es mir auf der Couch gemütlich mache.«

»Coop würde dich jetzt auslachen.«

»Nur bei dir. Glaub mir, bei Andie würde er sich auch kacke fühlen.« Für einen Moment bin ich sprachlos. Dylan wirkt, als hätte er das so nicht sagen wollen, und wir beide verstehen, wie das geklungen hat. »Okay, also, ich geh mal rüber«, lenkt er schnell ein, und ich schaue ihm nach.

Ich fange an, Andie zu verstehen. Cooper muss sie wahnsinnig gemacht haben mit seiner verschlossenen Art, all den komischen Zeichen und Gesten und Worten, die irgendwie zusammenpassen und dann doch wieder widersprüchlich sind. Dabei ist Dylan weitaus gesprächiger, als Cooper es früher war.

Mit meiner Hand greife ich in die erste Tüte hinein und ziehe zwei Packungen Parmesan heraus, die ich zusammen mit dem Mozzarella in den Kühlschrank lege.

Ich mache mir zu viele Gedanken. Ich interpretiere zu viel in das alles hinein, und ich sollte das lassen, bevor es anfängt, mir wehzutun.

20

Es gibt Momente, da entscheiden wir uns, anderen zu vertrauen, unsere Mauern einzureißen und ihnen den Teil in uns zu zeigen, der uns am meisten schmerzt. Den Teil, der uns am meisten verletzt hat ...

Zoey

»Bereit?«

»Willst du die Antwort darauf wirklich hören?«, fragt Dylan skeptisch, der sich all die Zutaten, die vor uns liegen, genau anschaut.

»Das sieht erst mal nach viel aus, aber wir machen das Schritt für Schritt, versprochen.«

Sein Blick findet meinen, ich schaue ihn ermutigend an, und er nickt. »Fangen wir an.« Plötzlich voller Tatendrang, schiebt er die Ärmel seines Pullovers nach oben und legt seine Tattoos damit frei. Wundervolle Kunstwerke, die schwarz wie die Nacht über seine Haut gezogen wurden und die mich mehr fesseln, als sie sollten. Ich widerstehe dem Drang, sie nachzuziehen, ihn zu fragen, ob jedes davon seine eigene Bedeutung hat, wann er sein erstes Tattoo bekommen hat ... wo sie alle hinführen und enden. Ich schlucke schwer.

»Wo ist das Rezept?« Damit holt Dylan mich endgültig zurück in die Realität. Ich räuspere mich unauffällig und blinzle zweimal schnell, bevor ich mich wieder auf das Essen konzentriere. Und das ist nicht besonders einfach – so dicht, wie Dylan bei mir steht.

»Hier.« Ich tippe mit dem Finger zweimal gegen meine Stirn und kann beobachten, wie sich Dylans Augen weiten.

»Du hast das alles im Kopf?«

»Ja. Ich kann mir Rezepte gut merken, besonders, wenn ich sie schon mal gekocht habe oder dabei war, wenn jemand anderes sie zubereitet hat.«

»Nicht schlecht. Ich werde deine Anleitung brauchen.«

»Das wird klappen. Wir essen nachher eine richtig leckere Lasagne. Aber zuerst …«, ich hebe den Zeigefinger, flitze in mein Zimmer und hole mein Handy, »… etwas Musik. Leider ohne meine Boxen, aber so wird es auch gehen.«

Montag oder Dienstag kommen hoffentlich meine Pflanzen und Regale an, die wurden heute natürlich nicht geliefert, und wenn ich Glück habe, auch die Boxen, die ich jetzt gut gebrauchen könnte. Falls meine Mom die Kartons sofort losschickt.

»Hast du besondere Musikwünsche?«

»Nein. Nur vielleicht etwas ohne viel Gesang? Kann mich so besser konzentrieren.«

»Alles klar.« Nichts leichter als das. Ich klicke auf die Playlist *Piano* und reguliere die Lautstärke, sodass das Lied lediglich angenehm im Hintergrund zu hören ist.

»Jetzt können wir anfangen.«

»Du magst Musik sehr, oder?«

»Ja. Sie … hilft mir oft.«

Ich greife nach dem Suppengrün und reiche Dylan einen Sparschäler. »Einmal bitte die Karotten schälen.« Er nickt und macht sich gleich an die Arbeit.

Während ich den Lauch schneide und den Sellerie, stehen wir schweigend nebeneinander und arbeiten konzentriert. Ich schnappe mir als Nächstes den Knoblauch und schiebe mit zusammengepressten Lippen die große Gemüsezwiebel zu Dylan rüber, nachdem er mit den Karotten fertig ist.

»Du willst mich weinen sehen, oder?«

»Niemals würde ich so etwas auch nur denken!«

»Zwiebelschneiden ist scheiße«, murrt er, und ich lache auf. »Ich weiß.«

»Schön, dass du es zugibst.«

»Bitte in schöne Würfel zerkleinern«, weise ich ihn an und schneide derweil den Knoblauch.

Dylan war die letzten Minuten tapfer, aber spätestens als er die Mitte der Zwiebel erreicht, beginnt er zu schniefen, und die erste Träne kullert seine Wange herunter.

»Awww, nicht weinen. So schlimm ist es nicht.«

»Sei bloß ruhig«, gibt er lachend und weinend zugleich zurück. Dann macht er einen großen Fehler und reibt sich mit den Fingern über die Augen, mit denen er eben die Zwiebel gehalten hat.

»Heilige Scheiße«, schimpft er und kann seine Augen kaum noch offen halten. Ich wünschte, es wäre anders, aber ich muss so sehr lachen, dass auch mir mittlerweile die Tränen kommen. Nicht gut.

»Was machst du denn?«

»Diese Zwiebel kommt direkt aus der Hölle!« Er ist so vehement, dass Socke in die Küche gerannt kommt und anfängt zu bellen.

»Leg das Messer hin und hör auf zu zappeln.«

»Ich erblinde!«

Ich halte ein frisches Küchentuch unter kaltes Wasser, wringe es aus und gehe damit zurück zu Dylan.

»Das werden wir verhindern, versprochen.« Ich führe ihn an der Hand zu einem Stuhl und bitte ihn, sich zu setzen.

»Es müsste gleich auch von allein besser werden, die Tränen

spülen alles heraus, aber so geht es schneller. Nicht erschrecken.«

Mit dem Tuch reibe ich vorsichtig und sanft über seine Augen und kann zusehen, wie sich seine breiten Schultern langsam entspannen und er seine Lider nicht mehr zukneift. Ich beuge mich zu ihm, schaue mir seine Augen genau an, aber sie sind kaum gerötet an den Lidern. Es wird gleich besser werden. Meine Hand liegt derweil unter seinem Kinn, an seinem Bart, den ich das erste Mal berühre und der sich weicher anfühlt, als ich es erwartet hatte. Während ich immer wieder langsam und zart über seine Augen streiche, wird mir klar, wie nah ich ihm bin. Ich stehe zwischen seinen Beinen, auf dessen Oberschenkeln seine Hände liegen. Sein Kopf wird durch meine Finger etwas angehoben, und ich kann seinen Atem auf meinem Gesicht spüren.

Ob er das auch kann?

Er sieht gelöst aus. Ich könnte längst weggehen, könnte das Handtuch in das Spülbecken werfen und mit dem Rezept fortfahren, aber ich kann mich nicht von Dylan losreißen. Er ist wie ein Magnet.

Im Hintergrund läuft die *Klaviersonate Nr. 11* von Mozart, eines meiner Lieblingsstücke, und in meinem Kopf ist der Gedanke nach einem Kuss, nach einem *Vielleicht* und nach einem *Was-wäre-Wenn* so laut, dass ich schwer schlucken muss. Mein Herz pocht schneller, lauter, stärker, meine Finger fangen an zu zittern, und ich bewege mich weder vor noch zurück. Frage mich, ob er spürt, was in mir vorgeht, und bin gefangen in diesem Moment.

Ich mustere jeden seiner Gesichtszüge. Die Hand mit dem Tuch lasse ich sinken, stattdessen fahren meine Finger, die zuvor unter seinem Kinn ruhten, nun über seine Wange. Dylan öffnet die Augen, sieht mich an. Aber er hält still. Ich spüre die

Narbe unter seinem Bart, die an seiner Wange. Sie ist weich und tief – und wesentlich länger, als man auf den ersten Blick vermutet. Was ist ihm passiert? Wie ist das passiert? Ich will es wissen, will alles von ihm wissen. Aber ich traue mich noch nicht zu fragen.

Am Ende der Narbe gelange ich an seinen Kieferknochen und lege meine Hand ganz auf seine Wange.

»Besser?«, frage ich mit belegter Stimme.

»Besser. Danke, Zoey.« Da. Mein Name in diesem tiefen und vor allem unter die Haut gehenden Ton, der nun leicht rau klingt. Niemand von uns rührt sich. Macht es mich zu einem Narren, mir zu wünschen, dass es so bleibt?

»Zoey ... Ich ...«

»Ja, wir ... wir sollten weitermachen.« Ich lasse ihn los, trete zurück und will meine heißen Ohren und Wangen hinter meinem Haar verstecken. Nur blöd, dass ich mir einen Zopf gemacht habe und das somit nicht geht. Also drehe ich mich um.

Doch plötzlich greift Dylan nach mir, und ich kann nicht weiter. Mein Atem stockt, und in mir mischt sich auf einmal das Gefühl von eben mit der Angst von damals. Ich stehe mit dem Rücken zu ihm, Dylans Hände liegen auf meinen Hüften und ich ... kann kaum atmen.

Er steht auf, ich spüre es und zucke zusammen, drehe mich erneut weg und verschränke die Arme vor der Brust. Aber Dylan reagiert schnell, lässt mich sofort los und steht Sekunden später wieder vor mir – mit erhobenen Händen und sorgenvollem Blick.

»Ich wollte dich nicht erschrecken. Tut mir leid.«

Atmen. Ich muss atmen. Ich bin allein mit Dylan, aber er würde mir nie etwas antun. Nie. Das hier ist nicht wie damals. Vor allem, weil ich weiß, dass es egal ist, wo man ist. Ob allein oder nicht. Es macht keinen Unterschied. Hat es in jener Nacht auch nicht getan.

»Nein. Mir tut es leid. Es ist … nichts. Wollen wir weitermachen?«

Wir gehen zurück und arbeiten weiter still zusammen. Ich zeige Dylan, wie man das Hackfleisch am besten anbrät und warum es wichtig ist, es einzukochen. Wir machen uns an die Soße, und es dauert mindestens eine Stunde, bis wir alles soweit erledigt haben. Jetzt kann die Soße für die Lasagne noch ein wenig köcheln.

»Fertig. Das Ganze wird reduziert, damit die Bolognese eine gute Konsistenz bekommt, wenn wir sie zwischen die Lasagneblätter geben.«

»Verstehe. Nicht schlecht. Und ganz ehrlich, das riecht richtig lecker.« Dylan schnuppert bestimmt zum hundertsten Mal daran.

»Wir haben das verdammt gut gemacht.«

»Finde ich auch. Einer Wiederholung steht nichts im Weg.«

»Am besten jeden Samstag«, erwidere ich fröhlich und scherzhaft, als hätten wir das nicht bereits ausgemacht.

»Bin dabei. Ich habe heute viel gelernt, und du machst das genauso gut wie Andie, vielleicht sogar etwas besser. Aber das bleibt unter uns.«

»Danke.« Das war ein schönes Kompliment.

Wir räumen zusammen auf, damit aus dem Schlachtfeld wieder eine Küche wird, und stellen die Auflaufform bereit.

»Den Ofen heizen wir gleich vor, wenn wir absehen können, wie lange die Soße noch braucht. Ich gehe von einer Viertelstunde aus, aber das ist immer unterschiedlich.«

»Dann sind wir hier fertig.«

Ich schaue mich um, alles ist wieder sauber und das dreckige Geschirr in der Spülmaschine. »Sieht ganz so aus.«

Dylans Magen fängt wie auf Kommando an zu knurren. »Sorry.«

»Ich wundere mich, dass meiner noch keinen Ton von sich gegeben hat. Komm, wir warten im Wohnzimmer mit einem Glas Wasser.«

»Gute Idee.« Dylan schnappt sich die Flasche, ich die Gläser, und zusammen landen wir auf dem Sofa.

»Ich stehe nie wieder auf, es ist so schön hier.«

»Du wirst das gute Essen verpassen.«

»Aber es ist so gemütlich. Du kannst mich ja bedienen?«

Doch Dylan erwidert nichts auf meine freche Antwort. Er wirkt in Gedanken plötzlich weit weg und schenkt uns derweil – stiller als mir lieb ist – etwas von dem Sprudel ein.

Danach sagt er meinen Namen. Und es klingt so ernst, dass ich nun wirklich hellhörig werde und mich aufrechter hinsetze.

»Zoey? Ich ... Scheiße, das ist nicht so einfach, aber ...«

»Was ist los?«

»Ich habe dir versprochen, keine Fragen zu stellen, bis du mir Antworten geben willst, und daran halte ich mich. Aber ... zeig mir, was dich nervös macht. Was dazu führt, dass du dich unwohl fühlst.«

»Dylan, ich ...«

»Ich meine das ernst. Wenn du das nicht möchtest, werde ich das akzeptieren und warten, aber ich will es wissen. Weil ich dir keine Angst machen will und weil ich nicht für eine Situation verantwortlich sein möchte, in der du dich schlecht fühlst. Weil ich dir helfen will, verdammt. Bitte, Zoey.«

»War ziemlich offensichtlich, nicht wahr?«, wispere ich und senke den Blick.

»Im Club, in der Uni und eben, ja. Ich erkenne nur nicht den gemeinsamen Nenner.«

Ich ringe mit mir. Ich ringe so sehr mit mir, dass es wehtut. Dylans Worte in allen Ehren, aber wenn ich damit anfange, gibt es kein *Nur-ein-Bisschen* – nicht bei ihm. Dann gibt es bloß ein *Ganz-oder-gar-Nicht*. Und für eines von beidem muss ich mich entscheiden. Jetzt.

Nervös knete ich meine Hände, traue mich kaum, ihn anzusehen.

»Es gibt … mehrere Auslöser. Der gemeinsame Nenner ist jene eine Nacht …« Ich schlucke schwer, mein Hals schnürt sich zu, doch ich traue mich endlich und hebe den Blick. Schaue ihn ganz bewusst an. »Man hat mich vergewaltigt, Dylan.« Meine Worte sind so leise und in mir so laut, dass ich daran zu ersticken drohe. Tränen schießen in meine Augen, und ich bin dankbar, dass er ruhig bleibt, einfach nur da ist. »Ich kann das heute sagen, aber ich vermeide es. Weil es wehtut. Mir ist klar, dass du das längst weißt, aber … ich wollte es selbst gesagt haben.« Tief einatmend beruhige ich mich ein wenig, bevor ich weitermache. »Danach kamen ein paar schlimme Monate, eine Therapie und weitere schlimme Monate. Bis die Therapie etwas brachte, mir geholfen hat, das Ganze zu verarbeiten. Seitdem bin ich wieder glücklich – und das war lange nicht so. Nur manchmal … Ich weiß nicht, wie ich es erklären soll. Meine Therapeutin meinte, vergangen ist nicht vergessen. Und manchmal zeigt mir das Leben, dass das stimmt. Es gibt bestimmte Gerüche, die zu Flashbacks führen können oder zu Angst, oft direkt zu einer Panikattacke. Dasselbe gilt für Menschen, die den Jungs von damals sehr ähnlich sehen, für Stimmen, die klingen wie ihre – oder Berührungen …«

Dylan sitzt noch immer neben mir und sagt kein Wort. Sein Blick hält nur meinen fest, seine Miene ist ernst und seine Lippen fest zusammengepresst. Ich habe Angst, dass das Glas zwischen seinen Fingern gleich in tausend Teile zerspringt, weil er es zu arg drückt, deshalb bin ich beinahe erleichtert, als er sich das erste Mal rührt und es auf den Tisch stellt.

»Welche?«

»Du meinst die Gerüche?«

»Ja.«

»Bier. Sie haben Bier getrunken«, wispere ich. »Ich hasse den Geruch von Bier seit jener Nacht. Und den von Gras gemischt mit anderen Dingen, die ich nicht definieren konnte. Der Geruch von alten oder dreckigen Teppichen … mir wird schlecht davon.« Seine Miene wird immer grimmiger, seine Kiefer mahlen, aber ich mache weiter. Wenn ich jetzt aufhöre, kann ich nie wieder damit anfangen. Ich muss da jetzt durch, nein, ich möchte da durch, um dem zwischen uns – was immer es ist – eine Chance zu geben. »Bässe, ohne Musik. Nur der Bass und das Vibrieren unter mir. Da war nur das und die Stille. Mehr nicht.«

»Deshalb die Musik?« Ich nicke.

»Wenn Musik läuft, ist da keine Stille.«

»Danke. Danke, für deine Antworten, Zoey«, sagt er so ehrlich, dass ich zaghaft lächeln muss. »Würdest du es mir zeigen?« Ich weiß, was er meint. Ich bin so weit gekommen, ich … kann jetzt nicht aufgeben. Deshalb trinke ich einen Schluck Wasser, bevor ich aufstehe und Dylan bitte, es mir gleichzutun.

Er ragt über mir auf, und ich lege den Kopf in den Nacken, bevor ich bis drei zähle und mich langsam umdrehe. Ich kehre ihm den Rücken zu, und obwohl wir Abstand zueinander halten, mich nichts berührt, spüre ich die Angst, die in mir hinaufkriecht wie eine Schlange aus ihrem Käfig. Ich keuche fast, beginne zu schwitzen.

»Der Rücken ist ein Auslöser«, gebe ich schwerfällig von mir. »Nicht in allen Situationen, aber in den meisten. Wenn sich etwas in meinem Rücken befindet, das ich nicht kenne, das mich überrascht oder mir zu nahe kommt, dann bekomme ich Panik. Selbst die Therapie konnte sie nur abmildern. Vorher war es noch schlimmer.« Obwohl das hier etwas ist, das ich tun möchte, und etwas, das ich kontrollieren kann, muss ich all meinen Mut zusammennehmen, als ich nach hinten greife, um Dylans Hand zu nehmen. Er kommt automatisch näher, tritt ganz dicht an mich heran.

»Leg sie an meine Hüfte, wie eben.« Sofort kommt er meiner Bitte nach. »Die andere auch.« Als beide Hände an meinen Seiten anliegen, lege ich eine kleine Pause ein. Gebe mir selbst etwas Zeit.

»Das ist okay. Ich ... ich weiß nur, was gleich kommt, und das macht mich nervös«, versuche ich, mich ihm zu erklären. »Jetzt fährst du mit beiden Händen zur Mitte meines Rückens, bis sie zusammenstoßen.«

Seine Hände setzen sich in Bewegung, legen Stück um Stück zurück und gleiten zu meiner Wirbelsäule, wo sie schließlich verharren.

»Jetzt nach unten, bis halb auf meinen Po«, murmle ich und wieder folgt Dylan meinen Anweisungen. Seine Hände üben nicht viel Druck aus, er ist langsam und vorsichtig.

»Sehr gut. Und nun ... meine Wirbelsäule entlang, bis zu meinem Nacken.« Ich atme schwer und laut und kann mich kaum konzentrieren. Mit jedem Stück, das Dylan weiter nach oben streicht, wird es schlimmer. Tränen sammeln sich in meinen Augen, die ich sofort schließe, und als ich den Kopf nach unten senke, spüre ich Dylans Atem in meinem Nacken. So wie seinen ...

Ich weine leise. Es tut so weh. Diese Erinnerung ist so schmerzhaft, dass ich alles dafür geben würde, sie mir aus dem Leib reißen zu können. Das ist es, was dir niemand sagt. Worüber niemand redet. Was niemand so richtig versteht. Eine Vergewaltigung geht vorbei. Dein Körper erholt sich. Aber dein Herz, deine Seele und dein Kopf ... für die endet es nie. Nicht wirklich jedenfalls.

Dylans Hände ruhen an meinen Schulterblättern, ehe er eine weiter nach oben bewegt. Sie legt sich in meinen Nacken und verharrt dort. Sie ist warm. Beinahe tröstend.

Mein ganzer Körper wird erschüttert von Schluchzern und Tränen, und ich reiße die Hände vors Gesicht, lasse sie raus, lasse die Dämme brechen. Dylan dreht mich sanft um, nimmt mich in den Arm und streichelt mir über den Kopf, während ich nach Luft ringe.

Er hält mich fest, und ich darf zerbrechen. Ohne Worte. Ohne Vorwürfe. Ohne Fragen. Ich darf hier sein und weinen, und es ist okay. Und niemand sagt: *Vielleicht solltest du nicht aus dem Haus gehen, vielleicht solltest du noch eine Therapie machen, vielleicht wird es besser, vielleicht passt du jetzt auf dich auf ...*

Nein. Ich werde nur gehalten. Das gibt mir so viel.

Keine Ahnung, wie lange wir so dastehen. Ich in Dylans Armen im Wohnzimmer ... und ich will hier nicht weg. Aber es wäre an der Zeit, zurück in die Küche zu gehen. So ein simpler Gedanke in dieser Situation, dass er mich fast zum Lachen bringt.

Ich wische mir über die Augen, bin froh darum, kein Make-up zu tragen, keine Maske, egal, wie absurd dieser Gedanke gerade ist, und Dylan löst den Griff um mich, sodass ich ihn ansehen kann. Sein Blick ist offen, er sieht mich nicht an wie ein zerbrechliches Püppchen, wie ein kleines Ding, das sein Mitleid braucht, oder wie jemand, der selbst schuld ist. Dylan sieht mich voller Stolz an und Verständnis und Erschütterung. Und das gibt mir die Kraft für meine nächsten Worte.

»Jetzt weißt du es. Das ... das sind meine Grenzen.«

21

... und an manchen Tagen sind wir noch nicht bereit,
dem anderen zu zeigen, wie es wirklich
in uns aussieht.

Dylan

Nie hätte ich gedacht, dass dieser Abend zu dem wird, was er geworden ist. Nie hätte ich geahnt, dass Zoey es mir erzählt. Dass sie es ausspricht. Es mir zeigt ...

Ich wollte nichts dazu sagen, ich hatte nur vor, mit ihr zu kochen und einen schönen Abend zu verbringen, besonders nach heute Mittag, als wir zusammen auf der Couch gespannt vier Folgen der Serie geschaut haben, die sie vorhin angefangen hat.

Und dann? Dann war da dieser Moment ... Wie ein Idiot reibe ich mir den Zwiebelsaft ins Gesicht, der in den Augen wie die Hölle brennt, und alles läuft aus dem Ruder. Scheiße. Das wollte ich nicht. Ich wollte sie nicht in diese Lage bringen. Ich wollte nicht, dass sie Angst hat, sich unwohl fühlt – dass sie es mir erzählen muss. Aber ich Egoist habe es nicht mehr ausgehalten. Erst recht nicht nach ihrer Reaktion auf meine Berührung.

Jetzt hat sie es erzählt, sie hat alles rausgelassen und es mir anvertraut, und ich wünschte, ich könnte es wieder löschen. Wieder ziemlich egoistisch, aber verflucht, es tut weh und ich will, dass es aufhört. Besonders für Zoey, die mich in dieser Sekunde aus ihren großen schönen Augen anblickt, als wäre ich alles für sie.

Wenn ich ehrlich bin, ist da noch mehr. Es sind Schuldgefühle. Sie hat mir ihr Päckchen gezeigt, ist über ihren Schatten gesprungen und ich … ich kann es nicht. Noch nicht. Was, wenn Zoey mein Bein sieht und es einfach alles kaputtmacht, was wir bisher haben. Was auch immer das ist.

Ich verstehe jetzt ihre Reaktionen. Die im Club und die eben in der Küche am allerbesten, sie hat mir gezeigt, warum es passiert. Sie kann nicht am Rücken berührt werden, weil sie es dann nicht sieht. Vermutlich, weil man sie dort festgehalten und runtergedrückt hat. Zu feste Berührungen, zu viel Druck an Rücken und Nacken erinnern sie daran. Daher auch die Sache mit dem Teppichgeruch.

Diese miesen, feigen Schweine. Ich will Zoey nicht weiter erschrecken, deshalb zügle ich mich, aber am liebsten würde ich auf irgendwas einschlagen. Am liebsten würde ich zu Elliott fahren und eine Runde auf einen Boxsack einhämmern.

»Wir sollten nach der Bolognese sehen«, sagt sie auf einmal, als wäre nichts gewesen, und ich kann nicht anders, ich drücke sie noch einmal an mich, sauge ihren Duft ein und lasse sie erst danach richtig los.

»Nicht dass unsere Soße verkocht.«

Wir lächeln uns an, und obwohl so viel passiert ist, hat sich für mich nichts verändert. Nichts, nur dass ich Zoey noch mehr mag.

Die Bolognese hat es zum Glück überlebt, und jetzt schichten wir die Nudeln samt Soße und Mozzarella in unsere Auflaufform. Am Ende streuen wir Parmesan drüber und schieben sie für zwanzig Minuten in den Backofen.

Als wir sie wieder rausziehen, duftet es so gut, dass mir sofort das Wasser im Mund zusammenläuft. Und Zoey hatte recht, es war nicht so schwer wie befürchtet.

»Siehst du diese Kruste? Mhmm …« Zoey zeigt auf den braunen Parmesan. »Die ist perfekt.«

Das von eben haben wir beide sacken lassen, und nun ist gesagt, was gesagt werden musste.

Ich bewundere Zoey für ihre ausgelassene Art, für ihren Mut und dafür, dass sie sich ihre Hoffnung und Zuversicht bewahrt hat. Für ihre Stärke. Ich hoffe, irgendwann habe ich die auch. Damit auch ich ihr den Teil von mir zeigen kann, der mir am meisten Angst macht.

Zoey legt uns zwei perfekt geformte Lasagne-Portionen auf die Teller, die ich für uns ins Wohnzimmer trage, wo Socke schon auf uns wartet, um zu betteln. Das Besteck bringt Zoey mit, und wir setzen uns wieder auf die Couch.

Ich schiebe mir den ersten Bissen in den Mund und fluche sofort. »Scheiße, ist das heiß!«, meckere ich, und Zoey lacht mich aus. Zu Recht. Wieso passiert mir das immer wieder? Mit der Zeit sollte man meinen, ich hätte draus gelernt.

»Du isst viel zu schnell.«

»Aber das ist verdammt gut.«

»Schmeckst du überhaupt noch was, wenn du dir die Zunge verbrannt hast?«

»Die ist das gewöhnt«, murmle ich glückselig zwischen zwei weiteren Bissen, was Zoey dazu bringt, schmunzelnd den Kopf zu schütteln. »Ich wäre nie auf die Idee gekommen, die Béchamelsoße in einer Lasagne wegzulassen und stattdessen die Schichten mit Mozzarella aufzufüllen. Geschweige denn eine mit Gemüse zu füllen.«

»Du hast noch nie Lasagne mit Gemüse gegessen?«

»Nur mit Tomatensoße und Hackfleisch, ganz simpel. Das hier ist besser.«

»Danke. Ich esse sie so tatsächlich auch am liebsten. Und das war ein schöner Abend. Das Kochen hat mir viel Spaß gemacht und ... der Rest ...« Eine Sekunde hält sie inne. »Ich bin froh, dass du es weißt. Dass wir das heute gemacht haben.«

Zoey schaut mich mit ihren Augen an, die wie Fenster sind in tiefe Höhlen und weite Meere, und mich durchströmt ein Gefühl der Wärme, das definitiv nicht von der zu heißen Lasagne kommt. Mein Magen zieht sich zusammen, mein Puls beschleunigt sich, und in meinem Kopf formt sich der Gedanke, dass ich mich gar nicht von ihr fernhalten will. Dass Cooper mir in dieser Hinsicht egal ist. Ich mag Zoey. Sehr. Ich glaube, ich fange an, mich in die Frau vor mir, die mit den schönen Augen, dem bezaubernden Lächeln und dem starken Charakter, zu verlieben.

Scheiße.

»Geht mir genauso. Ich bin dir wirklich dankbar, dass du es mir anvertraut hast.«

»Darf ich dich auch etwas fragen?«

»Klar.« Socke legt in diesem Moment eine Pfote auf meinen Fuß, weil er auch etwas haben will. Er bekommt gleich einen Hundeknochen, das ist besser für ihn.

»Diese Narbe, in deinem Gesicht. Woher hast du sie? Ich hoffe, ich trete dir damit nicht zu nahe.«

Wie versteinert sitze ich da und schlucke schwer. Die Frage hält mein ganzes Universum an, erwischt mich eiskalt. Aber nicht, weil sie jemand gestellt hat – sondern weil Zoey sie gestellt hat. Natürlich war mir klar, dass sie irgendwann kommen würde, aber – ich hatte nicht erwartet, dass es mir so schwerfallen würde, sie jetzt zu beantworten. Ich dachte nicht, dass ich Zoey auf diese Art mögen würde. Das macht es schwieriger, komplizierter. Das macht aus einer halben Wahrheit irgendwie am Ende eine halbe Lüge.

»Die Narbe ist alt«, beginne ich nach einem Moment des Zögerns. »Ich hatte als Jugendlicher einen Unfall mit dem Auto, dabei habe ich mir die Verletzung zugezogen. Man vermutet, Splitter der alten Scheibe seien der Grund.«

Bitte frag nicht, wie es dazu kam. Ich flehe dich an. Ich will dich nicht anlügen, und ich kann dir nicht die Wahrheit sagen. Noch nicht heute. Nicht jetzt.

»Das tut mir leid.«

»Mir auch.« Und das stimmt. Aus anderen Gründen, als sie wahrscheinlich vermutet.

»Ich mag sie. Ich finde, sie steht dir.« Überrascht hebe ich die Augenbrauen. »Vor allem in Verbindung mit dem Bart.« Sie zuckt mit den Schultern. »Mel meint, du seist der einzig gut aussehende Mann in unserem Seminar und würdest ihr damit das Leben retten.«

»Und was sagst du?« Warum frage ich Idiot das?

Zoey wird ernst, ihr Lächeln verblasst, aber dennoch sieht sie mich weiter freundlich an. »Mich hast du im Seminar auf andere Art gerettet als mit deinem Aussehen, Dylan.«

Darauf finde ich keine Worte mehr, schiebe mir eine weitere Gabel mit Lasagne in den Mund und beobachte Zoey, die mit leicht geröteten Wangen weiterisst.

Keine zehn Minuten später sind unsere Teller leer und wir so richtig satt. Zoey reibt sich über den Bauch, und Socke versucht vergeblich, an ihren Teller ranzukommen, um die Soße abzulecken. Frechdachs.

»Wollen wir noch eine Folge *24* gucken?«, frage ich, weil ich nicht möchte, dass der Abend endet. Ich will nicht, dass sie in ihrem und ich in meinem Zimmer verschwinde.

»Gern. Ich bring die Teller weg.«

»Warte. Das mache ich. Möchtest du was aus der Küche?«

»Danke. Ich brauche nichts mehr.« Ihr Lächeln wird irgend-

wann meine Droge und mein Untergang werden, ich spüre
es.

Das Geschirr ist verstaut, die Reste der Lasagne abgedeckt,
und die nächste Folge läuft. Ich sitze auf der linken, Zoey auf
der rechten Seite der Couch, als sie plötzlich auf *Pause* drückt
und ich mich zu ihr drehe. Sie knetet ihre Finger und beißt sich
auf die Unterlippe, bevor sie tief Luft holt.

»Wäre es okay, wenn … Ich meine … darf ich zu dir kommen?«

Ich sehe vermutlich aus, als hätte man mir gerade eine run-
tergehauen, weil diese Frage so plötzlich kommt. Ich stehe total auf dem Schlauch. »Vergiss es. Tut mir leid, das war eine
dumme Frage.« Sie möchte wieder auf *Play* drücken, aber ich
greife nach ihrer Hand, in der sie die Fernbedienung hält.

»Nein, warte. Ich verstehe nur nicht ganz, was du meinst. Du
möchtest zu mir kommen? Also, dich direkt neben mich setzen? Dafür brauchst du mich nicht zu fragen, Zoey.«

»Okay.« Ihre leise, seidene Stimme, die nicht erkennen lässt,
welche Stärke die Frau dahinter besitzt, geht mir durch Mark
und Bein. »Ich meinte nur, ich würde gerne … Darf ich mich
an dich kuscheln? Gott, klingt das bescheuert!« Sie hält sich die
andere Hand vors Gesicht und lacht, aber ich ziehe sie einfach
zu mir und drücke sie an meine Seite. Mein Arm schließt sich
um sie, und ihr Kopf kommt auf meinem Oberkörper zum
Liegen.

»So?«, frage ich und merke, wie angespannt meine Stimme
dabei klingt. Ich spüre, wie Zoey nickt. Sie drückt auf *Play*,
legt die Fernbedienung weg und ihre Hand auf meinen Bauch,
kuschelt sie sich enger an meine Seite. Meine Finger streichen
wie von selbst ihren Arm auf und ab, und ich kann nichts dagegen tun. Es ist wie ein Rausch. Zoey, ihr zarter Veilchenduft,

ihre Wärme, das Gefühl ihres Körpers an meinem, ihre Hand auf mir … Ich kann mich auf nichts anderes konzentrieren. Scheiße, ich habe keine Ahnung, was in dieser Folge passiert. Meine Folge ist Zoey. Das hier ist das Beste und Spannendste, das ich mir je angesehen habe. Dagegen stinken sogar all die Footballspiele ab, die ich mir vor Jahren gerne angeschaut habe, ohne daran zu zerbrechen. All die, die ich selbst gespielt habe, bevor ich es nicht mehr konnte.

Mir ist egal, ob Zoey merkt, dass mir das hier gefällt und dass ich es genieße. Dass meine Brust gleich explodiert, weil mein Herz so heftig schlägt. Ich halte sie fest.

Aber selbst mich übermannt irgendwann die Müdigkeit, und Zoeys Ruhe geht auf mich über. Ich döse weg, spüre nur noch, wie mein Kopf immer wieder nach hinten sackt, und kneife mir fest in die Nasenwurzel, um wach zu bleiben.

»Zoey?«, flüstere ich, aber sie gibt nur ein leises und vor allem niedliches Geräusch von sich und schlingt den Arm ganz um mich, als wäre ich ein Kissen. »Wir sollten ins Bett gehen.« Netflix fragt uns schon, ob wir noch weitergucken wollen, und ich nehme an, dass Andie und Cooper bald von ihrer Schicht nach Hause kommen. Und ganz ehrlich, ich will nicht herausfinden, wie Coop das hier findet.

Weil sie keinerlei Anstalten macht, sich zu bewegen, richte ich sie vorsichtig auf und lehne sie an die Couch, damit ich aufstehen und sie auf den Arm nehmen kann. Sie schläft dabei tief und fest. Zuerst greife ich unter ihre Beine, in die Kniekehlen, danach ihren Rücken – ganz vorsichtig – und hebe sie mit einem leichten Ruck hoch. Zoey ist nicht schwer, die Prothese wird mir auf der kurzen Strecke keine Schwierigkeiten machen.

Zoey protestiert nicht, als ich sie enger an mich drücke, damit ihr Kopf nicht nach hinten rutscht. Ihre Stirn liegt an meinem Kinn an, aber der Bart scheint sie nicht zu stören, und ich inhaliere ihren Duft. Nur mit Mühe kann ich es mir verkneifen, ihr einen Kuss auf die Stirn zu hauchen. Nach allem, was Zoey durchgemacht, was sie mir erzählt hat, käme mir das wie Verrat vor. Wie eine Grenzüberschreitung, ohne ihre Einwilligung. Wenn ich sie küsse, will ich, dass sie wach ist. Ich will, dass sie Ja sagt, und ich will … es richtig tun.

Ich höre, wie Socke hinter uns her in ihr Zimmer tapst, dessen Tür ich gerade mit der Schulter aufgedrückt habe. Den Lichtschalter schaffe ich auch noch, dann steuere ich mit Zoey auf ihr Bett zu. Langsam lege ich sie darauf ab und höre, wie sie vor sich hin brabbelt, ohne auch nur ein Wort davon zu verstehen. Trotzdem zaubert es mir ein Lächeln ins Gesicht.

Ich hebe ihre Beine an, damit ich die Decke darunter befreien und sie zudecken kann, während sie sich tiefer in ihr Kissen kuschelt.

»Gute Nacht, Zoey. Danke für diesen bezaubernden Abend.«

»Warte«, höre ich ihre Stimme – aber was mir den Atem stocken lässt, ist ihre Hand, die plötzlich vorschnellt und nur einen Augenblick später an meinem Knie liegt. An meinem linken Knie.

Ich bin wie erstarrt. »Bleib hier«, nuschelt sie, hat die Augen weiterhin geschlossen und bittet mich darum, bei ihr zu bleiben. »Ich möchte nicht allein sein.«

Ich kann nicht. Ich will, aber ich kann das nicht. Also hebe ich Socke hoch, lege ihn zu ihr, und sofort rollt er sich hinter ihr zu einem Ball zusammen. »Ich lasse Socke hier, okay? Auf die Art bist du nicht allein.«

Sie nickt nur noch und bedankt sich, bevor ihre Hand von meiner Hose abrutscht und ich zitternd ein- und wieder ausatme. »Gute Nacht«, sage ich ein letztes Mal, bevor ich das

Licht ausschalte, den Raum eilig verlasse und in meinem verschwinde.

Keuchend lehne ich mich von innen an meine Tür, fahre mir durch das Gesicht, die Haare, fange an zu schwitzen, während meine Gedanken rasen.

Hat sie etwas bemerkt? Hat sie es gefühlt? Ist das möglich? Oder war sie zu müde? Nein ... sie hat bestimmt nichts gemerkt, rede ich mir im Stillen gut zu, *und wenn doch, wird sie sich morgen nicht mehr erinnern können. Alles ist okay.*

22

*Einfach kann manchmal auch
ziemlich kompliziert sein.*

Zoey

Es ist feucht in meinem Gesicht. Feucht und warm. Was zum Teufel? Ich öffne blinzelnd die Augen und sehe erst nur verschwommen, bis das Bild aufklart.

»Socke?«, murmle ich mit belegter Stimme, und sogleich bellt der kleine Kerl einmal zur Bestätigung und hört damit auf, mein Gesicht abzulecken. »Ich mag dich auch, aber bitte erwarte nicht von mir, dass ich das jetzt auch bei dir mache, okay?« Doch er setzt sich nur neben mich und wedelt aufgeregt mit dem Schwänzchen.

Wie spät ist es? Die Vorhänge sind nicht zugezogen, ich habe freie Sicht aus dem Fenster. Draußen ist es noch nicht allzu hell.

Ich suche nach meinem Handy, aber finde es nicht. Wo hatte ich es gestern das letzte Mal und wie bin ich ins Bett gekommen? Die Erinnerungen sind etwas bruchstückhaft, und zuerst macht mir das Angst – bis ich Dylan vor meinem inneren Auge erkenne. Wir haben gekocht, gegessen und danach zusammen vorm Fernseher gehockt … Oh mein Gott. Meine Finger legen sich auf meinen Mund. Ich habe an Dylans Seite gelehnt. Nein, ich habe mich an ihn gedrückt, mit ihm gekuschelt und bin eingeschlafen. Alles kommt zurück.

Dylan hat meinen Rücken berührt und ja, es war schmerzhaft, aber … nicht wegen ihm. Er war nicht der Grund. Rückblickend macht es mir Angst, wie einfach es war. Wie leicht es war, ihn an mich heranzulassen und seine Nähe zu suchen.

Da ist nichts dabei, schießt es mir durch den Kopf, und der Gedanke überrascht mich. Der und alles, was ich gestern getan und zugelassen habe.

Da *wäre* nichts dabei, wäre mir nicht passiert, was mir passiert ist – und würde ich Dylan nicht wirklich mögen. Sobald man jemanden mag, sobald man mit diesem *Mehr* anfängt, wird aus wenig plötzlich viel und aus *kein Problem* wird superkompliziert. Das ist immer so. Egal, wie oft man sich einredet, man wäre jetzt erwachsen, kein Teenie mehr …

Ich schiebe die Beine aus dem Bett. Mit einem Blick nach unten erkenne ich, dass ich noch die Sachen von gestern trage. Ja, Dylan hat mich tatsächlich hergebracht. Mit einem Mal erinnere ich mich, ich habe irgendwas zu ihm gesagt, aber ich weiß nicht mehr, was es war. Ich weiß nur, dass ich es nicht bereue.

Mein Blick senkt sich auf meine rechte Hand. Ich habe nach ihm gegriffen, damit er nicht geht, und da war … sein Bein war irgendwie anders. Es hat sich anders angefühlt, härter und – da war irgendeine Kante.

Meine Finger formen sich zu einer Faust. Das ergibt überhaupt keinen Sinn. Vielleicht habe ich das geträumt und bin noch nicht ganz wach.

Ich gähne herzhaft und verdränge diese seltsamen Gedanken, dann mache ich mich im Bad fertig. Mein Handy finde ich schließlich in der Küche. Es ist erst acht Uhr, und in der Wohnung schlafen noch alle.

Deshalb schnappe ich mir Socke und gehe das erste Mal, seitdem ich hier wohne, mit ihm raus. Es stürmt, aber es regnet gerade nicht. Trotzdem fröstle ich bei jedem Windzug, der mir in den Kragen zieht. Socke macht das nicht aus, er schnuppert fröhlich an jedem Grashalm, der sich ihm entgegenstreckt. Derweil lasse ich meinen Blick über den Lake Washington Ship Canal gleiten und sehe dem Wasser dabei zu, wie es, getrieben vom starken Wind, sanfte Wellen schlägt. Die Wolken ziehen schnell über den Himmel, und wahrscheinlich wird die Sonne heute kein einziges Mal zu sehen sein. Das ist kein Problem, ich habe genug zu lesen daheim und noch einige Folgen von *24* vor mir, die ich schauen muss. An die letzten von gestern Abend kann ich mich überhaupt nicht erinnern, ich bin sofort eingeschlafen, als ich an Dylans Seite lag. Bei dem Gedanken werde ich schon wieder rot. Und wenn ich daran denke, wie weit ich gestern gegangen bin. Nicht einmal mit Cooper habe ich das zuvor gemacht. Mein Bruder weiß theoretisch davon, hat es bei den Gesprächen mit dem Anwalt und während des Prozesses gehört, aber nie von mir direkt. Ich habe ihm nie in die Augen gesehen und es ihm bewusst erzählt. Und ich habe ihm nie gezeigt, was passiert, wenn mich jemand dort berührt. Was es mit mir macht, wenn jemand Druck auf meinen Rücken ausübt und sich von hinten an mich drängt.

Dylan weiß es. Ich habe es ihm gezeigt, und noch immer spüre ich seine Hände, seine Wärme und den Druck. Ich sehe sein Gesicht vor mir, die Wut und die Scheu. Aber ich bereue es nicht. Es hat nichts verändert für mich – außer dass ich Dylan weiter in mein Leben gelassen habe, als ich es je vorhatte. Und eigentlich ist das verdammt viel.

Ich seufze, atme die frische und kalte Luft ein und schließe am Ufer für einen Moment die Augen. Es ist nicht ruhig, die Äste der Bäume bewegen sich, ihr Rascheln und Aneinanderschlagen dringt zu mir, genau wie der Wind, der mir um die Ohren weht.

Ich sollte diese Runde öfter mit Socke gehen, man kommt

so schön zum Nachdenken, und es fühlt sich dennoch nicht wie Stillstand an.

Eine Dreiviertelstunde später stehe ich bis auf die Knochen durchgefroren, aber sehr glücklich in der Wohnung, leine Socke ab und ziehe meine Jacke samt Schuhen aus. Ich war länger weg als beabsichtig. Verflixt, ich hätte Handschuhe mitnehmen sollen. Ich puste in meine kalten roten Hände und genieße die Wärme, die mich hier umgibt. Der Geruch von warmen Brötchen ... Brötchen? Seltsam. Ich folge dem Duft bis in die Küche und finde dort Mase und June vor, die gerade ein riesiges Frühstück zubereiten.

»Hey, Zoey. Wir haben uns schon gefragt, wo du bist.« June lächelt mich über die Schulter an, und Mase hebt zum Gruß die Hand, während er konzentriert Käsescheiben auf eine Platte legt. Sehr akkurat, muss ich zugeben.

»Was macht ihr hier?«

»Wir dachten, wir überraschen euch alle mit was zu essen.«

»Was Richtigem«, fügt Mase lachend an, und June verdreht die Augen.

»Das ist so lieb von euch. Danke. Sind die anderen denn schon wach?«

»Dylan ist im Bad, hat sich vor Coop reingedrängelt. Andie ist noch im Koma, aber die wecke ich gleich mit ihrem Lieblingstee, dann öffnet sie wenigstens schon mal ein Auge. Das zweite folgt bei ihren Lieblingsbagels, glaub mir.«

»Das duftet so gut. Kann ich euch helfen?«

»Im Moment nicht, aber ... Möchtest du in der Küche essen oder lieber drüben?«

»Hm. Ich bin leider total der Couch-Typ und nicht so der Küchensitzer. Aber ich esse die leckeren Brötchen drüben und den Aufstrich von mir aus auch im Stehen.«

»Ich mag dich«, gibt June strahlend zurück, und ich habe keine Ahnung, ob sie mich jetzt in den Flur stellt oder wir im Wohnzimmer essen.

Zehn Minuten später erübrigt sich die Frage, weil Mase alles nach drüben trägt und ich ihm dabei trotz seiner Proteste zur Hand gehe. June höre ich derweil in Andies Zimmer herumwerkeln, da haben Coop und sie wohl die Nacht verbracht.

»Hier dein Tee, riech mal, ja, so ist es fein. Da sind auch Bagels, Andie. Warme und vor allem frische Bagels, sie rufen deinen Namen.« Ich muss sofort lachen, als von Andie nur undeutliche Worte folgen, die der Tonlage nach vermutlich eine Mischung aus »Lass mich in Ruhe!« und »Omg, wo sind die Bagels?« sind.

Mase setzt sich bereits in den Sessel, Dylan gibt Coop die Badklinke in die Hand und nimmt neben mir auf der Couch Platz. Er riecht nach seinem Duschgel und etwas Minze.

»Morgen.« Seine Stimme hört sich verschlafen an, und seine Haare sind noch nass. Bis eben war mir kalt, jetzt wünschte ich, jemand würde die Heizung runterdrehen.

Bevor ich Dylan auf gestern Abend ansprechen kann, wird unsere Aufmerksamkeit auf June und Andie gelenkt, die gerade im dunkelroten Cupcake-Pyjama zu uns schlurft. June hat ihr zwei verschiedene Socken angezogen und Andies Brille sitzt schief. Ihre Haare stehen zu Berge, aber sie hält tapfer ihre Teetasse in der Hand.

»Gleich hast du es geschafft. Dahinten ist das Frühstück.«

Ich muss meine Lippen zusammenpressen, um nicht loszuprusten. Mase schüttelt amüsiert den Kopf und schiebt vom Sessel aus den Stuhl aus der Küche zurecht, damit Andie sich setzen kann.

»Für einen Sonntagmorgen vor zehn sieht sie doch echt lebendig aus, findet ihr nicht?«, fragt Dylan, und Andie versucht, ihn fies anzugucken, schafft es aber einfach nicht.

»Sei nett zu ihr! Sonst bringe ich dir nie wieder Kuchen mit.«

Dylan hebt sofort ergeben die Hände. »Ich bin immer nett zu Andie.«

»Ich hoffe nicht«, tönt es plötzlich von meinem Bruder, der aus dem Bad kommt und sich zu uns auf die Couch setzt. Ich fühle mich ziemlich klein zwischen ihm und Dylan. June hockt sich auf die Lehne des Sessels und scheint damit zufrieden zu sein.

»Wieso nicht?« Alle schauen mich an. »Wieso soll Dylan nicht immer nett zu Andie sein?« Ich glaube, ich hab was nicht mitbekommen. »Und wieso starrt ihr mich an? Hab ich was im Gesicht?«

Alle fangen an zu lachen, sogar Andie schmunzelt, während sie an ihrem Tee nippt, und mein Bruder legt seinen Arm um meine Schultern. »Ach, Knirps. Du bist niedlich.«

Ich verziehe das Gesicht und blicke in das von Dylan, weil mein Bruder längst von mir abgelassen hat, um sich ein Brötchen zu belegen. Selbst an Dylans Lippen zupft ein Lächeln.

»Das klang wie eine sexuelle Anspielung, Zoey. Deshalb hat Coop das gesagt. Auch wenn es absolut unnötig war«, erklärt mir Andie geduldig, während ich noch immer dabei bin, in Dylans Gesicht zu starren.

»Das war keine Anspielung«, meint Mase. »Coop ist wie Socke, er kann nicht damit aufhören, sein Revier zu markieren und das Bein zu heben – auch wenn nix mehr kommt.«

Mein Bruder kontert, June und Andie mischen sich ein, und neben dem Fluchen und Lachen der beiden, das zu einem Hintergrundrauschen wird, bekomme ich nicht viel mit von dem, was sie sagen oder tun.

Schmetterlinge im Bauch ist eine absolut kitschige Beschreibung dessen, was gerade mit mir passiert. Keine schlechte, es ist immerhin ein Versuch, etwas zu erklären, das man kaum erklären kann. Aber sie ist mir zu leicht, zu sanft und lieblich gezeichnet. Müsste ich das Gefühl beschreiben, ein Synonym dafür finden, würden mir in dieser Sekunde, in der Dylan mich ansieht, sich mir zuwendet und seinen Blick über mein Gesicht gleiten lässt, so viele einfallen. Es ist eine Gänsehaut, die sich langsam und intensiv über meinen Körper zieht, wie Flut und Ebbe. Sie kommt und geht und wird mit jeder Welle intensiver. Oder als wäre ich ein Glas, das einen ganzen Sturm in sich trägt. Ich kann nur zu deutlich spüren, wie er in mir tobt, wie sein Wind alles aus den Angeln hebt. Ein Orkan, der meine Lungen am Atmen hindert, mein Herz antreibt und meinen Magen durcheinanderbringt.

Das ist es, was ich fühle, wenn Dylan mich ansieht – oder berührt. Wenn er lächelt. Wenn er bei mir ist.

Und mir wird klar, dass meine Beschreibungen dieses Gefühls genauso kitschig sind wie das andere. Vielleicht hat man keine andere Wahl. Vielleicht ist es so, wenn man … verliebt ist.

»Ich …«, beginnt Dylan plötzlich, und ich warte auf das, was nun folgt. »Ich habe dich gestern ins Bett getragen und dich zugedeckt. Du bist auf der Couch eingeschlafen, ich übrigens auch. Ich hoffe, das war okay?«

»Das war es. Danke. Ich hab nicht um mich getreten oder so? Das wäre ziemlich peinlich. Oder wenn ich auf deinen Pulli gesabbert hätte.«

»Nein, es ist nichts passiert.« Und trotz seines Lächelns werden mir die Nachdrücklich- und Doppeldeutigkeit seiner Worte bewusst. Zum Glück hört Cooper uns nicht zu und ist mit seiner Aufmerksamkeit beim Essen und bei den anderen.

»Gut«, murmle ich. Dabei bin ich nicht sicher, ob das stimmt. »Das mit gestern: Es hat sich nichts geändert, oder?« Gott, es hat sich alles geändert. Für mich.

»Für mich nicht.« Ich keuche auf, als Dylan seine Hand an meine linke Wange legt und mir einen Wimpernschlag lang darüber streicht. Kurz genug, damit es niemand der anderen bemerkt, aber definitiv zu lange, als dass ich es vergessen könnte.

»Lass uns frühstücken.« Er dreht sich nach vorne, schnappt sich was vom Büfett, während ich noch vollkommen durcheinander bin. Als ich aufblicke, grinst June mich an und hebt auf einmal beide Daumen.

Was zum …? Oh nein. Sie hat uns genau beobachtet. Aber wie hat sie es so schön formuliert: Ich wurde *gefriendzoned*. Vermutlich stimmt es. Ich bin nichts weiter als eine Freundin für ihn oder eine kleine Schwester, wie bei Mase. Mit dem einen Unterschied, dass ich das bei Dylan nicht sein möchte. Im Club dachte ich, es sei mir egal und June würde Quatsch reden. Heute macht mir das zu schaffen. Und statt der üblichen Gedanken über Männer, die mir egal sind, frage ich mich nicht, ob er mir etwas antun oder so sein könnte wie Keith, Peter und Eric. Nein, ich denke auch nicht über einen One-Night-Stand oder ein wenig Rumgeknutsche mit ihm nach, sondern über *mehr*. Viel mehr. Das ist aufregend und angsteinflößend zugleich, weil so viel auf dem Spiel steht. Weil ich dachte, ich wäre nicht so weit – oder würde nie wieder so weit sein können. Weil ich keine Ahnung habe, woran man dieses *So-weit-Sein* erkennt. Wir wohnen Tür an Tür, einer seiner Freunde ist mein Bruder und – ich habe ihm gezeigt, was jene verhängnisvolle Nacht bis heute mit mir macht. Was sie aus mir gemacht hat. Kann das funktionieren? Kurz denke ich daran, Milly zu fragen, sie wieder anzurufen, aber dann spüre ich einen Widerstand in mir.

Ja, ich möchte es zuerst allein herausfinden.

»Zoey, wie war die erste Uniwoche? Gibt es ein paar heiße und intelligente Typen in deinem Studiengang?«, fragt June feixend und hat keine Ahnung, wie sehr sie damit ins Schwarze trifft. Ich habe noch keinem verraten, dass Dylan und ich in einem Seminar sitzen, aber ich kann sehen, wie er sich neben mir versteift.

»June! So was fragt man nicht, Coop sitzt neben ihr«, zischt Andie ihr zu, aber June winkt nur ab. Mein Bruder hingegen schenkt mir nun seine volle Aufmerksamkeit. Toll. Ganz toll. Ich sitze in der Zwickmühle.

»Also, da sind ... Ich habe jemanden kennengelernt.« Coop verschluckt sich heftig, und ich reiße mich zusammen, um nicht loszuprusten, weil sein Gesicht so rot wird. »Mel. Sie studiert auch Psychologie, und sie ist richtig nett. Ihr solltet sie mal treffen. Ich bin froh, schon eine Freundin an der Uni gefunden zu haben.« Mittlerweile kriegt mein Bruder wieder Luft, und Mase verdreht belustigt die Augen über seine Reaktion.

»Lade sie gern mal ein, wir würden uns freuen.« Andie ist einfach wundervoll.

»Und sonst?«, hakt June nach. Sie tut es, um Dylan eifersüchtig zu machen. Na ja, ist wahrscheinlich eher der klägliche Versuch, das zu erreichen. Sie meint es gut, aber ... verdammter Mist.

»Sonst? Ähm ... Dylan und ich haben donnerstags ein Seminar zusammen.« Ich deute auf ihn. Jetzt ist es raus. Junes Augen weiten sich ein, zwei Sekunden lang, bevor ihr ganzes Gesicht strahlt. Nicht das, was sie gedacht hat, aber scheinbar weitaus besser.

»Wieso das denn?«, fragt mein Bruder, sobald er es wieder hinkriegt, und schiebt sich sogleich gierig den nächsten Happen eines Schokocroissants in den Mund. Als hätte er nichts daraus gelernt.

»Ich muss ein Einführungsseminar in Psychologie belegen, das ist Teil meiner Studienanforderungen. Ich hab es ewig vor mir hergeschoben, und dieses Semester muss es sein, sonst kann ich nicht weitermachen. Das mit Zoey und mir war reiner Zufall.«

»Ja, nur Zufall.«

»Ein schöner, muss ich zugeben. Ich darf jeden Donnerstag neben Zoey sitzen und jeden Samstag mit ihr kochen«, schiebt Dylan grinsend hinterher, und ich muss mich darauf konzentrieren, nicht dümmlich mitzugrinsen.

»Sie ist meine Schwester, Alter«, nuschelt Coop. Danke. Als ob das nicht schon jeder wüsste. Mase hat recht, mein Bruder ist wie ein Hund. Er muss überall sein Revier markieren ...

»Aber nicht meine«, kontert Dylan, und auf einmal ist es ganz still – bis auf June, die hinter vorgehaltener Hand kichert, und Mase, der sich auch schwer zusammenreißen muss.

Zwischen den beiden zu sitzen ist gerade ziemlich ... eng. Beide haben sich in meine Richtung gedreht und mustern sich jetzt. Abschätzend, konzentriert, nachdenklich. Eine Mischung aus allem, und ich wüsste zu gerne, was die beiden denken.

»Wow. Coop ist sprachlos. Kommt selten vor, kann das jemand festhalten? Andie, June, macht ein Foto.«

»Klappe, Mase.«

»Ah, er lebt noch. Vergesst es wieder.«

Coop zeigt ihm den Mittelfinger und isst weiter. Ohne einen weiteren Kommentar.

»Okay, da wir die Verwandtschaftsverhältnisse geklärt haben, was machen wir heute?«, fragt Andie, um abzulenken, und ich bin sehr dankbar dafür. Mir ist so warm, ich würde meinen Pulli gern von mir reißen, aber ich denke, das wäre nicht sinnvoll. Ich habe nur ein nahezu durchsichtiges Top samt BH drunter. Da schwitze ich lieber.

Nach dem Frühstück hilft jeder beim Aufräumen, und alles ist wieder wie vorher. Entspannt. Zum Glück! Irgendwann nable ich mich ab und verkrieche mich in mein Zimmer, mache leise die Musik an und setze mich aufs Bett. Und zwar so, dass ich mich bequem an der Wand anlehnen kann. Ich brauche etwas Ruhe. Nur ein paar Minuten. Denn das eben war wirklich eine der seltsamsten Situationen seit Langem.

Oder kam nur mir das so vor? Hat Dylan das einfach so gesagt? Nicht, dass er, Mase und mein Bruder sich nicht öfter solche dämlichen Schlagabtausche liefern, aber das vorhin hat sich anders angefühlt. Das sind diese Schmetterlinge. Die sind das Problem. Wenn man die hat, ergibt nichts mehr einen Sinn. Das ist so frustrierend. Und sie fragen einen nie, was man selbst will.

Will ich dieses Gefühl? Will ich es versuchen? Gibt es da überhaupt etwas zu versuchen? Gott, wie soll ich dieses Semester durchstehen und dann auch noch jeden Samstag mit Dylan zusammen sein?

Plötzlich klopft es an der Tür.

»Zoey? Wir sind es.« Andie und June.

»Herein!«, rufe ich, und sofort treten die zwei in mein Zimmer, schließen die Tür und setzen sich zu mir aufs Bett.

»June möchte dir etwas sagen«, meint Andie zuckersüß, während unsere Freundin aussieht, als hätte sie eben eine ganze Schüssel Popcorn essen müssen. Sie hasst das Zeug.

»Tut mir leid, Zoey. Ich habe mich eben blöd benommen.« Andie wirkt dabei wie eine stolze Mama und June, als würde sie Schmerzen erleiden. Wenn June sich entschuldigen muss, tut ihr das immer richtig weh. Sie hasst es noch mehr als Popcorn. Und das soll was heißen.

»Ist okay. Ich glaube, ich weiß, was du vorhattest. Du konntest nicht wissen, dass Dylan und ich uns in der Uni sehen.« Ich zucke mit den Schultern.

»Aber ich hätte es mir trotzdem verkneifen sollen. Coop versteht da keinen Spaß – und ich war überrascht, dass Dylan ihn mit dem Thema provoziert hat.« Ihre Gesichtszüge hellen sich auf. »Meinst du, wir sind raus aus der *Friendzone*?«

»June!«

»Was denn?«

Andie seufzt nur verzweifelt.

»Ich weiß es nicht«, gebe ich ehrlich zu. Und damit auch, dass ich mir Gedanken darüber gemacht habe.

»Magst du ihn denn?«, fragt Andie, und jetzt ist es June, die Andie ansieht, als wäre sie ein Alien.

»Darüber sind wir schon hinaus.«

Ich lache leise über Junes Erwiderung, dann atme ich tief durch. »Ja, ich mag ihn.«

Andies Hand legt sich auf mein Bein. »Das ist schön.«

»Aber Coop …«

»Coop ist dein Bruder, und das wird er immer sein. Doch das hier geht ihn nichts an«, unterbricht Andie mich, und June nickt eifrig. »Er macht sich Sorgen um dich, das wird er immer tun, nur muss er lernen loszulassen. Er muss lernen, dass es nicht bedeutet, dich zu verlieren oder dich nicht mehr beschützen zu können.«

»Genau. Falls das mit Dylan und dir etwas wird, ist das eure Geschichte, nicht seine.«

»Ihr seid richtige Poeten«, witzele ich, und sie grinsen sich an. »Ihr habt recht. Ich weiß nur nicht … Ich meine, wie …«

»Wie du es angehen sollst? Da können June und ich dir nicht helfen. Sie noch am allerwenigsten, bei dem Eiertanz, den sie mit Mase hinter sich hat.«

»Das sagt die Richtige.«

»Bei mir sind keine Hemden in Cocktails ertrunken, keiner musste ins Krankenhaus, es gab keine Schlägerei, und bei Gott, niemand hatte Donut-Krümel im Auge.« Bei jedem ihrer Worte verzieht June mehr das Gesicht.

»Fein.« Sie verschränkt die Arme vor der Brust.

»Ich glaube, wenn man jemanden mag, ist alles verrückt. Nur bei jedem ein wenig anders. Wir wohnen zusammen, wir studieren irgendwie zusammen und das Kochen ...«

»Sag es ihm.«

»Was?« Völlig entgeistert starre ich June an, von der ich diese Aussage am wenigsten erwartet hätte.

»Sag es ihm, Zoey. Oder zeig es ihm. Wenn ich dir nur einen einzigen sinnvollen Tipp geben kann, dann diesen. Ich habe damals nicht auf Andie gehört – und auch nicht auf mich selbst. Du bist längst einen Schritt weiter, indem du dir eingestehst, Gefühle für ihn zu haben. Wie auch immer die aussehen und wo auch immer das Ganze vielleicht hinführt. Dylan ist ...«

»... wie ein großer Bruder«, beendet Andie ihren Satz.

»Glaub mir, selbst wenn er nicht dasselbe für dich empfindet, wird er immer Dylan bleiben. Dein Freund, Mitbewohner und Kochpartner. Er wird sich nicht abwenden, dich kränken oder sich dämlich verhalten. Das ist nicht Dylan.«

»Zumindest nicht der, den wir kennen«, fügt Andie an und drückt meine Hand, bevor sie die ihre wieder zurückzieht.

Ich denke über ihre Worte nach, lasse sie sacken, und die beiden geben mir die Zeit dafür. Kann ich das? Es ihm sagen? So früh? Ich bin furchtbar schlecht darin, weil ich das noch nie gemacht habe. Nicht richtig. Nicht bei einem Mann, nur bei einem Jungen, und da war ich fünfzehn oder sechzehn.

Da erschien es mir weniger wichtig. Weniger tief.

»Denk darüber nach. Am Ende ist es deine Entscheidung, nicht unsere und auch nicht die von Coop.«

»Andie hat recht. Und vielleicht musst du nichts sagen. Vielleicht geht es Dylan genauso, und er sagt etwas. Es ist möglich, dass ich mich irre, aber … ich denke, er mag dich auch, Zoey. Wie viel das wiegt, das kannst nur du selbst herausfinden.«

»Ich weiß nicht, ob ich so weit bin.« Was ist, wenn dadurch doch alles kaputtgeht? Wir sind immer noch zwei Fremde. Oder nicht?

»Du wirst es in dem Moment wissen, da du es versuchst. Glaub mir.« June lächelt mich aufmunternd an, und ich nicke mit einem fetten Kloß im Hals.

»Ich danke euch.«

»Übrigens, isst noch jemand die Lasagne im Kühlschrank?«

»June.« Andie versucht, empört dreinzublicken, und scheitert kläglich, weshalb wir am Ende alle laut lachend im Bett liegen.

Ich habe wundervolle Freunde gefunden.

23

Schweigen ist Silber, Reden ist Gold –
oder wie war das?

Dylan

Auf meinem Bett liegend, mit hinter dem Kopf verschränkten Armen, starre ich an die Wand. Auf meiner Brust liegt mein Handy, weil ich Gran angerufen habe, um sie zu fragen, wie es ihr geht, und um mich abzulenken. Sie hat genau gemerkt, dass ich etwas durcheinander bin.

»Was ist los, Junge?«

»Nichts.«

»Halt mich nicht zum Narren.«

»Ich komme schon klar.«

Gran lacht. »Da bin ich sicher. Falls nicht, weißt du, wo du mich findest.«

Ich seufze, während ich das Gespräch Revue passieren lasse. Wir haben keine Geheimnisse, aber es ist noch nicht an der Zeit, sich mit Gran darüber zu unterhalten. Nicht, solange ich selbst nicht weiß, wo vorne und hinten ist.

Aber darüber reden muss ich, weil ich sonst den Verstand verliere.

Ohne zu zögern, greife ich erneut nach meinem Handy und rufe Elliott an.

»Muss ich mir Sorgen machen?«

»›Tolle Begrüßung.«

»Sorry, aber du rufst mich so gut wie nie an, telefonieren ist nicht deine Leidenschaft Nummer eins.«

»Soll ich auflegen und dir eine Nachricht schicken, Elliott?«

»Was ist los? Ist was passiert?«

»Ich bin ein Arsch.«

»Überraschend – und doch wieder nicht. Was ist los?«

Und auf einmal brechen alle Dämme. Ich erzähle Elliott von dem Frühstück heute, meiner Reaktion und ganz nebenbei von all den anderen Begegnungen mit Zoey, damit er an meinen verkorksten Gedanken teilhaben kann. Natürlich erzähle ich nichts über Zoeys Vergangenheit, das ist ihre Geschichte, nicht meine.

Als ich fertig bin, reagiert er nicht sofort, und ich muss mich zusammenreißen, um ruhig zu bleiben.

»Du Idiot.«

»Ich weiß.«

»Du feiger Hund!« Ein halb grummelnder, halb stöhnender Laut kommt mir über die Lippen, weil er recht hat. »Du machst den Schritt nicht, obwohl du es willst. Du machst es wie damals, zu Beginn deiner Reha. Wiederhol diesen Fehler nicht, brems dich nicht selbst aus. Oder muss ich erst Granny anrufen?«

Das bringt mich zum Lachen, weil ich gerade eben erst mit ihr telefoniert habe und weiß, Elliott würde das auch jederzeit tun.

»Ich meine das ernst, Dylan. Wann hast du seit dem Unfall das letzte Mal so empfunden oder dir solche Gedanken gemacht?«

Wieder bleibe ich still. Er kennt die Antwort.

»Genau. Also überleg dir, wie du einen Schritt nach vorne kommst, und bleib nicht stehen. Angst zu haben ist kein Ding. Im Leben haben wir verdammt viele gute Gründe dafür. Aber ich lasse nicht zu, dass du dir hier was verbaust. Wenn du mit ihr zusammen sein willst, mach dir keine Gedanken, warum du es nicht tun kannst – überleg dir gefälligst, *wie* du es tun kannst. Wie du es ihr sagen kannst und wann.«

»Ich habe mir ein wenig mehr … Feinfühligkeit erhofft.«

»Hast du nicht. Du wolltest etwas hören, was dir selbst längst klar ist.«

»Klugscheißer«, murmle ich und grinse.

»Gern geschehen, Mann.«

24

Die Wahrheit tut weh. Die Wahrheit tut gut.

Zoey

»Guten Morgen, ihr zwei«, begrüßt Mel uns im Seminarraum. Sie sitzt am selben Platz wie letzten Donnerstag, und
auch unsere Stühle sind noch frei. Anscheinend ist das irgendein ungeschriebenes Gesetz: einmal dein Stuhl, immer dein
Stuhl.

»Morgen«, sagen Dylan und ich unisono, während wir uns
hinsetzen. Er hat mich heute Morgen wieder mitgenommen, ich denke, dass wir jetzt jeden Donnerstag zusammen
in die Uni fahren werden. Ich mag es, wenigstens einmal in
der Woche in einem gemütlichen Wagen zu sitzen, ohne all
die fremden Menschen um mich herum. Außerdem genieße
ich die Zeit mit Dylan, auch wenn mir dabei Junes und Andies Worte nicht aus dem Kopf gehen. Und obwohl ich es in
Betracht gezogen habe, ihn darauf anzusprechen, habe ich die
letzten Tage immer wieder einen Rückzieher gemacht. Weil
ich nicht das Gefühl habe, dass bei ihm hinter all dem mehr
steckt. Er ist nur nett zu mir. Das wars. Er ist höflich, aber seit
Sonntag auch distanziert. Es ist, als wären wir ein paar Schritte
zurückgegangen und nicht vorangekommen.

»Deine Pakete kamen heute früh an, Zoey.«

»Echt? Tausend Dank, dass du sie angenommen hast.«

»Keine Ursache. Sie stehen bei uns im Flur. Meine Mitbewohner sind sowieso nie da, die kriegen das gar nicht mit. Ich beschwere mich nicht.«

»Ich hole sie die Tage ab. Und bringe dir nächste Woche deinen Cupcake mit.«

»Ich hab es nicht vergessen. Sie sind übrigens echt groß, du solltest dir Hilfe besorgen.« Sofort blickt sie vielsagend zu Dylan.

»Ich kann das machen.« Mels Gesicht sieht aus wie das einer stolzen Glucke. Als hätte sie genau das hören wollen.

»Das musst du nicht …«

»Aber ich kann«, unterbricht er mich, »und ich würde gern, wenn ich darf.« Ich wünschte, ich könnte einfach so fragen, wo wir stehen. Zwischenmenschlich. Aber das kann ich nicht, auch wenn es das vermutlich leichter machen würde. Das alles. Oder eben noch schlimmer …

»Okay, aber nur, wenn es kein Problem ist.«

»Wir sind ja mit dem Auto da, wir können die Kisten direkt nach dem Seminar einpacken.«

»Super.« Mel klatscht in die Hände. »Dann haben wir das geklärt. Das Mittagessen können wir nachholen«, betont sie, weil sie merkt, dass ich protestieren möchte. »Anderes Thema. Seid ihr für heute vorbereitet?«

Ich schaue Dylan noch einmal dankbar an, bevor ich auf Mels Frage eingehe. »Du meinst, ob ich schon mit den Büchern auf der Literaturliste begonnen habe?«, frage ich zurück, und sie nickt. »Nur mit einem. Das von Weiskopf und Adams habe ich fast durch. Du?«

»Ich habe in *Atkinson & Hilgard's Introduction to Psychology* reingelesen, aber ich würde lügen, wenn ich sage, ich hätte es weiter geschafft als bis Seite dreißig. Dabei ist es nicht uninteressant, die Woche hat mich nur so geschlaucht, und ich bin an den Büchern für das historische Seminar zur Psychologie hängen geblieben.«

»Verstehe ich sehr gut. Meine Gedanken waren auch woanders.«

»Ach ja?«, fragt sie und sieht dabei June wieder viel zu ähnlich.

»Ja«, gebe ich zurück und schaue sie ernst an.

»Na ja. Was macht ihr beide denn am Montag übernächste Woche? Oder, besser gesagt, übers ganze Wochenende? Habt ihr schon was geplant?«

Forschend schaue ich zu Dylan, der kurz über Mels Frage nachdenkt, ich hingegen habe keine Ahnung.

»Wir kochen Samstag, nehme ich an, so wie diese Woche. Wieso, liegt was Bestimmtes an?«

»An besagtem Montag ist Feiertag. Schon vergessen? Der dritte Montag im Februar.«

»Presidents' Day.«

»Genau. Wir haben dann keine Uni, heißt verlängertes Wochenende. Also, habt ihr was vor?«

Oh nein. Hoffentlich wollen meine Eltern mir nicht heimlich einen Besuch abstatten. Ich muss Mom nachher unbedingt schreiben. Sie ist mit Sicherheit ohnehin nicht erfreut, dass ich mich so selten melde. Und bei ihr bedeutet das: nur zweimal die Woche statt einmal am Tag.

Ich würde auch nicht heimfahren. Ich bin noch nicht lange hier in Seattle und genieße die Zeit sehr. Besonders die mit den anderen und die mit Dylan.

»Nein, ich habe noch nichts vor.«

»Ich auch nicht«, fügt Dylan an.

»Meine Eltern verbringen ihre zweiten Flitterwochen auf Hawaii. Deshalb bleibe ich im Wohnheim. Mal sehen, was man so machen kann. Wollen wir vielleicht was zusammen unternehmen?«, fragt sie, und ich spüre dabei Dylans Blick auf mir.

»Das fände ich toll. Ich wollte ohnehin Seattle etwas mehr erkunden. Wie gesagt, nur nicht Samstag, da koche ich mit ihm hier zusammen, weißt du ja inzwischen.« Ich zeige auf Dylan neben mir und lächle ihn einen Moment an. »Aber du kannst gern vorbeikommen.«

»Nein, nein, ich bin nicht der Kochtyp.«

Insgeheim glaube ich, Mel will uns nur nicht stören.

»Was gibt es eigentlich diese Woche?«

»Haben wir noch nicht besprochen, oder?«

»Die leckeren Sandwiches?«

»Oder was ganz Neues?«

»Ihr klingt wie ein altes Ehepaar, das seinen Essensplan für die Woche durchgeht«, sagt Mel.

»Spotte nicht über unsere Kochabende!«

»Würde ich niemals tun, Zoey.« Ihre Augen funkeln verräterisch.

»Ich bin für Sushi!«

Dylan rümpft die Nase. »Ob das gut geht.«

»Wir haben die Lasagne geschafft, dann schaffen wir auch das. Es sei denn, du magst kein Sushi.«

»Doch, wenn es gut gemacht ist …«

»Er zweifelt an euch, Zoey.«

Gott, Mel, schießt es durch meinen Kopf.

»Tue ich nicht«, kontert er, während ich hier sitze und aus jedem Satz eine andere Bedeutung heraushöre, einen Kontext, der nicht existiert.

Heilige Scheiße, die Wahrheit ist hart, und verliebt zu sein ist kompliziert. Allein, das vor mir zuzugeben. *Verliebt zu sein …* Ich krümme mich innerlich nicht, ich ersticke nicht an meiner Sorge, und da ist kein Gedankenkarussell. Nur Dylan. Als wäre er derjenige, der mir dabei hilft, etwas klarer zu sehen. Ich rede nicht von Heilung, ich bin nicht dumm und nicht naiv, auch wenn ich meine Momente habe. Heilung ist in meinem Fall einfach etwas anderes als bei einer Schnittwunde oder einem verstauchten Knöchel. Sie ist langsamer, vielleicht nie ganz da, und sie muss mehr aus mir selbst heraus kommen als von außen. Die Außenwelt kann mich nur unterstützen, während ich versuche, mich selbst zu heilen.

»Also Sushi. Ich besorge alles, was wir brauchen.«

In dem Moment betritt unser Dozent den Raum, und das Seminar beginnt. Ich höre nur halb zu, weshalb ich einmal peinlich berührt keine Antwort geben kann, als ich etwas gefragt werde. Aber meine Gedanken hängen zu sehr an diesem Wochenende. Daran, dass ich das mit dem Feiertag ganz vergessen habe und das nächste Kochen mit Dylan wieder so nah ist. Die Erinnerung an das letzte Mal ist nur allzu präsent, und ich wünsche mir viel zu sehr, dass sich diese Art von Nähe wiederholt. Dass sie mehr wird.

Als plötzlich die ersten Stühle über den Boden geschoben werden, zucke ich zusammen. Ich habe nicht mitbekommen, dass das Seminar vorbei ist, und blicke zu Mel.

»Ich nehme an, ich kopiere dir meine Mitschrift?«, fragt sie leise mit einem frechen Funkeln in den Augen, während ich mit rotem Kopf nicke.

Wir packen unser Zeug zusammen, verlassen das Gebäude und gehen über den Campus.

»Ich fahre das Auto schnell zum Wohnheim rüber, damit wir die Kisten direkt einladen können. Bin gleich bei euch.« Mel hat Dylan eben den genauen Wohnblock samt Zimmernummer genannt, und sobald er außer Hörweite ist, hakt sie sich bei mir ein.

»Wow. Mit welcher Frage soll ich nur anfangen?«

»Mit keiner?«

»Netter Versuch.«

»Wie läuft es mit dem Chuck Bass der Cupcakes?«

»Schlechter Versuch. Lenk nicht ab. Was bitte ist das zwischen euch? Es ist wie ein Autounfall – man kann nicht wegsehen, aber auch nicht hinsehen.«

»Toller Vergleich, danke.«

»Du musst zugeben, kein unpassender.«

»Wenn ich es wüsste. Ich mag ihn, fühle mich bei ihm sicher, und aufgrund meiner Vergangenheit ist das bereits ein großes Ding, schätze ich.«

»Das wäre es auch ohne. Das ist etwas Gutes, Zoey.«

»Es ist einfach sehr neu für mich und ungewohnt, gefühlt einhundert Schritte nach vorne zu machen, ohne permanent ein schlechtes Gewissen zu haben.« Ich bin dankbar, dass Mel nicht so etwas sagt wie: »Du musst kein schlechtes Gewissen haben.« Wir wissen, dass es darum nicht geht.

»Und jetzt tust du so, als wäre da nichts?« Wir schlendern weiter Richtung Wohnheim, während ich über ihre Worte nachdenke.

»Nicht absichtlich. Ich bin nur nicht sicher, wie ich …«

»… wie du es angehen sollst?« Ich nicke. »In deinem Fall ist der beste Rat wohl der: Wenn du es fühlst, ist es richtig. Erzwinge es nicht, halte es aber auch nicht krampfhaft zurück. Das wird schon.« Sie zwinkert mir aufmunternd zu, und ich schubse sie sanft mit meiner Schulter an.

»Danke.«

»Gerne. Und vergiss meinen Cupcake nicht, okay?«

Ich pruste los. »Du bist ja eine Königin des Themenwechsels.« Und wie auf Kommando knurrt ihr Magen. »Glaub mir, ich vergesse ihn nicht. Jetzt, da du auch noch dein Mittagessen sausen lässt wegen mir.«

Das Wohnheim kommt in Sicht, wir gehen den Weg entlang bis zu einem der Wohnkomplexe, vor denen Dylan bereits steht und wartet.

»Du warst ziemlich schnell.« Mel macht ein anerkennendes Gesicht.

»Bin auch gerade erst gekommen und hatte Glück mit dem Parkplatz.« Er deutet auf seinen Wagen, der nur ein kleines Stück entfernt an der Seite der Straße steht.

Mel führt uns in den zweiten Stock zu ihrem Zimmer, schließt die Tür auf und deutet auf die zwei riesengroßen Kisten direkt dahinter.

»Et voilà! Da sind sie.« Das Zimmer ist ähnlich eingerichtet wie damals das von June, das sie mir auf Bildern gezeigt hat.

»Hier, der ist etwas leichter.« Dylan schiebt mir den unteren Karton zu, der für mich immer noch verdammt schwer ist, und hebt den anderen mühelos hoch.

»Ich trag das mit dir, das kann man ja nicht mit ansehen«, behauptet Mel lachend und packt mit an.

Zusammen schaffen wir die Dinger ohne Probleme zum Wagen, um sie zu verstauen.

»Danke, Mel.«

»Bis nächste Woche, Leute. Viel Spaß beim Kochen.« Letzteres klingt, als erwarte sie, dass wir einen Porno drehen. Nur mit Mühe kann ich mir ein genervtes Stöhnen verkneifen, es wäre der Situation nicht förderlich gewesen, da bin ich mir sicher.

Ich drehe mich zu Dylan um, der mich aufmerksam betrachtet, und widerstehe dem Drang, wegzusehen oder nervös herumzuhampeln.

»Also, ich hab jetzt noch Seminare …«

»Soll ich auf dich warten?«

»Du willst hier warten? Das dauert viel zu lange. Nein, ich komme mit dem Bus. Es reicht schon, dass du mir mit meinem Zeug hilfst.«

»Kein Problem, Knirps. Ich bringe die Kisten dann mal heim und stelle sie in dein Zimmer.« Ich merke, wie meine Wangen warm werden, während Dylan diebisch grinst.

»Das lasse ich dir nur ausnahmsweise durchgehen. Und danke.«

»Ist notiert. Bis später.« Er tritt auf mich zu, umarmt mich ohne Vorwarnung, und ich stehe da, als hätte man aus mir eine Eisskulptur gemacht. Aber nicht, weil es schlimm ist, sondern weil ich damit nicht gerechnet habe und vollkommen überrumpelt bin.

Plötzlich löst Dylan sich von mir und macht ein zerknirschtes Gesicht. »Entschuldige, ich hätte fragen sollen ...«

»Nein. Ja. Ich meine, es ist okay.« Gott, klinge ich bescheuert. »Bis später.« Ich lege meine Hand auf seine, drücke sie einmal fest und genieße die Wärme seiner Haut, lausche meinem schneller werdenden Herzschlag und denke an Mels Worte. Ja, ich lasse das mit uns vielleicht einfach passieren, wenn es sich gut anfühlt und richtig ...

Der Donnerstag und Freitag gingen dieses Mal viel zu schnell vorbei, und wie so oft in den letzten Tagen haben Dylan und ich die Wohnung für uns allein. Andie und Coop haben noch immer viele Schichten, weil die Grippe- oder eine heftige Erkältungswelle einen nach dem anderen im Club lahmgelegt hat. Zum Glück hat es von den beiden noch keinen erwischt.

Ich stehe in der Küche und nasche von dem frischen Lachs, den ich heute früh auf dem *Market* gekauft habe. Ich bin extra mit dem Bus rübergefahren und habe dort alles geholt, was wir brauchen. Das Zubehör für Sushi habe ich allerdings im Internet bestellt, es kam zum Glück heute früh an.

Genau wie meine Pflanzen und die restlichen Regale und

Dekoelemente, die jetzt kreuz und quer im Zimmer stehen, und meine Kisten von daheim, weil ich keine Zeit hatte, sie auszupacken und zu ordnen.

Morgen ist auch noch ein Tag. Sonntage sind perfekt für so was.

Dylan und ich sind um sechs verabredet, also in zehn Minuten. Deshalb bereite ich schon mal alles vor. Ich bin nervös. Nicht nur wegen ihm und des Abends, sondern weil ich Sushi auch noch nie selbst gemacht habe. Das wird also für uns beide eine Premiere. Ich habe den ganzen Freitag damit verbracht, online Rezepte zu sichten. Die vier besten für Maki, verschiedene Rolls und Nigiri habe ich notiert. Vor mir liegen frischer Lachs, ein paar Avocados, Reis, Gurken, Rettich, Paprika, Frischkäse, Sesam und noch weitere Zutaten. Ich hoffe, für Dylan ist genug dabei.

»Du hast ja alles fertig.«

Ich drehe mich zur Tür um, durch die Dylan gerade in die Küche kommt. »Hey. Nur vorbereitet, versprochen.« Er trägt einen grau melierten Pullover mit V-Ausschnitt über einem weißen Shirt und einer lockeren Jeans. Ich wünschte, sein Anblick würde mich nicht jedes Mal so fesseln, aber er tut es, und insgeheim genieße ich es. Ich beobachte ihn, wie er auf mich zuschlendert, wie er lächelt und sich neben mich stellt. Schulter an Arm, weil er viel zu groß und massig ist, als dass meine Schulter die seine berühren könnte.

»Das sieht jetzt schon richtig gut aus. Womit fangen wir an?«

Ich reiße mich von ihm los und deute auf die Packung vor mir. »Mit dem Reis, den sollten wir zuerst kochen, und danach kommt der Rest. Ich habe schon einen Topf aufgestellt.«

Dylan begutachtet die Sushi-Unterlage, die ich gekauft habe und die uns dabei helfen soll, perfekte Rollen herzustellen.

»Ich muss dir etwas beichten. Ich habe erst einmal Reis ge-kocht, und der ist mir angebrannt.«

»Dann kann es ja nur besser werden.« Ich sage ihm nicht, dass ich auch keine sonderlich gut Reis-Macherin bin. Er wird bei mir ständig etwas zu weich oder zu hart. Er ist immer ess-bar, aber nie perfekt.

»Legen wir los?« Dylan wirft die Packung in die Luft, fängt sie auf und wackelt damit herum. »Ohne Reis kein Sushi.«

»Auf geht's!«

Vollkommen euphorisch machen wir uns daran, den Reis zu kochen, aber als wir nach der angegebenen Zeit umrüh-ren und ich mit dem Kochlöffel eine Portion rausnehme, um sie genauer zu begutachten, ist diese Euphorie Skepsis gewi-chen.

»Meinst du, der soll so sein?«

»Keine Ahnung. Sieht weich aus. Aber Sushireis ist auch weich. Und er muss gut haften. Oder wie sagt man? Wenn er kleben bleibt, ist er gut?«

»Das waren Spaghetti«, wirft Dylan ein, aber ich bin längst dabei, den Kochlöffel zu schütteln. Der Reis ist wie Superglue. Er klebt an dem Holz, als wäre er ein Teil davon. Ich schüttle noch mal und schaue Dylan erstaunt an. »Er wird nie wieder abgehen, siehst du?« Und in dem Moment löst sich der Klum-pen und klatscht an Dylans Hals, während der Löffel durch die Luft fliegt und scheppernd auf der Ablage landet. Shit.

Ich schlage beide Hände vor den Mund, der jetzt zu einem große O aufgerissen ist, und beobachte, wie der Reis zu Dylans zweitem Adamsapfel wird. Ich darf auf keinen Fall lachen. Das wäre fies, aber es sieht echt lustig aus.

»Ich glaube, so was nennt man Arbeitsunfall?«, piepse ich und kann dabei selbst hören, wie sehr ich mir ein Lachen ver-kneifen muss.

Dylan kämpft ebenfalls damit, wirkt aber immer noch etwas überrumpelt. Zögerlich hebt er seine Hand, seine Finger umschließen den Reisklumpen – und der gibt ein seltsames Knatschen von sich, als er sich von seiner Haut löst.

Zu schnell, um reagieren zu können, fühle ich mitten auf meinem Gesicht Dylans Hand, mit der er den Reis auf meiner Stirn und meiner Nase verteilt, und ich keuche auf.

»Was tust du da?«

»Gleiches mit Gleichem vergelten.« Jetzt zieht er den Reis über meine Wangen.

»Das ist … das ist doch nicht dasselbe! Es war ein Unfall. Und nur ein Klumpen! Ein kleiner süßer Reisklumpen.«

»Für einen Unfall gibt es keinerlei Beweise.« Er grinst frech.

»Wir sollten das wie Erwachsene klären«, bestimme ich und greife in den Reistopf, um eine Handvoll Reis in sein Gesicht zu klatschen. Dieses Mal ist der Klumpen zu groß, und er bleibt nicht kleben, sondern fällt von seiner Stirn und rechten Augenbraue ab, die nun Reishaare hat. Ein paar kleben in seinem Haar und an seinen Wimpern fest.

»Jetzt sind wir quitt.« Zuckersüß lächle ich ihn an und schreie kurz vor Überraschung auf, als er schwungvoll das Zeug auf der Küchenzeile zur Seite schiebt und mich danach hochhebt und darauf absetzt.

Wir sind jetzt auf Augenhöhe, Dylan steht direkt vor mir, und unser Atem prallt aufeinander, als hätte er keine andere Wahl.

»Entschuldige.« Seine Hände liegen weiterhin an meiner Taille, meine klammern sich an seinen Schultern fest wie zwei Ertrinkende. »Ich habe nicht nachgedacht.«

»Schon okay. Nichts passiert.« Ich bin vollkommen außer Atem, dabei habe ich mich kaum bewegt. Vielleicht ist es das, was er mit mir macht. Seine Wärme, sein Blick, seine Stimme, seine Rücksichtnahme. Vielleicht sind es meine Beine, die seine halb umschlingen – und das kleine Stück, das uns voneinander trennt. Vielleicht macht es mich verrückt, dass es dieses kleine Stück gibt und noch mehr, dass ich es überwinden möchte.

Seine rechte Hand lässt meine Seite los, kommt an meinem Hals zum Liegen, und ich glaube, dass ich fast verbrenne, als sein Daumen über meine Kieferpartie streicht. Da sind keine unangenehmen Gedanken, da sind keine Zweifel, da ist keine Vergangenheit, und das ist so kostbar, dass ich zu zittern beginne. Nur ganz leicht, aber anscheinend intensiv genug, dass Dylan es bemerkt.

»Ich wollte dich nicht erschrecken, Zoey. Verzeih mir.«

Er will sich von mir lösen, aber ich halte ihn fest.

»Das hast du nicht. Alles ist gut, wirklich.« Sein Blick gleitet zögerlich über mein Gesicht, und ich hoffe, dass es ihm verrät, was ich denke. Was ich fühle. »Bitte, bleib.« Ich habe nicht vor, unseren Abend zu versauen, indem ich ihn darum bitte. Wir könnten weitermachen, uns den Reis abwischen und das Sushi vorbereiten. Stattdessen lasse ich meine Hände von seinen Schultern an seinen Hals wandern, streiche über seine Haut und sehe, wie er schluckt. Sein Puls ist deutlich spürbar unter meinen Fingern, schnell und heftig, genau wie meiner – und als meine Finger über seinen Bart und seine Wange fahren, presst er die Lippen zusammen. Sein Blick liegt auf mir, Dylan schaut nicht weg, und er geht nicht. Er steht nur da und lässt mir meinen Freiraum. Ich habe eine Wahl. Nicht eine, sondern die Wahl.

»Zoey«, sagt er mit belegter Stimme, begleitet von einem erstickten Stöhnen, als ich meine Beine enger um ihn lege. Ich bin vorsichtig, horche in mich hinein, ob es gut für mich ist.

Nicht nur, weil ich darüber nachdenke, wie es wäre, mit Dylan zu schlafen, oder weil ich es mir wünsche, sondern weil ich weiß, dass das hier etwas anderes ist als einer der wenigen One-Night-Stands, für den ich nur eine Nacht aufbringe. Weil das mit Dylan keine einfache Befriedigung von Lust wäre – oder drei bis vier Jahre nach jener Nacht ein Ausprobieren, ob ich immer noch zu kaputt bin dafür. Ob sie mir damals die Fähigkeit geraubt haben, anderen zu vertrauen, zu lieben und Sex zu genießen. Oder den Wunsch, es genießen zu wollen. Ich weiß es nicht. Ich bin mir nicht sicher. Das Einzige, was ich weiß, ist, dass ich das nicht zulasse. Ich mag Dylan, und ich werde nicht zurückweichen aus Angst. Nie mehr.

Das Verrückteste daran? Ich glaube, dem Mann vor mir ist das durchaus bewusst.

»Ich bin nicht besonders gut in so was«, murmelt er, während er ganz nah bei mir bleibt. »Aber … ich würde dich verdammt gerne küssen. Wenn ich darf.«

Mein Lächeln wird breiter und breiter, und ich spüre, wie der Reis auf meiner Wange trocknet.

»Danke, dass du gefragt hast. Ich habe mich nicht getraut«, flüstere ich zurück, und jetzt lächelt auch er. So offen und ehrlich, dass mir ganz warm wird.

»Ich werde dich immer fragen, wenn du dir das wünschst.«

Ich habe nicht viel Erfahrung, bin geprägt durch Unsicherheit und Schmerz. Und obwohl ich es nicht wollte, schießen mir tausend Gedanken durch den Kopf. Zwei davon schreien am lautesten: *Was, wenn es nicht gut geht? Was, wenn du nicht gut genug bist?*

Aber Dylan legt seine Arme um mich, zieht mich nach vorne an die Kante und ganz dicht an seinen Oberkörper, als wolle er meine Zweifel damit im Keim ersticken.

Und dann bin ich es, die sich vorbeugt, die ihre Lippen auf seine legt und deren Herz zu explodieren droht.

25

Du denkst, du bist gewappnet – für alles, was kommt.
Aber selbst kugelsichere Westen versagen,
wenn man die richtige Munition benutzt.

Dylan

Das hier ist mit Abstand die beste beschissenste Idee, die ich jemals hatte. Da bin ich mir sicher.

Keine Ahnung, was ich mir dabei gedacht habe, als ich Zoey den Reis ins Gesicht geschmiert habe. Erst recht nicht, als ich sie plötzlich hochgehoben und auf die Küchentheke gesetzt habe.

Der Stimmungsumschwung hat mich beinahe umgehauen, so deutlich war er spürbar. Nicht nur bei mir, sondern auch bei ihr. Trotzdem hätte ich sie fragen müssen. Ich finde, ich hätte fragen müssen, ob ich sie hochheben darf. Vielleicht sehe ich das zu eng, vielleicht genau richtig – am Ende kann das nur die Frau vor mir entscheiden. Sie steckt ihre Grenzen ab, nicht ich.

Sie hat mich nicht weggestoßen, sie hat mich offen angeschaut und sah dabei unendlich schön aus, trotz all des Reises in ihrem Gesicht. Und der Wunsch, sie nie wieder loszulassen, hat sich auf meine Brust gelegt wie ein zu schwerer Stein. Bis sie anfing zu zittern. Nicht viel, aber genug, um mich zur Vernunft zu bringen. Ich wäre gegangen, hätte Zoey mich nicht aufgehalten – und dann habe ich es einfach getan.

Ich habe sie gefragt. Ich hatte auf ein Ja gehofft, aber nicht damit gerechnet, dass sie zugibt, es selbst getan zu haben, hätte sie sich nur getraut. Also habe ich sie näher zu mir gezogen, das letzte bisschen Abstand zwischen uns geschlossen und es gewagt, meine Arme um sie zu schließen.

Jetzt liegen ihre Lippen auf meinen, und ich vergesse fast zu atmen. Sie sind warm und weich, und spontan fällt mir nichts ein, was je schöner war in meinem Leben. Frauen zu küssen, hat immer Spaß gemacht, aber das hier – das hier ist Verlangen. Das hier ist heftiger und einschüchternder, als ich erwartet habe. Als ich den Kuss vertiefe, legt sie ihren Kopf zur Seite, kommt mir entgegen und ich fange ihr leises Stöhnen auf, erwidere es, ohne es verhindern zu können. Ich spüre ihre Hände an meiner Wange und in meinem Nacken, sie gleitet mit ihren Fingern in meine Haare, krallt sich daran fest, und ich glaube, jeden Moment den Verstand zu verlieren. In der Sekunde, als Zoey sich an mich drückt und ihre Zunge auf meine trifft, wächst meine Erregung und drückt gegen meine Jeans. Das ist wie ein Schlag ins Gesicht. Ich will nicht, dass ihr das zu viel wird, ich will sie nicht bedrängen, ich …

»Zoey.« Wir atmen schwer, ich lege meine Stirn an ihre und ziehe meine Hüften ein Stück zurück.

»Es ist alles in Ordnung.« Sie küsst mich auf Höhe des Kieferknochens, streicht sich danach den restlichen Reis von der Nase und den geröteten Wangen und schaut mich abwartend an. »Ich verspreche es. Ich werde es dir immer sagen, wenn ich … etwas nicht möchte.« Ich nicke nur und gebe mir einen Moment. Zoey ist nicht einfach irgendeine Frau. Sie ist etwas Besonderes für mich. Aber das ist nicht alles. Ihre Vergangenheit … und meine. Ich habe keine Ahnung, ob ich ihr gerecht werden kann.

»Was ist mit dir?«, fragt sie so unsicher und mutig zugleich, dass ich meine Zweifel von eben zur Seite schiebe.

»Ich denke, wir sollten es langsam angehen lassen.« Ich will das hier nicht versauen. Und ich will kein Kartenhaus aus Lügen aufbauen.

»O-okay.« Sie wirkt unsicher, und ich möchte alles, nur nicht ihr das Gefühl geben, dass ich aufhören will. Scheiße, ich will alles, nur das nicht.

Deshalb nehme ich ihr Gesicht in meine Hände und küsse sie noch einmal. Ich küsse sie, als wäre es das erste und das letzte Mal – ruhiger, bedachter, intensiver.

Als ich von ihr ablasse, glänzen ihre Lippen fast so sehr wie ihre Augen.

»Wir sollten aufräumen.« Ich kriege kaum einen Ton heraus, weil jedes Wort davon falsch ist. Die Worte, die aus meinem Mund sprudeln wollen, sind: *Wir sollten auf das Essen scheißen und weitermachen. Wir sollten rübergehen ins Bett. Wir sollten … aufhören, bevor ich dich enttäusche.*

Ich denke nicht gering von Zoey, ich denke nicht, dass sie bescheuert reagieren würde, wenn ich ihr mein Bein zeige. Aber es ist so viel mehr als das. Wenn ich ihr meine Prothese zeige, wenn ich diese Tür öffne, mich ihr ganz offenbare, dann auch unweigerlich den anderen. Und wenn diese Tür einmal offen ist, muss ich eine weitere öffnen, eine, die mir bis heute das Herz bricht und für die ich mich schäme.

»Meinst du, wir können den Reis noch retten?«, fragt sie, und wir sehen uns um. Hinter Zoey verteilen sich das Gemüse und der Fisch, und es ist mehr Reis auf dem Boden und unseren Klamotten als im Topf.

»Wird schwierig.«

»Hm. Wir sollten es versuchen. Könntest du … ich meine, lässt du mich wieder runter?«

»Ich überlege noch.« Das bringt sie zum Lächeln, und ich will nichts anderes mehr tun, als sie zum Lächeln zu bringen.

Schließlich helfe ich ihr runter, und ihre Hände lassen von mir ab. Ich balle meine kurz zu Fäusten, um nicht sofort wieder nach ihr zu greifen und sie zurück zu mir zu ziehen. Stattdessen helfe ich ihr dabei, die Zutaten wieder zu ordnen und den Reis von der Arbeitsfläche und dem Boden zu kratzen.

Zehn Minuten später pustet Zoey sich eine Strähne aus der Stirn und schaut verzweifelt auf das verkrüppelte Ding vor sich. Wir haben es versaut und kein einziges Stück Sushi hinbekommen. Aber das war es wert.

»Sieht so aus, als müssten wir was bestellen«, gebe ich zu bedenken.

»Ich glaube auch. Nächste Woche probieren wir wieder etwas, bei dem man nicht mit klebrigem Reis hantieren muss.«

»Bin ganz dafür. Soll ich bestellen? Dann kannst du dir im Bad die letzten Reisschleimreste vom Gesicht wischen.«

»Igitt, das klingt eklig. Ich hoffe, es sieht nicht danach aus.«

Ich zucke nur mit den Schultern und ernte einen kaum nennenswerten Schlag gegen den Oberarm.

»Was möchtest du denn?«

»Eine gute Mischung. Überrasch mich. Wir können uns auch gerne eine große gemischte Sushi-Platte teilen, wenn sie so was haben?«

»Alles klar. Finde ich gut.«

»Kannst du extra Sojasoße bestellen? Mir reicht das kleine Döschen nie.«

»Kein Problem.«

Sie dreht sich um, geht weiter, bleibt aber nach wenigen Schritten wieder stehen. »Dylan?«

»Ja?«

»Danke. Danke, dass … du gefragt hast.«

»Immer.«

Eine Stunde später essen wir zusammen Sushi, lassen unsere Serie dabei laufen und haben keinen Reis mehr im Gesicht. Fühlt sich gut an. Socke bellt gerade ein Kappa Maki an, das vor ihm auf dem Teppich liegt. Er kann sich nicht entscheiden, ob er damit spielen oder es essen soll. Am besten beides nicht.

»Ich bin überrascht«, murmelt Zoey zwischen zwei Bissen und zeigt mit den Stäbchen auf den Fernseher. »Bisher gibt es keine einzige richtig dumme Person in dieser Serie.«

»Stimmt. Aber glaub mir, die kommt noch. Es gibt sie immer.«

»Hm«, meint Zoey unsicher und schaut aufmerksam weiter nach vorne. Ich hingegen kann mich nicht auf das, was Jack Bauer da treibt, konzentrieren, sondern nur auf die Frau neben mir. Sie sieht sogar nach vorn gebeugt, mit strengem Blick und Backen wie ein Hamster, weil sie sich ein zu großes Sushistück genommen hat, aus wie eine Göttin.

Irgendwann merkt sie, dass ich sie beobachte.

»Habe ich wieder Reis im Gesicht?«

Ich lache. »Nein. Aber ich schaue dich gern an.«

»Ich glaube nicht, dass ich gerade besonders schön aussehe, aber wenn es dich glücklich macht.«

»Danke für die Erlaubnis, dich weiterhin anstarren zu dürfen.«

Sie hält das ganze fünf Minuten aus, dann bittet sie mich verzweifelt, die Serie zu schauen, weil sie so nicht essen könne, und ich gebe nach.

Nach dem Essen kuschelt sich Zoey wieder an meine Seite, dieses Mal ohne Vorwarnung, und ich erwische mich dabei, es richtig zu genießen. Kein schlechtes Gewissen wegen Coop zu haben oder Angst, dass das hier in die Hose gehen könnte. Ich hauche ihr einen Kuss auf den Scheitel, drücke sie an mich – und als ihre Hand unter meinen Pulli und das Shirt fährt, meinen Bauch berührt, spanne ich vor Überraschung einen Moment die Muskeln an. Mein Atem stockt, mein Brustkorb hebt und senkt sich vor Anspannung und Erregung viel zu sehr, und ich bemühe mich, das unter Kontrolle zu bringen. An der Stelle, an der Zoey liegt, hört sie mit Sicherheit jeden meiner verfluchten Herzschläge. Es pocht zu schnell, zu laut, zu heftig. Währenddessen spüre ich, wie meine Prothese anfängt zu drücken. Ich müsste mein Bein anders stellen und sie ein Stück richten – sie vielleicht mal auszuziehen, aber das werde ich jetzt bestimmt nicht tun.

Und auf einmal wird aus einem entspannten Augenblick wieder etwas Ernstes. Weil Zoey und ich nichts für eine Nacht sind. Weil ich nicht sicher bin, ob wir etwas für mehr sein können, ob wir dafür überhaupt bereit sind. Wir müssen nicht darüber reden – es ist klar, dass es hier nur ein *Ganz-oder-gar-Nicht* gibt. Ich sollte mich entscheiden, was zur Hölle ich tun will … bevor jemand von uns unnötig verletzt wird.

26

Nicht alles, was uns widerfährt, haben wir verdient.
Aber auch das ist Teil des Lebens.

Zoey

Mom ruft an.

Es ist Sonntagmittag – eine Woche vor dem Feiertag und einen Tag nach dem Kuss mit Dylan –, und ich habe die Befürchtung, dass sie nicht danach fragen wird, wie Dylan küsst, wenn ich jetzt abhebe.

Ich höre schon ihre Stimme.

Kommst du nach Hause, Zoey? Wir haben dich ewig nicht gesehen. Und ewig ist nicht mal ein voller Monat. Oder noch schlimmer: *Zoey, sollen wir dich besuchen kommen? Das wäre doch schön.*

Ganz ehrlich? Ich kann das im Moment nicht. Nicht nur, dass ich sie anlüge und bei Coop statt im Wohnheim lebe, ich bin einfach noch nicht so weit. Ich genieße es, Luft zum Atmen zu haben. Das überhaupt zu denken, tut mir weh, weil ich meine Eltern liebe und ihnen auf keinen Fall unrecht tun will. Aber wenn man es von außen betrachtet und mit dem nötigen Abstand, den ich gewinnen konnte, haben sie mich erdrückt. Sie haben mich aus Liebe und Vorsicht erdrückt, und jetzt kann ich nicht mehr zurück. Noch nicht.

Es klingelt weiter.

Der gestrige Abend mit Dylan war wundervoll. Ich kann noch immer kaum glauben, dass ich ihn geküsst habe. Wie von selbst fahren meine Finger immer wieder über meine Lippen, als würden seine noch auf ihnen liegen. Ja, ich habe ihn geküsst und er mich. Ich habe mich wohlgefühlt, sicher und geborgen, begehrt. Auf eine gute, gesunde Art. Bei den zwei schlechten Versuchen war ein gewisser Zwang dabei. Nicht von Seiten der Männer, sondern von mir selbst. Ich wollte die schlimmen Gedanken und Erinnerungen aus jener Nacht mit anderen verdrängen. Sie überschreiben. So sehr, dass ich mich im letzten und vorletzten Jahr in je ein bedeutungsloses nächtliches Abenteuer gestürzt habe, das ich jedes Mal danach bitter bereute und Milly lange mit viel Behutsamkeit wieder ausbügeln musste. Solche, in denen Küsse nicht mehr waren als das – gefühllos und ohne Bedeutung. Und der Sex? Ich wollte es zu sehr. Lust empfinden, aber ich war zu verkopft. Ich dachte, ich würde es nie wieder schön finden können. Aber gestern ... Ja, es war nur ein Kuss. Nicht mehr. Aber er hat mir gezeigt, dass ich nicht verrückt bin. Dass es noch in mir ist und die Nacht damals mir nicht das Wichtigste von allem genommen hat: die Gabe, mich und jemand anderen zu lieben.

Ich lächle, während ich auf Moms Gesicht starre, das mir von meinem Display entgegenprangt.

Mom hat aufgelegt.

Seufzend fahre ich mir über den freigelegten Nacken, weil ich meine Haare heute einfach nur zu einem hohen Zopf zusammengebunden habe.

Bevor ich mir überlegen kann, ob ich meine Mutter zurückrufe oder weiter meine Pflanzen umtopfe, ruft sie wieder an. Damit hat sich das wohl erledigt.

Ich hole tief Luft und drücke auf *Annehmen*.

»Hey Mom.«

»Ach, da bist du ja. Alles okay, mein Schatz? Kam die Post gut im Wohnheim an?«

»Alles super. Die letzten Feinheiten im Zimmer stehen an, sonst ist alles fertig. Die Bücher kamen heil an, danke dafür.«

»Das freut uns sehr. Dein Dad ist auch hier. Sag mal Hallo, George.« Ich höre meinen Vater irgendwo im Hintergrund laut grüßen. »Er ist vertieft in seine Zeitung.« Das Augenrollen meiner Mom kann ich quasi durchs Telefon sehen. Dad kann stundenlang Zeitung lesen. Unter der Woche kommt er nicht dazu, aber sonntags holt er alles auf.

»Gib ihm einen Kuss von mir.« Nur eine Sekunde lang verspüre ich so etwas wie Heimweh.

»Wir wollten fragen, ob wir dich vielleicht spontan besuchen kommen können? Es soll heute nicht regnen, und ein kleiner Spaziergang wäre nett.« Ich halte die Luft einen Moment an.

»Mom, das ist eine lange Fahrt für einen kleinen Spaziergang.«

»Das macht uns nichts aus. Wir vermissen dich.«

»Das ist ein schöner Gedanke, aber ich komme gerade erst richtig hier an.«

»Es wäre ja nur kurz und …«

»Ich habe schon jetzt einiges zu tun, und mein Tag ist bereits verplant, genau wie das nächste Wochenende. Können wir das verschieben?«

Bitte sag Ja. Nicht nur das. Es wäre ziemlich anstrengend, sie davon abzuhalten, mein Zimmer im Wohnheim sehen zu wollen.

»Okay. Es ist schade, aber wenn du so viel zu tun hast, können wir nichts machen.« Sie klingt enttäuscht.

»Es tut mir leid.«

»Muss es nicht. Wir holen das nach, ja?«

»Das machen wir.«

»Was hast du denn heute vor? Außer das Zimmer weiter herzurichten, meine ich.«

Tja, was habe ich vor? Ich wollte mit Cooper, Andie, Dylan, June und Mason ins Kino. Mase kennt ein kleines familienbetriebenes Kino, das sonntagnachmittags immer ältere Filme spielt. Man weiß nie, was läuft, sondern muss sich überraschen lassen. Alle Filme stammen aus den Jahren 1960 bis 2000. Das wollten wir zusammen machen.

»Ich gehe ins Kino.« So wenige Lügen wie möglich. Das habe ich mir versprochen, und das werde ich halten.

»An einem Sonntag? Mit deinen neuen Freunden?« Sie klingt ehrlich interessiert und so, als würde sie dieser Gedanke freuen.

»Ja, es sind neue Freunde und … alte Bekannte. Mom? Ich gehe da mit Lane und unseren gemeinsamen Freunden hin.«

Eine längere Pause entsteht, und ich denke schon, Mom hätte aufgelegt, aber ich höre sie weiterhin laut atmen. »Mom? Bitte sag was.«

»Ich weiß nicht, was«, gibt sie mit belegter Stimme zu, und eine Mischung aus Trauer und Wut wallt in mir auf. Ich drehe mich Richtung Fenster, schaue raus und beobachte, wie die Wolken über den Himmel ziehen.

»Du könntest fragen, wie es eurem Sohn geht und wie sein Studium läuft«, beginne ich und rede mich schnell in Rage, während meine Augen zu brennen beginnen. Und ich merke, wie ich anfange zu brüllen – doch es tut gut. All das, was sich in mir gestaut hat, kommt raus. »Du könntest fragen, ob er zurechtkommt und wie es Andie geht, seiner Freundin. Verdammt, Mom! Du könntest fragen, ob er auch dabei ist, wenn ihr mich mal besuchen kommt. Weil ihr dann *uns* besuchen kommt. Uns! Nicht nur mich. Ihr habt einen Sohn. Einen richtig guten, und es interessiert euch nicht.«

Jetzt laufen die Tränen meine Wangen hinab, und ich schluchze erstickt auf.

»Zoey ... es ist nicht so ...«

»Einfach? Wehe, du sagst das! Denn es ist einfach. Lane ist nur einen Anruf entfernt. Ihr könnt ihn nicht ewig für das verantwortlich machen, was mir passiert ist. Dass ihr das überhaupt getan habt ... Ihr seid seine Eltern.«

»Wir sind auch deine!«, ruft meine Mom verzweifelt zurück, und ich wische meine Tränen weg.

»Mir hätte das überall passieren können. Zu jeder anderen Zeit, an jedem anderen Ort. Überall hätte mich jemand zur Seite nehmen, mich festhalten und vergewaltigen können.« Ja, ich spreche es aus, und ich weiß, es ist wie eine Ohrfeige für meine Mom. »Ich muss damit leben. Ich! Und ich tue es. Sehr gut sogar. Ich bin stärker, als ich je dachte, sein zu können, und ich komme klar. Wann fangt ihr an, das zu sehen? Zu begreifen, dass Lane ein Opfer ist – wie ich?«

Mom weint. Ich kann es hören. Und sosehr es mich verletzt, sosehr es mir wehtut, musste ich die Worte aussprechen. Lane ist nicht schuld.

»Ich liebe euch«, wispere ich. »Aber ich liebe auch Lane. Und ihr auch. Ihr solltet anfangen, euch daran zu erinnern.«

»Ich muss auflegen. Ich glaube, dein Vater ruft nach mir. Pass auf dich auf, Zoey. Wir reden ein anderes Mal, okay? Hab dich lieb.«

»Ich dich auch, Mom.« Aber sie hat schon aufgelegt.

Ausgelaugt und mit sich anbahnenden Kopfschmerzen verschränke ich die Arme vor der Brust.

»Du solltest das nicht mehr tun.« Ich erschrecke mich so sehr, dass ich beinahe mein Handy fallen lasse, während ich mich zur Zimmertür drehe. Mein Bruder steht da und schaut mich an. »Sie war offen.« Er zuckt mit den Schultern.

»Was hast du gehört?«

»Genug. Du hast angefangen zu schreien, und ich dachte, ich schaue mal nach, was da los ist.«

Mein Hals ist noch ganz zugeschnürt von dem Gespräch eben.

»Mom ist los, sonst nichts.« Ich mache es wie er und zucke mit den Schultern. Nur mit der Ausnahme, dass ich meine Gefühle noch nie so gut verbergen konnte wie mein Bruder.

»Lass es sein. Sie werden ihre Meinung nicht ändern.«

»Aber ...«

»Ernsthaft, Zoey. Das ist Teil ihrer ganz eigenen Bewältigung. Ich bin ihnen nicht mal böse. Dafür habe ich mir viel zu lange selbst die Schuld gegeben.«

»Ich kann nicht ...«, gebe ich zu. »Ich kann das nicht länger ertragen.« Und wieder füllen sich meine Augen mit Tränen, ich sehe nur verschwommen. Dann spüre ich die warmen Arme meines Bruders um mich, der mich an sich zieht und das Kinn auf meinen Kopf stützt.

»Ach, Knirps. Mach dich nicht fertig deswegen. Das ist nicht dein Kampf.« Ich schluchze, weil ich nicht anders kann. Während meine Finger sich krampfhaft in seinen Sweater krallen, saugt dieser sich voll mit meinen Tränen. »Du hast so viel hinter dir gelassen. Lass das auch los.«

»Klingt, als hättest du aufgegeben.«

»Vielleicht.« Seine Stimme ist ruhig und leise, deshalb tut seine Aussage nicht weniger weh. Mein Bruder hat es aufgegeben. Er denkt, unsere Eltern würden nie wieder mit ihm reden. Dabei sollte er wütend sein.

»Du hast das nicht verdient.«

Coop drückt mich sacht von sich und haucht mir einen Kuss auf die Stirn, bevor er mir in die Augen sieht.

»Du weißt es am besten von uns allen, Zoey. Das Leben bringt uns nicht immer nur die Dinge, die wir verdient haben.« Wann ist er so weise geworden? Oder war er das schon immer?

Knapp zwei Stunden später habe ich meinen Zopf gelöst und keine verheulten Augen mehr und stehe nicht Arm in Arm mit meinem Bruder in meinem Zimmer. Das Telefonat mit Mom spukt noch in meinem Kopf herum, aber ich muss es ruhen lassen. Morgen, wenn ich die Kraft dazu habe, rufe ich sie an oder schreibe ihr. Aber nicht jetzt, nicht mehr heute.

Den Rest des Tages möchte ich genießen – und als wir alle vor dem süßen Kino stehen, zu dem uns Mase gelotst hat, grinse ich wie ein kleines Kind am Weihnachtsmorgen.

»Und wir können nicht rausfinden, welcher Film es ist? Seid ihr sicher?«

»Das macht Andie noch verrückt«, sagt June und kichert.

»Stimmt gar nicht.« Andie streckt ihr die Zunge raus, und Coop lacht laut auf.

»Ich sage das selten, aber June hat recht. Andie kriegt noch Stressausschlag von so viel Spontaneität. Wir sollten reingehen.«

»Hey!«

»Liebe dich.« Dann küsst er sie und zieht sie ins Kino. Dylan ist die ganze Fahrt über recht ruhig gewesen und bis jetzt geblieben.

»Bei dir alles in Ordnung?«, frage ich vorsichtig, während wir uns hinter June und Mason in der Schlange einreihen. Ich bin froh, dass er mitgekommen ist.

»Das wollte ich dich eben fragen.« Sein Blick ruht auf mir, und wie immer ist es, als wäre es das erste Mal.

»Es wird.«

»Das hoffe ich.« Irritiert mustere ich ihn, überlege, was er meinen könnte, bis es klick macht.

»Du hast es auch gehört?«

»Nur Bruchstücke. Ich bin gerade aus meinem Zimmer raus, um mir ein Sandwich zu machen und … Ich wollte nicht lauschen, echt nicht, aber deine Tür war auf.«

»Schon gut. War wohl nicht zu überhören.« Nervös streiche ich meine Haare nach hinten und starre auf Masons Rücken.

»Du hast das gut gemacht«, sagt er so plötzlich, dass mir der Atem stockt. »Ich finde, deine Eltern sollten wissen, wie du darüber denkst. Also ja, du hast das gut gemacht.«

»Danke«, wispere ich mit belegter Stimme, und als Dylan mich mit dem Arm leicht anstupst, lächle ich richtig. Ich wollte keine Bestätigung für das, was ich vorhin gesagt habe. Ich stehe zu meiner Meinung, stehe zu meinem Leben und zu Cooper. Aber es hat unerwarteterweise richtig gutgetan, das laut zu sagen.

»Ihr seid eingeladen«, sagt Mase und schaut uns mit den Tickets in der Hand frech an. »Ich will hier schon so lange mit euch hin, und jetzt ist sogar unser Grumpy-Cooper dabei. Das ist ein großartiger Tag.«

»Ich bin nicht grumpy«, grummelt mein Bruder und bringt uns damit alle zum Lachen.

»Merkste selbst, oder?«, kontert Dylan belustigt, und mein Bruder muss sich geschlagen geben.

»Auf zum Popcorn!« Andie zieht Cooper schneller dahin, als wir anderen bis drei zählen können.

»Popcorn. Superidee – und eine Coke. Oder lieber Nachos mit Käse?« Fragend schaue ich zu Dylan.

»Wir werden uns nicht entscheiden«, sagt er ernst, und wir folgen den beiden zur Theke.

»Wir?«, fragt June und äfft Dylans Tonfall nach. »Wer redet schon von wir, wenn es ums Essen geht?«

»Du nicht«, nuschelt Mason und lenkt Junes Aufmerksamkeit zum Glück auf sich.

Während June und Mason sich nur was zu trinken und ein bisschen Schokolade besorgen, kauft Andie sich einen Popcorneimer, der größer ist als ihr Kopf. Coop schnappt sich nur ein paar Oreos. Dylan und ich hingegen – wir halten ebenfalls einen Popcorneimer, die Getränke, eine Packung Reese's und eine XXL-Portion Nachos in den Händen, samt Salsa und Käsesoße, und ich bereue nichts!

Mit all dem Kram machen wir uns auf den Weg in einen der vier kleinen Kinosäle und setzen uns auf die besten Plätze oben in der Loge ... Das Kino ist bereits wenige Minuten später gut gefüllt, aber uns kann das egal sein, denn wir haben eine perfekte Sicht auf die Leinwand.

Mason, June, Andie, Cooper, ich, Dylan. In dieser Reihenfolge sitzen wir nebeneinander und versuchen, unser Essen zu sortieren, bevor jeden Augenblick das Licht ausgeht.

»Wie oft warst du schon hier, Mase?«, frage ich, und er seufzt glückselig.

»Er ist fast jeden Sonntag hier, seit er es vor zwei Monaten entdeckt hat«, antwortet June amüsiert. »Ich habe es erst einmal geschafft, aber es war toll.«

»Ja, Mase hat genervt. Deshalb sitzen wir heute hier.«

»Du hast dich gefreut«, meint Andie zu meinem Bruder, der leise »Pst« macht.

»Also, ich hoffe, dass es ein Western ist«, gibt Dylan zu, und Mase nickt.

»Ja, da liefen schon zwei. Die Filme sind meist zwischen eineinhalb und drei Stunden lang, längere werden geschnitten, damit sie die auch zeigen können.«

»Was lief bisher? War die Mischung gut?«

»Ja, richtig gut.« Mase ist ganz in seinem Element. Man merkt, wie sehr er diesen nostalgisch anmutenden Laden liebt mit den weinroten Samtstühlen und den feinen Holzelementen an den Armlehnen. Selbst hier trägt er einen Anzug. Manchmal denke ich, Mason würde gut in die Fünfziger- oder Sechzigerjahre passen. »Es liefen unter anderem *Blade Runner*, *Léon – der Profi*, *Spiel mir das Lied vom Tod* und *Forrest Gump*.«

»Klingt verdammt gut«, nuschelt Dylan zwischen zwei Nachobissen. Wir haben eben herausgefunden, dass es in unserer Reihe sogar ausklappbare Tische gibt. Das ist perfekt.

»Bin gespannt, was heute kommt.«

»Hoffentlich was besonders Romantisches für Coop«, meint Mase.

»Witzig!«

»Bin ich immer.«

»Pst, das Licht geht aus.«

»Jetzt kommt erst mal kurz Werbung, Andie«, gibt Mase lachend zurück, aber sie sitzt schon wie gebannt da und schaut auf die riesige Leinwand.

»Oh mein Gott«, wispert Andie, als der Vorspann schließlich beginnt, und alle fangen gleichzeitig an zu lachen, sodass sie von den Gästen hinter uns bereits mit blöden Blicken bedacht werden.

»Was ist los?« Der Titel ploppt auf. Es ist: *Der mit dem Wolf tanzt.*

»Wir haben den Film vor über einem Jahr zusammen geschaut, bei uns in der Wohnung. Es ist Andies und Junes Lieblingsfilm. Deshalb heißt Socke ... Socke.«

Die anderen prosten sich mit ihren Bechern zu und strahlen übers ganze Gesicht. »Das ist so schön«, höre ich es von Andie und June und freue mich direkt mit.

»Jetzt siehst du ihn mit uns. Das ist toll«, flüstert Dylan mir zu, und ich bin gespannt auf den Film, der diese kleine Familie hier ein Stück näher zusammengebracht hat, wie es scheint.

Neugierig und aufgeregt verfolge ich die Geschichte und bin fasziniert von den Aufnahmen und Dialogen. Ein großartiger Film. Die Nachos sind mittlerweile verputzt und die Cola halb leer, im Saal ist es vollkommen still. Außerdem weiß ich jetzt, woher Socke seinen Namen hat. Bisher habe ich nie gefragt und es auf diese Art zu erfahren ist wundervoll.

Dann holt Andie auf einmal Taschentücher aus ihrem Beutel und reicht sie an uns weiter. Jeder nimmt sich eins. Sogar die Männer.

»Gut, dass Andie immer welche dabeihat«, murmelt mein Bruder. »Nicht dass ich gleich eines brauchen würde.«

Keine Ahnung, was gleich passieren wird, aber ich nehme mir auch eines und verkneife es mir, Fragen zu stellen.

Lange muss ich nicht warten, bis ich keuche, die Luft anhalte, das Taschentuch an mich presse, als würde es etwas ändern können. Ich weine leise. Es ist nur eine kurze Szene, aber sie ist so traurig.

Wir putzen uns alle die Nase, reiben uns über die Augen, und es beruhigt mich zu sehen, dass selbst die anderen noch gerührt sind. Dabei ist es nur ein Film. Ein verdammt großartiger und trauriger, der noch nicht vorbei ist.

Ich lege meinen Arm auf die Lehne – und meine Hand unbeabsichtigt auf Dylans. Hin- und hergerissen zwischen *liegen lassen* und *wegnehmen*, entscheide ich mich aus irgendeinem Grund für die zweite Variante. Zum Glück bin ich nicht schnell genug, denn wenn ich ehrlich bin, möchte ich das nicht. Daher atme ich erleichtert aus, als Dylan meine Hand in seine nimmt und sich unsere Finger ineinander verhaken.

Hier drin ist es dunkel und mein Bruder ist gebannt von der Geschichte, und obwohl er es nicht sehen wird, wünsche ich es mir fast.

Zum Ende hin kann ich mich immer weniger auf den Film konzentrieren. All meine Sinne sind auf Dylan ausgerichtet. Auf seine warme Hand, seinen Finger, der kontinuierlich über meine streicht und leichte Stromstöße durch meinen Körper sendet. Irgendwann wird er mutiger, fährt meine Finger nach, meine Handfläche, gleitet über mein Handgelenk und schiebt meinen Pullover ein Stück nach oben. Und ich fange an schwerer zu atmen, wünsche mir, ihn küssen zu können – und zwar so wie gestern in der Küche. Nein, ich wünsche mir mehr als das. Ich spüre diese zarten unschuldigen Berührungen überall, bis in meinen Unterleib, der sich gerade vor Verlangen zusammenzieht.

27

Wahrheiten können mehr wehtun als Lügen.
Und die einfachen Dinge auf der Welt können
auf einmal zu den schwersten werden.

Dylan

Zum Glück kenne ich den Film schon, sonst könnte ich nachher nicht mitreden, weil ich mich seit ein paar Szenen auf nichts weiter konzentrieren kann als auf Zoey. Mein Blick liegt auf der Leinwand, aber meine Gedanken sind nicht dort. Sie sind bei der Frau neben mir, die sich immer weiter in meine Richtung lehnt und deren Finger in der Dunkelheit mit meinen spielen. Immer wieder überrollt mich eine Gänsehaut. Scheiße, ich hätte nie gedacht, dass eine dermaßen schlichte Geste so sexy sein kann. So erregend.

Es ist wie ein Rausch, und ich will nicht, dass er je endet. Mir egal, dass Coop direkt neben ihr sitzt und wir nicht allein sind. Erst wenn das Licht wieder angeht, werde ich von ihr ablassen.

Mein ganzer Körper ist angespannt, ich sitze hier in einem gut gefüllten Kino mit einer nicht abzustreitenden Erektion und war noch nie so dankbar, meine Jacke nicht an der Garderobe abgegeben zu haben. Wenn die anderen das sehen, bin ich geliefert. Niemand wird von dem Film angetörnt … Welche Optionen bleiben da noch?

Mittlerweile beginnt Zoey die Führung zu übernehmen, erkundet meine Hände, fährt unter meinen Pullover und zieht meine Muskelstränge nach.

Ich huste leise auf. Es war ursprünglich ein Stöhnen, das ich zum Glück schnell genug unterdrücken konnte. Wenn wir hier allein wären, ganz allein, würde ich sie vermutlich auf meinen Schoß ziehen. Ich würde sie küssen, meine Hände weiter auf Wanderschaft schicken, ihren Hals hinab, über ihre Schultern und das Schlüsselbein, an ihren Seiten entlang, über die Rippen und …

Sich das vorzustellen, macht es nicht besser.

Und dann muss ich mir eingestehen, dass ich es nicht tun würde. So erregend der Gedanke ist, ich würde es nicht tun. Das wäre nicht fair. Jedenfalls nicht, solange ich nicht endlich den Arsch in der Hose habe, ihr die Wahrheit zu sagen. Ihr zu zeigen, was zu mir gehört und wer ich bin. Zoey weiß nichts über mich. Und nichts ist eindeutig zu wenig für das, was ich mir wünsche.

Mein Blick wandert zu ihr, ich betrachte sie von der Seite. Die Lichter der Leinwand erhellen ihr Gesicht, spiegeln sich in ihren Augen und zeigen mir, dass sie genauso außer Atem ist wie ich. Ihr Brustkorb hebt und senkt sich heftig, ihre Lippen sind geteilt, und wüsste ich es nicht besser, würde ich denken, es sei wegen des Films und seiner Dramaturgie, besonders zum Ende hin.

Sie sollte das hier genießen. Auch den Schluss. Daher drücke ich ihre Hand, halte sie davon ab weiterzumachen – und sofort findet ihr Blick meinen. Fragend, verwundert, offen. Aber ich lächle, deute nach vorne und ziehe mich zurück.

Das ist gut, das ist das Richtige.

Spätestens eine Viertelstunde später weiß ich, dass es so ist. Das Licht geht an, ich sehe in die verheulten Gesichter der anderen, und Zoey lächelt mich an. So richtig. Es ist ein Lächeln, für das ich jeden Preis zahlen würde, nur um es wieder und wieder sehen zu dürfen.

Wir bleiben noch eine Weile sitzen, unterhalten uns über den Film und wie unglaublich es war, ihn im Kino zu sehen. Andie kann immer noch nicht glauben, dass es dieser Film wurde. Die Wahrscheinlichkeit war so gering, aber trotzdem ist es passiert. Ich nicke hier und da, tue so, als könne ich dem Gespräch folgen, dabei drehen sich meine Gedanken um Zoey, meine Vergangenheit, meine Prothese … Es war nicht schwer, sie vor den anderen zu verbergen. Sie haben keine Fragen gestellt, und ich habe ihnen nie einen Grund geliefert. Meine Prothesen sind vielleicht nicht perfekt, aber verdammt gut. Darauf, dass sie nicht auffallen, habe ich stets großen Wert gelegt, daher die spezielle Ummantelung, die angepasste Wade und der flexible dunkle Fuß. Daher meine dunklen Socken, meine nicht zu engen Jeans. Und aus diesem Grund renne ich nicht in Boxershorts oder kurzen Hosen durch die Gegend – nicht mal im Sommer. Zu meinem Glück wird es in Seattle nie so kochend heiß, dass ich das nicht aushalte.

Aber was wäre, wenn … wenn ich es nicht mehr tun müsste? Wenn ich es nicht mehr wollen würde? Wäre die Wahrheit wirklich so erschütternd?

Ja. Für mich wäre, nein ist sie das.

Meine linke Hand greift nach unten, an mein Knie.

Dabei wäre es leicht, die Worte herauszubringen. Ich muss nur sagen: *Hey Zoey, ich habe eine Prothese. Ich habe meinen Unterschenkel ab Höhe des Knies verloren. Bei einem Autounfall.*

Ab diesem Punkt wird es schwieriger. Denn ab da kommen die Fragen.

Wie es dazu kam? Tja, ich war betrunken und habe das Auto meiner Großmutter geklaut, mit dem ich nachts durch die Straßen fuhr. Zu schnell. Ich wollte das. Ich war frustriert. Vielleicht wollte ich sogar sterben. Das Auto wickelte sich um einen Baum, und ich verlor nicht nur meinen Stolz und meine Profi-Footballkarriere, sondern auch einen Teil meines Beines. Ich habe meine Granny tief verletzt.

Danach käme die letzte unvermeidliche Frage in dieser Kausalkette.

Warum?

Weil ich ein junger, aufgebrachter und egoistischer Idiot war.

Weil ich nicht damit leben konnte, dass meine Eltern gestorben sind.

Auch sie hatten einen Unfall – und sie kamen nicht zurück.

28

Atmen. Ich muss atmen. Es geht hier nicht um mich.

Vier …

Es ist vorbei.

Drei …

Ich habe es überlebt und alles richtig gemacht.

Zwei …

Es war nicht meine Schuld.

Eins …

Ich kann atmen. Ich bin frei.

Zoey

»Isst du das noch?« Mel zeigt kauend auf den Rest meines Nudelauflaufs, den ich seit zwei Minuten nur von links nach rechts schiebe. »Ach, gib mir das. Das kann ja niemand mit ansehen.« Sie tauscht unsere Teller und verputzt meine Reste, während ich seufzend das Besteck fallen lasse.

»Ich glaube, ich habe mir zu viele Seminare aufgehalst. Von den Vorlesungen dazwischen ganz zu schweigen.«

»Ich glaube, du hast ein ganz anderes Problem«, nuschelt sie.

»Quatsch. Ich komme damit zurecht.«

»Ich komme damit zurecht bedeutet, man kommt nicht damit zurecht. Du hast 'ne Psychologin als Freundin, vergiss das nicht.«

»Angehende Psychologin. Im ersten Semester.«

»Niemand sieht das so eng. Also? Wann redest du mit Dylan?« Mel beobachtet mich aufmerksam.

Die Frage stelle ich mir seit Sonntag, seit wir im Kino waren. Der Film war großartig, zumindest der Teil, den ich mitbekommen habe, die Atmosphäre ebenfalls. Und immer, wenn ich daran denke, was eine einzelne Berührung von Dylan an meiner Hand mit mir angerichtet hat, zieht sich mein Unterleib zusammen. Bis er es beendet hat. Bis das Licht anging, wir alle aus dem Kino stolperten und Andie gefragt hat, ob wir nicht noch spazieren gehen oder einen Kaffee trinken wollten, und wir die Einzigen waren, die zögerten. Dylan sah mich kaum an und ich ... sagte schließlich Nein. Ich würde heimfahren. Es war bereits Abend, der Montag würde lang werden, und selbst wenn dieser Kinobesuch wundervoll war, schlauchte mich der Telefonanruf meiner Mom noch immer, und die Sache mit Dylan kam nun hinzu.

Zu meiner Überraschung verneinte er ebenso und fuhr mich nach Hause. Er ging nicht mit den anderen mit, und als wir keine halbe Stunde später im Flur zwischen unseren Zimmertüren standen und uns in die Augen sahen, war ich mir sicher, mir nichts von allem eingebildet zu haben. Nicht die offenen oder verstohlenen Blicke, nicht die Berührungen oder diese Anziehung zwischen uns – und erst recht nicht den Kuss in der Küche.

Mir ist klar, dass wir uns Zeit nehmen und es langsam angehen lassen wollten, aber in jener Sekunde fragte ich mich, was das eigentlich genau bedeuten würde. Ob es uns überhaupt vorwärtsbringen würde oder es nur eine Ausrede wäre, weil wir zu viel Angst haben. Denn das haben wir.

Ich bedankte mich für die schöne Zeit im Kino, und selbst in meinen Ohren klang es wie eine simple Floskel. Ich wünschte ihm einen schönen Abend, wollte in mein Zimmer gehen, doch dann beugte Dylan sich zu mir, nahm mein Gesicht in seine Hände und wir standen da, Nasenspitze an Nasenspitze und mit wild klopfenden Herzen. Ich wollte ihn noch einmal küssen. Ich wollte, dass er mich noch einmal küsste. Aber ich erkannte auch, dass er mit sich rang. Ich sah es in seinem Blick, in seinem Ausdruck, konnte seine Anspannung geradezu greifen.

Warum? Was wäre so falsch daran, überlegte ich fieberhaft.

Unser Atem vermischte sich, ich hielt Dylan fest und mich irgendwie an ihm, mein Herz drohte aus der Brust zu springen, und alles an mir wartete, wartete, wartete. Es war wie ein Rausch. Bis seine Lippen auf meine Wange trafen, statt auf meinen Mund. Er hielt mich bei sich, hauchte einen Kuss auf die Schläfe hinterher und murmelte irgendwas, das ich über das Rauschen in meinen Ohren nicht verstand. Ein »Bis morgen, Zoey« folgte, bevor er in sein Zimmer ging und mich ratlos zurückließ.

Ja, verflucht. Ich habe noch ganz andere Probleme als das Studium und meine Eltern.

»Dir wird gerade klar, dass ich recht habe, oder? Dein Gesichtsausdruck hat sich verändert, und jetzt steht da auf einmal fett das Wort *Erkenntnis* auf deiner Stirn.«

»Du bist nicht witzig, weißt du das?«

»Oh doch! Aber das will ich gerade gar nicht sein. Sag schon! Wie geht es weiter?«

»Ich bin mir nicht sicher. Vermutlich sollte ich ihn einfach darauf ansprechen, aber da wir zusammenwohnen ...« Ich blase meine Wangen für einen Moment auf, bevor ich die Luft langsam entweichen lasse. »Ich habe darin keine Übung oder Erfahrung. Und diese Mitbewohner-und-Freund-meines-Bruders-Sache macht aus kompliziert superkompliziert.«

»Verstehe. Aber du solltest es tun. Diese Situation ist nicht gut für dich. Sie lenkt dich ab und macht dich nicht glücklich. Enttäuschungen kann man überwinden, aber jeden Tag mit einer Hoffnung aufzustehen, die man für sich selbst künstlich erhält, ist anstrengend.«

»Du bist kein Optimist, so viel ist klar.«

»Ich bin Realist. Hoffnung zu haben ist gut, aber manchmal muss man es riskieren, sie zu zerstören, damit es weitergehen kann. Außerdem kann nicht immer alles gut sein, das sich gut anfühlt. Das wäre ... zu gut, oder?«

»Okay, du bist kein Realist, sondern Skeptiker.«

»Manchmal«, erwidert sie und säubert ihren Mund mit der Papierserviette, die danach unordentlich auf dem leeren Teller landet. »Nein, im Ernst. Du brauchst Klarheit, wenn du in eine Richtung weitergehen möchtest, die dich auch wirklich weiterbringt. Die Straße, auf der du gerade wandelst, hat kein Ziel.«

»Ich bin mir nicht sicher, ob du später mit Patienten arbeiten solltest«, murmle ich, aber das bringt Mel nur zum Lachen. Dabei sind ihre Aussagen spannend und klug. »Muss ich mir denn Sorgen oder Gedanken machen? Wir haben beschlossen, nichts zu überstürzen und es auf uns zukommen zu lassen. Er macht nichts falsch.«

»Das habe ich auch nie gesagt. Das Problem in dieser Gleichung ist, dass dir dieses *Langsam* nicht reicht.«

»Wahrscheinlich.« Ich verschränke nachdenklich die Arme vor der Brust und lehne mich zurück. »Ich könnte es morgen tun? Nach dem Seminar.«

»Wieso nicht heute?« Ich werfe ihr einen bösen Blick zu. Ich bin trotz freiem Tag vor unserem gemeinsamen Mittagessen in die Bibliothek gefahren, um mich abzulenken, auch wenn das nicht funktioniert hat. »Okay, verstanden. Morgen.«

»Und was ist mit dir?«

»Was meinst du?«

»Gibt es da jemanden? Was ist denn mit dem Cupcake-Kerl?«

»Hör mir bloß auf mit dem.« Sie schnaubt. »Ich sehe ihn jetzt jeden Dienstag in der Mensa. Anscheinend haben wir dieselbe Pause, und bei Gott, er grinst jedes Mal so dämlich. Gestern hat er sich einen Pudding geholt und damit gewunken. Am liebsten hätte ich ihm den Nachtisch ins Gesicht geschmiert.«

»Er gefällt dir.«

»Blödsinn.«

Ich lache so laut auf, dass die zwei Studenten einen Tisch weiter irritiert zu uns blicken. »Wow. Du kannst andere Menschen recht gut analysieren, nur bei dir selbst funktioniert es nicht.«

»Dann sind wir ja schon zu zweit.«

»Touchée!« Wir lächeln uns an.

»Okay, fein, er sieht nicht schlecht aus, auch wenn er nicht so schöne Tattoos hat wie dein Dylan. Und ich mag seine Ausstrahlung irgendwie, obwohl ich ihn jedes Mal erdrosseln möchte. Zufrieden?«

»Sehr zufrieden, danke. Und ob er mein Dylan wird, sehen wir noch. Komm, Frau Skeptikerin, du musst in dein Seminar, und ich muss zurück in die Bibliothek.«

»Erste Hausarbeiten?«, fragt sie, während wir die Tabletts zurückbringen.

»Jepp. Eine Recherche zu Motivation und Volition sowie ein Vortrag zu diagnostischen Verfahren, und ich muss eine Diskussion zum Thema Entwicklungstheorien – Vor- und Nachteile der jeweiligen Theorien – leiten. Hinzu kommt die ellenlange Literaturliste. Aber das muss ich dir nicht erzählen.«

»Meine liegt einfach umgedreht auf dem Schreibtisch.«

»Wieso das?«

»Ich bilde mir ein, dass sie mir nichts anhaben kann, wenn ich sie nicht sehe.« Strahlend legt sie einen Arm um mich, und ich kichere.

»Ach Mel, wo ist dein Realismus geblieben?«

»Der macht manchmal Pause.«

Was ist das? Da klebt ein Zettel an meiner Tür. Mit verschlafenem Blick reiße ich ihn ab und beginne, die einzelnen Worte zu lesen.

Guten Morgen, Zoey. Sorry, ich muss heute früh etwas Wichtiges erledigen und kann dich nicht mit in die Uni nehmen. Wollte dich nicht wecken. Wir sehen uns im Seminar. Dylan.

Lieb, dass er Bescheid gegeben hat. Dabei müsste er mich sowieso nicht mitnehmen. Ich hoffe, es geht ihm gut und es ist nichts passiert … Trotzdem stimmt mich die Nachricht nicht besonders glücklich.

Ich zerknülle den Zettel, und für einen kurzen Moment überkommen mich Zweifel und der Gedanke, dass Dylan mir vielleicht aus dem Weg geht.

Nein! So ein Blödsinn. Ich werde nachher mit ihm reden, dann weiß ich, woran ich bin. Hätte nie gedacht, dass mir das Ganze nicht schnell genug gehen könnte. Hätte nie gedacht, dass ich mich wieder voll und ganz einem Mann öffnen möchte, nachdem mich jahrelang Schuld und Scham wie Schirm und Schild begleiteten. Es ist schön – und es ist beängstigend. Aber das muss es sein. Denn das, was ich erlebt habe, war keine Lappalie. Und egal, was war: Es war nicht meine Schuld. Es war nicht meine Aufgabe, stärker zu kämpfen – es war ihre Aufgabe, mit den Grausamkeiten aufzuhören. Es gar nicht erst beginnen zu lassen.

Eine Lektion, die ich längst verinnerlicht habe. Eine schwierige, denn die Albträume waren so real und gaben mir immer wieder das Gefühl, ich hätte etwas ändern können, wäre ich nur schneller, lauter, stärker gewesen. Sie sagten mir: *Du bist selbst schuld.* Und obwohl ich mir sicher bin, dass mein Körper nicht auf den Sex reagiert hat, dass ich einfach nur dalag, während Tränen meine Wangen überströmten und ich in meinem Kopf die Stöße zählte, als wären es Schafe, die über einen Zaun springen müssten, damit ich einschlafen und es vergessen kann, ließen meine Träume mich glauben, ich hätte es genossen. Bis ich irgendwann nicht mehr zwischen ihnen und dem, was tatsächlich geschehen war, unterscheiden konnte. Milly sagte einmal: »Selbst wenn dein Körper reagiert hätte, würde dich das nicht mitschuldig machen. Du hättest weiterhin keinen Grund, dich zu schämen. Du hättest keine Schuld, Zoey. Dein Körper reagiert auf Berührungen auch, ohne dass du es willst. Das heißt nicht, dass du es als Mensch genossen hast. Lass dir das niemals einreden. Dein Körper hat keine Entscheidungsgewalt, sondern du – und du wolltest das nicht. Eine Vergewaltigung verletzt nicht nur den Körper, sondern vor allem das Herz und die Seele.«

Ich schüttle mich, verdränge diese immer mal wiederkehrenden Gedanken aus meinem Kopf und mache mich fertig für die Uni.

Eine Stunde später steige ich aus dem Bus, kaufe mir in der Mensa einen Saft und schlendere in Richtung Seminarraum, in dem mich Mel bereits erwartet. Sie hat vorher immer schon ein anderes Seminar, das aber eine halbe Stunde vor unserem gemeinsamen endet. Deshalb ist sie stets so früh hier.

»Morgen«, begrüße ich sie.

»Guten Morgen, Sonnenschein. Heute wird ein besonderer Tag! Wo ist denn Dylan? Seid ihr nicht zusammen gefahren?«

»Ich bin mit dem Bus da, er musste heute noch etwas erledigen und hat mir einen Zettel geschrieben.«

»Meinst du, er kommt noch?«

Ich nehme Platz und bereite meine Unterlagen vor. »Keine Ahnung. Spätestens nach der Uni werden wir uns sehen, also …« Ich zucke mit den Schultern.

»Das wird schon.«

Doch auch als unser Dozent die Tür hinter sich geschlossen hat und sich auf seinen Stuhl setzt, ist Dylan nicht da. Der Platz neben mir bleibt leer. Wo ist er nur?

»Guten Morgen. Nachdem wir uns in den letzten Stunden mit Emotionen und Motivationen sowie der menschlichen Persönlichkeit beschäftigt haben und ich davon ausgehe, dass Sie in der Vorlesung von Professor Middleton gut aufpassen und somit eine Übersicht über die Theorien innerhalb der Psychologie besitzen, befassen wir uns heute mit einem anderen Thema. Ich weiß, die Uni ist neu für die meisten von Ihnen, aber ich möchte Sie daran erinnern, dass dies ein Seminar ist, keine Vorlesung. Ich wünsche und erwarte eine rege Beteiligung und gute Diskussionen über die hier angesprochenen spezifischeren Bereiche. Die Theorie wie Diagnostik, Ziele und Grundlagen, all das lernen Sie in der Vorlesung.« Er klatscht einmal in die Hände, bevor er sie vor dem Bauch faltet und sich in seinem Stuhl zurücklehnt. »Heute beschäftigen wir uns mit einer kleinen Einführung in die Psychotraumatologie. Wer kann mir sagen, was man darunter versteht beziehungsweise welche Menschen in diese Kategorie fallen?«

Ein ungutes Gefühl beschleicht mich bei diesem Wort.

»Liam?«

»Dieser Bereich beschäftigt sich mit Patienten, die unter einem Trauma leiden.«

»Sehr gut. Welche Traumata sind Ihnen bekannt?«

»Personen, die Opfer von Gewalt wurden, erleiden häufig Traumata.«

»Oder Veteranen«, fügt jemand anderes an.

»Opfer von Vergewaltigungen!«, hallt es durch den Raum. Ich habe nicht gemerkt, wie sich meine Lippen bewegt haben, aber ich weiß, dass ich das eben gesagt habe.

»Sehr gut. Das sind nur einige Beispiele. Leider ist unsere Zeit begrenzt, und wir werden uns in diesem Einführungsseminar nicht mit allen Formen und Ursachen von Traumata beschäftigen können. Dafür stehen Ihnen im Verlauf Ihres Studiums weiterführende Seminare zur Verfügung.«

Die Tür öffnet sich unerwartet, und sofort schaue ich hin.

Dylan. Ich schlucke schwer und verspüre aus irgendeinem Grund Erleichterung.

»Entschuldigen Sie die Verspätung. Das kommt nicht wieder vor.« Unser Dozent senkt bestätigend den Kopf, bevor er ungerührt weitermacht, während Dylan neben mir Platz nimmt und wir uns knapp zunicken.

»Wir beschäftigen uns heute also mit der Lehre der psychischen Traumafolgen, die nichts anderes ist als die wissenschaftliche und therapeutische Beschäftigung mit seelischen Verletzungen, ihren Ursachen und Folgen. Natürlich gehören auch Präventions- und Behandlungsmöglichkeiten dazu, heute interessieren uns vorrangig nur erstere. Sie haben bereits drei mögliche Ursachen für Traumata genannt, welche wollen Sie genauer behandeln?«

Oh nein. Hätte ich nur meinen Mund gehalten. Ich bin kein Idiot. Ich habe mich freiwillig für dieses Studium entschieden und wusste, worauf ich mich einlasse. Natürlich nur in der Theorie, aber ich wusste es. Und ich wollte es! Ich möchte später anderen Menschen helfen, und zwar so, wie Milly mir damals geholfen hat. Trotzdem ist jede Konfrontation mit meiner eigenen Geschichte ein neuer Kampf gegen den Teufel.

Wir stimmen ab. Das Ergebnis steht. Und ich spüre den Blick von Dylan auf mir, hebe das Kinn weiter an, als würde es mich stärker machen.

»Opfer von Vergewaltigung. Lassen Sie uns mit einer offenen Runde beginnen und schauen, wohin das führt.«

»Opfer von Vergewaltigungen wurden gegen ihren Willen zu sexuellen Handlungen getrieben«, beginnt ein Student mir schräg gegenüber. Ich kenne noch immer nicht all ihre Namen.

Eine Kommilitonin mit kurzem knallgrünem Haar macht weiter. »Die Auswirkungen sind fast immer gleich: Schlaflosigkeit, Scham, Angst. Außerdem können Suizidgedanken hinzukommen, viele Opfer schotten sich ab, sind nicht mehr beziehungs- oder vertrauensfähig.«

Atmen. Ich muss atmen. Es geht hier nicht um mich.

Vier ...

Es ist vorbei.

Drei ...

Ich habe es überlebt und alles richtig gemacht.

Zwei ...

Es war nicht meine Schuld.

Eins ...

Ich kann atmen. Ich bin frei.

Dylans Blicke machen mich fast nervöser als das Gespräch hier. Und ich wünschte, er würde wegsehen. Ich will nicht, dass er bemerkt, wie ich mit mir ringe oder wie mir der Schweiß ausbricht.

»Sie nennen hier Folgen und in Teilen seelische Verletzungen, was ist mit den Ursachen? Hier wird es erst richtig interessant. Welche Ursachen kann es für eine Vergewaltigung geben und wo können wir diese finden?«

»Beim Täter, weil es von ihm ausgeht«, dringt Mels Stimme zu mir. »Er ist der Auslöser, und die Ursache liegt allein bei ihm. Entweder äußere Einflüsse, die ihn dazu treiben, oder eigene Traumata und Störungen. Das können die Ursachen für eine solche Tat sein. Eine nicht vorhandene Wahrnehmung von Grenzen oder eine nicht realitätskonforme Wahrnehmung in Bezug auf richtig und falsch.«

»Was ist denn richtig und falsch und wer legt diese Grenzen fest?« Wieder Liam. Er lehnt sich entspannt zurück und faltet seine Hände vor sich auf dem Tisch.

»Ich glaube kaum, dass wir das bei diesem Thema diskutieren müssen. Oder willst du andeuten, dass Vergewaltigungsursachen und deren Folgen Auslegungssache seien?« Mel wird wütend, und ich kann ihre Verärgerung verstehen. Ich war auch oft wütend. Heute weiß ich, dass viele nicht an eine reine Opfer- oder Täterseite glauben.

»Na ja, was ist denn, wenn das Opfer Signale ausgesendet hat, die …«

»Warte, warte …« Jetzt wird Mel richtig laut. »Willst du behaupten, der Täter hätte das Ganze bis zum Ende durchgezogen, weil er irgendwann dachte, das Opfer würde das wollen. Vielleicht, weil es ihn nett angesehen oder einen zu kurzen Rock getragen hat?«

»Oder es hat nie Nein gesagt.«

»Es hat aber auch nicht Ja gesagt«, höre ich mich selbst wie durch eine Wattewolke reden und räuspere mich, als es ganz still wird. »Ein Nein muss man nicht aussprechen. Vielleicht auch kein Ja, aber … spätestens sobald das Opfer körperliche Gegenwehr zeigt, verängstigt ist oder betrunken, sollte man erkennen, dass das nicht in gegenseitigem Einvernehmen geschieht.« Meine Stimme ist fester als erwartet, klarer. Und ich breche nicht zusammen. »Das Opfer bleibt ein Opfer, egal, was es getragen hat, wie sehr es geflirtet, gelächelt oder getrunken hat. Wenn es den Kuss, die Berührung, den Sex nicht wollte und es trotzdem durchgeführt wurde, ist es egal, warum es geschehen ist. Es ist und bleibt falsch und grausam.«

Es hat mich einige Zeit gekostet, das zu erkennen und zu verstehen. Und ich denke, in diesem Moment, wird jedem hier im Raum klar, dass ich von mir rede. Weil ich wütend werde, schwitze, weil ich zu stark atme und meine Stimme bebt. Weil ich emotional involviert bin.

Es.

Ist.

Mir.

Egal.

»Die Ursachen sind einzig und allein beim Täter zu suchen.« Nachdrücklicher als beabsichtigt stelle ich diesen Fakt klar, und ich schaue ihnen in die Augen, ich sehe nicht weg. Auch nicht, als ich spüre, wie meine Kehle sich zuschnürt und meine Augen brennen.

Die Worte danach höre ich nicht mehr, die Diskussion geht an mir vorbei, und als die Stühle mit einem lauten Schaben bewegt werden, zucke ich zusammen.

Das Seminar ist vorüber.

»Wollen wir uns in der Mensa treffen?«, fragt Mel leise. »Oder schaffst du das gerade nicht?« Es ist klar, dass sie ahnte oder wusste, dass ich betroffen bin, aber ich glaube dennoch, dass sie das Gespräch ebenso erschüttert hat wie mich. Irgendwann erzähle ich es ihr. Alles. Aber nicht heute.

»Doch. Ich schaffe das. Wollen wir im Hauptgebäude essen? Ein bisschen frische Luft würde guttun.«

»Klar.«

»Okay, gut. Dann lass uns zusammen laufen.«

»Ich begleite euch ein Stück. Muss zu meinem Wagen, der steht in derselben Richtung.«

Ich traue mich immer noch nicht, Dylan anzusehen …

29

Fällt ein Dominostein, fallen alle.

Dylan

Das eben konnte niemand vorhersehen, aber als es begonnen hat, war es nicht mehr aufzuhalten. Das war mir vielleicht nicht sofort klar, als das Thema bekannt gegeben wurde, dafür aber mit Sicherheit Zoey. Sie hat sich nicht bis zum Ende zurückgezogen, hat sich nicht versteckt, sondern etwas beigetragen und dem Ganzen standgehalten. Damit hat sie allen mehr oder weniger ihre Verletzlichkeit auf dem Silbertablett serviert und das Wissen darum, dass sie selbst betroffen ist – nicht in welchem Ausmaß, aber definitiv, dass es so ist.

Natürlich habe ich gemerkt, wie sie mit sich ringt, wie sie einen nach außen hin stillen Kampf austrägt, der in ihr wahrscheinlich ohrenbetäubend war. Einen Kampf, den sie gewonnen hat, als sie die Worte aussprach: *Es hat aber auch nicht Ja gesagt.*

Das war der Augenblick, in dem mich eine Gänsehaut überzog. Ab da wurden der Gedanke und das Wissen um das, was ihr passiert ist, wieder zu etwas vollkommen Greifbarem.

Wie von selbst wandert mein Blick zu ihrem Rücken, zu den Narben und Grenzen, die man nicht sehen kann.

Ich wünschte, das wäre ihr erspart geblieben. Das alles.

Welche von den Spätfolgen haben Zoey wohl heimgesucht? Schlafstörungen? Albträume? Schlimmeres? Hat sie manche davon noch heute?

Und wenn ja, wie konnte aus ihr wieder diese starke und mutige Frau werden, die neben mir geht. Wie hat sie das geschafft?

Ich bin stolz auf sie und bewundere sie von Tag zu Tag mehr.

30

Wie konnte das nur schiefgehen?

Zoey

Draußen an der frischen Luft atme ich tief ein und aus und bemühe mich, das Seminar und die Intensität der Gefühle, die mich darin übermannten, ad acta zu legen.

Es geht mir besser. Es geht mir gut. Es wird leichter.

Heute ist es noch einmal richtig kalt geworden, und während mein Atem Wölkchen in der Luft bildet, reibe ich meine Hände aneinander, um sie zu wärmen. Meine Handschuhe liegen zu Hause auf der Kommode, wo ich sie vorhin vergessen habe. Wir gehen über den Campus mit all seinen lachenden und quatschenden Studierenden, die auf den ersten Blick keine Sorgen zu haben scheinen.

Mel und Dylan umrahmen mich wie ein Schild, schweigen aber weiterhin. Vermutlich warten sie darauf, dass ich etwas sage. Beide aus anderen Gründen. Mel, ob sie vorgehen und mich mit Dylan alleine lassen soll, weil ich mit ihm reden wollte, und Dylan, weil er meine Geschichte kennt.

Ich denke, ich sollte es tun, ich sollte mit ihm reden. Jetzt und hier. Weil ich sonst den Mut verliere. Weil das hier im Gegensatz zu unserer Wohnung ein neutraler Ort ist. Weil Dylan gleich heimfährt und ich mit Mel was essen werde, egal, wie das Gespräch ausgeht.

»Mel, ich …«

»Wir treffen uns in der Mensa«, sagt sie sofort und lächelt mich aufmunternd an. »Bis dann, Dylan!« Sie setzt sich von uns ab, geht vor, und ich bleibe stehen.

Nicht nur ich warte, bis Mel außer Hörweite ist, auch Dylan schaut ihr nach. Kurze Zeit später dreht er sich zu mir um, stellt sich vor mich und mustert mich besorgt.

»Ist bei dir alles in Ordnung?« Seine Hände umfassen meine Oberarme, sein Blick scannt mich, als würde er nach Verletzungen suchen.

»Es ist alles gut, versprochen. Das eben war nur …« Ich finde nicht das richtige Wort, um zu beschreiben, was es für mich war.

»Heftig.«

»So kann man es nennen«, gebe ich zu und lächle ihn an. Zögerlich lässt Dylan von mir ab. »Aber ich wusste, worauf ich mich einlasse. Dass es früher oder später ein Thema werden würde.«

Dylan nickt mit zusammengepressten Lippen, und ich bin sicher, dass ihm das Ganze nicht gefällt, auch wenn er es versteht. Bei Cooper ist es auch so und bei meinen Eltern.

Ich tue das hier, weil ich es will und nicht, um irgendjemandem etwas zu beweisen. Mehr muss ich nicht wissen. Und solange ich damit umgehen kann, ist alles okay.

»Ich wollte kurz mit dir reden.«

»Das mit heute Morgen tut mir leid, es war sehr spontan und ich wollte dich nicht stören. Ich musste zu Elliott.«

»Wer ist Elliott?« Habe ich den Namen schon mal gehört? Ich glaube nicht.

»Mein Trainer. Es war was Wichtiges.«

»Oh, kein Problem. Das war es eigentlich nicht, worüber ich mit dir sprechen wollte.« Nervös streiche ich mir mein Haar hinter die Ohren, aber es fällt direkt wieder nach vorne. »Ich wollte ...«

»Zoey?«, ruft eine Stimme schräg hinter mir, unterbricht mich in meinem Versuch, Dylan zu sagen, dass ich mehr möchte, dass ich ihn sehr mag, und ich erstarre sofort. Nein. Das kann nicht sein.

Ruckartig drehe ich mich um und sehe, was ich befürchtet habe. Meine Eltern. Meine Eltern laufen gerade über den Campus der Harbor Hill auf mich zu, und ich kann nichts tun, außer sie anzustarren.

»Mom? Dad? Was macht ihr hier?« Ich möchte nicht unhöflich sein, aber ich bin zu geschockt, um mich zu freuen. Vor allem, weil ich klar zum Ausdruck gebracht habe, was ich von einem Besuch halte.

»Wir wollten dich überraschen.« Beide umarmen mich. »Wir waren im Wohnheim.« Oh mein Gott. Mein Magen zieht sich zusammen, mein Atem stockt. »Aber da warst du nicht, und niemand hat geöffnet. Da sind wir einfach losgegangen, um dich zu suchen.« Ich danke dem Universum für so viel Glück. Unter meiner Jacke beginne ich bereits zu schwitzen vor Stress, und bevor ich etwas erwidern kann, bemerke ich, wie Moms Lächeln verblasst. Dad sieht grimmig aus und mustert den Mann an meiner Seite. Ihre Aufmerksamkeit ruht auf Dylan.

Ich weiß, was die beiden in ihm sehen: einen Hünen mit Tattoos, die sogar trotz Kragen an der Jacke sichtbar sind, und einem markanten Gesicht. Einen Mann, der mich mit einer Hand zerquetschen könnte. Wenn sie nur wüssten, was ich weiß. Dylan würde mir nie etwas tun. Vielleicht sieht Dylan auf den ersten Blick angsteinflößend aus, aber innerlich ist er eher der Typ *Ferdinand, der Stier*.

»Ich habe keine Zeit. Ich bin verabredet, und danach habe ich weitere Seminare. Den ganzen Tag.«

»Mit dem da?«, fragt mein Dad und deutet auf Dylan.

»Dad! Selbst wenn, wäre es nicht eure Sache.« Mein ruhiger Tonfall trügt. Ich werde langsam wütend. Ich schäme mich dafür, dass sie Dylan mit dieser Skepsis begegnen. Schäme mich für diese unfreundliche Geste meines Vaters, und ich kann nicht fassen, dass sie meine Wünsche ignorieren und ihre über die meinen stellen.

»Schatz, hast du wirklich den ganzen Tag keine Zeit für uns? Ein bisschen wirst du doch aufbringen können.« Ich trete einen Schritt zurück, neben Dylan, und schaue meine Eltern ernst an.

»Es ist lieb von euch, dass ihr mich besuchen kommt und euch Sorgen macht, aber was genau tut ihr hier am Campus?«

»Wir haben uns durchgefragt, wo die Gebäude für Psychologie sind, und dich gesucht. Im Wohnheim kannte man dich nicht, und wir haben uns Sorgen gemacht und …«

»Spioniert ihr mir nach, Mom?«

»Nein. Wir machen uns nur Sorgen und wollten nach dir sehen. Wir sind extra hergefahren, und jetzt hast du keine Zeit, das ist nicht schön.«

»Bitte, was?«

»Achte auf deinen Ton, Zoey!«

»Mein Tonfall ist angemessen, Dad. Ich habe deutlich gesagt, dass ich etwas Zeit für mich brauche, dass ich dabei bin, mich einzuleben, und ein Besuch leider nicht möglich ist. Das war euch egal. Ihr kommt ohne Vorwarnung oder Rücksichtnahme her. Okay … das ist okay, offensichtlich kann ich euch nicht davon abhalten. Aber mir jetzt vorzuwerfen, ich würde mir keine Zeit für euch nehmen, dabei wusste ich von nichts, ist unfair.«

Meine Eltern sind still. Hoffentlich kommen meine Worte bei ihnen an. Auch wenn mir bewusst ist, dass ich durch mein

Verhalten und meine Halbwahrheiten genauso unfair zu ihnen bin. Ich wünschte, es wäre anders …

»Ich sollte gehen«, meldet sich Dylan. »Mr und Mrs Cooper, hat mich gefreut. Bis später, Zoey.« Ich will ihn aufhalten, aber er dreht sich bereits um und verschwindet. Verdammt. So sollte das nicht laufen.

»Was meint er mit *bis später*?« Bei Moms Frage stöhne ich beinahe verzweifelt auf.

Jetzt ist es so weit. Ich weine. Ich schluchze. Aus Frust und Wut und weil ich mich irgendwie gelähmt fühle. Das heute war zu viel. Das Seminar, Dylan, meine Eltern. Das Fass läuft über.

Sofort kommt meine Mom näher, aber ich wehre sie sanft ab.

»Bitte nicht, Mom. Ich kann das jetzt nicht.« Schnell wische ich die Tränen weg und hole tief Luft. »Ich liebe euch. Aber bitte respektiert meine Wünsche in Zukunft. Ich hatte einen harten Morgen, und dann kommt ihr, ohne Vorwarnung, und macht mir Vorwürfe, weil ich wegen meines Studiums genau heute keine Zeit habe? Ihr seid unfreundlich zu einem Mann, den ihr nicht kennt und der einer der wenigen guten Freunde ist, die ich hier habe …« Ich muss eine Pause einlegen, um zu Atem zu kommen. Einen Moment lang schließe ich die Augen.

»Wir machen uns nur Sorgen und haben dich vermisst«, wiederholt meine Mom wieder und wieder, als ob das etwas ändern würde.

»Es tut mir leid. Ich habe euch auch vermisst. Aber so geht das nicht weiter. Ich bin erwachsen, und ihr müsst endlich damit anfangen, mir zu vertrauen. Mir etwas *zuzutrauen*. Wir müssen das hinter uns lassen. Nicht vergessen, aber hinter uns lassen und … es belastet mich, dass ihr es, als ebenfalls erwachsene Menschen, nicht schafft, mit eurem Sohn zu reden. Ihr müsst ihm nicht verzeihen, denn er hat nichts Falsches getan. Er war das nicht. Ihr verletzt mich damit und ihn. Wir gehen damit alle auf unsere Art um, aber Lane die Schuld zu geben, ist falsch.« Ich verschränke die Arme vor der Brust und hebe das Kinn. »Klärt das mit ihm. Ich werde nicht mehr einen auf heile Welt machen, solange mein Bruder kein Teil davon ist.«

Zu meiner Überraschung sagt niemand etwas, also fahre ich fort. »Wenn wir schon dabei sind: Ich wohne nicht hier auf dem Campus. Ich habe euch angelogen. Es tut mir sehr leid, und ich bin nicht stolz darauf, aber ich hatte das Gefühl, es würde nicht anders gehen.«

»Was?«, stottert Mom überrascht, und Dads Miene verfinstert sich mehr und mehr. »Aber wo lebst du?«

»Ich wohne bei Lane in der WG. Bei Lane, Andie und Dylan, den ihr eben kennengelernt habt«, würge ich irgendwie hervor und kann kaum glauben, dass es raus ist. Dass ich es geschafft habe. »Ihr habt die Adresse, das weiß ich. Also, falls ihr noch mal nach Seattle kommen möchtet, findet ihr mich da.«

»Wir sollten gehen«, sagt mein Dad und nimmt die Hand meiner Mom, die noch dabei ist, irgendwie zu verarbeiten, was eben alles auf sie eingeprasselt ist.

Sie entfernen sich von mir, und es schmerzt mehr, als ich dachte. »Es tut mir leid. Ich liebe euch«, wispere ich so leise, dass niemand es hören kann, und drohe erneut von Tränen erstickt zu werden. Doch ich schlucke sie runter, reiße mich zusammen und gehe gedankenverloren in die Mensa, in der mich Mel mit Sicherheit voller Neugierde erwartet.

Am liebsten würde ich nach Hause fahren, mir die Decke über den Kopf ziehen und dabei laut Musik hören, aber das geht nicht. Ich kann nicht schon jetzt fehlen. Schon gar nicht, ohne krank zu sein. Also bleibe ich und gebe mein Bestes, diesen Tag irgendwie zu überstehen.

Und genau das tue ich. Ich überstehe diesen Tag und fahre heim.

Mel hat gefragt, was los sei, aber sie hat gemerkt, dass ich nicht darüber reden möchte, und es gut sein lassen.

Am frühen Abend komme ich geschlaucht in der Wohnung an. Andie und Cooper essen im Wohnzimmer zusammen, sie hat Empanadas gemacht und hält mir einen vollen Teller hin.

»Möchtest du auch welche? Ich habe viel zu viele gemacht.«

Obwohl ich heute Mittag kaum etwas runterbekommen habe, verneine ich.

»Ich bin müde und lege mich etwas hin.«

Andie lässt den Teller sinken. »So schlimm heute?«

Mehr als ein Nicken bekomme ich nicht zustande. Ich würde Cooper gerne von dem Besuch unserer Eltern erzählen, aber in diesem Moment finde ich nicht die Kraft dafür.

»Hast du deine Regale schon aufgebaut oder liegen sie da noch immer rum? Ich mach das gern morgen, wenn du willst.« Mein Bruder schiebt sich eine ganze Empanada in den Mund und sieht damit aus wie ein Backenhörnchen.

»Ich schaffe das schon. Danke. Bis später.« Ich ringe mir einen fröhlichen Gesichtsausdruck ab und verschwinde in meinem Zimmer, wo ich sofort meine Musik anmache und mich auf mein Bett fallen lasse. Die Regale sind wirklich mein kleinstes Problem …

Draußen ist es stockdunkel, in meinem Zimmer brennt kein Licht, und die Musik ist aus. Keine Ahnung, wie spät es ist und wie lange ich hier gelegen habe, aber der Schlaf hat gutgetan.

Hoffentlich ist es nicht mitten in der Nacht, ich muss noch ein, zwei Dinge für morgen vorbereiten.

Also schäle ich mich aus dem Bett, obwohl ich mich vollkommen gerädert fühle, mache das Licht an und schaue auf mein Handy.

Einundzwanzig Uhr. Gott sei Dank.

Ich gehe in die Küche, mache mir einen Kaffee und entdecke einen kleinen abgedeckten Teller mit einem Schild, auf dem mein Name steht. Andie hat mir ein paar Empanadas aufgehoben. Ein breites Lächeln stiehlt sich auf mein Gesicht, und ich schnappe mir eine der Teigtaschen. Sie sind fantastisch. Andie muss mir unbedingt das Rezept geben, dann können Dylan und ich es mal nachkochen.

Dylan. Ich schlucke das Essen hinunter, und sofort kehrt die Schwere von vorhin zurück.

Dass er das vorhin miterlebt hat. Dass mein Dad so zu ihm war. Ich kann es nicht glauben. Kein Wunder, dass es ihm zu viel wurde und er gegangen ist. Mir wurde es auch zu viel. Das ist es noch.

Mitsamt Kaffee und einer weiteren Empanada will ich zurück in mein Zimmer, aber auf halbem Wege halte ich inne. Dylan kommt aus dem Bad, und wir stehen voreinander wie zwei Fremde, die sich zu viel zu sagen haben und keine Ahnung haben, wie sie starten sollen.

»Hey«, beginne ich.

»Hey.«

»Das vorhin, das tut mir leid. Meine Eltern sind normalerweise nicht so unfreundlich, und ich wusste nicht, dass sie kommen.« Er tritt auf mich zu, bleibt aber stumm. Und weil ich diese Stille nicht ertrage, rede ich weiter. »Sie sind echt in Ordnung. Ich habe ihnen gesagt, dass ich das nicht gut finde.«

»Mach dir keinen Kopf, Zoey. Ich bin nur gegangen, weil ich das Gefühl hatte, es sei dir unangenehm, dass ich das mitbekomme.«

»Okay.«

»Du wolltest vorhin etwas mit mir besprechen.«

Ja, das wollte ich. Aber jetzt hat es sich verändert. Trotzdem entscheide ich mich dazu, keinen Rückzieher zu machen. Das wäre nicht fair.

»Ich will ehrlich sein, ich … wollte dich fragen, wo wir stehen. Weil ich dich mag, sehr sogar. Aber nach diesem Tag, nach meinen Eltern, dem Seminar und allem, was in meinem Leben los ist, denke ich, dass wir nichts überstürzen sollten. Und das ist okay.« Mit jedem Wort, das ich sage, habe ich das Gefühl, die Distanz zwischen uns würde wachsen. Dabei steht Dylan direkt vor mir und schaut mir in die Augen. Nur ist es jetzt nicht mehr dasselbe wie vorher. Ich wollte ihn und mich nicht unter Druck setzen, jetzt aber möchte ich nicht, dass er das Gefühl hat, dass … Ach, keine Ahnung.

»Wenn du das möchtest. Vielleicht sollten wir das Kochen am Samstag ausfallen lassen. Fürs Erste.«

Und da bemerke ich, dass ich einen großen Fehler gemacht habe. Das hier läuft schief, und ich kann förmlich spüren, wie ich die Kontrolle verliere – falls ich sie je hatte.

»Dylan, ich wollte damit nicht sagen, dass ich das nicht mehr will.«

»Ich denke aber, dass es ist, wie du gesagt hast. Wir brauchen mehr Zeit.«

Ich mache einen Schritt auf ihn zu, aber er weicht mir aus und geht in sein Zimmer.

Das, was er tut, kenne ich. Er macht dicht. Entweder, weil ich ihn überrumpelt oder verletzt habe, oder weil er sich eingesteht, dass das mit uns ohnehin keinen Sinn hat. Das mit Coops kleiner Schwester. Ich würde mir gern einreden, dass es so besser ist, aber für ein Besser fühlt sich das hier zu schlecht an.

Ich seufze leise und schlucke den Kloß in meinem Hals runter.

Scheiße. Wie konnte das so unglaublich schieflaufen?

31

Klopf, klopf. Wer ist da?

Dylan

Wäre Socke hier, wäre ich heute bereits fünfmal mit ihm draußen gewesen. Er hätte sich nicht beschwert, da bin ich sicher.
So war ich allein unterwegs, und jedes Mal dachte ich, der Spaziergang würde mich ablenken oder entspannen können, und
das tat er auch – aber nur so lange, bis ich wieder in der Wohnung oder in meinem Zimmer war.

Es ist nicht mal zwei Uhr, und ich habe keine Ahnung, wie
ich den Tag durchstehen soll, ohne durchzudrehen. Oder den
morgigen. Es wird der erste Samstag, an dem Zoey und ich
nicht zusammen kochen werden.

Andie und Coop sind seit heute früh weg, sie sind mit Mase
und June übers lange Wochenende zu Andies Vater gefahren,
weil Montag Feiertag ist. Coop hat freitags keine Uni, Andie
nur ein kurzes Seminar, die anderen haben heute blaugemacht.
Socke haben sie mitgenommen. Sie haben mich gefragt, ob ich
sie begleite, aber ich wäre nur das fünfte Rad am Wagen. Darauf hatte ich keine Lust. Zoey ist auch hiergeblieben, und ich
weiß noch nicht, ob ich das gut oder schlecht finde. Es würde
mich wahrscheinlich so oder so wahnsinnig machen.

Ehrlich gesagt ärgert es mich, wie ich auf Zoeys Worte gestern reagiert habe und dass ich ihr deshalb aus dem Weg gehe.

Es ist ihr sichtlich schwergefallen, sie auszusprechen. Dass sie es überhaupt getan hat nach dem Tag, den sie hinter sich hatte, ist unglaublich. Sie hat gesagt, sie würde mich mögen, aber alles, was ich in diesem Moment hören konnte, war, dass wir es wirklich langsam angehen lassen sollten. Und es klang wie: Vielleicht ist das mit uns keine gute Idee.

Der Blick ihrer Eltern, mein Bein, meine Ängste, da kam so viel zusammen, dass ich ihr nicht widersprochen habe.

Zoey war bisher ehrlich zu mir, aber ich nicht zu ihr. Zwar habe ich sie nicht direkt belogen, aber ihr auch nicht alles erzählt. Und eine Prothese zu haben, gehört für mich irgendwie zu den Dingen, die man ansprechen sollte, bevor man sich die Kleider vom Leib reißt.

Ja, womöglich ist das mit uns keine gute Idee.

Das ändert jedoch nichts daran, dass ich sie noch immer will. Sie und das mit uns. Dass ich es bereue, nichts gesagt zu haben, als ihre Eltern da waren oder als sie mir erklärt hat, dass wir mehr Zeit bräuchten. Wenn ich könnte, würde ich die Zeit zurückdrehen, ihren Eltern klarmachen, wie großartig ihre Tochter ist, und Zoey danach sagen, dass ich auf mehr Zeit scheiße. Dass ich sie ihr gebe – so viel sie will –, aber dass *ich* sie nicht brauche.

Leider funktioniert das so nicht.

Stattdessen habe ich Depp unser Wochenende und unseren gemeinsamen Kochabend ruiniert.

Fluchend fahre ich mir durch die Haare und drehe mich auf dem Bett auf die Seite.

Ja, ich will das mit Zoey, aber ich habe keine Ahnung, ob es gut ist. Ob ich ihr die Wahrheit anvertrauen kann und ob sie sie versteht. Ob ich sie in meine Welt lassen kann.

Mein Handy vibriert, und ich setze mich auf. Unbekannte Nummer, aber mit der Vorwahl von … verdammter Mist.

»Hallo?«

»Dylan Anderson?«

»Ja, der bin ich.«

»Hier spricht das Medical Center Bellingham, mein Name ist Sheila Davis. Wir haben eine Mrs Edith Anderson, die bei uns eingeliefert wurde. Ist das Ihre Großmutter?«

»Geht es ihr gut? Was ist passiert?«

»Sie hatte einen leichten Herzinfarkt, aber es geht ihr wieder gut. Ihr Nachbar, ein Mr Folder, hat den Rettungsdienst alarmiert.«

Frank war da, Gott sei Dank. Ein Herzinfarkt. Granny hatte noch nie Probleme mit dem Herzen. Meine Gedanken überschlagen sich. Ich muss mich zusammenreißen, ich kriege kaum Luft.

»Es geht ihr wirklich gut?«, wiederhole ich erstickt, und die Dame am Telefon bestätigt mir das.

»Ja. Es war ein Vorbote. Sie zeigt keine EKG-Veränderungen oder sonstigen Auffälligkeiten. Sie wird heute zur Kontrolle und für einige Tests hierbleiben. Morgen früh entlassen wir sie, sofern alles unauffällig bleibt und sie uns verspricht, sich wenigstens ein wenig zu schonen. Sie sind als Kontaktperson aufgeführt, daher rufe ich Sie an.«

»Ich danke Ihnen. Ich fahre sofort los.«

»Sehr schön. Und bitte, fahren Sie vorsichtig. Ihrer Großmutter geht es wieder besser, und sie ist hier in guten Händen.«

Ich verabschiede mich und lege auf. Mir ist so verdammt schlecht, dass ich mich nicht sofort bewegen kann. Ich lasse den Kopf hängen, bis der Schwindel vorüber ist und meine Atmung sich beruhigt.

Granny geht es gut. Wie ein Mantra wiederhole ich den Satz in meinem Kopf.

Ich weine. Ich lasse es einfach raus. Erwachsener Mann hin oder her, die Frau hat mich großgezogen, war immer für mich da, und heute hätte ich sie verlieren können, ohne es zu wissen. Klar, Granny ist alt, aber darauf bin ich noch nicht vorbereitet. Sie war diejenige, die vor dem Unfall für mich da war und danach, sie war es, die mir Mut zugesprochen hat, mir Trost schenkte. Sie hat mich nie aufgegeben.

Jetzt sitze ich hier in Seattle und nicht bei ihr, und ich schäme mich dafür.

Ich atme ein paarmal tief durch, bevor ich es schaffe, meine Reisetasche zu packen. Eine Prothese samt Wechselmaterial und Zubehör, ein paar Klamotten, etwas Unikram, den Laptop und einen Krimi. Ich habe nicht vor, morgen direkt wieder herzukommen, sondern eine Weile bei ihr zu bleiben. Die Uni wird eine Woche ohne mich auskommen, und Montag ist zum Glück Feiertag. Das wird schon gehen.

Zum Schluss schnappe ich mir noch mein Zeug im Bad, dann bin ich fertig. Wenn ich angekommen bin, schreibe ich den anderen, dass ich wegen Granny nach Hause gefahren bin.

Am Eingang stelle ich die Tasche ab, greife mir meine Jacke und den Schlüssel. Ich fühle mich erschlagen und gleichzeitig hellwach.

»Fährst du für längere Zeit fort?«

Vollkommen unerwartet kommt Zoey um die Ecke und deutet auf meine gepackte Tasche. Ihr Anblick ist so schön, wie er wehtut.

»Ja.« Mehr kriege ich nicht raus. Mein Hals schnürt sich zu.

»Du gehst mir aus dem Weg. So sehr, dass du jetzt ... was? Ausziehst?«, fragt sie, und ich höre, wie schwer ihr das fällt.

»Das ist Schwachsinn, Zoey. Okay, ich bin dir aus dem Weg gegangen, aber ... das hier hat nichts mit uns zu tun.«

»Ist etwas nicht in Ordnung?« Sofort legt sich ein besorgter Ausdruck auf ihr Gesicht, und sie kommt näher. »Du wirkst blass.«

»Ich fahre für ein paar Tage heim, zu meiner Granny. Sie ist im Krankenhaus.«

»Was ist passiert?«

»Herzinfarkt.«

»Oh Gott. Geht es ihr besser?«

»Soweit. Aber ich muss jetzt los. Zoey, das hier, das ist nicht … Ich meine, das mit dir und ich war nicht … Scheiße!« Ich kriege keinen einzigen vernünftigen Satz zustande. Hektisch fahre ich mir wieder und wieder durch die Haare, bevor ich mir in die Nasenwurzel kneife.

»Ich komme mit.«

»Was? Auf keinen Fall.«

»Wo liegt denn dein Zuhause?«

»Ein Stück außerhalb von Bellingham. Weiter nordöstlich.«

»Das sind ungefähr zwei Stunden Fahrt, oder? Du machst dir Sorgen, du bist blass und unkonzentriert. Ich lasse dich so nicht fahren. Ich hab keine Uni mehr und Zeit, ich komme also mit.« Zoey ist unglaublich, wenn sie so bestimmt ist, wenn sie ihr Kinn reckt und ihre Schultern strafft.

Wenn ich sie jetzt mitnehme, öffne ich ihr die Tür in mein Leben – und nicht nur ein Stück. Nein, wenn ich das tue, steht sie weit offen. Sie wird Granny kennenlernen, das Haus, in dem ich aufgewachsen bin, sie wird mich dabei beobachten können, wie ich mich sorge. Kann ich das?

»Hör zu, gib mir fünf Minuten.« Zoey tritt vor mich, greift nach meiner Hand, und ihre Berührung zieht durch meinen Körper wie ein Stromschlag. »Setz dich kurz auf die Couch oder bleib hier stehen, ich packe meine Tasche, sage schnell Mel ab, sie wird das verstehen, und direkt danach können wir

los. Ich werde fahren.« Ihre Finger tasten nach dem Autoschlüssel und entziehen ihn mir in Zeitlupe. Ich hätte mehr als
genug Zeit, ihn ihr wegzunehmen oder es zu verhindern, aber
ich tue es nicht. Weil ein Teil von mir sich mehr als alles andere wünscht, sie würde mitkommen und mich nicht alleinlassen.
So sehr, wie der andere Teil sich genau davor fürchtet.

»Ich bleibe vielleicht nicht nur für eine Nacht. Du hast
Seminare und kannst nicht einfach wegbleiben.«

»Natürlich kann ich. Und falls ich früher zurück möchte,
werde ich schon einen Weg finden. Bellingham ist nicht aus
der Welt, es fahren Züge, und wir wissen beide, Mase oder
Coop würden mich sofort abholen. Also lass mich bitte mitkommen und dir helfen.«

Mit zusammengepressten Lippen nicke ich und spüre, wie
sie ein letztes Mal meine Hand fest drückt, bevor sie eilig in
ihrem Zimmer verschwindet. Ich höre, wie sie ihr Zeug packt
und geschäftig umherhuscht. Mit einem großen Rucksack beladen eilt sie in die Küche, die Kaffeemaschine geht an, danach
kommt sie zu mir zurück – mit einem To-go-Becher in der
einen und meinem Autoschlüssel in der anderen Hand.

»Fertig. Hier, der Kaffee ist für dich. Habe schnell einen
Zettel an meine Tür gehängt für die anderen und Andie gebeten, meine Pflanzen zu gießen. Coop würde sie nur quälen.«
Sie verzieht die Lippen, nachdem sie mir den Kaffee überreicht
hat. »Entschuldige, wenn ich nervös bin, plappere ich manchmal. Wollen wir?« Sie schnappt sich ihre Jacke und einen Schal
und geht zur Tür.

Ich kann nicht anders, ich ziehe sie ohne Vorwarnung in
eine Umarmung. Nicht lange, aber fest. Dabei atme ich tief
ein. Zoey riecht nach Veilchen, manchmal auch wie ein ver-
schneiter Wintermorgen, je nachdem, welches Shampoo und
Parfum sie benutzt. Ich mag beides. Es gehört einfach zu ihr.

Sie erwidert die Umarmung, löst sich aber viel zu schnell wieder.

Ohne ein weiteres Wort lassen wir die Wohnung hinter uns, fahren mit dem Fahrstuhl nach unten und verstauen unser Gepäck im Wagen. Die Scheiben sind beschlagen, die Sonne hinter einer Wolkendecke verborgen, es ist leicht neblig.

Zoey startet den Motor. »Du kennst den Weg, nehme ich an?«

»Ich sag dir, wo wir langmüssen. Wenn wir erst mal auf der Interstate sind, geht es nur noch geradeaus.«

»Warte. Gib mal die Adresse des Krankenhauses bei Maps ein, dann kann ich das Navi anmachen.« Sie kramt ihr Handy raus, hält es mir ohne ein weiteres Wort hin und fährt sofort mit konzentriertem Ausdruck los. Ich wiederhole nicht, dass ich den Weg kenne und sie das Navi nicht braucht, sondern gebe die Anschrift meiner Granny ein.

»Wir fahren zuerst heim, ein paar Sachen für Granny holen. Ich nehme an, dass sie nichts dabeihat. Danach fahren wir zu ihr.«

»Okay. Kein Problem.« Wir verlassen unsere Straße, fahren weiter Richtung Interstate. »Leg das Handy in die Mittelkonsole – und trink einen Schluck Kaffee, bevor er kalt wird. Er tut dir bestimmt gut.« Ich schaue zu ihr und sehe, wie sie mir einen Seitenblick zuwirft und dabei zaghaft lächelt.

Ich würde mich gerne richtig bei Zoey bedanken, aber meine Zunge fühlt sich bleiern an. Mein ganzer Körper fühlt sich so an, und ich schaue aus dem Fenster, während Zoey den Wagen ruhig durch die Straßen von Seattle lenkt und ich an meinem Kaffee nippe. Sie hatte recht, es tut gut. Also trinke ich weiter, lehne mich im Sitz zurück und lasse los. All die Gedanken, die ich verdrängt habe, sind zurück. Die Angst um Granny, die Frage, wie ich sie je wieder alleinlassen kann, ob ich das

Studium nicht lieber unterbrechen und für sie da sein sollte. Und dann ist da die Sache mit Zoey. Ich habe mich benommen wie ein Arsch. Elliott hatte allen Grund, mich zu rügen, und ich weiß noch immer, dass er recht hat.

Gott, wie konnte das alles so kompliziert werden?

32

Manchmal müssen wir loslassen.

Zoey

Dylan ist eingenickt, kurz nachdem wir die Interstate erreicht haben. Zwar atmet er gleichmäßig und schnarcht dabei leise, aber er sieht sogar im Schlaf noch beunruhigt aus.

Er macht sich Sorgen.

Zum Glück habe ich ihn vorhin gebeten, die Ziel-Adresse ins Navi einzugeben, sonst wäre ich jetzt verloren. Bereits daheim wirkte er so mitgenommen, dass ich mir schon dachte, dass er irgendwann während der Fahrt einschlafen würde. Vielleicht habe ich auch nachgeholfen, der Kaffee war ein Placebo, er war koffeinfrei. Es hätte nichts gebracht, Dylan aufzuputschen, wo er doch ganz eindeutig Ruhe braucht.

Vor einigen Minuten habe ich den Wagen vom Highway gelenkt, Bellingham zog bereits an uns vorbei, jetzt fahre ich auf einer alten, nicht ganz so gut asphaltierten Straße, die von unendlich vielen winterkargen Bäumen gerahmt wird. Überall Wald und Grünflächen, nur vereinzelt Häuser und Farmen – bis wir bei der Adresse ankommen, ich den Wagen vor das Haus mit der Nummer vier lenke und am Straßenrand abstelle. Hier stehen ein paar Häuser mehr, aber das alles wirkt eher wie eine verwunschene Siedlung mitten im Nirgendwo als ein Vorort von Bellingham. Bisher habe ich nur eine Tankstelle ganz am Anfang der Straße und einen unscheinbaren Kiosk gesehen. Ich frage mich, welche kleinen Geschäfte weiter hinten verborgen liegen und was es sonst zu entdecken gibt.

Für einen Moment bleibe ich noch im Wagen sitzen, schaue mich von hier aus etwas um. Dabei erkenne ich einen dunkelroten Briefkasten an der Straße, an dem vorne in teils abgeblätterten Buchstaben der Familienname Anderson steht.

Der Weg zum Haus ist älter, einige Steine sind gebrochen, und das Gras hat seine besten Tage bereits hinter sich, dennoch ist es wirklich schön hier. Abgelegen, aber schön. Das Holzhaus wirkt urig und gemütlich, die Veranda ist ein Traum, obwohl sie nicht viel Platz bietet. Zumindest nicht, soweit ich das von hier aus erkennen kann.

Nach und nach lasse ich alles auf mich wirken, bevor mein Blick wieder zu Dylan wandert, der noch immer tief und fest schläft. Auch wenn ich ihn am liebsten nicht wecken würde, wird es Zeit, genau das zu tun. Sicher möchte er so schnell wie möglich nach dem Rechten sehen.

Ich bin ziemlich erledigt nach der langen Fahrt, aber verdammt froh, dass ich ihn nicht allein habe fahren lassen.

»Dylan?«, frage ich zaghaft und natürlich viel zu leise. Ich will ihn nicht erschrecken, aber irgendwie muss ich ihn wach kriegen, deshalb gebe ich meiner Stimme mehr Kraft. Leider bringt das wenig.

Vorsichtig lege ich meine Hand an seinen Oberarm und stupse ihn an. Erst sanft, dann immer heftiger. »Dylan, wir sind da«, sage ich ein weiteres Mal und rüttle noch einmal an seinem Arm.

Er wird langsam wach, räuspert sich und reibt sich über die Augen, bevor er sie blinzelnd aufschlägt.

»Alles okay?« Seine verschlafene und belegte Stimme bringt mich unwillkürlich zum Lächeln.

»Ja, alles okay. Wir sind bei dir zu Hause. Ich habe gerade geparkt.«

»Habe ich echt gepennt? Die ganze Fahrt über? Mist. Warum hast du mich nicht früher geweckt?« Er richtet sich auf, schaut mich aufmerksam an.

»Weil es nicht nötig war. Ich kam gut zurecht, und du sahst aus, als hättest du diese Pause bitter nötig.«

»Ich habe heute Nacht beschissen geschlafen. Und deshalb zu wenig. Also ... Danke.« Er legt seine Hand auf meine, die noch immer – ohne dass ich es gemerkt habe – auf seinem Oberarm verharrt.

»Gern geschehen«, murmle ich und versinke in seinen Augen, in seinem Blick – und mein verräterisches Herz klopft viel zu laut und viel zu schnell. Der Wagen kommt mir auf einmal zu eng vor.

»Zoey, ich ...«

»Wir sollten aussteigen«, unterbreche ich ihn sofort und ziehe mich zurück, während sich etwas in meiner Brust schmerzhaft zusammenzieht und ich zu ersticken drohe.

Nein!, schreit eine Stimme in meinem Kopf. *Nein, ich kann das jetzt nicht hören. Das ist nicht der richtige Moment, nicht die richtige Zeit.* Dabei ignoriere ich den Gedanken oder auch die Angst, dass es das vielleicht nie sein wird.

Es würde nur wehtun.

Ich brauche keine Erklärung, warum er das mit uns nicht möchte oder sonst was. Nicht in diesem Augenblick. Nicht hier ...

»In Ordnung.«

Wir schnappen uns unser Gepäck, gehen zur Haustür, und Dylan kramt einen Schlüssel hervor. Mit einem lauten Quietschen schwingt sie auf, und sofort streifen zwei Fellknäuel um unsere Beine.

»Ed, Pumpkin, nicht jetzt. Ihr bekommt gleich was zu fressen.« Zwei getigerte Kater, einer grau, der andere rot, mit leicht zotteligem Fell begleiten uns miauend. »Granny sollte unbedingt die Tür ölen«, murrt Dylan und stellt seine Tasche an der Seite ab. Von der Veranda kommt man direkt in einen offenen Eingangsbereich, der nach hinten ins Wohnzimmer übergeht. An der Seite stehen ein Kratzbaum und eine Garderobe, überall hängen alte Bilder an den Wänden. Es riecht ein wenig nach Zimt.

Ich stelle meinen Rucksack zu Dylans Tasche und schaue mich um, während ich ihm und den Katzen hineinfolge.

»Hier lebt deine Großmutter? Es ist gemütlich, ich mag es sehr.« Es hat diesen besonderen Charme, trägt das Gefühl von einem Zuhause in sich und von Geborgenheit.

»Ja. Sie hat das Haus, seit ich denken kann. Mein Großvater ist früh gestorben, Krebs. Ich habe hier fast mein ganzes Leben verbracht … nachdem meine Eltern ebenfalls gestorben sind. Granny hat mich großgezogen und auf mich aufgepasst.«

»Klingt nach einer tollen Frau.«

»Das ist sie. Aber verrate ihr das nicht.« Er lächelt gedankenverloren, während er auf eine Kommode im Wohnzimmer zusteuert, auf der Dutzende Bilderrahmen mit alten Fotos stehen, die ich mir gerne anschauen würde.

»Oben befinden sich Grannys Schlafzimmer, mein altes Zimmer und das Bad, falls du dich frisch machen willst. Ich muss kurz hoch und ein, zwei Sachen zusammenräumen.«

»Eine Toilette wäre nicht schlecht«, gebe ich zu, und Dylan bedeutet mir, ihm zu folgen.

Wir gehen um die Ecke, eine alte, schmale Holztreppe nach oben, die unter jedem unserer Schritte knarzt und knackt, als wäre sie am Leben.

Dieses Stockwerk ist noch schöner als das untere. Trotz der

Schrägen ist es hoch genug, und die vielen Fenster lassen so viel Licht herein, dass man glaubt, man befände sich im Freien.

»Hier ist das Bad. Ich bin sofort fertig, versprochen.« Dylan öffnet mir eine Tür und geht weiter, während ich das Badezimmer erkunde und meine drückende Blase erlöse.

Große weiße Fliesen, alt und charmant, wie der Rest des Hauses. Mit Ornamenten an den Seiten. Eine kleine Wanne, eine winzige Dusche. Nicht viel, aber alles, was man benötigt.

Dylan braucht nicht lange, bis er mit einer kompakten Tasche zurückkommt und wir nach unten gehen, wo er die beiden Kater füttert, die sich gierig über die Näpfe hermachen. Dabei haben sie noch frisches Wasser und einen großen Napf voller Trockenfutter. Katzen denken immer, sie würden verhungern, wenn der Napf nur halb voll ist. Verrückte Tiere.

»Granny hatte schon immer eine Schwäche für Katzen. Es gab keinen Tag ohne in diesem Haus. Sie hatte sie zur Pflege, manchmal liefen sie ihr zu. Ed ist der dunkle, er ist bereits fünf Jahre hier, das Tierheim hatte kaum noch Kapazitäten, also nahm Granny ihn auf. Pumpkin, der rote Kater, lag halb tot an der Straße. Wir haben ihn vor drei Jahren zusammen gefunden, und Granny hat ihn sofort mitgenommen und aufgepäppelt. Anscheinend wurde er angefahren, aber er kommt auch ohne Schwanz gut klar«, erklärt Dylan, und mir wird bewusst, dass mir das bis eben gar nicht aufgefallen ist. Es ist nicht zu übersehen, dass Dylan die beiden liebt – genauso wie diesen Ort. »Komm, wir fahren ins Krankenhaus. Dieses Mal fahre ich, und du ruhst dich etwas aus.«

Kurze Zeit später kommen wir an, reden mit der Krankenschwester und finden heraus, auf welche Station wir müssen. Dylan klopft an die Tür und wartet gar nicht erst auf eine Reaktion, bevor er sie aufmacht.

Eine ältere Frau mit weißgrauem Haar und spitzbübischem Grinsen schaut uns an. Ihr Blick ist offen und freundlich, und ich erkenne Züge von Dylan in ihr. Oder eher von ihr in ihm.

»Herrgott, Granny, was zum Teufel machst du?«

»Na, na, na, mein Junge. Zieh Gott und den Teufel da nicht mit rein, sonst hören sie dich noch«, erwidert sie streng und amüsiert zugleich. »Es geht mir gut. Die sind alle viel zu empfindlich.« Sie winkt ab. Dabei umrundet Dylan das Bett, stellt die gepackte Tasche ab und nimmt ihre Hand in seine. »Glaub mir, mich haut so schnell nichts um.«

»Das war ein leichter Herzinfarkt, Gran.«

»Quatsch. Das war ein kleines Zwicken. Und ich lebe noch. Das habe ich auch weiterhin vor.«

Ich beobachte die beiden lächelnd, bleibe aber unschlüssig an der Tür stehen. Vor Nervosität beginne ich an meinem offenen Haar zu spielen. Am liebsten würde ich mich entschuldigen und rausgehen, um diesen persönlichen Moment nicht zu stören, dann verwerfe ich das Ganze, weil es wiederum unhöflich wäre. Ich hab mich ja nicht einmal vorgestellt.

Als hätte Dylans Großmutter meine Gedanken gehört, wendet sie sich zu mir. »Wir haben Besuch?« Ihre Augen fangen an zu leuchten. »Und da sagst du nichts?«

»Gran, das ist Zoey.«

»Guten Tag, Mrs Anderson.« Ich trete an ihr Bett, und sie lächelt so breit, dass ich nicht anders kann, als es zu erwidern.

»Nenn mich Granny. Niemand nennt mich Mrs Anderson und Edith erst recht nicht.« Dann blickt sie zu Dylan und wieder zu mir. Ich kann förmlich sehen, wie sich die Zahnrädchen in ihrem Kopf drehen. »Du hättest einer alten Frau ruhig mal sagen können, dass du eine Freundin hast.«

»Oh«, murmle ich und werde sofort rot. Ich schaue zu Dylan, weil ich nicht anders kann.

»Zoey hat mich sehr spontan hergefahren und mich begleitet. Sie ist eine gute Freundin, wir wohnen zusammen. Erinnerst du dich, Mase ist ausgezogen.«

»Ja, wir sind nur Freunde«, wiederhole ich Dylans Worte wie ein Roboter und merke, wie weh sie tun, selbst wenn sie die Wahrheit sind.

»Soso.« Granny mustert mich weiter, und ich schlucke schwer, bemühe mich, mein Lächeln nicht zu verlieren. »Wann kann ich hier raus?«

»Morgen.«

»Die übertreiben maßlos«, grummelt sie und erinnert mich damit so sehr an meinen Bruder, dass ich lachen muss.

»Ich mag Sie, Granny.« Oje. Sofort schlage ich die Hände vor den Mund. Das wollte ich nicht laut sagen. Doch sie beugt sich vor, nimmt meine Hand und tätschelt sie.

»Holt ihr mich morgen früh ab? Du weißt ja, wo im Haus alles ist. Ich hab nicht mehr so viel da, ihr müsst einkaufen fahren, aber das sollte schnell gehen. Besorgst du mir alles für deine Lieblingsburger? Du bist herzlich eingeladen, Zoey.«

»Ein Barbecue?«

»Sicher, Kindchen.«

»Gran macht die besten hausgemachten Barbecue-Burger der Welt.«

»Dann freue ich mich sehr darauf. Danke, dass ich bleiben darf.«

»Oh, die Freude ist ganz auf meiner Seite.« Sie tätschelt noch einmal meine Hand und lächelt mich warm und wissend an. Als würde auf meiner Stirn tätowiert stehen, dass ich ihren Enkel mag und dass mich seine Aussage, ob wahr oder nicht, verletzt hat.

Wenig später sitzen Dylan und ich auf der Couch und schauen fern. Wir waren beide sehr wortkarg, seit wir das Krankenhaus verlassen haben und einkaufen waren. Wir haben im Shoppingcenter einen Salat gegessen, mehr wollten wir beide nicht.

Eine selbst gestrickte Decke liegt über mir, mein Tee ist ausgetrunken, und ich merke, wie meine Augen immer wieder zufallen und ich dem Krimi, der läuft, nicht mehr richtig folgen kann.

»Hey, Knirps«, höre ich plötzlich Dylans Stimme.

»Ich bin wach.«

»Netter Versuch. Komm, ich bringe dich nach oben.« Ich beobachte, wie Dylan aufsteht, mir die Decke abnimmt und mir aufhilft. Ein lautes Gähnen verlässt meinen Mund.

»Wie spät ist es?«

»Halb elf.«

»Erst?«

»Es war ein anstrengender Tag.«

Wie vorhin folge ich Dylan nach oben, und wir halten vor einer Tür, die ich noch nicht kenne. »Du kannst hier schlafen, ich bleibe unten auf der Couch.« Ein schlichtes Zimmer, mit großem Doppelbett, dunkler Bettwäsche, einem Schreibtisch und einem Kleiderschrank. Ein alter PC steht auch darin, und ein ausgefranster Teppich liegt auf dem Boden. An der Wand hängen zwei Poster, beide zeigen Footballspieler, die ich nicht erkenne.

»Ist das deins?«

»Das war es. Ich habe Gran gesagt, sie solle hier was Schönes draus machen, aber sie ist verdammt stur. Sie will es so lassen, wie es immer war.«

»Deine Großmutter ist klasse. Und sie liebt dich sehr.«

»Ich weiß«, wispert Dylan neben mir. Er stellt mir meinen Rucksack hin, den er mit hochgenommen hat.

»Danke dafür. Bist du sicher, dass ich hier schlafen soll? Ich habe auch nichts gegen die Couch.« Es kommt mir seltsam vor, Dylan sein Bett wegzunehmen. Die Couch ist nicht annähernd groß genug für ihn.

»Ich komme schon klar. Gute Nacht.« Zögerlich verharrt er einen Moment, doch dann dreht er sich um und geht zurück zur Treppe. Alles in mir möchte, dass er bleibt.

»Dylan?« Ich folge ihm, und er dreht sich um. »Ich will das nicht. Ich weiß, was ich gesagt habe, aber ich möchte, dass du weißt, dass sich nichts verändert hat. Ich mag dich. Sehr. Und ich kann nicht so tun, als wäre das nicht so.« Dass ich das hier tue, ist purer Wahnsinn, aber es fühlt sich richtig an. Notwendig und befreiend. »Ob langsam oder nicht: Ich möchte mehr sein als nur irgendeine Freundin.« Ich atme hektisch, als wäre ich einmal um die Welt gelaufen. Meine Finger zittern, und ich weiß nicht wohin mit meinen Händen, dabei müsste ich nur die Arme ausstrecken, um ihn zu berühren. »Ich wollte, dass du das weißt. Ich … ich möchte *dich*, Dylan.«

Das ist der Moment, in dem er aus seiner Starre erwacht und ich den Atem vor Spannung anhalte. Er tritt auf mich zu, und ich warte ab, weil ich nicht weiß, was er tun oder sagen wird. Welche Entscheidung er treffen wird. Für sich, für uns.

»Du kennst mich nicht, Zoey.«

»Das ist eine Ausrede. Und ich will keine Ausreden mehr. Ich habe gesagt, was ich möchte. Hier und jetzt. Was ist mit dir?« Die letzten Worte sind nur ein Hauch, meine Stimme bricht, mein Hals schnürt sich zu.

Es kommt mir wie eine Ewigkeit vor, bis er einen weiteren Schritt macht und ich den Kopf ganz in den Nacken legen muss. Kein Stück Papier passt mehr zwischen uns, und ich keuche leise auf, als seine rechte Hand sich an mein Gesicht legt und er mich mit dem linken Arm umfasst, um mich an sich zu drücken. Automatisch kralle ich mich an ihm fest, fasse in sein Shirt und spüre seine Hitze unter meinen Händen.

Ohne weitere Vorwarnung presst er seine Lippen auf meine, und ich lege vor Erleichterung die Arme um seinen Hals. Dieser Kuss ist nicht wie unser erster, er ist leidenschaftlicher, wilder. Es ist, als hätten wir beide endlich losgelassen.

33

Fallen oder fliegen wir?

Zoey

Dylan hebt mich hoch, als würde ich gar nichts wiegen. Ich verliere den Boden unter meinen nackten Füßen, und meine Beine schlingen sich wie von selbst um ihn. An meinem Rücken spüre ich auf einmal die Wand.

Dylan vor mir, die Wand hinter mir – ich habe mich noch nie so sicher gefühlt.

Während er mich hält, seine Lippen über meine gleiten und sein Bart mich am Kinn kitzelt, versuche ich fieberhaft, mir einen Weg unter sein Shirt zu bahnen. Seine Zunge findet meine, er spielt mit ihr, und als er plötzlich an meiner Unterlippe knabbert, stöhne ich unkontrolliert auf. Dylan küsst mich entlang meiner Kieferpartie, weiter über meinen Hals, meine Schlagader, und ich drücke den Rücken durch, meine Mitte gegen ihn, als er mit der Zunge über die empfindliche Stelle unter meinem Ohr fährt.

Meine Finger treffen endlich auf Haut, und ich spüre, wie Dylans Muskeln sich darunter anspannen. Ich erforsche ihre Konturen, fahre einen nach dem anderen nach – bis zu seiner Brust und wieder hinab, der feinen Linie aus Haaren folgend, die in seiner Jeans verschwindet. Ich spüre die Gänsehaut auf meinen Armen, die Hitze in mir und das Kribbeln in meinem

Unterleib, als er keucht und ich am Bund seiner Hose entlang-
streiche.

Wir schauen uns an, fast Nase an Nase, schwer atmend. Dylans Augen sind lustverhangen, sie wirken dunkler als sonst,
klarer, seine Lippen glänzen von unseren Küssen.

»Zoey.« Mein Name aus seinem Mund klingt wie ein Ge-
bet. Mit seiner Reibeisenstimme und dieser Ruhe, die ich so an
ihm liebe, sagt er ihn. »Ich muss dir etwas beichten … Ich …«
Doch ich lege meine Hand sanft auf seinen Mund. »Ich
möchte das hier, Dylan. Ich möchte das heute, und ich möchte das morgen. Ich möchte herausfinden, was werden kann.
Du auch? Denn das ist alles, was ich in dieser Sekunde wissen
muss.«

Dylan küsst meine Handinnenfläche, und sogleich durchzieht mich ein wohliger Schauer. Dann schiebt er meine Hand
sacht zur Seite, schaut mich dabei eindringlich an.

»Ja.« Nur ein Wort. Mehr braucht es nicht. Ich lächle ihn an.

»Das ist gut«, wispere ich und kann meine Worte selbst
kaum verstehen, weil meine Welt in diesem stillen Flur viel zu
laut ist.

»Aber ich werde nicht mit dir schlafen, Zoey. Nicht hier,
nicht heute.«

»Wenn du Zeit brauchst, ist das okay. Und wenn du dich
doch dazu entschließt, dass wir einfach nur … Freunde sein
sollten, werde ich das akzeptieren.« Dylans Blick wird ernst.

»Aber egal, was es ist, ich bitte dich um eine einzige Sache:
Sieh in mir nicht nur das Mädchen, das damals vergewaltigt
wurde, sondern die Frau, die ich heute bin. Ich bin daran nicht
zerbrochen, ich bin daran gewachsen, auch wenn es seltsam
klingt. Dieser Teil …« Ich schüttle den Kopf, schließe einen
Moment die Augen. »Dieser Teil gehört zu mir, und ich kann
ihn nicht aus meinem Leben herausreißen, aber er bestimmt

mich nicht. Nicht mich und nicht mein Leben. Nicht mehr. Ich bin mehr als das. Ich bin nicht aus Glas. Und wenn es nur eine geringe Chance gibt, dass wir zwei das hinkriegen, dann würde ich es gern versuchen.«

»Glaub mir, wenn ich dich ansehe, sehe ich als Allerletztes dieses Mädchen, von dem du gerade gesprochen hast.« Er haucht mir einen Kuss auf den Mund. »Trotzdem …«

»Ich werde Stopp sagen. Falls es je dazu kommt, dass ich etwas nicht möchte, während ich mit dir zusammen bin, werde ich Stopp sagen.« Ich zähle die Sekunden in meinem Kopf, bis sie zu einem großen Chaos verschwimmen, weil ich mich kaum konzentrieren kann. So lange, bis Dylan nickt und mich in sein altes Zimmer trägt. Bis er mich sanft auf sein Bett legt und sich neben mir ausstreckt.

»Ich werde nicht mit dir schlafen. Dabei bleibe ich für heute. Wir haben alle Zeit der Welt. Aber deshalb werde ich jetzt noch lange nicht gehen«, murmelt er an meinen Lippen, und ich schlucke schwer. »Ein Wort von dir, und ich höre auf.« Dann küsst er mich. So wie er mich eben im Flur geküsst hat, bevor ihn die ersten Zweifel übermannten. Ohne Furcht. Frei und wild und liebevoll.

Gott, ich fange nicht damit an, mich in Dylan zu verlieben. Es ist längst passiert …

Ich lasse los, lasse gehen, schließe die Augen und erwidere den Kuss, als wäre es das letzte Mal.

Dylans warme Hände bahnen sich ihren Weg über meinen Körper, ich helfe ihm, meinen Pullover auszuziehen und das Top darunter. Ich trage heute keinen BH, es war so bequemer, und eigentlich brauche ich ihn nicht. Dylan hat damit nicht gerechnet, ich sehe es ihm an. Und während sein Blick bedächtig über meine nackte Haut wandert, folgen ihm die Finger seiner rechten Hand. Zwischen meinen Brüsten nach unten zu meinem Bauchnabel, anschließend bis zum Bund meiner Hose und wieder hinauf. Ich klammere mich an ihm fest, suche Halt. Seine Küsse auf meiner Brust sind Küsse aus Feuer. Sie setzen mich in Brand, und ich kann kaum atmen, kaum denken.

So fühlt sich das also an, wenn man es wirklich will. Wenn man es genießt und loslässt. Wenn man sich nicht schämt.

Tränen sammeln sich in meinen Augen. Verdammt. Nicht jetzt.

Als Dylan es bemerkt, stoppt er sofort und wartet, bis ich den Kopf schüttle. Ich höre seine unausgesprochenen Worte. Die Frage dahinter. Aber mir geht es gut. Ich will nicht, dass das hier endet.

»Alles okay. Versprochen.«

Nur eine Träne schafft es zu entkommen, und Dylan küsst sie fort, haucht mir einen Kuss auf die Lippen, fährt sie mit seiner Zunge nach und wandert meinen Oberkörper hinab. Langsam. So langsam, dass es wehtut. Ich keuche, ich stöhne, ich schließe die Augen und lasse all das zu. Bis Dylan meine Hose auszieht und den Slip gleich dazu.

»Was hast du … Oh mein Gott!« Vor Überraschung reiße ich die Augen auf, als er seinen Mund auf meine Mitte drückt, und dieses Gefühl raubt mir den Atem. Das hier habe ich noch nie getan. Es war mir zu intim, es hat sich nie richtig angefühlt. Ich hatte Sex, aber das hier? Zuerst verkrampfe ich, will die Beine zusammenpressen. Mein Gesicht glüht, und das Gefühl in mir ist eine explosive Mischung aus Lust und Verwirrung, aus Unsicherheit und Neugierde. Dylan hält nicht dagegen, er verharrt an Ort und Stelle, als ich mich auf die Ellbogen stütze und unsere Blicke sich treffen.

Ein Wort. Ich muss nur ein Wort sagen.

Aber das tue ich nicht. Dylan leckt über meine Mitte, über

diesen einen Punkt, der mich alles und jeden vergessen lässt. Ich stöhne laut auf und erschrecke mich fast vor mir selbst. Ich lerne mich gerade selbst ein Stück weit neu kennen. Mehr als in den unbedeutenden One-Night-Stands oder den Nächten, in denen ich mich selbst befriedigt habe.

Meine Beine öffnen sich wieder, meine Finger krallen sich in den Stoff der Bettdecke, und als ich spüre, wie sich mit jeder Bewegung seiner Zunge und seines Mundes weiter Druck in mir aufbaut, schließe ich die Augen und lasse den Kopf nach hinten sinken. Dylans linke Hand liegt auf meinem Bauch, und plötzlich dringt er in mich ein. Mit einem Finger, mit zweien. Er ist vorsichtig, sanft und wartet, bis ich mich wieder ganz entspanne.

Das Kribbeln verstärkt sich. Seine Lippen, seine Zunge, seine Stöße mit den Fingern, die genau die richtige Stelle treffen – alles vermischt sich, baut sich auf. Mein Keuchen erfüllt den Raum.

»Dylan!«, rufe ich irgendwann viel zu laut, bäume mich auf und verliere mich. Sein Griff auf meinem Bauch wird stärker, der Druck an meiner Mitte nimmt zu, ich will die Hüften bewegen, aber ich kann nicht, und seine Stöße werden schneller.

Dann bricht der Orgasmus in Wellen über mich herein, und das Einzige, das mich am Boden hält, ist Dylan.

Ich sacke komplett nach hinten, meine Beine zittern und meine Lider sind schwer. Mein Körper pulsiert, ich spüre den Nachhall des Höhepunktes in jeder Faser meines Seins.

Das hier – das war unglaublich.

Ich habe losgelassen.

Ich wollte loslassen.

Als ich meine Augen öffne, liegt Dylan direkt neben mir und lächelt mich an.

»Geht es dir gut?«

»Das müsste ich dich fragen«, kontert er und küsst mich auf die Nasenspitze. »Ich komme schon klar.«

Ich schaffe es kaum, ihm zuzunicken. Ich drifte weg. Aber ich merke, dass Dylan aufstehen will, und ich halte ihn fest.

»Bleibst du bei mir?«

»Ich komme gleich zurück«, wispert er, und das ist alles, was ich brauche, um einzuschlafen.

Als ich am nächsten Morgen aufwache, fühle ich mich so erholt wie lange nicht mehr. Dylan hält mich im Arm, er liegt auf dem Rücken, und ich habe meinen Kopf an seine Schulter gebettet. Er trägt kein Shirt, und ich bin immer noch nackt. Es macht mir nichts aus. Ich habe nicht das Bedürfnis, mich zu verstecken oder zu flüchten.

Sein Atem geht regelmäßig, seine Brust hebt und senkt sich ruhig und gleichmäßig, und ich lasse gedankenverloren meine Finger Kreise auf seinem Bauch ziehen. Ich fahre die einzelnen Tattoos nach, und es ist das erste Mal, dass ich sie vollständig betrachten kann. Heute Nacht zählte anderes. An der rechten Lende, oberhalb seiner Hose, ist ein Schriftzug, den ich über Kopf nicht lesen kann. Daneben sind ein paar Tribals, nicht zu klotzig, eher filigran gearbeitet. An der Seite zieht sich ein ganzer Wald entlang, der in verschiedene Symbole und Muster übergeht. In der Mitte seiner Brust windet sich eine Schlange, auf deren Rücken – wenn man das so nennen kann – das Wort *Remember* prangt. An seinen Oberarmen erkenne ich Armbandtattoos, ähnlich dem, das Coop hat. Und einen dotted Football auf seiner linken Schulter, fein gezeichnet mit wunderschönen Schattenelementen. Darunter, Richtung Oberarm, steht: *No Fear.*

Er ist ein einziges Kunstwerk. So viele Tattoos, so viele

Schriften, ineinander verwoben gleich einem Netz aus Wünschen, Träumen und Erinnerungen.

Ich stoppe erst, als ich an seinem Hals angekommen bin und merke, dass er sich leicht bewegt.

»Du bist wach.« Ich hebe den Blick, schaue ihm ins Gesicht, aber seine Augen sind noch geschlossen. Nur sein Grinsen verrät ihn – und seine warme Hand, die mich fest an sich drückt.

»Schon eine Weile. Aber ich wollte dich nicht wecken, du machst niedliche Geräusche, wenn du schläfst.« Hoffentlich meint er damit nicht, dass ich süß schnarchen kann.

»Danke, dass du wieder zurückgekommen bist.«

»Du meintest gestern, du würdest es mir sagen, wenn etwas zu viel ist oder du es nicht willst. Und ich werde es nicht anders machen. Du hast gesagt, dass du möchtest, dass ich wiederkomme. Und ich wollte es auch – also, hier bin ich. Ich nehme das ernst, Zoey.«

»Ich auch«, gebe ich leise zurück und kuschle mich wieder an ihn.

»Cooper wird mich umbringen.«

Ich fange an zu lachen. »Mein Bruder ist eigentlich ein Softie, keine Panik.« Dylan wirkt nicht überzeugt. »Wirklich! Wenn er merkt, dass alles in Ordnung ist und … du mir guttust, wird er nichts dagegen haben. Selbst wenn, wäre das leider etwas, mit dem er klarkommen muss.«

»Vielleicht sollten wir es ihm schonend beibringen. Ganz langsam.«

»Dass wir uns mögen?«

»Dass ich seine Schwester nackt gesehen habe.« Das bringt mich erneut zum Lachen. »Das ist nicht witzig.«

»Tut mir leid. Mach dir nicht zu viele Gedanken. Es wird sich alles finden. Wir haben Zeit, das hast du selbst gesagt.«

»Stimmt.« Er küsst mich auf den Scheitel und hievt sich hoch. »Entschuldige, die beiden unten warten auf ihr Futter, und wir sollen in einer Stunde bei Granny sein. Ist es okay, wenn ich zuerst ins Bad gehe?« Es ist nur ein kurzer Moment, aber ich erkenne, dass seine Miene sich verzieht und er das Gewicht auf die rechte Seite verlagert.

»Ist alles okay?«

»Ja. Hab mein Bein nur etwas verdreht im Schlaf. Wird schon.«

»Okay. Ähm … ist es echt zehn Uhr?« Ich schaue auf den Wecker neben dem Bett. Shit, wirklich schon so spät.

»Ich beeile mich.« Dylan trägt eine weite schwarze Pyjamahose, und während er das Bett umrundet, mustere ich ihn und seine Tattoos, die sich über seinen Muskeln bewegen. Ich glaube, von diesem Anblick werde ich nie genug bekommen.

Während ich liegenbleibe, denke ich an gestern Abend. An das, was Dylan mit mir gemacht hat. Wie unglaublich es sich angefühlt hat.

Dass es gut war und richtig und perfekt.

Daran, dass es mir keine Angst gemacht hat. Dass es mir nie wieder Angst machen wird. Nicht mit Dylan.

Keine zwei Stunden später stehen wir im Wohnzimmer, zusammen mit Dylans Granny, die so groß ist wie ich und wieder richtig fit aussieht. Ihre Kater haben sie bereits ausgiebig begrüßt und schlafen jetzt auf der Couch.

Ich schaue mir die Fotos in all den Bilderrahmen an, und fast jedes zeigt Dylan. Als Kind mit Schultüte, mit Football als Jugendlicher, mit Granny im Park, an Halloween und an Weihnachten.

»Er war ein süßes Kind, nicht wahr?«

»Das war er Mrs …« Ihr böser Blick trifft mich. »Ich meine, Granny.« Und sofort lächelt sie wieder.

»Bitte, müssen wir uns das ansehen? Hoffentlich hast du das mit der Zahnspange weggemacht.«

»Er hat seinen Mund gar nicht richtig zubekommen, so groß war das Ding. Aber sein Dad hat nicht nachgegeben.«

»Sind das deine Eltern?« Ich zeige auf das einzige Foto, auf dem Dylan mit ihnen zu sehen ist.

»Ja.« Er strahlt, seine Eltern ebenso.

»Da war er zwölf. Ich habe das Foto gemacht, nach einem Footballspiel.« Sie streicht gedankenverloren über das Glas. »Einen Monat später waren meine Tochter und ihr Mann nicht mehr da.«

»Es tut mir so leid.« Ich hatte nicht vorgehabt, alte Wunden aufzureißen.

»Das ist lange her«, sagt Dylan mit belegter Stimme und legt eine Hand auf die Schulter seiner Granny.

»Das ist es. Viel zu lange.«

Entschuldigend blicke ich zu Dylan, doch er lächelt mich an.

»Wie ist deine Familie, Zoey?«

»Schwierig, aber ich liebe sie.«

»Ist deine Granny auch so rührselig?«, fragt sie lachend, während sie sich eine Träne wegwischt.

»Das weiß ich leider nicht. Meine Großeltern durfte ich nie kennenlernen, sie sind sehr jung gestorben.«

»Ach herrje!« Sie nimmt mich in den Arm, klopft mir auf den Rücken. »Jetzt hast du ja mich.« Dylan verdreht spielerisch die Augen, aber ich erkenne, wie stolz und glücklich er ist. Er liebt sie sehr. Und ich beneide sie darum. Sie um die Liebe ihres Enkels und ihn um seine Granny.

»Das stimmt.« Ist es verrückt, dass ich mir das wirklich wünsche? Zu dieser Familie zu gehören, zu Dylan – und zwar voll und ganz.

»So, dann machen wir uns mal ans Essen, was?« Sie klatscht in die Hände.

Wir gehen Richtung Küche, als Dylan unerwartet zusammenzuckt.

»Was ist los?« Er sieht nicht gut aus, wird ganz blass, und feiner Schweiß bildet sich auf seiner Stirn. Heute Morgen hatte er ähnliche Probleme.

»Nichts. Geht schon.«

»Du solltest ...«

»Es geht schon, Gran«, unterbricht er sie schroff, und sein Blick huscht einen kurzen Moment zu mir, aber ich konnte es genau erkennen. Granny seufzt.

»Oh, mein Junge.« Und es klingt nach so viel mehr, aber ich kann es nicht verstehen oder entziffern. Als würden in diesen drei Worten ganze Welten liegen.

»Bin gleich wieder bei euch. Muss kurz nach oben.« Er versucht sich an einem beruhigenden Lächeln, scheitert jedoch kläglich. Hat er Schmerzen? Was ist nur los?

»Du magst Dylan, nicht wahr?«

Ich werde rot und bin nicht sicher, was ich der Frau, die ich erst seit gestern kenne und die ihn großgezogen hat, antworten soll. »Man sieht es dir an. Ihm übrigens auch. Er ist ein guter Mann, und du scheinst ihm gutzutun.«

»Er tut mir auch gut«, gebe ich zu, und Granny nimmt meine Hand. Ihre ist fast so klein wie meine, und trotz all der Arbeit ist ihre Haut weich.

»Gib ihm ein paar Minuten. Und dann geh zu ihm. Das wird ihm helfen«, sagt sie kryptisch, dann macht sie sich auf den Weg in die Küche und lässt mich am Fuß der Treppe zurück.

34

Vor allem Erinnerungen, die man nicht haben möchte
und die man am liebsten verbrennen würde,
bleiben einem erhalten. Man vergisst sie nie.
Nicht wirklich.

Dylan

Ein viel zu lauter Fluch entfährt mir, während ich auf dem Deckel der Toilette sitze und mich um meine Prothese kümmere. Ich kann mich nicht erinnern, sie das letzte Mal so lange angelassen zu haben, auch noch über Nacht. Ich hatte die Wahl: Alleine auf der Couch schlafen oder mit Zoey im Arm. Sie hatte mich gefragt, ob ich bleibe – und bei Gott, nichts habe ich lieber getan. Unten hätte ich die Prothese aus Schiss, dass sie zu früh aufsteht oder es anderweitig mitbekommt, auch angelassen, also hätte es keinen Unterschied gemacht.

Das rächt sich jetzt. Ich muss heute Nacht beschissen gelegen oder mir das Knie verdreht haben. Dass ich den Stumpf vorher nicht mehr kontrolliert habe, war auch ein Fehler. Ich Idiot.

Jetzt schmerzt einfach alles. Besonders die Nervenenden am Stumpf. Der Druckschmerz an den Seiten kommt hinzu.

Scheißdreck.

Wäre ich allein, würde ich die Prothese ausziehen und es für heute gut sein lassen, meinem Stumpf eine Pause gönnen. Aber ich bin nicht alleine und … »Scheiße!«. Ich kann einfach nicht aufhören, laut zu fluchen! Was ist nur los mit mir?

»Dylan?«

Nein! Bitte nicht, flehe ich stumm. Die Stimme dringt nur gedämpft durch die Holztür, aber es ist definitiv nicht die meiner Großmutter. »Ich mache mir Sorgen, wenn ich ehrlich bin, und … deine Gran meinte, es sei okay, wenn ich nach dir sehe. Ist wirklich alles okay?«

Das warst du, Gran! Du hast Zoey hochgeschickt, oder? Verdammt. Musste das sein?

Was mache ich jetzt nur?

Granny weiß genau, dass meine Freunde nichts von dem Unfall und den Folgen ahnen. Sie heißt es nicht gut, aber sie mischt sich auch nicht ein. Bis jetzt …

»Ich brauch nur noch einen Moment, du musst dir keine Sorgen machen, Zoey. Ich komme gleich runter.«

»Das hört sich nicht so an. Du kannst mir sagen, wenn ich etwas nicht wissen soll, aber lüg mich nicht an.«

Ich will sie weder anlügen noch es ihr verheimlichen. Es ist nur so schwer … Trotzdem habe ich mich entschieden. Ich ziehe die Hose über das Bein, stehe auf und atme den Schmerz weg.

Als sich die Tür öffnet, schaut Zoey mich aufmerksam an. Ohne ein weiteres Wort drehe ich mich um, gehe zurück und setze mich wieder. Warte, bis Zoey mir nachkommt.

Zögerlich lässt sie sich mir gegenüber auf dem Rand der Badewanne nieder und wartet.

»Meine Eltern sind gestorben, als ich zwölf war«, beginne ich, was sie eben schon erfahren hat, und schaffe es nicht, sie dabei anzusehen. »Es war ein Unfall auf dem Highway. Sie hatten eine Busreise gemacht und – kamen nicht wieder zurück. Danach hat Granny mich großgezogen. Ich war kein einfaches

Kind, ich habe es ihr nicht leicht gemacht. Zu groß waren die Trauer und auch die Wut. Immerzu dachte ich: Warum habt ihr mich alleingelassen? Wie konntet ihr mir das antun? Den Gedanken, dass das natürlich nicht ihre Schuld war, wollte ich nie zulassen. Ich wollte nicht loslassen. Diese Gefühle haben sich in mir eingenistet und mich zerfressen. Das Foto unten ist nicht nur das letzte Footballspiel, das ich mit meinen Eltern gesehen habe, sondern das letzte Mal, dass ich als Zuschauer im Stadion war – obwohl ich selbst weiter aufs Feld ging. Denn ich liebte diesen Sport und konnte ihn nicht aufgeben. Meine Eltern und ich träumten davon, dass ich irgendwann Profi-Spieler werden würde, also spielte ich Football, trainierte viel und hart. Und ich war verdammt gut in meinem Job. Ich war geboren für die Defense.« Kurz blicke ich auf, fahre mir durch mein Haar und setze mich gerade hin. Zoey hört weiter einfach nur zu. Noch hat sie keine Ahnung, worauf ich hinaus will. Noch passen die Puzzleteile nicht zusammen.

»Alles wurde besser und leichter. Auch das Zusammenleben mit Granny. Bis zum fünften Todestag meiner Eltern, an dem man mir mitteilte, dass ich eine große Karriere vor mir hätte und man mir ein Vollstipendium an einem Division-I-College anbieten würde, wenn ich meine Noten halten könnte. Das war es, was ich wollte. Meine Eltern und ich. Aber an diesem Tag …« Ich presse die Lippen zusammen und schlucke schwer. »Es war zu viel. Ich vermisste meine Eltern, konnte nicht glauben, dass sie das nicht erlebten, und irrationalerweise fragte ich mich, warum ich mir den ganzen Scheiß überhaupt antat. Das erste Mal in meinem Leben habe ich mich ordentlich betrunken, und dann habe ich Grans Auto geklaut. Ich bin damit losgefahren, ohne Sinn und Verstand. Verflucht, ich konnte kaum geradeaus gucken.« Ich höre, dass Zoey tief einatmet, aber noch immer unterbricht sie mich nicht. Nervös knetet sie ihre Hände. Ich weiß genau, wie sie sich fühlt. Trotzdem zerreißt es mich fast, dass sie weiterhin schweigt und nichts davon kommentiert.

»Ich war sturzbetrunken, und irgendwann habe ich die Kontrolle über den Wagen verloren. Es ging eine Böschung runter, und einen Wimpernschlag später hat er sich um einen Baum gewickelt.«

»Oh mein Gott«, haucht sie und hält sich ihre Hand vor den Mund.

»Ich schäme mich dafür. Ich habe getrunken, einen Wagen geklaut und nicht nur mich, sondern andere Menschen in Gefahr gebracht, ohne an die Folgen für sie zu denken. Zum Glück ist nur mir was passiert. Es war auf der Straße kaum was los. Trotzdem ... ich will es nicht schönreden: In der Nacht wäre ich gern gestorben.« Der letzte Satz verlässt nur stockend und leise meine Lippen, aber ich sage ihn, und sosehr es auch wehtut, es war an der Zeit. Zoey schluchzt leise, und ich wünschte, das wäre alles.

»Ich weiß nur noch, dass ich keine Schmerzen hatte. Ich war benebelt vom Alkohol, aber hellwach. Die Polizei und Feuerwehr rückten irgendwann an, ich weiß nicht, wie viel Zeit vergangen ist. Sie mussten mich aus dem Auto herausschneiden, ich war komplett eingeklemmt. Mein Körper hat bis auf ein paar Prellungen und gebrochene Rippen nichts abbekommen, nur ein paar Kratzer. Mit zwei Ausnahmen.« Ich hebe meine Hand, fahre über die Narbe auf meiner Wange. »Die kommt von dem Unfall. Du hast danach gefragt und ... ich habe dir nicht alles erzählt. Es war ein großer Splitter der alten Frontscheibe sagten sie. Danach kam das Krankenhaus und eine OP. Alles zog an mir vorbei wie ein Film und wurde erst am nächsten Tag real, als ich aufwachte und Granny weinend neben mir saß.«

Zoey will nach mir greifen, streckt ihre Hand nach mir aus, aber ich kann das jetzt nicht. Also schüttle ich den Kopf, und sie zieht sie wieder zurück.

»Ich muss das erst hinter mich bringen«, erkläre ich, und sie versteht das. Das ist gut, oder? »Gran hörte nicht auf zu weinen und zu schimpfen. Ich griff nach unten, weil mein linkes Bein wehtat und ich nicht verstand, was los war. Auch nicht, als Granny es erklärte oder der Arzt danach. Ich verstand es einfach nicht.«

Jetzt bin ich es, der weint. Scheiße. Ich sitze hier auf einer Toilette mit der Frau, die mir mehr bedeutet, als ich sagen kann, und heule.

Meine Finger zittern. Ich stehe auf, trotz der Schmerzen, und beginne damit, mir meine Hose auszuziehen. So ist es einfacher.

Mit einer fließenden Bewegung lasse ich sie fallen, sie rutscht auf den Boden und ich kann Zoeys Blick auf mir spüren. Auf meinen Boxershorts, meinen Oberschenkeln – und jetzt ist er da. Auf meiner Prothese.

»Oh mein Gott«, haucht sie nur, und ich habe eine Scheißangst, dass sie einfach aufsteht und geht. Dass sie mir vorwirft, es ihr erst jetzt zu sagen. Dass sie mir an den Kopf wirft, wie rücksichtslos ich war und …

Nichts davon passiert. Stattdessen streckt sie ihre Hand erneut aus, und ich halte die Luft an, bis sie mein Knie berührt. Ich wünschte, ab da könnte ich ihre Finger spüren, aber sie fahren jetzt über meine Prothese, und ich folge ihnen, beobachte sie, wie sie mich studiert und erkundet. Ich werde sie nicht unterbrechen oder aufhalten.

»Du hast dein Bein verloren«, flüstert sie erschüttert.

»Ja. Es war vollkommen zertrümmert. Ich hatte Glück, dass sie mein Knie retten konnten.«

»Deshalb hast du heute früh das Gewicht verlagert.« Sie hebt den Kopf, um mich anzusehen. Einen Moment später steht sie auf, stellt sich direkt vor mich. »Deshalb die Schmerzen. Hast du sie immer?«

»Nein, nicht immer, aber oft. Mal im Stumpf, mal von der Prothese oder durch Phantomschmerzen. Heute, weil … ich keine Pause hatte.«

»Du warst bei mir. Du hast sie die ganze Zeit getragen.« Ihre Augen werden groß. Ich muss ihr das nicht bestätigen. »Warum hast du nichts gesagt? Wissen die anderen es?«

»Nein. Es hat sich nie ergeben, und irgendwann konnte ich es nicht mehr. Ich habe sie versteckt, es kam mir leichter vor. Und ich habe mich geschämt.«

»Für die Prothese?«

»Für den Grund, warum ich sie habe.«

»Deshalb wolltest du nicht mit mir schlafen.«

»Es war nur ein Grund. Der andere war die Wahrheit, wir haben Zeit. Ich meine, wir hatten sie und …« Zoeys Hand legt sich auf meine Brust, und ihre Lippen lassen jedes weitere Wort aus meinem Mund verstummen. Es ist ein zarter, flüchtiger Kuss.

»Wir *haben* Zeit, Dylan. Was hast du gedacht? Dass ich wegrenne? Dass ich mich über dich lustig mache? Denkst du so schlecht von mir?« Es tut mir so leid.

»Ich wollte dich nie kränken. Aber ja, davor hatte ich Angst.«

»Es macht mir nichts aus. Es ist nur ein Bein, nicht mehr. Das ändert nichts an dem Mann, der mit dranhängt.« Sie lächelt. »An dem, in den ich mich verliebt habe.« Ihre Wangen werden rot, ihre Augen glänzen noch von den Tränen, die sich eben darin gesammelt haben. Mein Herz droht zu explodieren und meine Brust zu zerreißen.

Sie hat sich in mich verliebt.

Jetzt küsse ich sie, halte sie, und bei Gott, ich lasse sie nicht mehr los. Von mir aus prügle ich mich auch mit Cooper, wenn es sein muss.

»Jetzt bin ich dran.«

»Was meinst du?«

»Ich möchte dir erzählen, was genau in jener Nacht passiert ist. Woran ich mich erinnere und – wofür ich mich geschämt habe.«

»Du hattest keinen Grund, dich zu schämen, Zoey.«

»Das sagt sich immer so leicht, nicht wahr? Heute weiß ich das, aber früher. Ich war damals so verloren wie du – nur auf eine andere Art. Trotzdem haben wir es beide geschafft, wir sind daran gewachsen. Was ich sagen möchte, ist, du hast mir alles erzählt, und ich möchte das auch. Keine Geheimnisse.«

»Okay. Keine Geheimnisse.« Wir setzen uns wieder, und es fällt mir schwer, sie loszulassen. Aber ich verstehe, dass sie das jetzt genauso braucht wie ich eben.

»Coop ist damals frisch nach Seattle gezogen, zusammen mit Mase. Beide haben das Studium an der Harbor Hill begonnen, und ich habe sie direkt besucht. Ich war so aufgeregt. Es war ein nur ein Wochenende, und ich war kein komplizierter Teenie. Unsere Eltern haben uns vertraut, und ich wollte nichts weiter, als die Wohnung meines Bruders sehen, die große Stadt und vielleicht abends etwas essen gehen. Als ich an dem Freitag ankam, wurden Coop und Mase spontan auf ihre erste Studentenparty eingeladen. Sie kannten den Gastgeber, sie haben ihn bei den Einführungsveranstaltungen kennengelernt und sich gut verstanden, sind sofort Freunde geworden. Es war Sommer, ein heißer, wundervoller Sommer. Ich war plötzlich genau an dem Wochenende zu Besuch, an dem die Party stattfinden sollte, und die beiden waren im Zwiespalt: daheimbleiben oder mich mitnehmen. Für beide stand relativ schnell fest, dass sie mich auf keinen Fall mitnehmen und wir nicht hingehen. Aber ich war nicht so leicht zu bremsen. Eine Party in einer Großstadt. Ich wollte da unbedingt hin! Also habe ich gefleht und versprochen, nichts zu trinken. Ich habe versprochen, bei ihnen zu bleiben und keinen Unsinn zu machen, und gesagt, dass ich in einem halben Jahr schon siebzehn werden würde, Coop wäre schließlich bald zwanzig. Sie glaubten mir, weil ich nicht der Typ war, der log oder Unsinn machte. Und immer mehr bröckelte ihr Widerstand. Wir sind gegangen. Es war das erste Mal, dass ich mein Versprechen gebrochen habe. Nicht mit Absicht, aber es ist passiert. Ich habe Coop und Mase irgendwann in dem großen Haus im Gedränge verloren, habe das getrunken, was man mir in die Hand drückte, während ich mit fremden Menschen tanzte.« Seufzend schüttelt sie den Kopf und knetet ihre Hände. »Ich habe mein Versprechen nicht gehalten, obwohl ich es hätte tun sollen. Meine Eltern geben Coop die Schuld, dabei hat mit meinem Versprechen alles angefangen. Und damit meine ich nicht, dass ich deshalb schuld bin – aber trotzdem kommt der Gedanke stets zurück. Ich habe mich mit den Leuten unterhalten, mich amüsiert und mir keine Sorgen gemacht. Schüchtern war ich nie und zum Glück auch nicht so grummelig wie mein Bruder. Also hatte ich keine Probleme damit, ein paar Gäste anzusprechen. Der Abend verging, wir tanzten weiter, lachten, und irgendwann bat mich der eine Junge, den ich mochte, mit nach oben. Ich war zwar alkoholisiert, aber nicht vollkommen betrunken, sodass ich nichts mehr mitbekam oder mir schlecht war. Alles war nur etwas leichter und entspannter. Ich habe mir nichts dabei gedacht. Rückblickend war ich naiv. Ich hätte nie diese Treppen nach oben steigen sollen. Aber wenn ich ehrlich bin, habe ich nicht einen einzigen Gedanken daran verschwendet, dass mir in einem Haus voller Menschen etwas passieren könnte. Was auch? Und wie? Vielleicht war ich zu gut- oder leichtgläubig, aber in meinem Leben hatte diese Art von Gefahr nie einen Platz.

Sein Name war Keith. Er nahm mich an der Hand, führte mich in ein Zimmer, und als er die Tür hinter sich abschloss, veränderte sich etwas. Nicht bei ihm, sondern bei mir. Da wallte dieses Gefühl in mir auf, dass etwas nicht stimmte, diese Vorahnung. Und als ich mich umdrehte und zwei weitere Jungs entdeckte, die Keith mir zuvor als Peter und Eric vorgestellt hatte, wurde dieses Gefühl zu einer Welle, die mich kaum atmen ließ. Alles in mir wollte aus diesem Zimmer, wollte wieder nach unten. ›Ich sollte gehen‹, sagte ich, und trotzdem ließ ich mich von Keith weiter in den Raum schieben. Ich schwankte leicht, meine Zunge war etwas träge. Hier oben nahm man nur den dumpfen Bass der Musik wahr, und ich hörte das Rauschen in meinen Ohren. Es roch nach Alkohol, besonders nach Bier, und nach Gras. Auf dem Tisch stand irgendein anderes Zeug, ich war mir sicher, es waren härtere Drogen. Ich sagte erneut, dass ich gehen wolle, aber meine Stimme zitterte und mein Körper ebenso. Besonders, als sich Keiths Griff verstärkte und die anderen zu lachen begannen. Ihr Blick war verhangen, Eric trank ein Bier, Peter saß nur da und musterte mich, als wäre ich Ware, die er zu kaufen gedachte.«

»Zoey, bitte, du musst nicht …«

»Ich weiß. Aber ich denke, wenn wir das hier machen, dann richtig.« Ich habe keine Ahnung, ob ich das aushalte. Was Schwachsinn ist. Sie hat das damals ausgehalten, sie hat es geschafft – also werde ich das hier schaffen.

»Ich hörte über meine Panik hinweg nur Bruchstücke. ›Sie ist schön‹, ›Was machen wir jetzt?‹ – irgendwie so was. Danach drehte Keith mich zu sich, drückte mich schmerzhaft an sich und begann mich zu küssen.« Mit jedem Wort wird sie leiser, ihre Finger zittern jetzt. Scheiße, ich würde sie gern in den Arm nehmen, aber ich denke, sie würde das nicht verkraften.

»Erst war ich so geschockt, dass ich mich nicht rührte. Wenige Sekunden später sickerte das alles in meinen Verstand, und ich drückte mich weg, sagte Nein, doch das interessierte ihn nicht. Er hatte mehr Kraft als ich, war größer, stärker. Irgendwann landeten wir auf dem Boden. Ein alter Teppichboden, dessen staubiger und modriger Geruch mir sofort in die Nase zog. Zusammen mit Keiths Lächeln, seinem Körper auf meinem und dem Gestank nach Bier rief das Übelkeit in mir hervor, und ich würgte. Ich schloss die Augen, zappelte weiter und – es brachte nichts. Ich bekam kaum Luft. Die Stimmen der anderen drangen nur noch gedämpft zu mir, und ich weiß nicht, ob es wirklich so war, aber ich bilde mir heute ein, nur noch Nein gesagt zu haben. Nein, nein, nein. Es war egal. Es machte keinen Unterschied.« Tränen rinnen still und leise aus ihren Augen, als sie den Blick hebt und mich ansieht. »Meine Tritte trafen ins Leere. Ihre Hände auf mir waren wie eine Schar Ameisen, die mich einfach überrannte. Ich sah an die Decke, lauschte dem Bass und zählte die Sekunden. Es waren 119, bis sie mich umdrehten. Ich sah nichts mehr, das Atmen fiel mir schwer. Alles war verschwommen und dumpf. Keine Ahnung, wann ich damit aufgehört habe, mich zu wehren und zu bewegen. Ich lag nur da, starrte ins Nichts, während sie mich festhielten. Auch als ... als ... Keith mir ein Kissen unter den Bauch schob und ...«

Ich fluche laut, fahre mir durchs Haar und beginne selbst damit, am ganzen Körper zu zittern. Ich hoffe, Coop hat sie damals ordentlich verprügelt. Wenn ich könnte, würde ich es heute wieder tun. Scheiße.

»Es tat nicht mal besonders weh. Und ich weiß noch, wie ich dachte: *Zum Glück ist es nicht so schlimm.*« Jetzt schütteln

Schluchzer Zoeys Körper. Sie presst ihre Hand auf den Mund und nimmt sich einen Moment, bevor sie weitermacht. Ich wünschte, sie würde es nicht tun.

»Ich habe mich so geschämt. In diesem Augenblick. Für diesen Gedanken. Für jeden einzelnen Stoß von ihm, weil ich mich nicht gewehrt habe, während meine Hände auf meinen Rücken gepresst wurden und ich die Finger der anderen zwischen meinen Schulterblättern oder an meinem Nacken spürte. Weil es nicht weh genug tat. Stattdessen zählte ich lediglich die Stöße wie die Sekunden und versuchte, nicht auf den Teppich unter mir zu kotzen. Das war alles.

Danach zogen sie mich wieder an, richteten mich auf, und Keith drückte mir einen Kuss auf die Wange. Er sagte bloß: ›Wir hatten Spaß, richtig? Es hat dir gefallen, ich habe es doch gemerkt‹, und ich blieb wieder nur stumm. Ich weiß nicht, wie ich aus dem Zimmer ging, was die anderen sagten oder taten, ich weiß nur, dass ich plötzlich alleine war und sie fort. Irgendwann fand ich mich auf der Treppe wieder und entdeckte meinen Bruder. Mase war hinter ihm. Ich fühlte mich leer und verbraucht. Ohne Worte, ohne Gefühl. Da war so viel *Nichts* in mir.« Energisch wischt sie ihre Tränen weg, aber sie ist nicht schnell genug, es fließen zu viele hinterher.

»Den Rest kennst du. Coop hat sie verprügelt und die Polizei kam. Ich habe nichts gesagt. Ich wollte nur nach Hause. Wollte das alles vergessen. Die Scham war in diesem Moment so übermächtig, dass sie mich erdrückte und lenkte. Erst zwei Tage später bin ich selbst zur Polizei, um ihr meine Sicht der Dinge mitzuteilen. Sie fanden zwar noch Drogen bei Keith, aber nicht besonders viel. Kein Kondom, keine Beweise. Meine Untersuchung kam zu spät. Trotzdem gingen meine Eltern vor Gericht – und wir haben verloren.«

35

Jede Narbe birgt ein Album
voller guter und schlechter Erinnerungen.

Zoey

Dylan und ich sitzen uns gegenüber, als wären wir zwei Ertrinkende auf hoher See. Ich bin müde. Das alles zu erzählen –
das habe ich bisher nur bei Milly geschafft. Nicht mal ganz
vor Gericht. Da habe ich Fakten wiedergegeben, nicht meine
Gefühle. Die habe ich festgehalten und in mir eingesperrt, damit sie nie jemand erfährt. Bis Milly kam. Und jetzt der Mann
vor mir.

Seine Prothese ist mir egal. Der Unfall – wir machen alle
Fehler. Seine Vergangenheit gehört zu ihm wie meine zu mir.
Sie macht aus uns beiden die Menschen, die wir sind. Wir haben es längst geschafft, uns zu heilen, und heute haben wir
es außerdem hingekriegt, jemandem unsere Narben zu zeigen.
Jene, die uns auf ewig verletzbar machen und an die Wunden
erinnern, die sie einmal waren.

Es fühlt sich gut an. Erleichternd. Wie eine Last mehr, die
man hat fallen lassen.

Ich atme tief durch, halte Dylans Blick fest, der nur zu deutlich zeigt, wie aufgewühlt er ist. Wie wütend und traurig.

Dass er sich alles bis zu Ende angehört hat, dass er mich hat
reden lassen, bedeutet mir viel. Genauso wie die Tatsache, dass

er mich nicht angelogen hat, als er eben die Möglichkeit dazu hatte. Er hätte wieder sagen können, ich solle gehen und alles sei okay, aber er hat sich dazu entschlossen, die Tür zu öffnen – und mich hereinzulassen. Nicht nur in dieses Bad, sondern in sein Herz und sein Leben.

»Jetzt kennst du meine Geschichte«, wispere ich und lächle. Es ist ein ehrliches Lächeln, das sich ganz einfach anfühlt. Meine Tränen versiegen nach und nach, mein Herz kommt zur Ruhe, und meine Muskeln entspannen sich wieder.

»Ich will nur … Bitte, vergiss nicht, was ich dir bereits gesagt habe: Dieses Mädchen steckt in mir, es ist ein Teil von mir, aber ich bin nicht mehr sie. Diese Geschichte ist, was sie ist: eine Geschichte. Eine Narbe. Ein geschlossenes Kapitel. Ich habe ein Ende daruntergesetzt. Sie wird immer da sein, sie wird mich begleiten und manchmal daran erinnern, aber sie wird mich nie wieder zerstören.«

Dylan bleibt stumm sitzen, und das macht mir mehr Angst, als es sollte. »Wenn dir das zu viel ist, verstehe ich das.«

Jetzt ist er so schnell bei mir und zieht mich zu sich hoch, dass ich vor Überraschung kaum Luft holen kann.

»Erzähl keinen Blödsinn«, zischt er, und ich umarme ihn, bette meinen Kopf an seine Brust. Ziehe seine Wärme und seinen Duft ein.

»Du stehst in Unterhose vor mir«, murmle ich amüsiert, und er haucht mir einen Kuss auf den Kopf, bevor er sich langsam von mir löst.

»Ich sollte die Prothese eine Weile ausziehen. Wäre das okay?«

»Erzähl keinen Blödsinn«, wiederhole ich seine Worte. »Darf ich vielleicht zusehen?« Lange habe ich nicht über die Frage nachgedacht und hoffe nun, dass sie nicht taktlos war. Ich bin nur neugierig, und das gehört eben zu Dylan dazu.

»Bist du sicher?« Seine Stimme ist leise und rau. Beinahe unsicher, aber ich nicke und schaue ihm fest in die Augen.

»Wenn es für dich okay ist.«

»Meine alten Krücken sind im Kleiderschrank in meinem Zimmer. Würde es dir was ausmachen? Danach ... fangen wir an. Oder warte, ich komme mit rüber.«

Wir gehen zusammen ins andere Zimmer, er setzt sich aufs Bett und legt seine Jeans rechts neben sich, ich lehne die Krücken an der Seite an den Rahmen und setze mich auf die andere Seite. Die mit der Prothese.

»Bereit?«

»Ich wiederhole mich, aber für mich ist es nur ein Bein.« Ich streiche über seine Wange und seinen Bart und spüre, wie er sich an mich drückt.

Er ist nervös. Sein Ausdruck wirkt konzentriert, aber seine Bewegungen sind etwas zu fahrig. »Das hier nennt man Liner. Er wird über den Stumpf gezogen, damit die Prothese optimal sitzt. Diese hier ist aus PVC und Carbon mit ein, zwei anderen Elementen und angepasst an meinen anderen Unterschenkel.« Die Prothese ist längst ab, jetzt löst er den Liner. Ich habe noch nie eine Amputation gesehen und schlucke schwer. Doch nicht, weil es mich abschreckt, sondern weil ich so viele Fragen habe.

Dylan bewegt sein Bein, ich erkenne die Muskelstränge oberhalb des Stumpfs. »Du machst ganz normal Sport?« Anders kann ich mir diese muskulösen Beine nicht erklären.

»Elliott schneidet die Trainingseinheiten extra auf mich zu. Er war mein Physiotherapeut und ist heute ein Freund.«

»Du warst an dem Donnerstagmorgen bei ihm.«

»Ja. Meine neue Prothese war da. Die geht immer erst zu Elliott, der sie unter die Lupe nimmt. Noch hat er mehr Ahnung davon.« Er stockt. »Da gibt es noch etwas: Mein Studiengang heißt offiziell Orthobionik. Ich befasse mich unter anderem mit der Herstellung von Prothesen.«

»Wieso hast du nie ein Wort zu den anderen gesagt?«

»Es hat sich nie ergeben. Irgendwann fühlte es sich nicht mehr richtig an, als wäre es zu spät. Ich kam gut damit klar. Keine Fragen, keine Gedanken an die Vergangenheit.«

»Sie werden dich nicht verurteilen.«

»Das dachte ich über die Menschen in Bellingham auch. Alte Freunde, meine Mannschaft – aber sie taten es. Am schlimmsten war das Getuschel hinter meinem Rücken. Deshalb ging ich nach Seattle. Ich kannte die Stadt aus der Reha-Zeit, und die Uni ist gut.«

»Das waren Idioten, Dylan.«

Wir schauen uns einfach nur an, rühren uns kein Stück. Meine Finger fahren über seine Wange, seinen Wangenknochen und seine Haare.

»Wir sollten uns beeilen. Grannys Burger willst du nicht verpassen. Lass mich nur schnell den Stumpf behandeln, bevor wir runtergehen. Zum Glück kennt Gran mich in Boxershorts«, witzelt er und will aufstehen.

»Wo willst du hin?«

»Die Creme ist nebenan, die einzige Tube in der kleinen oberen Schublade im Schränkchen neben dem Waschbecken. Ich habe immer eine Reserve hier, und Granny will die Schublade einfach nicht für etwas anderes benutzen. Vermutlich hat sie nur mit dieser Creme im Bad das Gefühl, ich wäre noch hier.«

»Ich hole sie.«

Dann küsse ich ihn. Einfach so. Weil es sich richtig anfühlt. Weil es keinen Grund gibt, es nicht zu tun. Es ist ein sanfter Kuss, ein fragender. Und Dylans Antwort kommt prompt. Er greift in mein Haar, umfasst mein Gesicht und öffnet seine

Lippen. Legt meinen Kopf schräg, und als unsere Zungen sich treffen, atme ich sein Stöhnen ein. Wir fallen aufs Bett, er zieht mich mit sich und ich muss leise an seinen Lippen lachen. So lange, bis ich mich auf ihn setze und seine Erektion an meiner Mitte spüre.

»Ich werde heute nicht mit dir schlafen«, mache ich ihn nach. »Aber ich würde dich verdammt gerne noch eine Weile küssen.«

»Scheiß auf die Burger.« Sofort zieht er mich wieder zu sich. »Sag das bloß nicht Granny«, murmelt er zwischen zwei Küssen, und ich würde lauthals lachen, müsste ich dafür nicht damit aufhören, ihn zu küssen.

36

Halte die wundervollen Momente fest.
Sauge sie ein, als wären sie deine Luft zum Atmen.
Sie halten dich am Leben.

Dylan

Keine Ahnung, ob ich träume. Ich versuche noch, es herauszufinden. Ich liege auf meinem alten Bett in Grans Haus, und Zoey ist über mir, küsst mich und gibt dabei Laute von sich, die dazu beitragen, dass der Platz in meiner Hose immer enger wird. Dass sie direkt auf meinem besten Stück sitzt, macht es nicht besser.

Ihre Zunge spielt mit meiner, ihre Lippen sind weich und warm, und ihre Haare kitzeln meine Wangen, während ihre zarten Hände unter mein Shirt fahren. Vollkommen unerwartet kratzt sie leicht über meine Bauchmuskeln, und das ist der Moment, in dem ich den Verstand verliere und die Hüften gegen sie dränge. Ich kann nichts dagegen tun.

Obwohl ich nichts lieber täte, kann ich ihr hier schlecht die Kleider vom Leib reißen. Vor allem nicht nach dem, was eben war. Das war zu intim, zu tief, zu wertvoll. Das werde ich nicht mit Sex besiegeln. Klingt bescheuert, aber für mich fühlt sich diese Entscheidung richtig an.

Zoey weiß es jetzt. Das mit meinen Eltern, meinem Unfall, meinen falschen Entscheidungen, meiner Prothese. Sie hat mein Bein nicht nur mit eigenen Augen gesehen, sondern es angefasst. Das war das erste Mal, dass ich das zugelassen habe. Außer Elliott, den Ärzten und Gran hat niemand meine Prothese seit dem Unfall berührt.

Nur Zoey.

»Ich wünschte, wir wären daheim. Schon morgen«, wispert sie an meinen Lippen, und ich weiß, worauf sie hinauswill.

»Du machst mich fertig, weißt du das?«

»Ist es seltsam, dass mich das glücklich macht?« Ich streiche ihr die Haare hinter die Ohren und betrachte ihr wunderschönes Gesicht. Das blaue und das braune Auge, die leicht geschwungenen Augenbrauen, ihre langen Wimpern und ihre geröteten Wangen. Die von unseren Küssen feuchten Lippen, die sich zu einem frechen Grinsen verziehen.

»Nein. Das ist es nicht. Ich bin froh, dass du glücklich bist.« Ich küsse sie auf die Nasenspitze, und sie zieht sie etwas hoch. Vermutlich kitzelt sie mein Bart. »Und so gern ich hier weitermachen würde, wir sollten runtergehen.«

»Du hast recht.« Sie rollt sich vorsichtig von mir, damit ich mich aufrichten und sie endlich die Creme aus dem Bad holen kann. Danach setzt sie sich erneut zu mir, um jede meiner Bewegungen zu beobachten.

»Es macht dir wirklich nichts aus?«

»Ich hätte es gesagt, wäre es anders. Wieso fragst du das, Dylan?«

»Nur so. Ist schon okay.«

»Wir waren über ausweichende Antworten hinaus, wenn ich mich recht entsinne …«

Shit. Sie hat ja recht. Also hole ich tief Luft, richte meinen Blick auf meine Hände, die den Rest Creme auf dem Stumpf verteilen, und erkläre mich. »Ich musste es noch mal hören. Vermutlich hätte ich es gemerkt, wenn es dich angeekelt und meine Entscheidungen dich abgeschreckt hätten, aber es tat gut, noch mal zu hören, dass es nicht so war. Nicht so ist.«

»Auch Frauen können Arschlöcher sein«, erwidert sie daraufhin und legt ihre Hand auf meinen Unterarm. »Ich nehme an, es gab welche, die der Grund für diese Unsicherheit sind.«

»Keine nennenswerten«, gebe ich zu und grinse sie von der Seite an.

»Das will ich hoffen. Hier, deine Krücken.« Zoey greift zur Seite und reicht sie mir. »Willst du in Boxershorts runter?«

»Ja, wäre angenehmer.«

»Okay – vielleicht sollte ich dir vorher Erbsen aus dem Kühlfach besorgen oder so?« Sie bemüht sich, ernst zu bleiben, aber die Belustigung tanzt förmlich in ihren Augen.

»Ach, verdammt.« Die Beule in meiner Hose springt einem zwar nicht mehr ins Gesicht, aber sie ist noch da, und man muss keinen IQ über hundert haben, um eins und eins zusammenzuzählen. »Gib mir einfach noch zwei Minuten. Ich komme gleich runter.« *Wortwörtlich wie auch im übertragenen Sinn hoffentlich.*

Zoey beugt sich zu mir, küsst mich ein letztes Mal. Und zwar so leidenschaftlich, dass ich vergesse, wie ich heiße.

»Wir sehen uns unten. Beeil dich, sonst esse ich deinen Burger.« Fröhlich verlässt sie das Zimmer, und ich senke meinen Blick, weil ich weiß, was mich nach diesem Kuss erwartet. Scheiße. Ich hätte die Erbsen-Option nicht so schnell verwerfen sollen.

Zehn Minuten später schaffe ich es auf Krücken ins Erdgeschoss. Zehn Minuten, weil Zoey mich absichtlich aufreizend geküsst hat und weil ich danach nicht aufhören konnte, daran zu denken. An sie, ihre Lippen, den Kuss oder das Gefühl von ihrem Körper auf meinem. Es ist richtig, wir haben Zeit und sollten sie uns lassen. Ändert jedoch nichts daran, dass ich Zoey begehre. Und das alles war keinesfalls förderlich, um eine Erektion im Keim zu ersticken, damit die eigene Großmutter sie nicht sieht. In der Zeit hätte ich mir wahrscheinlich einfach einen runterholen können, um das Problem zu lösen, aber bei Gott, das konnte ich nicht, während beide auf mich warten.

Ich erwische Zoey und Granny am Esstisch, wie sie zusammen ein großes Fotoalbum anschauen.

»Da bist du ja endlich. Alles steht bereit, muss nur noch das Fleisch anbraten. Ich dachte, während wir warten, zeige ich Zoey alte Fotos von dir als Kind im Garten. Nur in Unterwäsche, wie sich das gehört. Aber wie ich sehe, kennt sie das schon.« Gran grinst fies, Zoey kichert leise und strahlt dabei übers ganze Gesicht.

»Ganz reizend.«

»Das stimmt. Du siehst niedlich aus.«

»Damit kann ich leben.« Ich steuere auf die beiden zu, stelle die Krücken ab und setze mich ihnen gegenüber.

»Jetzt gibt es was zu essen.« Gran klatscht in die Hände und steht für meinen Geschmack viel zu schwungvoll auf. Die Frau kennt keine Ruhe, kann keinen Gang zurückschalten, und das macht mir Sorgen. Ich bin noch lange nicht bereit, Gran zu verlieren …

Zoey möchte mit aufstehen, aber Gran drückt sie sanft an der Schulter und tätschelt sie. »Ich mache das schon, Liebes.« Danach zwinkert sie mir zu, als hätte sie meine Gedanken gelesen und geantwortet: *Keine Panik, so schnell wirst du mich nicht los.*

»Sie mag dich«, sage ich, nachdem Granny in die Küche gegangen ist und uns hoffentlich nicht mehr hören kann. Bei ihr weiß man nie. Ich vermute, dass sie im Alter ein noch besseres Gehör bekommen hat als in jungen Jahren, auch wenn das eigentlich unmöglich ist.

»Ich mag sie auch. Sie ist eine tolle Frau.« Zoey blättert weiter durch das Album. »Ich bin froh, dass sie mich vorhin hochgeschickt hat.«

»Ich auch. Hätte nie gedacht, dass ich das mal sage, aber Grannys Sturheit hat auch Vorteile.«

»Die hat immer Vorteile, Junge!«

»Gott, wie macht sie das?«, brumme ich und höre meine Großmutter fröhlich lachen, bevor sie das Fleisch in die Pfanne haut, das laut zu zischen und zu brutzeln beginnt.

»Was ist hier passiert?« Zoey deutet auf eines der Fotos. Ich erkenne es wieder, ich stehe mitten im Wohnzimmer und verschränke schmollend die Arme vor der Brust. Da war ich keine vier Jahre alt.

»Meine Eltern wollten, dass ich aufs Töpfchen gehe. Im Wohnzimmer, vor ihnen, vor Gran und ihrer Katze, die sie damals hatte. Ich kann mich nicht an alles erinnern, aber ich weiß noch, dass ich das nicht wollte, weil ich mich furchtbar geschämt habe. Sogar mein Onkel war dabei. Er ist kurz darauf gestorben. Leider kannte ich ihn nicht lange oder gut.«

»Wie ist es ausgegangen?«

»Er hat sich mit der Unterhose aufs Töpfchen gesetzt. Es war eine riesige Sauerei.« Gran bringt gerade die ersten Zutaten für die Burger zu uns und stellt sie auf den Tisch.

»Heute würde man das wohl einen Kompromiss nennen. Meine Eltern bekamen ihren Gang aufs Töpfchen, ich aber keine Zuschauer.«

»Das war kein Kompromiss, das war eine Schweinerei, die ihresgleichen suchte.«

»Das konnte niemand ahnen!«

»Wir haben wochenlang nur davon geredet. Wir mussten ihn dreimal duschen, das erste Mal mit Klamotten.«

»Gott, Gran. Du bist der Teufel.«

»Ich hab dir schon mal gesagt, Junge, lass Gott und den Teufel da raus, es sei denn du willst, dass sie sich einmischen. Verteil die Teller, und hör auf zu jammern, die Burger sind fertig.«

Zoey sieht verdammt glücklich aus, und ich bin froh, dass sie darauf bestand, mit mir herzufahren.

37

Fehler einzugestehen erfordert verdammt viel Mut,
genauso wie neue Wege zu beschreiten.

Zoey

»Danke, Gran.« Ich umarme Dylans Großmutter fest, als sie uns vor ihrer Tür verabschiedet. Diese Tage hier kamen mir vor wie ein halbes Leben. Es ist viel passiert. So viel wurde gesagt, getan, erlebt – und gefühlt.

»Wieso bedankst du dich? Sie schmeißt uns raus.«

»Mir geht es gut. Ich komme schon klar. Ihr solltet heimfahren und wenigstens den Rest des Wochenendes genießen. Bald geht die Uni weiter, und ihr braucht Zeit für euch.«

»Wir haben die Zeit bei dir auch genossen«, kontere ich sofort, »und kommen dich gern wieder besuchen. Also natürlich nur, wenn ich mitdarf.« Ich blicke fragend zu Dylan, doch er lächelt nur. Er sieht zufrieden aus.

»Natürlich darfst du, was für eine Frage. Pass mir gut auf meinen Jungen auf, hörst du?« Sie drückt mich ein zweites Mal an sich und flüstert mir etwas ins Ohr. »Er hat es verdient. Und er hat sehr lange auf dich gewartet.«

»Versprochen«, wispere ich mit belegter Stimme zurück. Ich würde gerne sagen, dass es mir genauso geht, ohne es wirklich genau zu wissen. Ich hatte keine Ahnung, was ich wollte, brauchte oder was mir fehlte, bis Dylan vor mir stand.

»Machs gut, Gran. Und geh es ruhig an. Mit einem Herzinfarkt spaßt man nicht.« Dylan muss sich ein ganzes Stück zu ihr runterbeugen, um sie fest zu umarmen. Man sieht ihnen an, wie viel sie einander bedeuten.

»Das war kein richtiger Herzinfarkt. Nur ein Stupser«, sagt sie, bevor sie Dylan ebenjenen verpasst und ihm zuzwinkert. »Ich bin alt, aber nicht dumm. Ich passe schon auf.«

Wir gehen zum Auto, steigen ein und winken Gran zum Abschied noch einmal zu. Dieses Mal fährt Dylan, und ich mache es mir auf dem Beifahrersitz gemütlich. Unser Gepäck liegt auf der Rückbank, und aus irgendeinem Grund wird mir schwer ums Herz, während wir uns Stück um Stück von Dylans Heim entfernen.

»Du wärst gern noch geblieben, nicht wahr?« Der Wagen ruckelt über die Straße, die Bäume ziehen an uns vorbei, und es beginnt zu regnen. Die ersten Tropfen fallen auf die Windschutzscheibe.

»Es ist jedes Mal schwer, zurück nach Seattle zu fahren. Dieses Mal habe ich mir ziemliche Sorgen gemacht, aber sie ist verdammt zäh. Ich werde nächstes Wochenende noch mal herkommen. Aber ja, ich wäre gern geblieben. Granny ist unfassbar stur.« Ich lege meine Hand auf seine, die auf der Mittelarmlehne ruht, und er verschränkt seine Finger mit meinen. »Trotzdem freue ich mich auf unsere Wohnung«, fügt er an, und ich streiche gedankenverloren über seine Haut.

»Meinst du, die anderen kommen heute auch schon zurück?«

»Nein. Ich bin sicher, die wollten erst morgen früh losfahren. Fragst du wegen Cooper?« Ich denke darüber nach, wie ich ihm am besten erkläre, was mir durch den Kopf geht.

»Es ist nur so, dass … ist es für dich dasselbe wie für mich?«

»Das kommt darauf an, was es für dich ist.«

»Gute Antwort.« Ich lehne den Kopf an den Sitz. »Für mich ist es etwas Ernstes. Nicht mehr nur ein Versuch, es zu etwas Ernstem zu machen.« Das auszusprechen, kostet mich mehr Mut als gedacht.

»Dann ist es dasselbe«, sagt er, und ich kann nicht mehr aufhören zu lächeln. Fühlt sich verdammt gut an.

Am frühen Abend kommen wir nach mehr als vier Stunden Fahrt vollkommen erledigt an. Aufgrund eines schweren Unfalls auf der Interstate standen wir ewig im Stau.

Es ist kurz vor sieben. Zum Glück können wir morgen ausschlafen – dank des Feiertags. Wir waren heute bereits vor sechs wach, Gran ist ein Morgenmensch und steckte bereits um diese Zeit voller Energie.

Erst jetzt komme ich dazu, Mels Nachricht richtig zu lesen. Wie erwartet war es kein Problem, unser Treffen abzusagen, und sie hofft, Dylans Großmutter geht es bald wieder gut. Ich gebe ihr schnell ein Update, während wir mit dem Aufzug nach oben fahren.

In der Wohnung angekommen bringen wir die Sachen in unsere Zimmer. Noch ist niemand hier, weder Andie und Coop noch Socke. Dylan und ich treffen uns zwischen unseren Türen.

»Ganz schön still.«

»Ja.« Ich zupfe an den Ärmeln meines Pullovers.

»Wenn sie morgen herkommen«, beginnt er ruhig, »sagen wir es Coop direkt? Oder warten wir?«

»Ehrlich gesagt habe ich auch schon darüber nachgedacht. Ich denke, wir sollten alle erst mal ankommen lassen und danach … sehen wir weiter? Es ist nicht wegen Coop, sondern weil ich uns erst ein paar Tage geben möchte. Ohne Druck, ohne Erwartungen. Wäre das für dich okay?«

Dylan schließt die Lücke zwischen uns, und ich stelle mich auf die Zehenspitzen, um meine Arme um seinen Hals zu legen. Ich spüre seine Hände an meinen Hüften, die mir Halt geben, und sein Lächeln an meinen Lippen.

»Klingt gut für mich. Ich freue mich auf Coops Gesicht.« Ich lache und drücke ihm einen Kuss auf.

»Wirst du es den anderen sagen? Irgendwann?« Ich muss nicht aussprechen, was ich damit meine.

»Ja, ich denke schon. Ich weiß nur noch nicht, wann oder wie.«

»Lass einfach die Hosen runter, wie bei mir«, witzle ich, und Dylan hebt mich hoch, wirft mich über die Schulter wie Coop bei meinem Einzug. Jetzt hängt mein Hintern schon das zweite Mal in der Luft.

»Was hast du vor?«

»Wir holen uns jetzt einen Kaffee und schauen endlich unsere Serie weiter. Ich bin fast durchgedreht, dass wir das nicht machen konnten. Und Samstag wird wieder gekocht.« Schwungvoll setzt er mich in der Küche ab und macht sich an der Kaffeemaschine zu schaffen, während ich meine Haare zu ordnen versuche.

»Hab ich da auch was zu sagen?«, frage ich amüsiert.

»Ich überlege noch.«

»Witzbold. Aber ganz ehrlich, Samstag kochen klingt wundervoll. Wir haben nur einen Tag zusammen in der Küche verpasst, aber ich fand es grauenvoll. Ausgenommen natürlich Granny. Ich bin froh, dass es weniger schlimm war, als erwartet, und sie auf dem Weg der Besserung ist.«

»Geht mir ähnlich. Ich war nach unserem Gespräch am Donnerstag so frustriert, dass ich sogar ohne Socke spazieren gegangen bin, mehrmals.«

»Ich hab meine Pflanzen zehnmal umgerückt, nur um sie

am Ende wieder da hinzustellen, wo sie am Anfang waren. Danach habe ich für die Uni gelernt, aber es ist nichts hängen geblieben.«

Der köstliche Duft des Kaffees steigt mir in die Nase, und ich atme ihn tief ein, bevor wir uns samt Tassen ins Wohnzimmer bewegen, den Fernseher einschalten und es uns gemütlich machen.

Dylans Arm liegt um meine Schultern, mein Kopf ist an ihn gelehnt, und obwohl ich meine Tasse relativ zügig leere, kann der Kaffee meine Müdigkeit nicht kompensieren. Mein Kopf sackt immer wieder nach vorne, und mir fallen die Augen zu. Irgendwann nimmt Dylan mir die Tasse aus der Hand, damit ich mich richtig an ihn kuscheln kann.

Ich schlafe nicht wirklich ein, aber ich kann nicht behaupten, dass ich von der Serie noch irgendwas mitbekomme. Ist auch total egal. Die Couch war noch nie so bequem wie jetzt. Dylans Arme sind die beste Decke, die man sich wünschen kann, und sein Oberkörper das beste Kissen, das ich je hatte.

Seine Finger streichen immer wieder über meinen Arm, vor und zurück, als wäre er in Gedanken. Jetzt ziehen sie meine Finger nach, fahren wieder nach oben, über meine Schulter meinen Hals hinauf in mein Haar und wieder herunter. Eine Gänsehaut bildet sich in meinem Nacken, und mein Herzschlag beschleunigt sich. Eine so simple Berührung, so unschuldig – und trotzdem brennt sie auf meiner Haut wie Feuer, fährt in meinen Unterleib, der sich erwartungsvoll zusammenzieht, und schürt den Wunsch nach mehr. Dylans Herzschlag geht regelmäßig. Ich lausche seinem Atem, der nicht um sein Leben rennt, nicht wie meiner. Meine Augen sind noch geschlossen, aber nur ein Narr würde nicht sehen, dass ich längst nicht mehr so müde bin wie wenige Minuten zuvor.

Ich blinzle ein paarmal, hebe den Kopf und streife mit meiner Nasenspitze seinen Bart, sein Kinn und seine Wange, bevor ich einen Kuss auf seine Narbe hauche.

»Gut geschlafen?«

»Ja«, wispere ich, und ein Blick in seine Augen genügt, um zu erkennen, dass ihn dieselbe Stimmung befällt wie mich. Ich möchte von ihm geküsst und berührt werden, egal, wohin es führt.

Ich schaue auf seine Lippen, und es dauert keinen Wimpernschlag, bis er sich zu mir beugt und mein Gesicht sanft zu sich zieht. Es ist ein langsames Herantasten, etwas, das mir durch Mark und Bein geht. Seine Lippen berühren meine nur federleicht, unser Atem vermischt sich, und mein Brustkorb hebt und senkt sich hektisch unter der freudigen Erwartung, den Kuss zu vertiefen.

Ich drücke mich weiter an ihn, versuche verzweifelt, unter seinen Pullover zu kommen, aber Dylan lacht an meinen Lippen und hält mein Handgelenk fest.

»Du bist furchtbar ungeduldig.«

»Manchmal eine gute, in anderen Zeiten eine nervenaufreibende Eigenschaft.«

»Das glaube ich.«

Wieder liegen seine Lippen nur leicht auf meinen, doch dieses Mal spüre ich seine Zunge, und als ich meinen Rücken durchdrücke und ihn stumm bitte, mich nicht zu quälen, gibt Dylan nach und zieht mich mit einem Ruck hoch. Jetzt sitze ich schwer atmend auf ihm, presse meine Hände auf seinen Oberkörper und spüre endlich auch sein viel zu schnell pochendes Herz.

»Besser?«

»Ja. Danke«, sage ich lächelnd und beuge mich vor. Er schmeckt noch immer nach dem Kaffee, den wir getrunken haben, und ich genieße es, wie seine Hitze an den Stellen auf mich überspringt, an denen wir uns berühren.

Oben zu sein, gibt mir ein Gefühl von Kontrolle, von Freiheit. Ich denke weniger nach. Und auch wenn ich Dylan vertraue, bleibt es schwer, alte Gefühle und Muster von jetzt auf gleich abzulegen.

Wir küssen uns langsam, aber keinesfalls so zaghaft wie zu Beginn. Seine Zunge spielt mit meiner, er legt den Kopf zur Seite, damit er den Kuss vertiefen kann, und ohne Vorwarnung stöhne ich auf. In meiner Mitte zieht sich alles zusammen, Hitze sammelt sich zwischen meinen Beinen, es kribbelt. Dass ich Dylans Härte unter mir spüre, macht es nicht leichter, nichts zu überstürzen.

Aber es macht es reizvoller.

»Gott, wir wollten doch nur unschuldig eine Serie gucken«, murmelt er plötzlich und bringt mich damit zum Schmunzeln.

»Süß, dass du gedacht hast, das hier könnte nicht passieren.«

»Ich bin noch nicht sicher, ob das ein Kompliment ist.« Er mustert mich fragend und schiebt ein paar Haare hinter mein rechtes Ohr.

»Ich mir auch nicht.« Ich tue so, als müsste ich darüber nachdenken.

»Okay, das reicht.« Er steht mit mir zusammen auf, ich hänge an ihm wie ein Klammeräffchen, während er den Fernseher ausmacht und mich in mein Zimmer trägt.

»Was wird das, wenn es fertig ist?«, frage ich belustigt, aber im nächsten Moment liege ich bereits auf dem Bett und Dylan bei mir. Und im völlig unpassendsten Augenblick beginne ich zu gähnen.

»Wir sollten schlafen, wir haben heute Nacht nicht viel davon bekommen.« Nicht nur das frühe Aufstehen war schuld, sondern auch das späte Einschlafen. Darüber, Dylan zu küssen, habe ich vollkommen mein Zeitgefühl verloren.

»Das Bett ist groß genug für uns beide. Bleibst du hier?« Wie letzte Nacht.

Sein Zögern lässt mich stutzen. Wir waren uns vorhin einig, ich hoffe sehr, dass er keinen Rückzieher macht.

»Wenn die anderen morgen heimkommen und …«

»Falls die anderen morgen so früh ankommen, dass sie uns noch im Bett erwischen, lassen wir uns was einfallen. Auch wenn ich das nicht glaube, sie brauchen mindestens sechs Stunden aus Montana. Ich weiß nicht genau, wo Andie wohnt, aber sie werden sie nicht vor neun aus dem Bett kriegen, und das wiederum bedeutet, dass sie frühestens um drei oder vier da sind. Und wir können alles abschließen – dein und mein Zimmer.« Das schlage ich vor, weil es mir nichts ausmacht und weil ich glaube, dass es Dylan hilft. Dass die anderen uns morgen erwischen könnten, ist nicht seine größte Sorge, da bin ich sicher. Ich denke, es ist die Angst, dass sie sein Bein, seine Prothese sehen, ohne dass er darauf vorbereitet ist. Er möchte den Augenblick selbst bestimmen oder es bewusst tun, und ich kann das verstehen. »Oder warte, ich schreib ihnen schnell und frage nach.«

»Okay.«

Derweil ziehe ich das Handy aus meiner Hosentasche. Ein Wunder, dass es noch nicht kaputt gegangen ist.

Hey Leute. Bei euch alles in Ordnung? Wann kommt ihr morgen heim?

Mason schreibt …

Sobald Andie aus dem Koma erwacht. Der Plan war aber, früh loszufahren. Haha.

Also seid ihr nicht vor eins hier?

Vermisst du uns etwa?

Ich frage wegen des Mittagessens. ;)

Nur eine halbe Lüge. Ich wünschte, mein Leben würde aus wesentlich weniger Halbwahrheiten bestehen …

Du vermisst uns! Nein, ich denke nicht.

Was mein eloquenter Freund meint: Wir schreiben dir, wenn wir losfahren. Brauchen dann bestimmt um die sieben Stunden bis zu euch, je nach Verkehr und Pausenzeit.

Super, danke, June! Fahrt vorsichtig.

Danach postet June ein Foto von allen am Esstisch. Mase, der mit Andies Bruder Lucas diskutiert, ihr Vater, Coop und sie, wie sie mit drei weiteren Männern mittleren Alters Karten spielen. Ich glaube, sie helfen auf der Ranch aus und sind Freunde der Familie. Socke sitzt auf dem Stuhl daneben und kann gerade so über die Tischkante schauen, um alles zu beobachten. Sie sehen glücklich aus.

Das nächste Mal kommt ihr mit, fügt sie noch an.

»Und? Was sagen sie?«
»Sie schreiben uns, wenn sie losfahren, und werden auf keinen Fall vor eins da sein, wenn sie so eine lange Fahrt vor sich haben. Und ich kann mir nicht vorstellen, dass sie Andie früh genug aus dem Bett kriegen, es sei denn, es geht um Leben und Tod.«

Dylan sieht erleichtert aus, nimmt mir das Handy ab und legt es auf den Beistelltisch neben dem Bett.

»Klingt gut. Ich schließe trotzdem meine Tür zu, mache das Licht überall aus und gehe ins Bad.« Er gibt mir einen flüchtigen Kuss.

Während Dylan sich fertig macht, mache ich mir leise Musik an und denke nach. Mein Zimmer ist wirklich schön geworden. Die Regale stehen endlich – ich kann es kaum glauben-, meine Bücher sind einsortiert, und zwischendrin findet sich immer in einem der Quadrate eine kleine Pflanze. Meine Boxen haben ihren Platz darüber gefunden. Vor dem Bett liegt jetzt ein kleiner flauschiger Teppich, zusätzlich zu dem großen mitten im Raum, und unter das Fenster habe ich ganz viele Sitzkissen zum Reinkuscheln platziert. Über dem Bett habe ich fünf Landschaftsbilder in dunklen Rahmen angebracht, alle in verschiedenen Größen. Es steht auch eine kleine Lampe neben dem Bett.

Es ist richtig gemütlich hier. Ich bin endlich angekommen.

Für einen Moment denke ich an Coop, den Überraschungsbesuch meiner Eltern und die Situation, in der wir als Familie stecken, aber keinesfalls sein sollten.

Zum Glück kann ich nicht allzu lange darüber nachdenken, weil Dylan aus dem Bad zurückkommt und ich mich jetzt bettfertig mache.

Ich dusche mich schnell ab, putze meine Zähne und gehe zurück. Hinter mir schließe ich wie besprochen die Tür ab. Ich trage dieses Mal kein Mango-Outfit, sondern einen schlichten dunkelblauen Pyjama. Dylan liegt bereits mit hinter dem Kopf verschränkten Armen im Bett und beobachtet mich, wie ich auf ihn zukomme. Seine Prothese liegt neben dem Nachttisch auf dem Boden, was mir ein Lächeln ins Gesicht zaubert.

»Woran denkst du gerade?«

Ich schalte die Musik aus, klettere über Dylan, schlüpfe unter die Decke und kuschle mich an ihn. »Ich musste dich nicht ermutigen, sie abzulegen. Das freut mich.«

Jetzt grinst er ebenso. »Wenn du so einfach zufriedenzustellen bist ...«

»Für den Anfang.«

»Dachte ich mir schon.« Wir schauen uns in die Augen, und er bemerkt sofort, dass mich etwas beschäftigt. »Was ist los?«

Erst zögere ich, doch schließlich gebe ich mir einen Ruck und frage endlich das, was ich bereits wissen möchte, seit er mir alles erzählt hat. »Darf ich es berühren?«

Dylan wirkt, als hätte ich ihm gerade offenbart, bereits zwanzig Kinder zu haben und vom Mars zu kommen. Ich traue mich kaum, mich zu bewegen, während ich auf seine Antwort warte.

Sein Blick ruht auf mir, fragend, forschend, aufmerksam – bis er nickt und sich vorsichtig aufsetzt. Er lehnt sich zurück an die Wand und schlägt die Decke ganz weg, damit ich besser drankomme und alles sehe. Ich rutsche zu ihm, knie mich neben ihn und kriege kaum Luft. Ich kann mir nicht vorstellen, wie das für ihn ist, obwohl ich mein Bestes gebe, es zu versuchen. Ich kann nicht erahnen, wie schlimm es für ihn war.

Manche Fehler erinnern uns ewig an unsere getroffenen Entscheidungen, und andere erinnern uns für immer an die Entscheidungen, die wir nicht treffen konnten.

Wie bei ihm.

Wie bei mir.

Mit klopfendem Herzen hebe ich die Hand, lege sie zuerst auf sein Knie, und als er erzittert, schaue ich sofort zu ihm. »Entschuldige. Ich weiß, sie ist kalt.« Das sind meine Hände oft, wenn ich nervös bin. Schwer schluckend konzentriere ich mich auf das, was ich vorhabe, fahre mit meinen Fingerspitzen die Konturen seines Knies nach – und im Anschluss daran über die dort beginnenden Narben. Sie sind weicher und glatter als erwartet, sodass ich mutiger werde und meine ganze Hand auf sie lege. Ein leises, wohliges Seufzen ertönt, und ich bemerke, dass Dylan die Augen schließt.

»Die Kälte tut gut, nachdem ich die Prothese schon wieder den ganzen Tag getragen habe«, erklärt er, also lasse ich meine Hand eine Zeit lang, wo sie ist, während ich weiter seine Haut betrachte. Der Stumpf ist etwas schräg, an einer Stelle direkt unter dem Knie sieht es aus, als wäre es wirklich knapp gewesen, die Haut zu schließen. Es ist leicht gerötet, vermutlich vom Druck der Prothese.

Irgendwann lege ich meine zweite Hand dazu. Ich werde nicht lügen, der Anblick ist ungewohnt. Fremd. Aber … da ist nichts, was mir Angst macht oder mich abschreckt. Gar nichts. Nicht vorher und auch nicht jetzt.

Ich strahle Dylan an, der seine Augen wieder geöffnet hat und mich nun fragend beäugt. Doch keiner von uns wagt es, etwas zu sagen und diesen Moment durch Worte zu zerstören.

Meine Finger wandern zurück über sein Knie, wo seine dunklen Beinhaare wieder anfangen zu wachsen, über seine muskulösen breiten Oberschenkel und schließlich bis an den Rand seiner Boxershorts. Ich sehe, wie Dylans Adamsapfel hüpft, als er schluckt, und wie er mich nicht aus den Augen lässt. Ich richte mich etwas auf und beuge mich vor, bis unsere Nasenspitzen sich fast berühren.

»Danke, dass ich das machen durfte.« Das bedeutet mir viel.

»Keine Ursache, schätze ich.« Seine Stimme ist dunkel und viel tiefer als vorher. Und ich sehe ihm an, was er denkt, was er fragt. Also nicke ich, beiße mir auf die Lippen und kann in Gedanken kaum bis zwei zählen, bevor Dylan mich an sich zieht.

Mit einer schnellen Bewegung liege ich halb auf ihm, meine Hände auf seinen Oberkörper gestützt, halb eingeklemmt zwischen ihm und mir, während die Finger seiner rechten Hand sich in meinem Haar festkrallen und seine Lippen sich auf die meinen pressen. Zwischendurch müssen wir gierig Luft holen, denn unsere Lippen sind wie zwei Magnete, die voneinander angezogen werden, und ich will nicht aufhören. Nie wieder.

Ich will immer so geküsst werden – von Dylan.

Erregung erfüllt mich und Aufregung, dennoch spüre ich deutlich, wie mein Körper sich entspannt. Als wüsste er, dass alles in Ordnung ist. Als würde er Dylan wiedererkennen.

Bis Dylans Griff sich lockert, bis ich kaum hörbar vor Enttäuschung wimmere, weil er mich vorsichtig von sich wegschiebt, um mir in die Augen sehen zu können.

»Danke.«

»Wofür?« Meine Stimme zittert, mein Brustkorb hebt und senkt sich noch immer in einem zu schnellen Rhythmus.

»Für dein Vertrauen. Für dich.«

Ich stocke wegen seiner schlichten und doch so schönen Worte und weiß nicht, was ich entgegnen soll.

»Gute Nacht, Zoey.« Er küsst mich wieder, und mir ist klar, dass er keine Antwort erwartet. Ich hoffe, weil ihm wiederum klar ist, dass es mir genauso geht wie ihm.

»Bis morgen.« Wir legen uns hin, ich kuschle mich in seine Armbeuge und lächle mich in den Schlaf.

Wir hören die anderen sofort, als sie die Wohnung betreten, und fahren in der Küche auseinander, als hätten wir uns aneinander verbrannt. Natürlich haben sie Bescheid gesagt, wann sie losgefahren sind, aber Dylan und ich haben die Zeit nicht immer ganz im Blick gehabt …

»Mit euch in einem Auto zu fahren ist schlimmer als … Scheiße, mir fällt nicht mal ein Vergleich ein!«

»Hör auf zu jammern, Coop. Du bist nur genervt, weil du hinten sitzen musstest.« Mase.

»Ach, denkst du? Der Fleck auf meiner Hose ist kein Grund, genervt zu sein? Dein Auto ist übrigens eine Sardinenbüchse.«

»Dem Hund war schlecht. Und mein Auto ist eine schöne Büchse.«

»Warum haben wir nicht Junes Pick-up genommen?«

»Weil wir irgendwann ankommen wollten«, tönt es von Mase, und kurz darauf fällt die Wohnungstür ins Schloss, während wir uns wieder den Lieferkarten vor uns widmen.

»Jungs!«, hören wir June, die immer näher in Richtung Küche kommt. »Hört auf mit dem Quatsch. Dylan, Zoey? Seid ihr da?«

»In der Küche!«, rufe ich und bin noch dabei, meinen Zopf zu richten. Dylan grinst nur dümmlich und ist keine Hilfe. Sein Haar ist nur leicht zerzaust, meines vermutlich ein einziges Chaos. Abgesehen davon brennen meine Lippen und schreien geradezu: *Zoey hat Dylan geküsst!*

»Ah, hier seid ihr.« Energisch pustet June sich eine Strähne aus dem Gesicht. »Wir sind da! Andie hat es tatsächlich gut aus dem Bett geschafft. Sie wollte nicht erst am Abend hier sein, weil sie morgen einen langen Tag an der Uni vor sich hat. Was macht ihr? Wie war euer Wochenende?«

»Wir waren in Bellingham.«

Nach meinen Worten werden Junes Augen ganz groß und sie schaut von Dylan zu mir und wieder zurück. »Zusammen?« Ihr Grinsen macht aus dieser unverfänglichen Frage etwas absolut Verfängliches … Dabei hatten wir einen triftigen Grund, auch wenn er zu etwas Gutem führte.

»Ja, Dylans Granny hatte einen leichten Herzinfarkt.«

»Scheiße.«

»Was ist los?« Andie kommt mit Socke auf dem Arm in die Küche, der sofort freudig zu Dylan möchte. »Hier, nimm ihn, er hat dich vermisst.«

»Dylans Gran hatte einen Infarkt, und die beiden waren am Wochenende da.«

»Es geht ihr wieder gut«, mischt Dylan sich ein, während er Socke ausgiebig hinter den Ohren krault.

»Zum Glück. Das tut mir so leid.«

»Ich wollte Dylan nicht allein fahren lassen, und vielleicht besuchen wir sie am Wochenende noch mal, um zu schauen, wie es ihr geht. Mal sehen.«

Jetzt grinsen beide. June und Andie. Beim Augenverdrehen kann ich mir ein Schmunzeln nicht verkneifen. Ich muss immer wieder daran denken, wie schnell June mich durchschaut hat – schneller als ich mich selbst.

»Wo sind Mase und Coop?« Natürlich will ich nichts weiter als ablenken.

»Wohnzimmer. Cooper wird wohl gleich duschen. Socke ist auf dem Rückweg schlecht geworden, und er hat ihn vollgekotzt.« Andie verzieht bei Junes Worten das Gesicht.

»Mase war nur froh, dass seine Ledersitze nichts abbekommen haben.«

»Er und Andies Bruder haben Socke zu viel zu fressen gegeben.«

»Klingt übel«, sage ich.

»Riecht übel«, meinen Andie und June gleichzeitig und brechen in Gelächter aus.

»Mase und ich fahren jetzt besser.«

»Ich schiebe meinen Freund unter die Dusche.« Andie und June gehen rüber zu Mase und Cooper, während Dylan und ich in der Küche bleiben.

»Sie wissen es, oder?« Dylan hebt fragend eine Augenbraue.

»Auf jeden Fall ahnen sie was. Aber die beiden werden nichts sagen. Glaub mir, Coop und Mase sind beide etwas langsam, wenn es um so was geht.«

»Lass uns rübergehen.« Er setzt Socke ab, und ich sehe das Funkeln in seinen Augen, als er mich ansieht. »Sonst weiß ich nicht, ob ich mich beherrschen kann. Womöglich muss ich mich danach mit Mase und deinem Bruder prügeln, der noch Hundekotze an sich kleben hat. Zumindest den Teil würde ich mir gern ersparen.«

Amüsiert über das Bild, das sich in meinem Kopf formt, folge ich ihm ins Wohnzimmer. June und Mase verabschieden sich gerade, Coop verschwindet bereits im Bad, und Andie geht kurz in ihr Zimmer, um das Gepäck abzulegen.

»Bis die Tage«, sagt Mase und hebt an der Tür noch mal die Hand, June winkt freudig. Doch statt die Wohnungstür hinter sich zu schließen, bleibt sie einen Spaltbreit offen, sodass ich hören kann, wie Mase mit jemandem spricht. Die Stimmen dringen nur gedämpft zu mir, aber irgendwie kommt mir die fremde Stimme bekannt vor.

Jemand klopft dreimal. »Es ist offen«, sage ich und gehe weiter nach vorne, bis … »Mom?«

38

Manche Dinge passieren einfach – und sie sind besser,
als man sich je hätte vorstellen können.

Zoey

Erschrocken halte ich inne, als meine Mom plötzlich vor mir steht. Allein, ohne Dad, etwas blass um die Nase und im Gegensatz zu sonst nicht komplett gestylt.

»Hallo, Zoey. Darf ich reinkommen?«

Mehr als ein Nicken bringe ich nicht zustande, kann nur beobachten, wie sie in die Wohnung tritt, die Tür schließt und mich ansieht. Wie sie sich um ein Lächeln bemüht. Sie sieht müde aus. Erschöpft. Sofort mache ich mir Sorgen.

»Ist alles okay? Ist was mit Dad?«

»Nein, nein. Ihm geht es gut.«

Ich fahre mir übers Gesicht und begreife immer noch nicht, dass meine Mutter hier ist. In Seattle. In der Wohnung von Coop und mir …

»Hey Leute, habt ihr euch schon was zu essen bestellt, weil … oh.« Andie kommt um die Ecke und bleibt schlagartig bei Dylan zwischen Flurbereich und Wohnzimmer stehen, als sie uns sieht.

»Andie, das ist meine Mom.« Andies Augen werden immer größer. Sie hatte bisher keine Gelegenheit, sie kennenlernen. »Mom, das ist Andie, Coops Freundin. Und mein …« Ich räuspere mich. »Das ist Dylan, ihn hast du schon gesehen.« Andie ist so geschockt, dass sie mein Wortchaos nicht bemerkt hat, Dylan eindeutig schon. Aber er lächelt, als ich aufblicke, und das erleichtert mich. Das hier ist schon verrückt genug, und ich möchte nicht, dass meine Mom es vor Coop weiß.

»Mrs Cooper«, sagt Dylan knapp, tritt vor und reicht ihr die Hand.

»Wir haben uns bereits kennengelernt, richtig?«

»Auf dem Campus.«

»Ich erinnere mich. Entschuldige, dass wir keinen besonders guten ersten Eindruck hinterlassen haben.«

Andie steht noch unter Schock. Es wird nicht besser, als meine Mom auf sie zugeht und ihr die Hand reicht. »Du bist Andie. Es ist schön, dich zu sehen.« Unsere Freundin steht kurz vor einem Nervenzusammenbruch, deshalb schreite ich ein.

»Mom, was ist los?«

»Ist Lane zu Hause?« Es verschlägt mir beinahe den Atem.

Das ist der Moment, in dem Andie zu sich kommt und meine Mom anlächelt. »Ich bin so froh, dass Sie uns besuchen«, bringt sie raus. »Er duscht gerade.«

»Weiß Dad, dass du in Seattle bist?«, platze ich derweil dazwischen, weil das alles so verwirrend ist und ich nicht glauben kann, dass sie vor mir steht.

»Ich bin gestern Mittag mit dem Zug angekommen. Leider war niemand hier, deshalb habe ich mir ein Hotelzimmer genommen und heute erneut mein Glück versucht. Dein Vater ... wollte nicht mitkommen. Wir haben uns gestritten.«

Meine Mom wirkt so verloren, dass es wehtut. Sie ist allein hergekommen, sie will zu meinem Bruder. Ich bin so stolz auf sie.

Ohne Vorwarnung falle ich ihr um den Hals und fange an zu schluchzen, als ich ihre Umarmung spüre, ihr blumiges Parfum rieche und ihr leises »Alles ist gut, mein Schatz« vernehme.

»Ich weiß nicht, wie er reagieren wird.«

»Das werden wir dann sehen.«

Ich wische meine Tränen weg. »Komm, wir setzen uns auf die Couch.« Wir gehen rüber, nehmen Platz und sofort stelle ich die nächste Frage, deren Antwort bereits offensichtlich ist. »Dad wollte also nicht mit?«

»Unser Gespräch hat mich nicht mehr losgelassen. Dein Vater wollte nichts davon hören, hat abgeblockt, aber mich hat es weiterhin beschäftigt. Ich merke mehr und mehr, wie falsch wir lagen. Wie sehr ich meinen Sohn vermisse. Und ich würde gern …«

»Das nächste Mal sitzt der Hund auf Mase und ich fahre, darüber diskutiere ich nicht.« Wir drehen uns alle um, warten, bis Coop ins Wohnzimmer kommt und uns sieht. Frisch geduscht, barfuß, dafür mit Jeans und lockerem Pulli starrt er Mom an wie eine Fata Morgana.

»Hallo, Lane.« Mein Bruder steht nur da, findet noch immer keine Worte. »Ich komme bestimmt ungelegen, aber ich wollte euch besuchen.« Meine Mom kämpft um jedes Wort. »Hättest du ein wenig Zeit für mich?«

Es ist deutlich, wie sehr mein Bruder mit sich ringt, wie sehr er innerlich kämpft. Seine Kieferpartie ist angespannt, seine Hände zu Fäusten geballt und seine Lippen bilden nur einen dünnen Strich.

»Wenn du mir einen Vortrag über Zoey halten willst, über damals oder mein Studium, solltest du besser wieder verschwinden.« Seine Stimme klingt unaufgeregt, trotzdem zittert sie leicht.

»Nein. Deshalb bin ich nicht hier. Ich würde mich gerne mit dir unterhalten. Über alles. Ich möchte wissen, wie es dir geht.«

Sie schluckt schwer und steht auf. »Und ich will mich entschuldigen, Lane.«

Jetzt kämpft er nicht nur mit seinen inneren Gedanken, sondern auch mit den Tränen, und als sein Blick meinem begegnet, nicke ich ihm zu, ermutige ihn, Ja zu sagen. Mom hat heute einen Schritt getan, der lange überfällig war. Dass sie allein hier ist, macht es noch mutiger und wertvoller. Und letztlich ist das hier genau das, was Lane und ich uns von Anfang an gewünscht haben: wieder eine Familie zu sein. Uns nicht kaputtmachen zu lassen von Dingen, die vergangen und nicht zu ändern sind.

»Im Hotelrestaurant bieten sie wirklich tolle Sachen an, ich würde dich gern einladen. Es sind keine zehn Minuten mit dem Taxi.«

Dylan geht ohne Vorwarnung zur Garderobe, greift in unsere Schüssel auf der Ablage und wirft Coop seinen Autoschlüssel zu. »Hier, nimm den.« Er verabschiedet sich von meiner Mom, klopft meinem Bruder zweimal im Vorbeigehen auf die Schulter und geht in sein Zimmer.

Danke, Dylan, schicke ich ihm gedanklich hinterher.

Ich werde gleich zu ihm gehen, aber jetzt muss ich dafür sorgen, dass mein Bruder keinen Rückzieher macht.

Zum Glück ist Andie noch da. Sie ist zu ihm gegangen, ihre Hände umschließen die von Coop, und sie lächelt ihn warm an. »Du solltest gehen«, ermutigt sie ihn. »Wir sind hier und warten auf dich.«

Flüchtig berühren ihre Lippen seine, dann tritt sie zur Seite.

»Zoey?« Coop schaut mich auffordernd an.

»Ich bleibe. Wir können nachher reden.« Das sollte ein Moment zwischen Mom und ihm sein. Sie werden einander viel zu sagen haben, da bin ich sicher.

»Okay. Ich ziehe schnell Socken an.«

Keine Minute später ist er wieder da, schnappt sich seine Jacke und verlässt mit Mom die Wohnung. Andie und ich stehen weiterhin da, vollkommen überrumpelt von dem, was eben passiert ist.

»Kannst du das glauben?«, fragt sie, und ich schüttle den Kopf.

»Noch nicht. Aber vielleicht, wenn die zwei nachher wieder herkommen.«

»Deine Mom ist wirklich nach Seattle gefahren, um mit Coop zu reden«, wispert sie und rückt die Brille auf ihrer Nase zurecht. »Ich gehe jetzt rüber, räume mein Zimmer auf, vielleicht putze ich einfach alles und sortiere die Bücher um. Und meinen Kleiderschrank. Die kleine Efeutute von dir steht übrigens auf dem Schreibtisch und lebt noch. Genau wie der Kaktus, den du Coop geschenkt hast. Ich musste ihn retten.«

Jetzt lache ich laut auf. »Geh und lenk dich ab.«

Andie sucht sich Putzzeug zusammen und verschwindet in ihrem Zimmer. Egal, wie sauber und aufgeräumt es ist, sie wird jetzt alles auf den Kopf stellen – vor Aufregung und Nervosität. Und zwar so lange, bis Coop wieder daheim ist.

Währenddessen klopfe ich an Dylans Tür, der mir keine Sekunde später öffnet und mich hereinbittet. Es ist etwas kleiner als mein Zimmer und anders geschnitten, aber nicht weniger gemütlich. Nur mit weniger Pflanzen und dunkleren Möbeln.

Ich lasse mich auf sein Bett plumpsen und warte, bis er sich zu mir setzt.

»Das war ja mal eine Überraschung.«

»Wem sagst du das?! Mit meiner Mom habe ich wirklich am allerwenigsten gerechnet.«

»Ist Coop mitgefahren?«

»Ist er. Danke, dass du ihm deinen Wagen dafür geliehen hast. Mom war ja mit dem Taxi da.«

»Ich brauche ihn gerade nicht, ist also keine große Sache.«

»Tut mir leid, dass ich es nicht geschafft habe, dich anständig vorzustellen.«

Er lacht leise. »Du meinst, dass du mich nicht als deinen Freund vorgestellt hast?«

»Streu bitte kein Salz in die Wunde.« Ich stupse ihn mit der Schulter an.

»Ich denke, ich werde es verkraften. Coop weiß es noch nicht, und die Sache mit meinem Bein ist auch etwas, was offen ist. Das wird sich mit der Zeit schon ergeben. Heute hat Coop ganz andere Probleme. Wir sollten ihn nicht überfordern.«

»Ich hoffe, dass es keine mehr sind, wenn er heimkommt. Aber das ist Wunschdenken. Die beiden brauchen Zeit. Und Dad«, unterbreche ich mich und schüttle seufzend den Kopf, »stellt sich weiter stur.«

»Ich glaube, das, was deinen Vater umtreibt, ist weniger Coop. Es fällt ihm immer schwerer, von seinem Standpunkt zurückzurudern, weil er sich dann eingestehen müsste, wie falsch er lag. Ich kenne das Gefühl. Das ist etwas, das er ganz allein mit sich ausmachen muss.«

Möglich, dass er recht hat. Ich hoffe einfach, dass Dad sich bald eingestehen wird, dass dieser Irrsinn enden muss und niemandem etwas bringt.

»Ich mag dein Zimmer. Das ist gut.«

»Ach ja?«

»Wäre sonst blöd, weil ich bestimmt zukünftig sehr viel Zeit hier verbringen werde.« Ich grinse ihn an und schlinge meine Arme um seinen Hals, als er mich küsst. Doch er lässt wieder von mir ab, was ich mit einem protestierenden Schnaufen quittiere.

»Ich finde, du solltest das hier sehen.« Er geht zur gegenüberliegenden Wand, öffnet die Kiste, und als ich näher heran-komme, erkenne ich, was darin verborgen liegt.

»Deine Prothesen«, murmle ich.

»Ein paar ältere und meine neuen. Den Inhalt kennt nie-mand außer dir. Selbst Gran ahnt nicht, dass ich meine Beine wie ein Pirat in einer Kiste verstaue, sie würde mich auslachen.«

»Dabei siehst du eher aus wie ein Wikinger.«

»Ach, findest du?«

»Ein wenig.«

Dylan drückt mich an sich und fährt mit dem Daumen über meine Unterlippe. »Wäre es unangebracht, dich jetzt zu fragen, ob du noch eine Weile hier bei mir bleibst?«

Als Antwort stelle ich mich auf die Zehenspitzen und ziehe mit meinen Händen seinen Kopf zu mir hinab. Nein, ich bleibe gern noch eine Weile.

Nach knapp drei Stunden, die wir wie Teenager wild knut-schend auf Dylans Bett verbracht haben, verlassen wir beide sein Zimmer, weil das Gepolter in der Wohnung immer lauter wird und wir uns Sorgen um Andie machen. Wäre Coop be-reits wieder da, hätten wir es gehört, und ich bin noch nicht sicher, ob es ein gutes oder schlechtes Zeichen ist, dass er und meine Mom so lange reden. Vermutlich ein gutes, daher übe ich mich in Geduld – auch wenn es schwer ist.

»Geh schon mal vor«, brummt Dylan und zeigt nach drau-ßen, während er unauffällig die Hand vor seinen Schritt hält. »Ich brauch noch fünf Minuten.«

»Entschuldige.« Dabei tut es mir kein bisschen leid. Nicht wirklich. Das scheint Dylan zu merken, denn er schiebt mich sanft aus dem Zimmer.

»Von wegen. Schau mal nach, ob Andie noch lebt, und gib mir ein paar Minuten.«

»Aye, aye, Captain.« Ich werfe ihm eine Kusshand zu und schlendere strahlend durch den Flur. Mein Lächeln bleibt nicht lange erhalten, die Geräusche, die aus Andies Zimmer kommen, sind grauenhaft und seltsam. Die Zimmertür ist angelehnt, Rascheln und Rumpeln dringen an mein Ohr, ab und zu ein Schnaufen und Grunzen.

Zaghaft schiebe ich die Tür auf. Heilige Scheiße.

»Andie?«, piepse ich, weil mich der Anblick wirklich aus den Socken haut.

»Hier drüben«, höre ich sie dumpf aus der Ecke.

»Was ist hier passiert?«

»Ich wollte aufräumen. Anschließend wollte ich umräumen, und beim Möbelverrücken habe ich gemerkt, dass ich es nicht schön finde, dann habe ich alles wieder zurückgeschoben. Die Kommoden und der Kleiderschrank waren mit Inhalt zu schwer. Tja, und das ist dabei rausgekommen.« Sie hebt ihre Hände und deutet auf das Chaos, das sie umgibt. Die Möbel stehen da, wo sie vorher standen, zumindest, soweit ich das beurteilen kann, aber der komplette Inhalt ist auf dem Bett und dem Boden verteilt. Andie sitzt auf dem größten Haufen aus Kleidung, Büchern und Gerümpel, den die Menschheit je gesehen hat.

»Okay«, murmle ich. »Das ist kein Problem. Halb so schlimm. Bis heute Abend sieht alles wieder richtig gut aus.«

»Du kannst schlechter lügen als ich«, gibt Andie zurück und schiebt ihre Brille auf den Lockenkopf, um sich über die Augen reiben zu können. »Das mit Coop macht mich einfach verrückt. Ich will gar nicht wissen, wie es dir geht.«

»Mich auch. Ich verstehe das gut.« Ich knie mich vor sie. »Aber er wird das schon hinkriegen. Dass unsere Mom heute hier ist, das hat uns alle vorher viel Kraft und Arbeit und Zeit gekostet. Sie werden sich beide Mühe geben, damit sie einen Neuanfang schaffen, da bin ich sicher.«

»Du hast wenigstens Dylan, um dich abzulenken«, sagt sie so unerwartet, dass ich husten muss, weil ich mich verschlucke. »Streite es bloß nicht ab! Ich war vor einer Stunde in der Küche, um mir einen Tee zu machen, und du warst nicht im Bad, nicht in deinem Zimmer, und Dylan klang selten unmännlicher beim Kichern.« Andie setzt sich die Brille wieder auf und lächelt. »Ich freue mich für euch.«

»Bitte, sag Cooper noch nichts. Gerade nach diesem Wochenende und meiner Mom würden wir ihm gern etwas Zeit geben, nur ein paar Tage, bis wir es ihm dann selbst sagen.«

»Ihr werdet das schon machen. Bis dahin verrate ich nichts, versprochen.«

»Danke.« Ich schaue mich ein weiteres Mal um. »Brauchst du Hilfe?«

»Eindeutig. Aber ich muss das alleine machen. Manche Situationen locken meine Monk-Andie komplett hervor, auch wenn es nur noch sehr selten passiert.«

»Ruf uns, wenn was ist, okay?«

Andie kommt nicht dazu, mir zu antworten, weil wir beide im selben Moment aufhorchen. Socke bellt, und wir hören weitere Stimmen.

»Sie sind zurück«, murmelt sie, und wir springen gleichzeitig auf, rutschen beinahe auf den herumliegenden Kleidungsstücken aus, während wir den Flur entlanghechten und schlitternd im Wohnzimmer zum Stehen kommen. Dylan kommt gerade aus seinem Zimmer und Coop mit meiner Mom in die Wohnung.

Am liebsten würde ich schreien: *Wie wars? Sagt es schon!* Aber das wäre kontraproduktiv, deshalb knete ich nervös die Hände und zapple wie ein Kleinkind am Weihnachtsmorgen.

»Das ist Socke?«, fragt Mom, nachdem sie ihre Jacke und

ihre Schuhe ausgezogen und sich nach unten gebeugt hat. Bleibt sie etwa?

»Genau. Andie hat ihn damals in der Gasse hinter dem Club gefunden.« Socke lässt sich freudig von Mom am Bauch kraulen.

»Er ist goldig.« Bis auf Sockes leises Gewinsel ist es mucksmäuschenstill.

Mom richtet sich auf, schaut Coop an und wartet.

»Mom wollte gern die Wohnung sehen, wenn das okay ist?« Ich habe meinen Bruder lange nicht so unsicher erlebt.

»Sicher«, sage ich. »Dann kann ich dir auch mein Zimmer zeigen.«

»Entschuldigt mich einen Moment.« Andie flitzt panisch davon, und ich bin sicher, dass sie überlegt, wie sie ihr Chaos binnen zehn Minuten beseitigen kann – und sie wird keine Lösung finden. Coop hebt nur eine Augenbraue, und ich zucke mit den Schultern.

»Sie war nervös, während du weg warst.«

Ein schiefes Lächeln erhellt sein Gesicht. »Hat sie umgeräumt?«

»Mehr oder weniger.«

Lachend schüttelt Coop den Kopf und erklärt Mom, was los ist.

»Deine Freundin scheint wundervoll zu sein.«

»Das ist sie. Fangen wir in der Küche an?«

Wir folgen den beiden und ziehen wie eine Karawane durch die Wohnung. Mom saugt das Gesehene wie ein Schwamm auf und lässt sich Zeit. Bei Dylan schaut sie nur kurz rein, bei Coop hält sie inne und sieht sich genau um. Andie steht währenddessen mit hochroten Wangen vor ihrer geschlossenen Tür.

»Bitte zwingt mich nicht, sie zu öffnen. Dann muss ich im Erdboden versinken oder den Staat verlassen.«

Wir lachen alle, aber Coop und ich wissen, dass es kein Witz war. »Kein Problem«, erwidert Coop und haucht ihr einen Kuss auf die Stirn, bevor wir mein Zimmer anpeilen und ich plötzlich nervös werde.

»Das ist meins.«

»Das Wohnheim-Zimmer«, witzelt Mom, und ich verziehe das Gesicht – wegen der Lüge, die ich ihnen aufgetischt habe. Es tut mir leid. Es tut mir leid, dass ich sie belogen habe und dass ich das Gefühl hatte, es tun zu müssen.

»Kommt ihr alleine klar?« Ich wundere mich über Coops Frage. Bis ich ihn genauer betrachte und erkenne, wie kaputt er aussieht. Die letzten Stunden haben ihm offensichtlich viel Kraft geraubt.

»Natürlich. Danke, dass du dir Zeit für mich genommen hast.« Mein Bruder nickt, aber meine Mom belässt es nicht dabei. Zögerlich tritt sie auf ihn zu, legt ihre Hände auf seine Schultern und umarmt ihn einen Moment später. Sein Gesichtsausdruck wechselt zwischen Freude und Schock, und es dauert einen Augenblick, bis er versteht, was gerade passiert. Bis er seine Arme um Mom legt und die Umarmung erwidert, wenn auch etwas unbeholfen.

Tränen sammeln sich in meinen Augen.

Das ist die erste Umarmung seit jener Nacht.

»Okay … ähm.« Er räuspert sich und tätschelt Mom unbeholfen den Rücken. »Wir sehen uns?«

»Wir sehen uns. Bald.«

»Okay. Ich geh dann mal.« Er verschwindet in seinem Zimmer, und Andie entschuldigt sich bei uns, um ihm zu folgen. Er wird sie brauchen. Dylan ist vorhin direkt bei sich geblieben, deshalb gibt es nur noch Mom und mich.

»Möchtest du meins noch sehen?«, frage ich und deute auf die halb offene Tür.

»Wenn du etwas Zeit für mich hast, sehr gern.« Dass meine Mom hier ist, bedeutet mir mehr als gedacht. Besonders nach unserem letzten Gespräch, nach diesem Streit und all den Jahren, in denen es nur mich, aber nicht Cooper gegeben hat.

Irgendwann setzen wir uns auf mein Bett und reden, wie wir es lange nicht getan haben. Offen, ohne auszuweichen.

»Dein Zimmer ist wunderschön, Zoey. Die ganze Wohnung ist es, und ich bin froh, hergekommen zu sein.«

»Ich wünschte, Dad wäre auch hier.«

»Er wird noch Zeit brauchen. Um ehrlich zu sein, glaube ich, dass es viel sein wird, aber ich hoffe auf das Beste.« Sie nimmt meine Hand. »Ich danke dir. Du hast uns immer wieder den Spiegel vorgehalten. Das war nötig, auch wenn es schmerzhaft war. Wir haben zu viele Jahre mit Lane verloren, und als wir uns auf dem Gelände deiner Uni getroffen haben, als du uns gesagt hast, was gesagt werden musste – das weiß ich jetzt –, hatte ich große Angst, dich auch noch zu verlieren.«

»Ihr habt Lane nie verloren«, flüstere ich mit belegter Stimme.

»Doch, jedenfalls beinahe. Und es wäre unsere Schuld gewesen, nicht seine. Manchmal ist es nicht so einfach, Dinge richtig zu machen. Wir haben alle viel durchgemacht und … Ich will das nicht entschuldigen, aber ich glaube, niemand von uns hat je gewollt, dass es so wird, wie es schließlich wurde. Das klingt verrückt, aber besser kann ich es nicht erklären.«

»Hast du ihm das gesagt?«

»Natürlich. Und noch viel mehr. Ich habe zu spät erkannt, dass wir in unserer Trauer und in unserer Wut nicht für euch da waren. Dass wir es euch nur schwerer gemacht haben. Das tut mir unendlich leid, Zoey.«

»Schon gut, Mom.« Und das meine ich wirklich so. Wir alle

machen Fehler, und manche kann man leichter verzeihen als andere.

»Was aus Lane geworden ist, dass er bald seinen Abschluss macht, die Sache mit Andie, die harte Zeit, die er hatte und in der ich nicht für ihn da war ...« Mom schüttelt mit schmalen Lippen den Kopf und kämpft mit den Tränen. »Das werde ich mir nie verzeihen.«

»Das heute war ein Anfang.«

»Ja, das war es.« Sie lächelt wieder. »Wie läuft es mit Dylan?« Die Frage überrumpelt mich komplett, und wenn ich das Lachen meiner Mom richtig deute, sehe ich genauso bescheuert aus, wie ich mich gerade fühle.

»Was meinst du genau?«, stelle ich mich dumm.

»Ich bin nicht sicher, aber ich dachte, ich hätte den ein oder anderen Blick gesehen, den ihr euch zugeworfen habt. Irgendwie dachte ich, na ja, dass du ihn gernhast. Stimmt das? Falls so ein Gespräch mit deiner Mom erlaubt ist.«

»Ist es so offensichtlich?«

»Ich kenne meine Tochter, das ist alles. Zumindest hoffe ich, dass ich das noch tue. Und du hast niemanden so angesehen wie ihn vorhin oder auf dem Campus. Schon sehr lange nicht mehr.«

»Wir lassen uns Zeit und geben uns den Raum, den wir beide benötigen«, gebe ich zu und merke, wie ich rot werde. »Coop weiß es noch nicht, weil Dylan sein Freund und unser beider Mitbewohner ist und wir selbst erst irgendwie zueinandergefunden haben. Ich wusste nicht, wie ich es euch sagen soll ...«

»Oh, mein Schatz. Bitte, sag uns alles. Alles, was du uns sagen willst und kannst. Dein Vater braucht vielleicht etwas Zeit, aber er liebt dich so sehr wie ich, das weiß ich sicher. Und wir werden immer da sein. Wenn du mir sagst, dass du jemanden gefunden hast, den du magst oder in den du verliebt bist, wenn du mir erklärst, dass er dir guttut, dass du ihm vertraust und er dich respektiert, ist es das Schönste, was du mir mitteilen kannst. Denn es bedeutet ...« Sie schluckt schwer. »... dass man dir das nicht nehmen konnte. Deine Liebe, dein Vertrauen, deine Hoffnung und Lebensfreude.«

Ich umarme sie fest. »Danke, Mom.«

39

Jeder hat eine Schwachstelle.

Dylan

Zwei Wochen nach dem Besuch von Mrs Cooper ist wieder der normale Wahnsinn in der WG ausgebrochen. Andie war fast nur auf der Arbeit und in der Uni, bei Coop war es ähnlich, und wenn er hier war, hat er mit seiner Mom telefoniert. Ich freue mich für ihn, dass er sich ihr wieder annähert, und hoffe, dass sein Dad auch bald zur Vernunft kommt. Zoey hat mir alles erzählt, nachdem ihre Mom gefahren war.

Gestern und die Woche davor musste unser Kochdate abermals ausfallen, aber es gab einen guten Grund. Wir sind beide Male zu Gran gefahren, jeweils direkt Freitag nach der Uni und Samstagabend spät wieder zurück. Ihr geht es wirklich überraschend gut, trotzdem hat sie sich über die Besuche gefreut, vor allem so kurz hintereinander. Statt hier Kulinarisches zu kreieren, haben wir Gran beim Kochen geholfen. Es gab einen leckeren Eintopf, und gestern hat sie uns Kartoffelgratin gezaubert und einen Salat.

Es ist Sonntag, ich sollte für einen Test lernen, aber ich kann mich nur schlecht konzentrieren. Heute Morgen bin ich mit Schmerzen im Bein aufgewacht. In dem Teil, der nicht mehr existiert. Immer noch eine ziemlich verrückte Vorstellung. Im Laufe des Tages wurde es besser, aber es hat mich erschöpft.

Am Mittag hat Andie für uns mal wieder ihr berühmtes Chili gekocht, jetzt gönnt sie sich ein Bad, während Coop in seinem Zimmer irgendeine Zeichnung beendet.

Ich hingegen krieche aus meinem Loch, weil es in der Wohnung anfängt nach Weihnachtsbäckerei zu riechen.

Dem Duft folgend erwische ich Zoey summend vor dem Backofen.

Gott riecht das fabelhaft. Mir läuft das Wasser im Mund zusammen …

»Was machst du da?« Sie erschreckt sich so sehr, dass sie beinahe einen Meter in die Luft springt und sich theatralisch ans Herz fasst.

»Die Tür war zu. Willst du mich umbringen?«

»Sie war nicht abgeschlossen.« Ich gehe auf sie zu und gebe ihr einen Kuss. »Aber ich wollte dich nicht erschrecken, entschuldige.«

»Ach, verdammt. Das sollte eine Überraschung werden.« Sie zieht einen Schmollmund, an ihrer Wange klebt ein wenig Teig.

»Du backst?« Ich schaue mich um. Auf der Küchentheke stapeln sich nicht nur verschmutzte Schüsseln und eine umgekippte Tüte Zucker, sondern auch Reste von Äpfeln. Zoey tritt zur Seite.

»Ist das etwa …?«

»Apfelkuchen mit Streuseln, genau. Ich hab ein Rezept im Internet gefunden und dachte, ich probiere es mal aus, weil du Apfelkuchen magst. Er wird bestimmt nicht so gut wie der bei Sally's, aber vielleicht schmeckt er dir trotzdem. Der Teig ist ganz schön klebrig, und die ganzen Äpfel zu schälen und zu schneiden, hat mich wahnsinnig gemacht, aber jetzt ist er fertig. Ich wollte ihn gerade in den Ofen schieben.« Ihre Augen strahlen vor Vorfreude, und sie lächelt breit.

»Du machst mir Apfelkuchen.«

»Ähm ... ja? Ist das ... schlecht?«

»Wie lange muss das Blech in den Ofen?«

»Dreißig bis vierzig Minuten, denke ich.«

»Rein damit.« Zoey sieht mich an, als würde mir ein drittes Auge wachsen, aber Scheiße, die Frau steht hier an einem Sonntagnachmittag und macht mir meinen Lieblingskuchen. Sie hat Teig im Gesicht und Mehl auf dem Shirt und sah nie hinreißender aus.

Nachdem Zoey das Blech in den Ofen geschoben hat, wirble ich sie herum, küsse sie leidenschaftlich und nehme ihre Hand. Sie duftet nach Zimt.

»Wow, was war das denn?«

Ich nehme sie mit in mein Zimmer, passe auf, dass Coop uns nicht bemerkt, und schließe die Tür, bevor ich ihr Gesicht in meine Hände nehme und sie wieder küsse. Zoey hat gesagt, sie würde mir Bescheid geben oder es mir zeigen, wenn ihr etwas zu viel wird, wenn sie etwas nicht will – und ich vertraue darauf. Deshalb fällt es mir immer leichter, nicht vor jedem Kuss fragen zu wollen, ob ich sie überhaupt küssen darf. Und es scheint okay zu sein.

Zoey schmiegt sich an mich, und sofort werde ich von Erregung geflutet. Sie schmeckt nach Äpfeln und rohem Teig. Ein Stöhnen entweicht mir, und am liebsten würde ich jetzt einfach mit ihr schlafen. Aber solange Coop es nicht weiß, fühlt sich das nicht richtig an. Wir haben es noch nicht geschafft, es ihm zu sagen. Er war so beschäftigt und wir viel zu nervös.

»Zoey? Bist du da?« Cooper.

»Bin hier!«, schreit sie, und plötzlich weiten sich ihre Augen, und sie sieht mich vollkommen schockiert an. »Verdammt«, murmelt sie. Ich bin so perplex, dass ich einfach nur wie ein Idiot dastehe.

»Bist du etwa in Dylans Zimmer?« Sie löst sich von mir und richtet ihr Oberteil.

»Ja, warte … ich …« Zügig öffnet sie die Tür, tritt in den Flur und schließt sie wieder. Jetzt dringt ihre Stimme nur noch gedämpft, aber immer noch klar und deutlich zu mir. »Ich hab Socke gesucht, aber dadrin ist er nicht.«

»Ja, er ist bei mir. Wieso schließt du die Tür hinter dir ab?«

»Das ist so, also ich war …«, setzt sie an.

Ach, Kacke, jetzt reicht es, beschließe ich.

»Das war ich.« Ich stelle mich neben Zoey, und Coops Blick trifft auf meinen, wobei er seine Arme vor dem Oberkörper verschränkt und die Augen zu Schlitzen verengt.

»Wenn ich jetzt noch mal frage, antworte bloß nicht mit so einem *Es-ist-nicht-wonach-es-aussieht-Scheiß*.«

»Es ist definitiv, wonach es aussieht«, gebe ich zurück und grinse, bevor ich mich zu Zoey drehe und ihr vor Coop einen Kuss aufdrücke, der sie schwer atmend zurücklässt.

Währenddessen reibt Coop sich über den Nasenrücken. »Scheiße, ey. Wie lange laufe ich schon blind durch die Wohnung?«

»Nicht lange«, beginnt Zoey, um ihn zu beruhigen, und ich antworte gleichzeitig: »Von Anfang an.«

Dann ist es eine ganze Weile still, und ich kann förmlich spüren, wie Zoey nervös wird.

»Ich würd mir gern diesen Quatsch ersparen, aber das ist so ein Großer-Bruder-Ding. Also, wenn du ihr wehtust oder Mist baust, muss ich Mase bitten, einen Killer zu bezahlen, der dich aus dem Weg räumt und verscharrt, weil du ein richtiges Tier bist und – sorry, Zoey – ich mich nur ungern mit dir anlege. Aber ich werde es tun.«

Das bringt mich zum Lachen, und Zoey stürmt Coop entgegen, drückt ihm einen Kuss auf die Wange.

»Dylan? Echt jetzt?«, fragt er, aber er kann sein Grinsen kaum unterdrücken.

»Ich mag dich auch ganz gerne, Mann.«

»Sei bloß still. Ich wollte nur fragen, was hier so gut riecht, und auf einmal erfahre ich ganz andere Dinge. Verstörende Dinge.«

»Andie weiß es schon«, platzt es aus Zoey raus. »Und Mom.«

»Was? Und Mase? June?«

»Mase vermutlich nicht.«

»June eindeutig«, fügt Zoey an.

»Fuck. Wieso erfahre ich das als Letzter?«

»Mit Mase.«

»Der ist ja auch nicht dein Bruder. Also?«

»Na ja, irgendwie schon … Ich wollte dich nur nicht damit überfallen. Wir stehen noch ganz am Anfang und … wir leben zusammen. Mit dir! Und dann war Mom da.«

»Verstehe.«

»Tröstet es dich, wenn ich dir sage, dass ich Apfelkuchen gebacken habe.«

»Für mich, nicht für dich.« Dylan und sein Kuchen.

»Dylan gibt dir bestimmt ein Stück ab.«

»Wenn ich ehrlich bin, nein, macht er nicht.« Das bringt Zoey wieder zum Lachen, aber ich meine es todernst. Bei Kuchen hört der Spaß auf.

Dann lässt Zoey von ihrem Bruder ab und kommt zu mir. Oh nein. Dieser Blick. Ich ahne, was kommt.

»Möchtest du …?«, wispert sie, und sie muss den Satz nicht beenden.

Einen Augenblick lang überfällt mich Panik, mir wird ein wenig übel.

Soll ich? Muss ich das tun? Macht es einen Unterschied? Für mich? Für die anderen? Keine Ahnung. Ich dachte, ich wüsste die Antwort, aber da habe ich mich wohl geirrt. Ich zögere.

»Entschuldige. Das war nicht fair von mir.«

Zoey hat mich nicht bedrängt, sondern ermutigt. Sie gibt mir den Raum und die Gelegenheit, es anzugehen. Ich habe Schiss. Am liebsten würde ich den Kopf schütteln, ihr lautlos mitteilen, sie solle es gut sein lassen, und mich in meinem Zimmer verkriechen. Aber ich bleibe, wo ich bin, begegne ihrem Blick und irgendwas in mir flüstert: *Jetzt oder nie.*

Coop hat eben ziemlich cool reagiert. Vielleicht war diese Sache nur in meinem Leben ein großes Ding.

Ich nicke, schaue Coop an.

»Da gibt es noch etwas.«

»Oh mein Gott, bist du schwanger?«

Zoey prustet los, weil Coop fast die Augen aus dem Kopf fallen.

»Nein, du Idiot, ist sie nicht.«

»Okay, okay. Dann kann es ja nicht schlimm kommen.«

Ich beginne meine Hose aufzuknöpfen. »Hab mich geirrt, es wird schlimmer«, murmelt Coop, und bereits dadurch, so verrückt es auch ist, weicht die Anspannung. Obwohl meine Finger weiterhin vor Nervosität zittern und mein Mund trocken wird.

»Halt die Klappe und hör zu.« Ich halte die Jeans fest, klammere mich an sie wie an einen Rettungsring, während ich Cooper die Geschichte erzähle, die ich vor nicht allzu langer Zeit Zoey gebeichtet habe. Von dem Unfall, meinen Eltern, Gran. Dann lass ich einfach los, die Jeans sackt zu Boden, und Coops Blick folgt ihr – bis zu meiner Prothese.

»Fuck«, haucht er und entschuldigt sich sofort. »Sorry, ich war nur nicht darauf vorbereitet.«

»Mein Bein wurde amputiert, ich war lange in der Reha, und irgendwann kam ich damit klar. Das ist die Kurzfassung. Gran zog mich groß, ich blieb in Seattle und fing mit dem Ortho-bionikstudium an.«

»Wie konnten wir das nicht merken? Wieso hast du nie etwas gesagt?«

»Am Anfang kannte ich euch nicht, und irgendwann, als wir Freunde wurden und immer mehr Zeit vergangen war, hat es sich nicht mehr richtig angefühlt. Ich wollte das für mich behalten, auch weil ich mich geschämt habe.«

»Und bei meiner Schwester hast du die Hosen direkt runtergelassen?«

»So ähnlich«, gibt sie zu und lächelt mich an. »Ich hab ihn mehr oder weniger dazu gebracht, es mir zu erzählen. Er war in einer Situation, in der er kaum anders konnte.«

»Ich wohne seit Jahren mit einem Cyborg zusammen und wusste es nicht. Das ist verdammt cool, also die Cyborg-Sache. Nicht, dass du dachtest, deine Freunde würden das nicht verstehen. Was hast du gedacht? Dass wir dich rausschmeißen? Dich auslachen?«

»Ehrlich, keine Ahnung.«

»Gott, ich muss mich setzen.« Doch er fährt sich wild durchs Haar, ohne sich in Richtung Sessel zu bewegen, und fummelt stattdessen sein Handy hervor. Was tut er da?

»Seit wann stehst du auf Video-Calls? Wenn du einen Porno mit mir gucken willst, komm einfach vorbei.«

»Hast du etwa Mase angerufen?«, fragt Zoey schockiert.

»Halt die Klappe. Guck dir das an!« Coop dreht das Handy, und auf einmal sehe ich Masons Gesicht vor mir, der erschrocken die Augen aufreißt, nur um sie sich im nächsten Moment zuzuhalten.

»Verflucht, Lane!«

»Sei kein unsensibler Arsch, Mase. Dylan macht hier gerade was Großes durch, okay? Ich bin voll fertig.«

»Du zeigst ihm gerade mein bestes Stück«, informiere ich Cooper, der die Kamera definitiv nicht auf mein Knie richtet.

»Das sehe ich doch nicht.« Er flucht und hält sie tiefer.

»Dreh die Kamera einfach. Dafür gibt es einen Knopf, du Idiot.«

»Ich versuch es ja.«

Diese Situation ist so schräg, dass mir nichts dazu einfällt. Eine Sekunde habe ich mich geärgert, dass Coop einfach Mase anruft, jetzt fühle ich mich beinahe erleichtert, es ihm nicht auch noch sagen zu müssen. Das hat sich hiermit wohl erledigt.

»Was macht ihr da?«

»Toll, June ist auch da. Großartig gemacht, Bruderherz.« Zoey wirkt dafür richtig wütend.

»Jetzt hab ich es.« Coop zeigt Mase und June nun mein Bein, während ich stumm dastehe und es mir weniger zusetzt, als ich erwartet hatte.

Es ist still. Zoey greift nach meiner Hand, ihre Finger verflechten sich mit meinen, und mein Magen zieht sich vor Aufregung zusammen. Werden die beiden anders reagieren?

»Scheiße. Hast du dich deshalb so oft aus allem rausgehalten oder zurückgezogen?« Mase. Er ist ruhig, gefasst.

»Manchmal.«

»Haben wir dir das Gefühl gegeben, nicht dazuzugehören?«, macht er weiter.

»Nein, jetzt hör auf. Es lag nicht an euch.«

»Erzählst du uns, wie es passiert ist?«, wirft June höflich ein, und ich bin dankbar, weil ich damit einen Grund habe, Masons bohrenden Fragen auszuweichen. Ich erzähle alles noch einmal, vielleicht etwas abgespeckter. Und es fällt mir mit jedem Wort leichter. Als würde sich Knoten um Knoten lösen, wie bei Coop zuvor. Der verzieht, als ich fertig bin, entschuldigend das Gesicht.

»Sorry, dass ich einfach so Mase angerufen habe. Es war eine Kurzschlussreaktion.«

Zoey schnaubt, kann Coop aber unmöglich böse sein. Vor allem nicht, wenn ich es nicht bin.

»Schon gut. Jetzt wissen es alle, bis auf …«

»Hey Leute, das Bad ist frei.«

Wie auf Kommando kommt Andie aus dem Bad, schaut zu uns, und wir starren uns gegenseitig an.

»Ziehst du dir bitte die Hose wieder hoch?«, brummt Coop.

»Was ist … Oh mein Gott, Dylan!«, bricht es aus Andie hervor, und sie eilt zu uns. Vollkommen verdattert zeigt sie auf mein Bein, und ich ziehe schnell meine Hose an. Danach sind es die anderen, die meine Geschichte erzählen. Und sie machen es voller Verständnis, auch wenn sie ihnen nur mühsam über die Lippen kommt. Coop sieht aus, als hätte er es immer noch nicht verarbeitet. Ich nehme ihm nichts davon übel.

Wir stehen eine halbe Ewigkeit da, reden über alles, und ich hätte nicht gedacht, dass es so läuft. So gut, so richtig und so seltsam. Und am Ende viel einfacher als befürchtet.

Mase und June verabschieden sich, und als ich zu Zoey blicke, spiegeln sich in ihrem Gesicht all meine Emotionen wider.

»Okay, wer hat vorhin was von Kuchen gesagt?«, fragt Coop plötzlich und geht in die Küche.

»Der Kuchen!« Zoey zuckt zusammen, rennt los und überholt ihn. Breit grinsend folge ich den beiden, voller Erleichterung und einem verdammt guten Gefühl.

Zoey eilt direkt zum Ofen, wedelt mit einem Küchentuch die heiße Ofenluft weg und nimmt das Blech raus. »Zum Glück ist alles in Ordnung. Puh, das war knapp. Der muss erst mal abkühlen.«

Doch ich höre gar nicht auf sie, schnappe mir eine Gabel, pikse eine Ecke auf und schiebe sie mir in den Mund. »Fuck, ist das heiß!«

»Dylan!«

»Aber es schmeckt fantastisch«, nuschle ich, während meine Zunge verbrennt. Und das tut es wirklich. Der Apfelkuchen von Zoey sieht nicht aus wie der bei Sally's, aber er schmeckt genauso gut. Wenn nicht sogar besser.

Auf einmal grinst Coop immer breiter und breiter, und ich schlucke endlich das heiße Stück Kuchen herunter.

»Warum siehst du mich so an?«

»Vielleicht kann ich es doch mit dir aufnehmen. Du hast jetzt eine Schwachstelle.« Er deutet auf mein Bein, und ich schmunzle zurück.

»Eigentlich habe ich zwei«, entgegne ich und küsse Zoey.

Coop wird sich daran gewöhnen müssen, denn ich habe nicht vor, je wieder damit aufzuhören.

Epilog

Ein paar Monate später ...
Wenn manche Dinge enden, beginnen dort andere.

Zoey

»Da vorne ist Mel!« Ich deute auf eine wunderschöne Frau in einem schicken Hosenanzug und mit leuchtend rotem Haar, die neben ihrem Freund steht, den ich immer noch Chuck Bass nenne. Ich habe keine Probleme mit Namen, aber seiner setzt sich bei mir einfach nicht fest. Er sieht wirklich aus wie Chuck Bass ...

»Hat dir heute schon jemand gesagt, dass du wundervoll aussiehst?« Dylan hat sich zu mir gebeugt, flüstert mir die Worte ins Ohr, während wir auf unsere Freunde zusteuern. Mit Cooper und Mase im Schlepptau, einer nervöser als der andere und beide aus verschiedenen Gründen.

»Ja, du. Das letzte Mal, als wir aus dem Auto gestiegen sind und mindestens viermal vor der Abfahrt.«

Kleider trage ich eher selten, aber heute ist ein besonderer Tag, deshalb war ich vor einem Monat mit June, Andie und Mel einkaufen, und dabei habe ich in einem kleinen Laden dieses schicke Stück erworben. In einem wunderschönen Blauton. Mel hat sich für einen Hosenanzug entschieden, June und Andie ebenfalls für Kleider.

Wenige Wochen nach Dylans Gespräch mit den anderen

über seine Prothese hat Mel mir eröffnet, dass sie sich mit *Chuck* auf ein Mittagessen trifft. Nur eines. Und das auch nur, weil er in der Mensa unerwarteterweise auf sie gewartet und ihr einen Cupcake gesichert hatte. Ich habe mich so geärgert, an diesem freien Mittwoch ausnahmsweise nicht für unser Mittagessen in die Uni gefahren zu sein.

Kurz darauf wurde es immer ernster zwischen den beiden, sie erinnern mich oft an June und Mason.

Und nachdem Mel ein paarmal bei uns in der WG war, wurde sie ganz schnell ein Teil von uns und unserer kleinen verrückten Familie.

Dylan reißt mich aus meinen Gedanken, drückt mir einen Kuss auf den Handrücken und streicht mit seinem Daumen darüber. »Eindeutig nicht oft genug. Das Kleid steht dir. Aber ich denke, ich freue mich am meisten darauf, es dir heute Abend wieder auszuziehen.«

»Du bist verrückt.«

»Nach dir.« Erregung flackert in seinen Augen auf, und es fällt mir schwer, den Blick wieder nach vorne zu richten, um nicht mit meinen Pumps über irgendeinen Stein zu stolpern, mit denen die meisten Wege der Harbor Hill gepflastert sind.

»Hey, da seid ihr ja.« Mel umarmt mich und die anderen, und ich begrüße Chuck.

»Hey Leute.«

»Hey Jason.« *Oh mein Gott, stimmt. Er heißt Jason. Danke, Dylan.*

»Was stimmt nicht mit dir?«, tönt es von Mase auf einmal, und wir drehen uns alle zu ihm um.

»Was mit mir nicht stimmt?« Mein Bruder reißt die Augen auf und drückt seinen Zeigefinger in Masons Brust. »Du wolltest mir das beschissene Kästchen nicht geben, sondern es selbst behalten. Gib mir nicht die Schuld.«

»Alles okay bei den beiden?«, flüstert Mel mir zu, und ich seufze.

»Aufgeregt und nervös, sonst ist nichts.«

»Wo sind June und Andie?«

»Kommen nach, wir waren alle zu lange im Bad, und June hat sich bei uns fertig gemacht.«

Mel grinst, und Dylan nickt ernst.

»Warum brauchst du es denn? Es ist doch erst später.«

»Weil ich mich damit besser fühle!« Mason klingt mittlerweile regelrecht verzweifelt. Ich verkneife es mir, zu lachen. Der arme Kerl. Heute wird es für uns alle aufregend.

»Dann hol es doch. Ich hab heute meinen Abschluss.«

»Und ich werde …«

Ich greife ein, bevor sich die beiden an die Gurgel springen, und packe sie am Oberarm. »Mase, Coop, macht es euch nicht unnötig schwer. Geht einfach zurück zum Wagen und holt, was ihr vergessen habt. Zusammen. Heute ist ein schöner und besonderer Tag, schnappt etwas Luft und macht einen Spaziergang. Es bleibt noch Zeit, und bis zum Wagen ist es nicht weit. Wir warten hier auf euch.«

Coop brummt nachgiebig, Mase gibt mir einen Kuss auf die Wange, bevor sie zurück zum Auto gehen.

Ich drehe mich zu Dylan um. Wir sind mit seinem Wagen da. »Sie haben keinen Schlüssel, oder?«

Er grinst frech, während ich mich vor ihn stelle und meine Hände an seine Taille lege.

»Nein. Meinst du, sie merken es, bevor sie ankommen?« Ich hebe eine Augenbraue, und mein Blick sagt vermutlich mehr als tausend Worte. Das können wir ihnen wirklich nicht antun.

»Fein. Ich gehe hinterher und bringe die beiden in einem Stück wieder zurück.«

»Danke.«

Dylan legt einen Moment seine linke Hand an meine Wange und gibt mir einen flüchtigen, wunderbar leichten Kuss, bevor er versucht, die beiden einzuholen.

»Ihr zwei seid immer noch ekelhaft verliebt«, sagt Mel und schmunzelt dabei breit.

»Das sagt die Richtige«, kontere ich.

»Stimmt!« Daraufhin drückt sie Jason einen leidenschaftlichen Kuss auf, der mir fast die Röte ins Gesicht treibt. Ich hebe mein Gesicht gen Sonne, schließe für ein paar Sekunden die Augen und genieße die Wärme auf meiner Haut. Das perfekte Wetter für einen perfekten Sommertag. Nicht zu heiß, nicht zu kalt, kein Regen, nur ab und zu etwas Wind. Heute meint es der Wettergott gut mit uns.

Dabei denke ich an all die tollen, an die ruhigen und turbulenten Tage des letzten Jahres. Mein Studium begeistert mich weiterhin, und ich freue mich auf das kommende Semester.

Ich habe die Liebe gefunden. Neue Freunde. Ein zweites Zuhause. Ich brauche die Musik nicht mehr so oft wie zuvor, ich komme öfter mit Stille klar. Milly ist weiterhin an meiner Seite, wenn ich sie brauche, genau wie der Rest meiner Freunde.

Zweimal die Woche arbeite ich bei Sally's, um mein Sparkonto nicht zu schnell zu plündern. Letzten Monat hat June durch Zufall die Stellenausschreibung gesehen, und ich habe mich direkt beworben. Sally ist großartig – und Dylan bekommt jetzt jede Woche Apfelkuchen mit Streuseln.

Coop und meine Mom haben ihre Probleme aufgearbeitet, sie telefonieren einmal in der Woche, und einmal im Monat kommt sie uns besuchen. Unsere Eltern haben sich viel gestritten. Mom war kurz davor, sich scheiden zu lassen, denn Dad war sehr lange sehr stur, doch sie hat ihn nicht aufgegeben – bis auch er endlich einen Schritt nach vorne gewagt hat. Er hat mit meinem Bruder telefoniert – natürlich im Beisein unserer Mutter. Heute möchte er das erste Mal wieder mit ihr nach Seattle kommen, zu uns.

Dylan und ich fahren einmal im Monat zu Granny, kochen mit ihr – genauso wie jeden Samstag zusammen –, gehen spazieren und helfen ihr im Haushalt. Ihr Geist ist fitter denn je, ihr Körper allerdings nicht mehr so agil und robust, wie sie es gerne hätte. Einmal hat Dylan mich sogar mit an die Orte genommen, die ihn als Jugendlicher geprägt haben. Das Footballfeld, auf dem er am meisten gespielt hat, die Kurve, in der er die Kontrolle verlor …

Coop schnauzt Dylan mindestens einmal in der Woche an mit dem Satz: »Verflucht! Dylan, lass dein Bein nicht überall rumliegen!« Dabei ist es Socke, der sie aus der Kiste klaut und in der Wohnung verteilt, weil er sie für übergroße Knochen hält. Keine Ahnung, wie der kleine Kerl das schafft.

Es gibt keine Geheimnisse mehr. Und ich hatte keine Ahnung, wie befreiend das sein kann.

Alles wird gut. Alles ist gut. Und das macht mich glücklich.

In diesem Sommer sind es fünf Jahre.

Fünf Jahre nach dem Tag, der mein Leben komplett verändert hat – und auch das meiner Eltern und meines Bruders.

»Aufwachen! Sonst schläfst du uns noch im Stehen ein.«

Ich senke den Kopf, öffne die Augen und blinzle Mel und Jason an. »Ich schlafe nicht, ich genieße das Wetter. Und wollte euch in Ruhe knutschen lassen.« Mel und ich grinsen uns an. »Wie läuft das Medizinstudium, Jason?«

»Es läuft?« Er fährt sich über das Gesicht. »Es ist anstrengend und härter als gedacht, aber ich will nichts anderes tun. Also kämpfe ich mich durch. Und bei dir?«

»Ähnlich, nur auf unterschiedliche Art, nehme ich an. Wenigstens hab ich Mel. Die leidet mit mir.«

»Du meinst wegen dir!«

»Das hab ich anders in Erinnerung«, meint Jason. »Du sagst immer, ohne Zoey würdest du in den Seminaren einen langsamen Tod sterben.«

Sie kneift die Augen zusammen. »Verräter.«

Lächelnd schaue ich mich nach Dylan und den anderen um, nach June und Andie, aber es strömen nur weitere Menschen über den Campus und an uns vorbei auf den Haupteingang zu. Studierende, die wie Coop heute ihren Abschluss haben, und Familien und Freunde, die das mit ihnen feiern möchten.

Ich sollte Mom und Dad mal fragen, wo sie sind. Also zücke ich mein Handy und schreibe schnell eine Nachricht. Keine Minute später erhalte ich bereits eine Antwort.

Wir sind schon drin und haben gute Plätze gesichert. Wir warten hier auf euch und freuen uns schon so sehr!

Danke, das ist lieb. Wir kommen bald rein.

»Unsere Mom hat bereits gute Plätze für uns in Beschlag genommen. Ich wette, sie hat drei Fotoapparate dabei und genug Taschentücher, um den Saal damit zu versorgen.«

»Du übertreibst.« Jason schaut verdutzt von mir zu Mel, aber die schüttelt bereits den Kopf. Nein, tue ich nicht. Als Mel und ich das erste Semester hinter uns hatten, hat sie mit uns einen Videochat gemacht, geweint und uns zwei riesige Care-Pakete geschickt. Das hier ist Coops Abschluss, sie wird ein emotionales Wrack sein.

»Wir sollten bald reingehen, es wird immer voller. Hoffentlich haben die Jungs sich unterwegs etwas beruhigt. Ich ...« – weiß nicht mehr, was ich sagen wollte.

Ich.

Kann.

Nicht.

Mehr.

Atmen.

Es ist, als würde meine Lunge ein Vakuum bilden und sich weigern, ihren Dienst zu tun. Im Gegensatz zu meinem Herzen, das schneller schlägt und härter als zuvor. Es erinnert an das Hufgetrappel einer wilden Herde über weites Land. Kraftvoll, laut, panisch. Und in meinen Ohren tobt das Meer. Wellen schlagen an Klippen, das Rauschen übertönt alles andere.

Mein Handy fällt mir aus der Hand, weil meine Finger mir nicht mehr gehorchen und anfangen zu schwitzen.

Ich spüre, dass mich jemand berührt, erkenne Mel in meinem Blickfeld, die besorgt aussieht, aber meine Augen sind starr. So viele Menschen, die lachen, sich freuen, nervös sind. Sonnenschein. Und ich blicke in die Dunkelheit. Nach all diesen Jahren blicke ich heute in meine persönliche Hölle. In den Abgrund, den ich längst übersprungen habe.

Peter.

Er saß nur da und musterte mich, als wäre ich Ware, die er zu kaufen gedachte.

Ich würde ihn überall wiedererkennen. Ich fixiere ihn, kann nicht anders, und als hätte ich seinen Namen über den Platz hinweg geschrien, dreht er sich auf der Treppe um und begegnet meinem Blick.

Das ist der Moment, in dem meine Lunge sich aufbäumt, in der ich gierig einen Atemzug tue und mir vor Übelkeit die Tränen in die Augen steigen.

Aber ich schaue nicht weg. Ich halte ihm stand.

Und er mir.

Was tut er hier? Mit wem redet er da? Verrückt, dass ich in

all den Jahren nie auf den Gedanken gekommen bin, einen von ihnen wiederzusehen. Ausgerechnet hier, in dieser Stadt.

Wir schauen uns an, und das erste Mal tut mir diese Dunkelheit nicht mehr weh. Das erste Mal lasse ich sie mit erhobenem Kinn herein und teile ihr mit: *Du hast keine Macht mehr über mich.*

Und das erste Mal erkenne ich in Peters Blick etwas anderes als Gleichgültigkeit und Arroganz.

Verletzlichkeit und Bedauern.

Und während Mel neben mir steht, ich ihre Worte und Fragen wieder höre, nicke ich Peter zu. Nur kurz, nur knapp. Es ist kein Vergeben, kein Vergessen, aber es ist ein endgültiger Abschied. Von ihm, von Keith und Eric, von dieser Dunkelheit.

»Zoey, bei Gott, wenn du nicht gleich antwortest, muss ich dich ohrfeigen.«

Mein Blick findet den von Mel, und meinen nächsten Atemzug nehme ich mit Bedacht. Ich atme tief ein und aus, und der Druck, der sich in mir aufgebaut hat, die Panik, beides verschwindet Stück um Stück.

»Es ist alles okay.«

»Alles okay?« Sie flucht derb. »Du hast keine Farbe mehr im Gesicht, du warst komplett weggetreten, und ich bin nicht dämlich, Zoey.«

Ich umarme sie fest, bevor ich meine Worte wiederhole.

»Was ist okay? Und warum liegt dein Handy auf dem Boden?«

Dylan ist wieder da. Mit Coop und Mase im Schlepptau, die sich anscheinend wieder vertragen und entspannt haben.

»Sie hatte eine Panikattacke. Wenn du mich fragst, eine schlimme, auch wenn sie relativ schnell vorbei war«, antwortet Mel, bevor ich es kann, während Dylan das Smartphone aufhebt und mir überreicht. Am Rand ist die Hülle gesprungen und das Glas. Damit kann ich leben. »Keine Ahnung, was los war, aber es ist, als hätte sie einen Geist gesehen.«

»Sie war nicht ansprechbar«, ergänzt Jason, und das macht es nicht leichter, es zu erklären. Ich schaue an Dylan vorbei zu meinem Bruder, der von Mason gerade die Krawatte gerichtet bekommt, und suche nach Worten.

»Es geht mir gut. Ich wollte euch keine Angst machen, entschuldigt. Da war nur … ich habe …« Ich schlucke schwer und schaue Dylan in die Augen. »Peter stand dort oben am Eingang.«

»Scheiße.« Das leise und erschrockene Wort von Mel geht mir durch Mark und Bein. Aber es ist Dylans Ruhe und seine nicht vorhandene Reaktion, die mir eine Gänsehaut bescheren.

»Ich weiß nicht, was er heute hier möchte, warum er da ist. Es … es ist in Ordnung.« Dylans Lippen sind fest aufeinandergepresst. »Es ist schwer zu glauben, aber es ist okay. Ich komme damit klar. Er hat keine Kontrolle mehr über mich – nicht er, nicht die anderen. Nicht diese Nacht und nicht diese Erinnerungen.« Tränen steigen mir in die Augen, nachdem meine Stimme bricht. Aber nicht vor Angst oder Scham, vor Sorge oder Panik. Sondern, weil ich mit jeder Faser meines Seins verstehe und weiß, dass das, was ich eben gesagt habe, wahr ist.

Mel schnappt sich meine Hand, drückt sie kurz. »Wir reden später. Jason und ich suchen schon mal deine Eltern.«

Ich bin mir sicher, sie möchte Dylan und mir den Raum geben, den wir gerade brauchen, und dafür danke ich ihr in Gedanken. Coop hat zum Glück nichts mitbekommen. Mein Bruder platzt vor Nervosität, und Dylan schirmt ihn ab.

Sofort liegen seine Hände auf meiner Haut, umfassen mein Gesicht, und ich kann nicht anders, als in seine Augen zu schauen. Ich sehe das, was er nicht ausspricht. Das, was ich eben hinter mir gelassen habe. »Wenn du sagst, dass es dir gut geht, glaube ich dir. Wir können später noch einmal darüber reden. Tu mir nur einen Gefallen ...«

»Jeden.«

»Zeig ihn mir nicht. Sag mir nicht, wer es ist, falls wir ihm begegnen. Ich möchte diesen Tag nicht versauen. Ich wüsste nicht, ob ich dieselbe Kraft hätte wie du.«

»Versprochen. Ich werde den anderen auch nichts sagen – nicht heute.« Meine Hände legen sich auf seine Brust, sein Duft weht zu mir, und ich fühle mich geborgen, sicher und angekommen. Mit Leib und Seele.

»Da seid ihr ja!« Wir drehen uns um und entdecken Andie und June, die gut gelaunt auf uns zuschlendern und winken.

»Wir sind bereit!«, ruft June und geht bereits in Richtung Eingang. »Kommt ihr endlich?«

Lachend folgen wir ihr hinein, damit mein Bruder sein Abschlusszeugnis entgegennehmen kann.

Stunden später sitzen wir im MASON's, das an diesem Tag nur für uns geöffnet hat.

Ich stehe neben Coop und Mase, der gerade kurz vor einem Nervenzusammenbruch steht. Nie zuvor habe ich ihn so zerbrechlich, so aufgeregt und durcheinander erlebt.

»Mase«, zischt Coop leise. »Ich hasse diesen Satz, aber ich muss ihn sagen. Reiß dich zusammen! Es wird alles gut gehen.«

»Was, wenn ...«

»Lass es. Darüber kannst du dir danach Gedanken machen.« Sehr feinfühlig, Bruderherz.

»Es wird nicht dazu kommen. Alles wird gut werden.« Ich bemühe mich, Mase zu beruhigen.

»Okay. Ja ... Das wird schon.« Hoffentlich kippt er uns nicht gleich um. Stattdessen löst er seine Krawatte, die vorher bereits schief war, ganz und reicht sie Coop. Mit einem großen Schluck leert er sein Glas und stellt es auf die kleine Bar, an die wir uns vor fünf Minuten abgesetzt haben. Er nickt mir zu.

»Ich gebe Bescheid.«

Vorne an der großen Bar, an der sich alle tummeln, gebe ich Jack und Susie ein Zeichen. Sie machen sich bereit.

Als Mase bei mir ankommt, ist der Cocktail fertig und er nimmt ihn dankend entgegen. Gott, ich hoffe, er schafft das. Er plant das schon so lange.

Er bringt June das Glas, an dem eine Ananas klebt – und erst auf den zweiten Blick mustert sie es genauer.

»Den Cocktail kenne ich«, sagt sie und beginnt zu lachen. Die Musik wird leiser, und ich gehe zwei Schritte nach vorne zu Dylan, schnappe mir seine Hand, weil ich ein wenig Halt brauche. Das ist so aufregend.

»June Stevens …« Mason grinst und geht auf die Knie. Die ersten Seufzer und Ohs sind zu hören, Andie zerbeißt sich gleich die Lippe. June reißt nur die Augen auf und lässt fast den Cocktail fallen.

»Was tust du da?« Ihre Stimme kann man beinahe nicht hören.

»Als wir uns das erste Mal getroffen haben, hast du diesen Cocktail getrunken. Das meiste davon hast du mir übergeschüttet, und die Ananas landete in der Hemdtasche.« Ein leises Lachen geht durch die Menge, June beobachtet Mason überrumpelt und entzückt zugleich. »Das war der Moment, in dem ich mich in dich verliebt habe. Hier. In meiner Bar vor diesem Tresen. Heute weiß ich, was ich damals auch schon wusste: Ich will keinen Tag ohne dich verbringen.« Mase schluckt schwer, zieht das Kästchen aus der Anzugtasche und öffnet es. Ein schmaler, funkelnder Ring, versehen mit kleinen Rubinen, kommt zum Vorschein. Er passt so perfekt zu June.

»Willst du mich heiraten, Kätzchen?«

June steht unter Schock. Andie nimmt ihr das Cocktailglas ab, doch auf einmal bewegt June sich und greift nach der Ananasscheibe. Mason steht auf, und June steckt ihm die Ananas ins Hemd, bevor sie in Tränen ausbricht und erstickt »Ja« sagt.

Ich lehne mich an Dylan und genieße den Moment, in dem Mase June an sich zieht, sie innig küsst und die Hand als Zeichen des Sieges in die Luft reckt. Die Menge grölt, die Musik wird lauter, und als June der Ring angesteckt wird, treibt es auch mir die Tränen in die Augen. Besonders, weil ich weiß, dass Coop auch schon einen Ring ausgesucht hat. Er will den Antrag bei Andies Abschluss machen.

Dylan haucht mir einen Kuss auf den Scheitel, und ich drücke mich fest an ihn.

Das hier ist Masons Traum, hier hat Coop ein zweites Zuhause gefunden und Andie kennengelernt, hier hat Mase June getroffen und ich war an dem ersten Abend meines Umzugs hier, mit Dylan.

Heute sind neue Freunde dabei und unsere Familien. Mel und Jason, Milly schaut nachher noch vorbei, ein paar Mitarbeitende des Clubs. Sogar Lucas und Andies Dad sind angereist und unterhalten sich gerade mit Mom und Dad. Leider haben sie es nicht zur Zeremonie geschafft, aber hier und jetzt sind sie dabei. Gute Freunde kümmern sich bis morgen um die Ranch, und auch Masons Dad ist da und unterhält sich gut gelaunt mit June.

Mein Gesicht schmerzt, weil ich seit einer halben Ewigkeit nichts anderes tun kann, als zu lächeln.

Danksagung

Es ist vorbei. Diesen Satz zu schreiben ist so schön, wie es traurig ist.

Der letzte Teil der *In-Love*-Reihe hat mir am meisten abverlangt. Nicht nur wegen der Thematik, sondern auch, weil ich mitten im Schreibprozess schwanger wurde und einige Wochen – aufgrund der Übelkeit – weder besonders viel noch oft arbeiten konnte. Wenn ihr das lest, ist unsere Charlotte bereits geboren. Ein schöner Gedanke.

Truly, Madly, Deeply sind abgeschlossen, und ich hoffe so sehr, dass ihr mit dem Ende zufrieden seid. Denn ich bin es. Ich liebe Zoey und Dylan. Ich werde die ganze Truppe vermissen.

Natürlich habe ich das nicht alleine geschafft. Entgegen aller Vorurteile ist man als Autor:in nie wirklich allein. Und das ist verdammt gut so!

Mein Dank gilt also allen Menschen, die mich begleiten, unterstützen und mir jeden Tag von neuem den Rücken stärken. Ihr seid meine Helden.

Danke liebes LYX-Team für eure Geduld und euer Verständnis, ihr habt mir ein gutes Gefühl und alle Zeit der Welt gegeben.

Danke, Alexandra, dass du mir als Lektorin immer Rückenwind gegeben hast. Und dafür, dass ich mit dir auch über lustige Dinge, den Alltag, Babys und das Wetter reden kann.

Danke, Jil. Ich kann mir keine bessere zweite Lektorin, keine bessere Wegbegleiterin und Freundin wünschen als dich. Du warst nervenaufreibend kritisch – Socke ist immer noch eingeschnappt, weil er keine Lasagne bekommen hat.

Klaus, du bist ein Superheld. Ich kann mich bei dir ausheulen, mit dir lachen und Witze reißen. Als Agent bist du immer für mich da. Danke dafür.

Michelle (mitscherine.draws), ich kann dir nicht oft genug sagen, wie sehr ich deine Illustrationen liebe. Ich bin so froh, dass du Teil dieser Reihe bist.

Ich danke meinen Testleser:innen, die immer an meiner Seite waren, fast alle vom Anfang bis jetzt zum Ende. Anna, Alina, Lea, Ariana, Marie, Adriana, Lisa, Martin, Lucia, Nadja, Dina, Janika und Elena.

Ohne meinen Mann und meine Familie würde ich diese Zeilen vermutlich nicht schreiben. Ohne ihren Zuspruch, ihre Motivation, ihren Glauben an mich und all ihre Umarmungen, hätte ich manchmal nicht genug Kraft gefunden. Danke, dass es euch gibt.

Ein großer Dank an meine Unterstützer:innen auf Patreon! Besonders an: Diana, Claudia, Linda, Meike, Anna, Stefanie, Mandy, Lea, Katharina, Svenia, Denise, Steffi und Lorena. Danke, danke, danke!

Gebt mir ein P! Gebt mir ein J! Gebt mir ein Squad!
Viel Liebe an Marie, Anabelle, Laura, Bianca, Nicole, Tami, Nina, Alex, Klaudia und Laura G. Dass ich euch ken-

nen darf, gehört zu den besten Dingen überhaupt. Danke für eure Freundschaft, eure Motivation und eure Weisheiten. »Nur mehr Käse ist genug Käse« – Zitat Klaudia. Ihr seid großartig, besonders. Ihr passt perfekt in mein Leben.

Last but not least: Danke an euch Leser:innen, Blogger:innen und Buchhändler:innen, dass ihr (besonders in diesen verrückten Zeiten) da seid und eure Liebe für Bücher in die Welt tragt – auch die für meine Geschichten. Eure Arbeit ist wichtig.

Danke!

Falls ihr nach dem Lesen etwas Hunger bekommen habt, findet ihr das Rezept zu Zoeys Apfelstreuselkuchen direkt eine Seite weiter. Viel Freude beim Backen.
Eure Ava

E-Mail: avareed@outlook.de
Homepage & Instagram: www.avareed.de & avareed.books
Hashtags: #avareed #lyxverlag #trulymadlydeeplybooks

Rezept Zoeys
Apfelstreuselkuchen

Für den Teig:
250 g weiche Butter
150 g Zucker
10 g Vanillezucker bzw. Bourbon-Vanille-Zucker
5 Eier (Größe M)
50 ml Milch
400 g Mehl
1 Päckchen Backpulver

Für den Belag:
1,2 kg Äpfel (nicht zu süß, nicht mehlig)
2–3 EL Zitronensaft
250 g Mehl
50 g gemahlene Mandeln
200 g weiche Butter
120 g Zucker
1 Prise Salz
½ TL Zimt (mehr nach Belieben)

Puderzucker zum Bestäuben
(Falls gewünscht) geschlagene Sahne für den fertigen Kuchen

Zubereitung:
Backofen auf 180 Grad vorheizen und ein tiefes Backblech mit Backpapier auslegen.

Für den Teig:
Butter, Zucker, Vanillezucker und Eier in eine große Schüssel geben und schaumig rühren.

Milch, Mehl und Backpulver zugeben, vermischen und ggf. etwas länger verrühren, bis eine homogene Masse entsteht.

Den Teig auf dem Backblech verteilen.

Für den Belag:
Die Äpfel schälen, entkernen und in kleine, mundgerechte Stücke schneiden (Größe nach Belieben). In einer Schüssel mit dem Zitronensaft mischen (so werden sie nicht braun). Die Apfelstücke danach gleichmäßig auf dem Teig verteilen.

Für die Streusel:
Mehl, gemahlene Mandeln, Butter, Zucker, eine Prise Salz und Zimt vermengen und als Streusel über die Apfelstücke krümeln. *Tipp:* Ist der Teig zu klebrig, immer wieder etwas Mehl (nach Gefühl) in die Handflächen geben. Damit lässt sich der Teig besser »krümeln«.

Den Apfelstreuselkuchen im Backofen ca. 40–45 Minuten backen (je nach Ofen unterschiedlich, bitte immer mal wieder nach dem Kuchen sehen). Danach vollständig abkühlen lassen und mit Puderzucker bestäuben. Auf Wunsch kann der Kuchen mit geschlagener Sahne serviert werden.

Guten Appetit! :)

Wenn meine Welt stillsteht, dreht sich deine dann weiter?

Ava Reed
TRULY

384 Seiten
ISBN 978-3-7363-1296-8

Kein Job, keine Wohnung, kein Geld – so kommt Andie nach Seattle. Hier will sie sich ihren Traum erfüllen und endlich zusammen mit ihrer besten Freundin an der Harbor Hill University studieren. Während Andie darum kämpft, das Chaos in ihrem Leben in den Griff zu bekommen, trifft sie auf Cooper, der sie mit seiner schweigsamen Art gleichermaßen anzieht wie verwirrt. Und obwohl Andie genug Sorgen hat, lässt er sie einfach nicht los. Sie will wissen, wer Cooper wirklich ist. Aber sie merkt schnell, dass manche Geheimnisse tiefe Wunden hinterlassen…

»*Truly* ist einer der schönsten New-Adult-Romane, die ich je gelesen habe.« TAMI FISCHER

LYX

Eine Liebesgeschichte, die unter die Haut geht

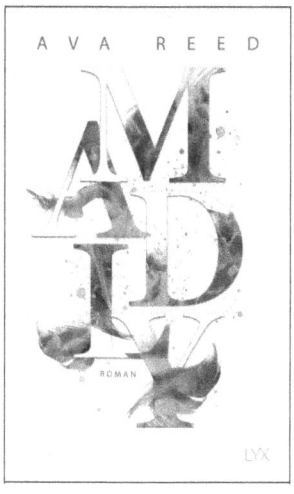

Ava Reed
MADLY

416 Seiten
ISBN 978-3-7363-1297-5

June hat ein Geheimnis, das sie mit aller Macht bewahren will. Deshalb hält sie jeden Mann, der an mehr als einem One-Night-Stand interessiert ist, auf Abstand. Beziehungen machen verwundbar, genauso wie die Liebe. Doch sie hat nicht mit Mason gerechnet. Er ist charmant, reich und absolut planlos, was seine Zukunft angeht – und er kann nicht genug von der temperamentvollen sowie faszinierenden Studentin bekommen. Mason will weitaus mehr als nur eine Nacht mit ihr. Und June fragt sich das erste Mal, was passieren würde, wenn sie ihre Mauern einreißt ...

LYX

Wie kann ich von anderen ihre Geschichte verlangen, wenn ich meine eigene nicht erzählen kann?

Anabelle Stehl
FADEAWAY

448 Seiten
ISBN 978-3-7363-1479-5

Die Vergangenheit hinter sich lassen – das ist Kyras größter Wunsch, als sie ihr Psychologiestudium in Berlin beginnt. Auch wenn sie nicht vergessen kann, was geschehen ist, so will sie sich von nun an dafür einsetzen, dass andere nicht das gleiche Schicksal ereilt wie sie. In einem feministischen Podcast macht sie daher regelmäßig auf Missstände an ihrer Uni aufmerksam. Niemand weiß, dass sie diejenige ist, die hinter dem erfolgreichen Format steckt – niemand bis auf Milan, der plötzlich in ihrem Aufnahmestudio steht und der ihr Herz gefährlich höher schlagen lässt. Dabei ist Milan genau die Sorte Mann, die Kyra eigentlich meiden wollte ...

LYX

*Wenn du dir selbst nicht mehr vertraust,
vertraue mir ...*

Anna Savas
KEEPING SECRETS
480 Seiten
ISBN 978-3-7363-1534-1

Dass ihr neuer Film am College ihres Heimatorts spielt, passt Schauspielerin Tessa Thorn gar nicht. Und dass der angehende Journalist Cole Williams ein Portrait über sie schreiben soll, erst recht nicht. Schließlich darf niemand erfahren, was vor acht Jahren passiert ist. Doch Coles Zukunft hängt von dem Artikel ab, und je tiefer er in ihrer Vergangenheit gräbt, desto näher kommt er nicht nur Tessa, sondern auch ihrem großen Geheimnis, das alles zerstören könnte ...

»Eine wundervolle Geschichte, die mich von Kapitel zu Kapitel mehr gefesselt hat. Atmosphärisch, romantisch, ein wenig melancholisch. Ich hätte ewig weiterlesen können.« AVA REED